I0741357

LES AMÉRICAINES,

OU

LA PREUVE

DE LA RELIGION CHRETIENNE

PAR LES LUMIERES NATURELLES.

Par Mde. LE PRINCE DE BEAUMONT.

TOME V. CINQUIEME PARTIE.

PREMIERE EDITION, faite aux dépens de l'Auteur.

A LYON,

Chez PIERRE BRUYSET PONTHUS, acquéreur de l'Edition & propriétaire du Privilége, rue S. Dominique, près des RR. PP. Jacobins.

M. DCCLXX.

LES
AMÉRICAINES
OU
LA PREUVE
DE LA
RELIGION CHRÉTIENNE
Par les lumieres naturelles.

CINQUIEME PARTIE.

Toutes les Personnes qui ont paru dans le Volume précédent,
& Mr. de Bonnefoi.

PREMIERE JOURNÉE.

Mr. DE BONNEFOI.

'AI appris, Mademoiselle, qu'on s'occupoit dans votre appartement, à instruire un procès contre le Pape & les Papistes:

Tom. V. cinquieme Part.   A

la chofe m'a paru curieufe, intéref-
fante : J'efpere que vous voudrez bien
me permettre d'y affifter comme témoin, & peut-être comme Acteur.

La B O N N E.

Quoique je n'aie pas l'honneur de
vous connoître, Monfieur, vous êtes
un de ceux (pour parler à l'Angloife)
à qui la nature a mis fur le vifage une
lettre de recommandation. Oferai-je
vous demander à qui j'ai l'honneur de
parler ?

Mr. D E B O N N E F O I.

Mon nom n'eft pas de ceux qu'aucun événement ait rendu célebre :
cependant mes avantures font affez
fingulieres pour exciter & fatisfaire la
curiofité. Si vous avez une demi-heu-
re à perdre, je pourrai vous en inftruire.

La B O N N E.

Je fuis perfuadée que ces Dames
& ces Meffieurs vous entendront avec
plaifir & attention : je vous promets
la mienne.

Mr. DE BONNEFOI.

Je suis instruit des matieres dont vous traitez, & mon histoire n'y est point étrangere, vous en allez juger par vous-même.

HISTOIRE DE BERVILE.

MON pere, qui se nomme Ber-vile, est bon Gentil-homme. Il nâquit dans le Vivarez & fut l'unique fils d'un pere qui avoit de grands biens & qui suivoit la communion de Calvin. Resté Orphelin de bonne heure, il se trouva à ving-cinq ans maître d'une grande fortune, qu'il consacra à la propagation de la Réforme. Tous ceux, qui étoient de sa communion, trouvoient chez lui des secours, de la protection, & quand les Ministres qui préchoient en secret, manquoient de lecteurs, il en faisoit lui-même l'office. Sa maison étoit pour eux une retraite assûrée, & il avoit pratiqué dans l'épaisseur des murs, des asyles où il n'étoit gueres possible de les découvrir. Il en fit tant qu'à la fin la Cour donna des ordres précis

d'éclairer fa conduite : il fut pris dans
une affemblée nombreufe , & comme
il s'obftina à publier qu'il avoit fait
l'office de lecteur , il fut conduit
chargé de fers dans une prifon ,
& peu après condamné à être
pendu.

Lady LOUISE.

Quelle cruauté ! Quelle barbarie !
Ah , ma *Bonne* , je ne me poffede
plus , quand je vois votre Eglife en
agir ainfi.

Mr. DE BONNEFOI.

Doucement, Madame : mon pere
dans un âge plus mûr admiroit la
patience de Monfieur l'Intendant de la
Province. L'affemblée avoit commencé à fept heures du matin. L'Intendant fit avertir ceux qui la compo-
foient , qu'il feroit obligé de faire marcher des troupes contre eux ; il réitéra
fes avertiffements jufqu'à trois fois ,
& les troupes n'arriverent qu'à cinq
heures du foir. Avouez que c'étoit infulter trop publiquement à l'autorité
du Prince qui défend toutes fortes d'af

femblées de quelque nature qu'elles foient. L'Eglife a fi peu de part à ce qu'on appelle perfécution, que le Miniftre qui préfidoit à l'affemblée, s'étant fauvé chez un Curé, il y refta caché pendant huit jours & fut fi édifié de la charité qu'il éprouva de la part de cet Eccléfiaftique, qu'il devint Catholique quelque temps après.

Lady LOUISE.

Vous avez beau dire, Monfieur, je blâmerai toujours la violence. Pourquoi empêcher ces gens de s'affembler ?

Mr. DE BONNEFOI.

Je vous l'ai déjà dit, Madame: les loix du Royaume profcrivent les affemblées faites fans l'autorité du Magiftrat: j'ai connu quantité de Proteftants zélés, qui pour tout au monde n'euffent pas voulu, qu'aucuns de ceux qui dépendoient d'eux, euffent été à ces affemblées: ils prioient Dieu dans leurs maifons avec leur famille: auffi étoient-ils eftimés comme

bons & fideles sujets & on ne les in-
quietoit en rien. Reprenons notre sujet.

Mon pere étoit dangereusement
malade lorsqu'on porta contre lui l'Arrêt qui le condamnoit à être pendu
devant la porte de sa maison : comme il eut une convalescence très longue, il fut mis sur le Rhône avec dix
Archers pour être conduit au lieu où
sa sentence devoit être exécutée.
Etant aux Roches, endroit où le Rhône est toujours agité, ils furent surpris d'un ouragan si furieux, que
ceux qui conduisoient la barque, se jet-
terent à l'eau & exciterent les Archers
à en faire autant. Trois d'entre eux,
qui ne savoient pas nager, resterent
dans la barque qui tourna un moment
après, en sorte qu'ils furent noyés.
Mon pere chargé de chaines eut eu le
même sort, mais la providence veilloit sur lui. Un Gentil-homme Protestant, qui demeuroit à une demi lieu
de là, s'étoit levé de grand matin pour
chasser sur le bord du Rhône. Comme il savoit que mon pere étoit en
chemin & qu'il pouvoit discerner l'u

niforme des Archers, il ne douta
point qu'il ne fut dans cette barque.
Il ôta fon habit, fe jetta dans le Rhô-
& arriva à temps pour lui fauver la
vie & le conduifit fûrement chez
lui.

Les biens de Bervile avoient été
confifqués, & d'ailleurs il n'y avoit
point de fûreté pour lui à refter en
France : cependant fon zele lui dic-
toit de changer de pays & de nom :
fon libérateur ne fut pas de cet avis ;
il penfoit qu'il falloit fe foumettre aux
loix du Royaume ou en fortir. Je
ne fais s'il eut put le déterminer à
fuivre ce confeil fi l'amour ne s'en fut
mêlé : la fille de celui qui avoit fauvé
Bervile, prit du goût pour lui : l'impref-
fion fut réciproque, & le pere qui
aimoit paffionément fa fille, cedant à
fes inftances, l'a fit partir fous la conduite de Bervile pour l'ifle de Gerfey,
où il leur donna la jouiffance d'une
fortune honnête.

Je fuis l'unique fruit de ce mariage, & jamais enfant ne fut plus cher
à fes parents : auffi n'épargnerent-ils
rien pour me donner les plus fortes

preuves de leur tendreſſe, en me pro-
curant la meilleure éducation que le
lieu put leur permettre. Fils de Con-
feſſeurs, qui avoient tout ſacrifié pour
la foi, vous concevez que ce qui regardoit le chriſtianiſme, fut mis à la tête des inſtructions qu'on me donna.
Le fruit de cette éducation fut une
grande pureté de mœurs, beaucoup
de reſpect & d'attachement pour la
religion, l'aſſiduité à la parole de
Dieu & ſur-tout une grande haine
pour les Papiſtes. J'avois dix-huit
ans lorſque mon pere voulant me
procurer les maîtres qu'on ne trouvoit point dans notre Iſle, m'envoya
dans la Capitale. Comme j'étois mu-
ni de lettres de recommandation pour
les principaux des François réfugiés,
je fus reçus dans les bonnes maiſons
avec beaucoup de politeſſe. Chacun
de ces Meſſieurs me vantoit les grands
biens qu'il avoit laiſſés en France,
pour ſuivre les mouvements de ſa
conſcience ; d'où je conclus qu'ils
étoient fort attachés à la religion, comme l'étoient mes parents : je fus donc
un peu ſcandaliſé de l'indévotion que

j'apperçus dans le Temple : c'étoit un Profélyte qui prêchoit, & j'écoutai fon fermon avec avidité ; car il avoit pour but de nous prouver que le Pape étoit l'Ante-Chrift. Au fortir de la chappelle je fus entrainé chez Madame de Vim.... qui avoit une nombreufe compagnie au thé.

Savez-vous bien, dit cette Dame, que j'ai manqué fortir dès les premiers mots du fermon ? Je me doutois que ce drole alloit prendre le Pape par les oreilles. Oh cela eft excédent ! Il veut faire preuve fans doute de la fincérité de fon abjuration ; nous n'en ferons pas la dupe, nous fommes au fait du motif qui nous les amene, nous les devinons.

Et nous ne fommes pas bien forcieres, répondit la fœur de cette Dame. Je n'ai jamais vu de Moine qui ne conduifit une femme en laiffe : quand ils viennent à l'abjuration, je demande toujours ; où eft la femme ? On me la montre, & fur dix, il y en a neuf qui font groffes jufqu'au menton. La converfation roula long-temps fur cette matiere, & chacun fournit une histoire scandaleuse, dont les Moines défroqués firent les frais. Je ne fus point du tout édifié de ces discours ; je pensois (en supposant toutes ces histoires vraies) que la charité & la religion auroient dû les faire supprimer. Je hasardai un mot à ce sujet : on me regarda, on me rit au nez, & on continua. J'attendois toujours quelques petits mots d'édification : je m'étois flaté de trouver dans une société de Confesseurs cette ardente piété, dont Dieu récompense ceux qui ont souffert pour son nom : je l'attendis en vain, & comme je n'avois jamais eu d'autre société que celle de mes parents qui avoient une piété sincere, je me retirai très scandalisé du peu de ferveur des Chrétiens de Londres.

Le Dimanche suivant étoit un de ceux où l'on lit publiquement le Symbole d'Athanase : c'étoit Monsieur de M.... qui prêchoit. Quelle fut mon horreur de lui voir commencer son sermon par une déclamation contre ce Symbole ! Après quoi tirant un livre de sa poche, il nous lut des lettres de

Pline, au sujet du tremblement de terre qu'on avoit senti depuis peu, & prétendit nous l'expliquer par une allégorie des trois Puissances, Vespasien, Tite, & Domitien. J'étois prié de prendre le thé chez la sœur de la Dame dont j'ai déjà parlé, & je lui dis naïvement combien j'étois scandalisé de tout ce qui s'offroit à mes yeux. Cette Dame, qui a beaucoup d'esprit, me conseilla de laisser tomber toutes ces choses.

Nous jouissons ici d'une parfaite liberté, me dit elle, & chacun en use pour penser & parler à sa fantaisie : n'allez pas vous faire le Dom - Quichotte de la religion, vous seriez berné comme Sanchoz. J'avoue qu'il faut avoir du christianisme ; faites du bien le plus que vous pourrez, l'Evangile l'ordonne, croyez après cela tout ce que vous jugerez à propos, sans vouloir assujettir les autres à votre façon de penser : il est contre l'usage du monde de parler de religion en compagnie, cela sent le cagot, & va mal à un homme de votre âge. J'étois devenu stupéfait pendant cette harangue,

& j'avois peine à en croire mes oreilles. Etoit-ce dans une compagnie de
gens exilés pour la foi, d'enfants, de
freres, de Confesseurs, & de Martyrs,
qu'on risquoit d'être berné en parlant
de foi ? Le Ministre D..... curieux de
son naturel, vint dans le moment,
& comme il me vit tout décontenan-
cé, il voulut savoir le sujet de notre
conversation, & sortit avec moi après
avoir joué une partie de quadrille.
Lorsqu'il en fut instruit, il applaudit
à mon zèle, & me pria de venir dé-
jeûner avec lui le jour suivant. Je veux,
me dit-il, vous prémunir contre la sé-
duction de celui qui a prêché aujour-
d'hui : c'est un fort honnête homme,
mon ami même ; mais il est antiché
de l'Arianisme. Je fus le lendemain
exact à l'assignation, & je demandai
au Ministre l'explication du mot d'*A-
rianisme* dont il m'avoit parlé la veille,
& il m'apprit que chez les Ariens,
on nioit la divinité de Jésus-Christ :
c'est par cette raison, ajouta-t-il, que
mon confrere est de si mauvaise humeur contre le Symbole de St. Athanase. Et comment, lui dis-je, tous

effrayé, pouvez-vous souffrir un tel homme dans votre communion & dans vos chaires? Je vous l'ai dit, répondit le Ministre : ses mœurs sont pures, il est bienfaisant, & je crois que cela lui suffit devant Dieu : je ne veux point juger, de crainte de l'être moi-même : mais, mon cher ami, vous ne connoissiez pas les Ariens, cela m'apprend que vous avez peu lu. Je l'avoue, lui répondis-je ; mes études se sont bornées à l'Ecriture Sainte que je sais par cœur, & aux sermons de plusieurs Ministres. Cela est louable, dit le Ministre ; mais il falloit faire cette lecture sans omettre les autres. N'avez-vous jamais entendu parler des écrits de Calvin, de Beze, de Claude, de Jurieu? Votre pere n'est-il pas Calviniste? Je vous avoue ingénument, repris-je, que je n'en sais rien; il se dit Protestant : seroit-ce la même chose? Oui, me répondit le Ministre; mais je vois qu'on a beaucoup négligé votre instruction ; croyez - moi, appliquez - vous à la lecture des auteurs que je vous ai cités.

Lady L O U I S E.

Pardon, si je vous interromps, Monsieur. N'avez-vous pas dit qu'on vous avoit très bien instruit de la religion?

Mr. D E B O N N E F O I.

Vous verrez par la suite, Madame, que la religion qu'on m'avoit apprise, ne ressembloit en rien à celle que je trouvois à Londres.

Je n'eus rien de plus pressé au sortir de chez le Ministre, que d'aller chez le Libraire Vaillant, où j'achetai tout ce qu'il avoit des auteurs qu'on m'avoit cités, & il en manquoit beaucoup. On ne lit plus ces sortes d'ouvrages, me dit le Libraire, & on a raison : n'a-t-on pas plus aisé de croire tout uniment ce qui est dans l'Evangile, sans s'embarrasser des gloses des uns & des autres, dont la lecture prendroit un temps dont on a besoin pour ses affaires?

Et quoi, dis-je en moi-même, en soupirant! L'indifférence de la religion a donc passé dans tous les Etats? Je commençai ma lecture par les ouvrages de

Calvin, que je dévorai ; mais je fus arrêté par quelques endroits qui me cho-
quoient infiniment : ce qui me parut infoutenable , ce fut la doctrine de la juftification ; de cette grace donnée aux
Elus & à eux feuls ; de cette juftice
imputative qui fe tranfmet par héritage des peres aux enfants, & qui ne
peut fe perdre que par la haine de
Dieu. Cela choquoit toutes mes idées,
& après y avoir mûrement réfléchi ,
je jurai que je ne ferai jamais Calvinifte, puifque cette doctrine faifoit de
Dieu , un Tyran implacable. Je conclus auffi que mon pere ne l'étoit pas,
lui qui m'avoit toujours entretenu de
la bonté infinie de Dieu , du defir fincere qu'il à de fauver tous les hommes , de l'efficace du fang de Jefus,
qui auroit fuffi pour fauver mille mon-
des, s'ils euffent exifté. Il eft vrai que
mon pere n'avoit pu avoir d'autres
idées , puifqu'il n'avoit jamais lu les
livres du parti. Sa religion étoit le ré-
fultat de fes méditations fur l'Ecriture Sainte expliquée felon les lumieres du bon fens.

Je retournai chez le Miniftre D....,

quelques jours après, & je lui décla-
rai nettement que la doctrine de Calvin me faisoit horreur: je lui expli-
quai en même temps les idées que
j'avois reçues de mes parents à cet
égard. Malheureux jeune homme,
me dit-il! Votre pere est Arminien,
il vous a gâté l'esprit; il faut espérer
que Dieu ne vous imputera point
cette erreur, & qu'il vous fera la grace de prendre des sentimens orthodoxes, sans quoi votre salut seroit en
danger: cependant je ne veux juger
personne; c'est peut-être par ignorance que votre pere est dans cette erreur, comme le Ministre Arien qui a
prêché Dimanche.

Notre conversation fut interrompue
par un des Confreres de Monsieur D.
& nous la reprimes après les premiers
compliments, quoique put faire Monsieur D... pour l'éloigner. J'admire
l'étendue de votre charité, lui dis-je:
malheureusement je ne la trouve pas
conforme à l'Evangile; & selon mes
petites lumieres, Jesus n'étoit pas de
votre avis. Il dit: *La vie éternelle, ô
mon Dieu, consiste à vous connoître,*

& *votre fils que vous avez envoyé* ; & dans un autre endroit il dit : *Nul ne va au pere que par le fils.* Or un Arien ne connoît pas ce fils que Dieu a envoyé, puisqu'il le prend pour une créature ; donc il ne peut avoir la vie éternelle. Comment voulez-vous qu'il aille au pere, puisqu'il abandonne le chemin, l'unique chemin qui y conduit, qui est le Fils ? Jettons l'Evangile au feu, ou convenons que celui, qui méconnoît Jesus, ne peut aller à la vie éternelle : ce chemin, & cette connoissance sont les conditions nécessaires pour y parvenir.

Voici, me dit Monsieur D..., comme nous entendons ces passages..... Il n'est pas question, lui dis-je, du sens que vous donnez à ces passages, mais de celui dans lequel Jesus les a prononcés. Pourquoi les expliquer ? Ils sont si clairs, qu'un enfant les peut entendre.

Monsieur est conséquent, dit le nouveau venu, qui se mordoit les levres pour s'empêcher de rire : avouons de bonne foi que c'est abuser de la tolérance que de la faire tomber sur

ceux qui tiennent Jesus-Christ pour
une créature. Que voulez-vous, reprit
le Ministre D.... ? On veut s'éloigner
du Papisme qui damne sans miséricorde tous ceux qui sont hors de sa
communion, & par là on est forcé
d'aller plus loin qu'on ne voudroit.

Je sortis peu satisfait de cette conversation, dont je vous fais grace aussi
bien que d'un grand nombre d'autres:
il faudroit un volume pour vous les
rapporter : qu'il vous suffise de savoir
que je consultai plus de trois cent Ministres ; j'en ai fait une liste exacte,
que je pourrois vous montrer, & sur
mon honneur je n'en trouvai pas quatre du même sentiment, parmi ceux
qui étoient de la même communion:
il y avoit des articles sur lesquels ils
n'étoient point d'accord, & parmi
ceux dont ils convenoient, j'en trouvois
de contraires à l'Evangile. Je vis des
Luthériens, des Anabaptistes, des
Calvinistes orthodoxes qui suivoient le
Synode de Dordrect, mais il y en a-
voit peu de ceux-là. Je conferai avec
des Calvinistes mitigés, des Méthodis-
tes, des Quakers, des Episcopaux,

des Non-conformistes, des Arminiens, des Zuingliens, des Grecs, des Sociniens, des Moraviens, &c. Que vous dirai-je? J'en vis de toutes les couleurs; & après l'examen le plus exact, je me convainquis que l'Eglise de J. C. n'étoit en aucune de ces communions. Elle ne pouvoit non plus être chez les Papistes persécuteurs, idolâtres, suppots de l'Ante-Christ, &.... car il n'y avoit pas une seule des erreurs qu'on leur attribue, que je ne susse par cœur dès mon enfance: c'étoit comme une litanie, qu'on me faisoit réciter tous les jours, & à la fin de laquelle on me faisoit prononcer des anathèmes. Il ne me vint jamais dans l'esprit que mon pere eut pu se tromper à cet égard: il avoit trop longtemps vécu en France pour ignorer la religion qu'on y professoit, & il étoit trop honnête homme pour avoir voulu me tromper sur un article si important. Savez-vous bien, Mesdames, quel fut le résultat de mon examen? Une irréligion absolue: tout l'univers étoit abandonné à ses voies; Dieu ne s'étoit point reservé de lampes en Is-

raël ; il étoit donc abfolument indifférent fur le culte que lui rendoient les
hommes.

Voilà le premier pas que je fis, &
il me conduifit comme néceffairement
à un fecond. Pourquoi Dieu eut - il
été de plus difficile compofition fur la
Morale ? Le livre de l'*Efprit* fixa mes
idées à cet égard. Ce mot, *morale*, devint un mot vuide de fens, qui avoit
une fignification arbitraire, que chacun pouvoit affortir à fes goûts, & à
fes intérêts.

Lady L O U I S E.

Vous allez fans doute me trouver
imprudente de vous interrompre ;
mais je ne conçois pas comment ces
idées étoient compatibles avec les notions de la juftice & de la fainteté de
Dieu, qui ne peuvent s'effacer de notre ame.

Mr. D E B O N N E F O I.

Vous avez raifon, Madame. Auffi
éprouvai-je long-temps une contra-
riété d'idées, qui fut pour moi un fupplice infupportable. Peut-être que les

maux que j'éprouvai, m'euffent engagé dès lors à faire des efforts pour
fortir d'un état fi pénible : deux chofes m'en empécherent, la diffipation
d'abord, & enfuite le libertinage. Je
m'étois dégoûté du commerce de nos
François réfugiés, & j'avois cherché
à me lier avec des Anglois d'origine :
je devins l'ami de Mylord B... jeune homme de vingt deux ans, qu'on
difoit d'un heureux naturel. Il avoit
appris dans les écoles le grec, le latin, la mufique, la danfe; il étoit
affez bon Logicien pour affirmer deux
contradictoires avec une intrépidité
qui me revolta d'abord, & que j'imi-
tai dans la fuite. Il avoit deux cent
mille livres à dépenfer par années,
ou, comme l'on parle ici, dix mille livres fterlins de revenu, & avec cette
fomme il fe trouvoit pauvre; il m'ini-
tia à fes parties, qui fe fuccédoient
avec tant de rapidité, que nous ne
trouvions pas le temps de dormir :
jugez fi nous en avions pour penfer!
Je fis de rapides progrès dans le crime, & on me compta bientôt parmi les libertins les plus décriés. Mon

pere effrayé de ce que ſes amis lui en
écrivirent, m'ordonna de me rendre à
la maiſon paternelle, & comme il
me manquoit encore deux années
pour être parvenu à l'âge où l'on la
mépriſe impunément, Mylord me
propoſa de le ſuivre en France; ce que
j'acceptai avec plaiſir. Nous y paſſâ-
mes deux années dans les plus grands
excès & mon Amphitrion accablé de
dettes & de mauvaiſes affaires fut
obligé de regagner ſes foyers, ſa qualité de Pair le mettant en ſûreté contre les ſergents; qui en France ſans
reſpect pour ſon titre cherchoient à le
réduire au pain du Roi, c'eſt-à-dire,
pour parler ſans détour, à le mettre
en priſon; ſon départ me laiſſa ſans
reſſource. Il eſt vrai que je pouvois
retourner dans ma famille : on m'y
attendoit, comme l'enfant prodigue,
prêt à tuer le veau gras pour célébrer ma réſurrection; mais je ne
voulois pas reſſuſciter: j'aurois choiſi
la mort plutôt que d'abandonner, je
ne dirai pas les plaiſirs (car je n'en
avois jamais goûté de réels depuis ma
perverſion) mais le tourbillon qui

m'empéchoit de jetter fur moi-même un regard qui m'auroit effrayé,
confondu, & rempli d'horreur. Il
falloit vivre pourtant : un de mes compagnons de débauche, fachant que
j'avois épuifé toutes mes reffources,
& que j'avois vendu mes habits piece
à piece, cet homme, dis-je, vint me
trouver un matin, & me dit qu'il vouloit me communiquer la plus heureufe des idées. Votre pere étoit riche,
me dit-il; fes biens ont été confifqués;
mais il vous eft aifé d'y rentrer, en
vous faifant Catholique.

Vous n'y penfez pas, lui dis-je avec
une horreur excitée par un mouvement machinal que produit toujours
un fort préjugé, fur-tout quand il a
été pris dans l'enfance. J'aimerois
mieux mourir mille fois que de changer de religion. Mon ami fit un grand
éclat de rire à ces paroles. Changer
de religion, mon pauvre ami, me
dit-il, c'eft la chofe impoffible pour
toi & pour moi; on ne peut faire un
troc, quand on n'a rien. En bonne
confcience, avons-nous une religion?
Laiffe aux femmes & aux efprits

vulgaires, ces préjugés & ces peti-
tesses : la religion de gens comme
nous , est d'avoir de quoi faire bonne vie ; je te jure que je changerois
tous les mois de communion, si on
vouloit bien payer la comédie que
je jouerois dans une abjuration. Je
ne pus m'empêcher de convenir
que ma délicatesse étoit ridicule ,
puisque je ne tenois à aucun culte ,
pour parler sincerement ; cependant
il fallu plusieurs jours pour me déterminer à une démarche que je
trouvois avillissante ; & moi qui n'a-
vois pas craint de tromper au jeu ,
qui avois regardé comme une gentil-
lesse les faux serments , lorsqu'il avoit
été question de séduire une fille innocente, je ne pouvois me résoudre à dissimuler dans une chose qui ne faisoit
tort , à ce que je pensois , qu'aux dé-
tenteurs de mon bien. Mon ami revint
tant de fois à la charge , qu'il me dé-
termina , & nous cherchames ensuite
les moyens de faire réussir notre projet
le plus promptement qu'il seroit
possible. Nous parcourumes les Ecclésiastiques qui avoient le plus de crédit ,

&

& je fus tenté de m'adreſſer au Curé de St. Sulpice, Monſieur Languet. Il eſt vrai, me dit mon ami, que la converſion d'un fils de refugié pourroit le tenter; mais comme il vit dans Paris, il éclaireroit de trop près tes démarches; il faudroit au moins ſauver les apparences, & mener une vie réglée, ce qui ne ſeroit pas de ton goût: il faut tâcher de profiter de ſon crédit ſans s'expoſer à ſa pénétration: ſon frere, Evêque de Soiſſons, a bien autant d'ambition que lui pour les œuvres d'éclat; mais il n'eſt pas ſi fin: c'eſt un enthouſiaſte, à qui l'on peut faire voir des étoiles en plein midy: ainſi il te ſera facile de lui en impoſer, ſur-tout en lui faiſant entendre que des gens d'un certain parti ont voulu travailler à ta converſion; mais que leur doctrine t'ayant paru ſuſpecte, tu as mieux aimé t'adreſſer à un orthodoxe comme lui.

Je ſuivis exactement la leçon qui m'avoit été dictée, & j'eus lieu d'être ſatisfait de la réception de Monſieur l'Evêque. Je croyois qu'il alloit dans cette premiere viſite entrer en matiere au sujet de mon instruction, & j'étois résolu de faire une belle résistance : je voulois la pousser jusqu'à quinze jours, en sorte que le reste du mois auroit suffi à mon compte pour me tirer de ce mauvais pas, & me remettre en possession de la fortune de mes ancêtres. Je trouvai Monsieur de Soissons beaucoup plus circonspect que je ne m'y étois attendu : il loua la résolution où j'étois de rentrer dans le sein de l'Eglise ; mais il ajouta qu'une telle démarche demandoit les plus grandes précautions pour être faite en connoissance de cause, puisque mon éternité en dépendoit : il finit par me prier de le voir souvent, & m'invita à diner pour le sur-lendemain.

Quoique la circonspection de ce Prélat, me jettat dans l'embarras, j'avois trouvé tant de charmes dans sa conversation qu'il m'avoit subjugué : sa politesse, quoique sans contrainte, étoit extrême, le son de sa voix, insinuant : ses discours simples étoient solides : ainsi je me retirai avec une sorte d'impatience de le revoir. Mon ami m'assura que sa circonspection

disparoîtroit bientôt, & qu'il avoit
autant d'impatience de se faire honneur de ma conversion, que moi de
rentrer dans le bien de mes peres. Je
fus exact au rendez-vous que Monsieur de Soissons m'avoit donné, &
nous étions persuadés, mon ami &
moi, qu'il y auroit un diner d'apparat
pour me faire connoître. Je fus donc
surpris de n'y trouver que deux Officiers, & encore plus de ce qu'il ne
fut pas question de moi pendant tout
le repas. La conversation roula sur
la guerre, les sciences & les ouvrages utiles qui paroissoient. L'Evêque,
étant resté seul avec moi, me pria
d'entrer dans son cabinet, où il me
fit asseoir. Il demeura quelques minutes recueilli en lui-même, & je crus
appercevoir au mouvement imperceptible de son visage qu'il prioit avec ar-
deur. Il prit ensuite un air ouvert, &
me dit : mon cher Monsieur, rien ne
demande un esprit plus calme que
l'examen de la religion, & il est des
situations cruelles qui ne laissent pas
toute la tranquillité réquise en pareil
cas : je sais que vous êtes dans une de

ces situations critiques : on devine volontiers vis-à-vis d'un homme de votre
âge , & de votre figure, abandonné
à lui-même dans une Ville comme
Paris ; cependant j'ai fait plus que deviner, je me suis permis des perquisitions, & j'ai découvert que vous n'é-
tiez point à votre aise ; j'ai donc pris
la liberté de solliciter à votre insu les
bienfaits du Prince , & vous pouvez
compter sur une pension de six cent
livres, dont j'ai ordre de vous payer
le premier quartier. Je n'ai qu'un mot
à ajouter ; c'est que cette pension est
absolument indépendante du parti que
vous prendrez , & que vous la rece-
vrez tant que vous serez en France,
Protestant ou Catholique.

Lorsque Monsieur de Soissons eut
prononcé le mot de perquisitions à
mon égard, la honte d'être démas-
qué aux yeux d'un homme que je
respectois malgré moi , avoit été si
grande, que je me vis au moment de
tomber sans connoissance , & j'aurois
fui, si cela eut été en mon pouvoir ;
la sérénité de son visage ne pouvoit
me rassurer, & je m'attendois à essuyer

une conversation bien pénible pour
mon amour propre : jugez de ma surprise à la conclusion de son discours:
elle augmenta lorsqu'il tira une bourse
de son sein qu'il me remit entre les
mains, en me priant de le regarder
comme mon ami, de le voir le plus
souvent qu'il me seroit possible, & si
je n'avois aucune affaire qui me retint
à Paris, de venir passer chez lui le
Printems, parce qu'il étoit prêt de
partir pour Soissons.

Il s'étoit levé comme pour sortir,
en finissant ces paroles : je l'arrêtai.
Un moment, Monsieur, lui dis-je :
on vous a instruit de mon indigence ;
ne vous a-t-on rien dit de plus à mon
égard ? Je suis trop vrai, me répondit
cet homme respectable, pour vous
dire que mes lumieres sur votre compte,
soient bornées à ce que je viens de
vous dire, mais soyez tranquille à cet
égard, mon ministere m'engage au
secret le plus inviolable, aussi bien
que la charité, & vous pouvez compter
que je ne vous dirai jamais rien qui
puisse vous choquer, sans un ordre
exprès de votre part. Ce sera donc dès

ce moment, lui dis-je, emporté par un mouvement dont je ne fus pas le maître, que vous m'ouvrirez votre cœur pour m'encourager à vous découvrir le mien tout entier. Votre procédé mérite toute ma confiance, & je me regarderois comme le plus lâche de tous les hommes, si je cherchois encore à vous tromper.

Puisque vous me l'ordonnez, reprit l'Evêque, je vous avouerai franchement qu'une longue expérience m'a forcé à être très circonspect à l'égard de ceux qui demandent à entrer dans notre communion, & qu'avant ce temps j'ai eu plus d'une occasion de me repentir d'avoir suivi trop aveuglément les mouvements de mon zele pour nos pauvres freres errants. Pour éviter de pareils regrets, je ne me charge d'aucun Profélyte sans m'affûrer de ses motifs. Et comment pouvez-vous pénétrer leurs intentions, lui dis-je? Mon cher ami, me dit-il, la foi est un don de Dieu, & il en fait communément la récompense d'une vie pure, & d'un vif repentir de ses fautes. Elle seroit en pure perte sans la charité. Lors donc qu'un homme est invité par la grace, à chercher la foi, cette divine grace ne fait rien à demi; une conversion sincere annonce des motifs surnaturels. Une vie déréglée au contraire ne peut compatir avec un amour sincere de la vérité. Voilà la pierre de touche qui me fait connoître à coup sûr, les dispositions de ceux qui demandent à être instruits.

On m'a donc trompé bien grossiérement, lui répondis-je avec franchise, lorsqu'on m'a assûré que le desir de vous faire une réputation par des abjurations multipliées, vous enseignoit à déguiser les dogmes de votre Eglise, & à vous contenter d'un acquiescement sans examen, sans vous embarrasser de convaincre. J'ose vous l'assûrer, me répondit il. La suite vous prouvera que tout grand pécheur que je suis, il ne seroit pas possible de m'engager à trahir si indignement mon ministere.

Je ne reviens point de mon étonnement, lui dis-je. Permettez-moi encore quelques questions qui vous paraîtront offensantes, mais que je ne puis, m'empêcher de vous faire. Votre conduite franche & généreuse me fait regarder comme un crime les soupçons qui m'assiégent au sujet de votre sincérité; mais ma raison ne me permet pas de me dissimuler combien ils sont fondés. Un homme d'esprit, tel que vous, ne peut être Catholique de bonne foi. A quoi bon tant de précautions pour vous assûrer des motifs d'un homme qui, s'il a le sens commun, ne peut penser à embrasser votre communion, que par des motifs humains, & après s'être bien convaincu que ce mot *Religion* est un phantôme dont la politique se sert pour contenir le peuple? Pardon, Monsieur, de mon ingénuité. Votre façon de procéder, l'a fait naître, & vos manieres ouvertes l'ont autorisée.

Permettez moi quelques questions à mon tour, me dit l'Evêque, sans paroître ému. Avez-vous des raisons pour affirmer qu'un homme, tel que moi, ne peut être Catholique en sa conscience? M'en croirez-vous sur ma parole, lorsque je vous attesterai sur mon honneur, que je suis infiniment persuadé de la vérité de tout ce que mon Eglise enseigne? Non assûrément, Monsieur, je ne vous croirai pas, parce que cela est impossible. Un homme éclairé peut-il adorer du bois, des images, anéantir l'Evangile qu'il croit divin, pour se soumettre comme un automate à un homme tel que lui, moins que lui? Car encore, vous avez de la probité, & le plus grand nombre de vos Papes ont été des coquins bons à rouer. Il faut pourtant s'y soumettre pour être Catholique, & les croire infaillibles.

Non assûrément, Monsieur, me répondit l'Evêque, un homme, tel que moi, ne peut être idolâtre, ni anéantir l'Evangile pour lequel je donnerois la derniere goute de mon sang. Oui, Monsieur, je mourrois plutôt, que de consentir à ce qu'on en altérat l'intégrité, telle que nous l'avons reçue des Apôtres, & que l'Eglise me la présente. A l'égard des Papes, non seulement plus de la moitié de ceux qui ont occupé le siege de Rome, ont été des Saints, auxquels vous ne pourriez refuser votre vénéra-

tion si vous connoiss ez leur vie ; mais
même parmi les autres, il s'en est
trouvé très peu qui ayent mérité la
maniere flétrissante dont vous en parlez. Je ne l'attribue qu'à la mauvaise
foi de ceux qui vous ont instruit, ou
plutôt séduit, en vous débitant comme des vérités, les horribles calomnies qu'ils ont inventées contre l'Eglise : comme elle ne s'est jamais écartée de la foi renfermée dans les Stes.
Ecritures, il falloit lui attribuer des
crimes pour en imposer aux foibles,
& justifier la rébellion de ceux qui
refusoient de se soumettre à la foi
qu'elle a toujours enseignée depuis les
Apôtres jusqu'à nous. Ah ! Monsieur,
dis-je à l'Evêque, en poussant un profond soûpir, qui m'échappa malgré
moi, que ne donnerois-je pas pour
avoir la preuve de ce que vous m'a-
vancez ! Je vous l'offre, me dit - il,
avec vivacité ; si vous cherchez la vérité de bonne foi, vous serez bientôt
convaincu ; mais à Paris, je suis trop
peu maître de mon temps ; suivez moi
à Soissons, & tenez moi pour le plus
lâche de tous les menteurs, si je ne

tiens pas la parole que je vous donne.

J'avois un desir trop vif d'être éclairé pour refuser cette partie : Monsieur
Languet ne me laissa rien à désirer
sur les preuves dont j'avois besoin, &
ce qu'il y a de singulier, c'est qu'il se
servit principalement des écrits des Auteurs protestants. Je ne fus point re-
belle à l'aiguillon, & Dieu me fit la
grace de renoncer en même temps à
mes erreurs, & à mes déréglements.

Miss DOROTHÉE.

Vous ne nous avez point fait part
de vos conférences avec Monsieur
Languet : j'en aurois été fort curieuse.

Mr. DE BONNEFOI.

J'ai conçu par ce qu'on m'a rapporté des vôtres, que vous en êtes
précisément au point où j'en étois,
lorsque je devins Déiste. Je serai donc
charmé moi-même de voir quelle méthode vous employez pour prouver
qu'on a calomnié l'Eglise.

La BONNE.

Nous n'employons point une méthode fuivie, Monfieur : le fil de la
converfation nous mene fans que nous
ayons rien prévu, ou du moins peu
de chofe. Une difpute en regle ne
convenoit point à ces Dames. Nous
n'avons pris jufqu'à ce jour que le bon
fens pour regle ; car nous ne fommes
pas des favantes. Nous traitons la con-
troverfe comme nous ferions toute autre affaire, fans nous embarraffer d'aucune autorité humaine. Au refte,
je conviens qu'il y a eu peu d'ordre
dans nos difcours.

Mr. DE BONNEFOI.

Mais n'avez - vous pas commencé
par établir l'infaillibilité de l'Eglife Catholique par l'autorité de l'Evangile ?

La BONNE.

Oui, Monfieur, & puis nous mettons cette autorité à part pour voir fi
raifonnablement nous aurions dû croire l'Eglife infaillible, quand bien même
Jefus - Chrift ne nous en auroit pas

aſſûré ; car nous cherchons à concilier la foi avec la raiſon , autant que cela nous eſt poſſible , c'eſt - à - dire que ne pouvant comprendre la maniere dont les Myſteres ont été opérés , nous examinons les raiſons du Myſtere.

Mr. DE BONNEFOI.

Ayez la bonté de vous expliquer plus au long , je ne vous comprends pas bien.

La BONNE.

Volontiers , Monſieur : par exemple , nous ne pouvons pas comprendre la maniere dont la nature divine & la nature humaine ont été réunies dans une ſeule perſonne divine : mais après avoir réfléchi ſur l'impoſſibilité, dans laquelle Dieu eſt de ceſſer d'être juſte, nous avons conclu qu'il ne pouvoit pardonner le péché ſans une ſatisfaction proportionnée à ſa ſainteté & à la malice du crime. Cette ſatisfaction n'étant point au pouvoir de l'homme, fini par ſa nature, nous ſommes tombées d'accord que la juſtice de

Dieu lioit pour ainsi dire sa miséricorde, à moins qu'une satisfaction infinie ne la déliat. Il n'y a que Dieu d'infini ; donc il falloit un Dieu pour expier l'offense faite à un Dieu. Dieu ne pouvoit souffrir ; donc il falloit qu'il s'unit à une nature passible. De toutes ces considérations, nous avons conclu que l'Incarnation de la seconde personne de la Sainte Trinité étoit un Mystere digne de Dieu & tout propre à faire éclater d'une maniere inéfable ses divines perfections : dès lors, nous avons regardé le Mystere de l'Incarnation comme le chef-d'œuvre de sa sagesse.

Nous connoissons par la lecture du Saint Evangile, que Jesus Christ ne s'est pas seulement incarné pour réparer le péché, mais encore pour donner à Dieu une race pure & chérie, qui put en lui & par lui le connoître l'aimer, le servir d'une maniere digne de lui. Tout l'Evangile a pour but de nous enseigner ce culte parfait, qui consiste dans la foi & dans la charité: nous en avons conclu que l'Evangile devoit nous instruire d'une maniere si claire de ce que nous devions croire & faire, qu'il ne fut pas poſſible, même aux ignorants & aux ſtupides, de s'y méprendre. Nous n'avons pas trouvé cette clarté dans l'Ecriture ; je ne dis pas pour les ignorants, mais même pour les ſavants, & c'eſt une choſe qu'on ne peut révoquer en doute, ſi on conſidere le grand nomdre d'interprétations contraires les unes aux autres, qu'on a données à pluſieurs endroits de l'Evangile. Nous en avons conclu qu'il devoit y avoir un Tribunal infaillible pour expliquer l'Ecriture, & que ſi on s'obſtine à nier ce Tribunal, on eſt forcé de croire, ou que la foi eſt indifférente à Dieu qui ſe tient également honoré par la foi de la vérité ou du menſonge, ou que Jeſus-Chriſt dans les inſtructions, qu'il a donné ordre à ſes Apôtres de nous tranſmettre, avoit deſſein de nous tendre un piege & de nous mettre dans l'incertitude de ce que nous devons croire, afin de ſe réſerver un prétexte de nous refuſer la vie éternelle pour n'avoir pas ſu deviner le vrai ſens de l'Ecriture.

TOLÉRANT.

Je le répétérai pour la vingtieme fois : ces conclusions sont fausses. En voici une plus raisonnable. C'est que cette connoissance stricte des passages de l'Ecriture n'est point du tout nécessaire au salut ; que les points fondamantaux étant clairs, Dieu se contentera de cette foi pour nous donner le salut, qui par conséquent se trouve dans toutes les communions chrétiennes.

La BONNE.

Mettez-vous, Monsieur, parmi les points fondamentaux la foi de la Ste. Trinité, c'est - à - dire d'un Dieu en trois personnes ? Est - il absolument nécessaire de croire qu'elles sont égales entre elles ? Faut-il adorer le Fils & le Saint-Esprit comme on adore le Pere ? Sont-ils éternels, tout-puissants & Seigneurs comme lui ?

TOLÉRANT.

Assûrément le Mystere de la Sainte Trinité est le fondement de la religion chrétienne ;   mais pouvons-nous exclure du salut ceux qui ont cru voir dans la Sainte Ecriture de l'inégalité entre ces trois personnes divines? C'est une erreur involontaire, dont un Dieu infiniment bon ne peut leur faire un crime. Si leurs lumieres (fausses à la vérité) leur montrent que Jesus n'est pas égal à son pere, ils deviendroient coupables d'idolatrie en l'adorant.

La Bonne.

C'est-à-dire qu'on peut être sauvé en niant les points fondamentaux de la religion ; qu'il est indifférent de croire que Jesus est Dieu, ou qu'il ne l'est pas ; que Jesus selon sa nature divine a cessé d'être ce Dieu jaloux de sa gloire ; qu'il est indifférent de croire dans le péché une malice infinie. Car si Jesus n'est pas Dieu, & que pourtant il ait satisfait pour les hommes, il falloit que le mal, qu'il venoit réparer, fut *fini*, puisqu'il auroit été expié par une satisfaction *finie* : c'est-à-dire que Jesus qui, comme parle l'Apôtre, n'a pas cru faire une usurpation en se disant égal à Dieu,

au lieu d'être en état de réparer les
fautes des hommes, a commis lui-
même une impiété qui furpaffe tous
nos crimes, puifque n'étant qu'une
pure créature, il s'eft égalé à fon
Créateur. Concevez-vous, Monfieur,
les conféquences affreufes de l'indifférence que vous prêchez ?

TOLÉRANT.

Mais, concevez-vous vous-même,
qu'il eft contraire à la bonté de Dieu
de damner des hommes, qui très invo-
lontairement n'ont pas eu les lumieres néceffaires pour reconnoître la
divinité de Jefus-Chrift?

La BONNE.

Oui dans le fyfteme de ceux qui
croyent que Dieu a abandonné la foi
aux lumieres des hommes, & c'eft
ce qui le rend infoutenable. Mais
dans celui des Catholiques, cet inconvénient ceffe ; nous ne fommes
pas chargés de décider ce qu'il y a
d'obfcur dans la Sainte Ecriture : le
Saint-Efprit s'eft engagé d'en découvrir le véritable fens a fon Eglife : la

parole de Jesus à cet égard eſt ſolem-
nelle, & nous ne riſquons rien à croire cette divine parole : notre erreur,
ſi nous en avions, ne pourroit nous
être imputée, mais à cet adorable
Sauveur, qui nous a commandé d'écouter l'Egliſe.

TOLÉRANT.

Quand je conviendrois avec vous
que les Ariens ne doivent point participer au bénéfice de la tolérance,
vous n'en ſeriez gueres plus avncée ;

Il faudroit l'accorder aux communions dominantes aujourd'hui. Les
Luthériens, les Calviniſtes, les Anglicans ſont d'accord avec les Papiſtes ſur les choſes eſſentielles. Donc on
peut ſe ſauver chez eux.

La BONNE.

D'abord je nie que nous ſoyons
d'accord ſur les points eſſentiels. Je
ſoutiens en ſecond lieu, ou qu'on ne
peut faire ſon ſalut dans l'Egliſe Catholique, ou qu'on ne peut le faire
que dans cette Egliſe. Ce que je ſoutiens, les vrais Proteſtants l'ont pen-

fé comme moi, & le penfent encore, je fuis prête à le prouver.

Le LUTHÉRIEN

Mademoifelle *Bonne* tombe dans
l'inconvénient qu'elle nous a reproché : elle prétend qu'on commet une
injuftice envers fon Eglife, lorfqu'on
lui attribue des fentiments qu'elle
défavoue, & elle nous accufe de penfer comme elle fur l'intolérance. Malgré notre defaveu, c'eft avoir deux
mefures inégales, nous devons en
être crus fur notre parole.

La BONNE.

C'eft par un efprit de charité,
Monfieur, que je me plais à vous attribuer cette façon de penfer ; je cherche à vous excufer.

Le LUTHÉRIEN.

Voilà une enigme que je ne puis
comprendre ; vous m'en direz le mot
quand vous voudrez.

Mifs DOROTHÉE.

C'eft la premiere que j'aurai dévinée

de ma vie, & malgré cette pénétration je ne me croirai pas fort habile, comme quelqu'un le difoit, il y a quelques jours. Si on pouvoit fe fauver dans l'Eglife Romaine, Meffieurs, pourquoi l'avez-vous quittée ? Il n'y a que l'impoffibilité de falut qui puiffe autorifer le fchifme. Ai-je bien déviné, ma *Bonne* ?

Lady VIOLENTE.

Et j'ajouterai un fchifme qui a fait verfer tant de fang dans les lieux où il s'eft introduit. On frémit lorfqu'on lit l'hiftoire de ces guerres. Pour moi, j'ai cru fans balancer que ceux qui fe font portés à de telles extrémités pour foutenir leur féparation, la jugeoient d'une néceffité indifpenfable pour le falut. Il n'y a que cette idée qui puiffe juftifier ces excès.

La BONNE.

Ce qu'on penfoit alors, on le penfe encore aujourd'hui. J'en croirai les actions des Proteftants, plus que leurs paroles. Notre vie, nos biens ne font pas à nous, nous en fommes comptables a nous-mêmes & à nos familles. Nous devons auſſi obéir aux puiſſances dans toutes les choſes où Dieu n'eſt point offenſé : Jeſus nous en a donné l'exemple, & rien de plus inculqué dans les livres ſaints. Que je demande à un homme qu'on voudroit forcer d'adorer les Idoles : Pourquoi devenez-vous homicide de vous-même plutôt que de jetter quelques grains d'encens dans le feu? Il me répondra : Parce que mon ſalut m'eſt plus cher que ma vie. Que je demande aux Proteſtants : Pourquoi quittez - vous une grande fortune en France, pour venir vous expoſer ici à la miſere avec une nombreuſe famille? Parce que mon ſalut & celui de mes enfants, m'eſt plus cher que cette fortune. On vouloit me forcer d'aller à la Meſſe, d'être Papiſte en un mot: j'aime mieux tout quitter que de perdre mon ſalut. On perd donc ſon ſalut en allant à la Meſſe, & en devenant Papiſte, diront tout naturellement ceux qui entendront cette réponſe, & ils auront raiſon de le dire; cela parle de lui-même. Au reſte Meſdames, cette remarque n'eſt pas de moi; je l'ai entendu faire à Monſieur de Miſſy qui eut la franchiſe de conve-nir avec moi, qu'il étoit ridicule après une telle conduite, de ſoutenir qu'on croyoit chez les Proteſtants que le ſa-lut étoit poſſible, dans l'Egliſe Ro-maine.

Miſs Dorothée.

Auſſi nos Miniſtres ne le diſent-ils jamais ſans ſe contredire pitoyable-ment ; témoin le grand Tillotſon, qui diſoit dans un de ſes ſermons, comme on l'a déjà dit, que l'Egliſe Romaine avoit altéré la doctrine de J. C. , cor-rompu ſa morale, & qu'on pouvoit y faire ſon ſalut. Rien de plus ridicule qu'une pareille aſſertation.

La Bonne.

On eſt pourtant forcé de la faire, quand on veut en même temps juſti-fier la ſéparation, & accorder la to-lérance.

Le Rabbin.

Monſieur Tolérant, je vais vous

répéter ce que je crois vous avoir déjà dit: qu'une mauvaise honte ne nous
retienne pas. Ou l'Eglise Romaine est
telle que Monsieur nous l'a dépeinte
dans notre derniere conversation, ou
il l'a calomniée. Si elle est telle, dites hardiment avec nous: on ne peut
se sauver dans une Eglise idolâtre,
dont l'Ante-Christ est le Chef. S'il l'a
calomniée, dites encore avec nous:
on a eu tort de se séparer de cette
Eglise. Il n'y avoit pas deux arches
dans le temps du déluge où l'on put
se sauver des eaux; il n'y a point deux
Eglises où l'on puisse trouver la sainteté & le salut.

La BONNE.

Saint Paul l'avoit dit avant vous,
Monsieur. Il n'y a qu'un Dieu, qu'une
Foi, qu'un Baptême; & moi, je dis:
Le contraire de cette foi dont parle
l'Apôtre, est un mensonge. L'Eglise
qui posséde cette foi, est seule l'Eglise de Jesus Christ. Elle a du posséder
cette foi depuis Pierre, sur laquelle
elle est fondée jusqu'à la consommation des siecles. *Le Ciel & la Terre*
passe-

paſſeront, dit Jeſus ; mais mes paroles ne paſſeront point.

Le CALVINISTE.

Mais ſi cette Egliſe avoit altéré le dépôt de la foi, comme je m'offre à vous le prouver ?

Le RABBIN.

Vous tournez dans un cercle ; il faut vous y ſuivre & répéter : Jeſus ne ſeroit plus Dieu, ſes paroles paſſeroient comme le Ciel & la Terre, plus vîte que le Ciel & la Terre. Voyez-vous, Meſſieurs & Meſdames ; ces paroles de Jeſus m'ont tellement terraſſé, que je n'ai plus la liberté du choix. Ma raiſon a décidé deſpotiquement, que Jeſus eſt Dieu, & que conſéquemment l'Egliſe fondée ſur Pierre, eſt infaillible, parce que la parole de Dieu eſt immuable, comme lui. Je ſuis donc Chrétien, Catholique, & le ſuis tellement, que je n'ai pas beſoin d'entendre juſtifier l'Egliſe de J. C. Je croirois manquer de reſpect pour ſa parole, ſi j'avois beſoin qu'on me prouvat qu'elle a été accomplie. J'ignore encore le plus grand nombre des dogmes que l'Eglise Romaine me préfentera à croire, mais j'acquiefce d'avance à ce qu'elle m'enfeignera.

T O L É R A N T.

Vous êtes bien hardi, Monfieur, de vous déterminer fur un feul paffage qu'on peut appliquer à l'Eglife invifible.

Le R A B B I N.

Ah! Monfieur, ne revenez plus à cette Eglife invifible dont nous avons prouvé l'infuffifance. Quand il y auroit dix millions de volumes écrits de la main même de Jefus pour me prouver ce que je crois, ils ne pourroient m'en apprendre plus que ces paroles: *Tu es Pierre, & fur cette pierre j'établis mon Eglife, contre laquelle les portes de l'Enfer ne prévaudront jamais.* Je dis avec Mademoifelle *Bonne:* voilà mon paffeport pour l'autre monde.

Le C A L V I N I S T E.

Je vous ai déjà dit que vous les

entendez mal , Monsieur. C'eſt ſur la confeſſion de la divinité de J. C. que Pierre venoit de faire, que le Sauveur dit que ſon Egliſe eſt fondée, & non pas ſur Pierre, qui avoit fait cette con-feſſion.

Le RABBIN.

Il y a long-temps, que *Miſs Dorothée* vous a répóndu que Jeſus ſavoit la valeur des mots dont il s'eſt ſervi, & que c'eſt lui faire une inſulte de dire qu'il s'eſt mal exprimé. D'ailleurs s'il étoit permis d'y chercher un autre ſens que le naturel, de quel droit prétendriez-vous que votre explication fut meilleure que la mienne & celle du plus grand nombre des hommes, qui, dans tous les temps & dans tous les lieux, ont entendu ce paſſage comme je l'entends?

Le CALVINISTE.

Quelle imagination! L'idée de la primauté de Pierre eſt nouvelle , & très nouvelle.

Le BONNE.

C'eſt à moi qu'il appartient de vous prouver le contraire, Monſieur, & je vais vous la donner tout à l'heure cette preuve ; mais vous rendrez-vous après cela ? Je la tirerai des écrits des Peres des premiers ſiecles, des Auteurs Païens, & de la tradition conſtante depuis les Apôtres juſqu'à nous.

Le CALVINISTE.

Ne me parlez point de la tradition; je vous ai déjà dit que nous la rejettions entiérement pour nous en tenir à l'Ecriture. D'ailleurs, qu'ai-je affaire des Peres ? N'étoit ce pas des hommes qui ſe ſont ſouvent trompés ?

Le RABBIN.

Et comment donc voulez-vous qu'on vous réponde ? Avez-vous de meilleures preuves à nous adminiſtrer ? Faites nous en part, nous les recevrons avec plaiſir. Vous rejettez la tradition ; rejettez donc auſſi la Geneſe, & tout ce que Moïſe a écrit ſur la foi de la tradition. On vous a déjà dit que le Saint Evangile, & les Saintes Ecritures ne peuvent être reçus de ceux qui ne sont pas Catholiques, que des mains de la tradition. Les Catholiques les tiennent des mains de l'Eglise ; mais cette ressource, vous ne l'avez pas : votre Eglise invisible est muette, & votre Eglise visible, de votre aveu, n'a pas l'infaillibilité : rejettez donc la Sainte Ecriture, ou recevez la tradition.

La BONNE.

St. Jean nous dit expressément que tout ce que Jesus a dit, n'a point été écrit. St. Paul écrivant aux fideles, dit : *Je me réserve à vous parler des choses que je vous ai enseignées de vive voix.* Toutes ces instructions n'étoient-elles donc que pour les premiers Chrétiens ? Pourquoi en aurions-nous été privés ?

Miss DOROTHÉE.

Il me semble aussi que St. Paul recommande à Thimothée d'enseigner ce qu'il lui a enseigné verbalement.

Le C A L V I N I S T E.

Et sous le beau prétexte de la tradition, on nous fera passer des opinions humaines pour des vérités de
foi.

La B O N N E.

Non, Monsieur, cela ne seroit pas
juste. Je parle de ces matieres pour
la premiere fois de ma vie, & je n'en
ai jamais entendu parler avant nos
conversations: il me suffit que l'Eglise
qui reçoit la tradition, la distingue;
mais si j'avois le malheur de ne pas
croire à l'Eglise, voici, ce me semble, ce que la droite raison me dic-
teroit à cet égard.

Ou les choses que la tradition nous
a transmises, sont contraires à l'Ecriture, ou elles y sont conformes. Dans
le premier cas, on pourroit conclure
hardiment que cette tradition doit
être rejettée comme fausse. Dans le
second cas, il faudroit l'admettre, ou
prouver par de bonnes raisons qu'elle
ne vient pas des Apôtres; qu'elle a
commencé en tel ou tel temps, &

que les fideles d'alors, étonnés & furpris, fe demanderent pourquoi on
vouloit les obliger de croire & de faire
des chofes que leurs peres n'avoient
ni crues, ni accomplies. On feroit auffi
autorifé à demander aux partifans de
la tradition les preuves de fon ancienneté. Voilà, Monfieur, comme on fe
comporte dans les affaires ordinaires,
& un homme qui rejetteroit une opinion reçue en donnant pour principe
de fa négation, qu'il a un certain
mouvement intérieur qui lui dit, que
cette opinion n'eft pas jufte, un tel
homme, dis-je, feroit fifflé.

Lady LOUISE.

Mais, ma *Bonne*, ne pourroit-il pas
y avoir des traditions qui ne font ni
contraires ni conformes à l'Ecriture,
& qu'on pourroit regarder comme
indifférentes, fi elles n'aggravoient pas
le joug de l'Evangile?

Le CALVINISTE.

Comme le jeûne du Carême, par
exemple. En eft-il queftion dans l'E-

crirure ? Les premiers Chrétiens l'ob-
fervoient-ils ?

La BONNE.

Diftinguons, s'il vous plaît, deux
fortes de traditions, Monfieur. Il y
en a qui regardent la foi, d'autres
font conféquentes à la difcipline. Les
premiéres font immuables; car ce qui
a été vrai dans un temps, ne peut
pas ceffer de l'être. Dieu étant immuable, tout ce qu'il a daigné nous découvrir de fa nature & de fes œuvres,
en un mot tous fes Myfteres le font
auffi. Par conféquent tout ce qui fait
l'objet de notre foi, doit avoir fa four-
ce dans l'Ecriture, ou dans une tradition claire & conftante depuis les A-
pôtres jufqu'à nous: j'ajoute, comme
Catholique, que je crois qu'il n'appartient qu'à l'Eglife de difcerner la
tradition; mais je laiffe ce moyen, qui
n'eft pas à l'ufage de ceux qui m'é-
coutent, & je ne m'en fervirai que pour
prouver par l'attention de l'Eglife à
conferver la tradition pure & exempte
du mélange des opinions humaines,
combien la promeffe que Jefus lui a

faite de l'infaillibilité, a été fûre &
exempte de tout foupçon.

Quant à la feconde efpece de tradition, qui regarde la difcipline & les
ufages, l'Eglife a le pouvoir de la
changer felon la difpofition des tems,
des lieux, des perfonnes, comme je
vous l'ai déjà expliqué.

Le CALVINISTE

Et fous prétexte de ce pouvoir, elle
a chargé les fideles d'un joug infu-
portable, & qui eft même contraire
à l'Ecriture. Jefus ne dit-il pas à fes
Apôtres en les envoyant prêcher? *Mangez ce qu'on vous préfentera*; & dans
un autre endroit: *Ce n'eft pas ce qui
entre dans la bouche, qui fouille l'homme.* Cependant vous tenez que manger de la viande un vendredi, fouille
l'ame.

La BONNE.

Non affûrément, Monfieur. Ce n'eft
pas cette viande qui fouille l'ame, mais
la défobéiffance aux ordres de l'Eglife qui defend d'en manger; car cette

désobéissance rend semblable à un Païen, à un Publicain. Vous vous plaignez, que l'Eglise par des innovations a chargé les fideles d'un joug insupportable. Hélas ! Monfieur, c'est en gémiffant que l'Eglise a changé fa difcipline. Tout le changement qu'elle y a apporté, confifte à des adouciffements. Bien loin qu'elle ait aggravé le joug des Chrétiens, elle a condefcendu à leur foibleffe. Nos jeûnes peuvent paffer pour des bibus en comparaifon de ceux des premiers Chrétiens, qui fe retranchoient tout autre aliment que le pain & l'eau, comme je le prouverai dans fon temps. Encore ne le prenoient-ils qu'après le foleil couché. Mais n'anticipons pas cette matiere, & reprenons notre difcours où nous en étions.

Miſs DOROTHÉE.

Permettez-moi, ma *Bonne*, de finir une chofe que vous n'avez que commencée. Vous nous avez dit qu'un homme fenfé ne feroit pas en droit de rejetter une opinion reçue fans en donner une raifon, & qu'il fe-

roit fiflé s'il alléguoit une caufe oc-
culte pour la révoquer en doute. Cependant cet ufage eft reçu dans la réforme. Je lifois l'autre jour, je ne fais
plus où, qu'on avoit, chez les Réformés, rejetté les livres qu'ils nomment
Apocryphes, parce que le St. Efprit
fait fentir qu'ils ne font pas canoni-
ques.

Lady LOUISE.

La belle preuve ! Quelque matin il
fe trouvera des gens qui nieront l'authenticité de l'Evangile. Ceci va droit
au fanatifme.

Le RABBIN.

Graces au Ciel ! Me voilà comme
un homme dans le port, qui ne craint
plus l'agitation des vents des opinions
humaines. La tradition que l'Eglife
reçoit, eft la mienne ; je reçois tous
les livres qu'elle reçoit, je fais qu'elle
eft infaillible, & ne veux favoir que
cela. Que ne puis-je vous exprimer,
Monfieur & Mefdames, la paix, la
joye qui ont fuivi ma foumiffion.
Trifte jouet jufqu'à ce jour des fauffes

lueurs de l'esprit humain ! J'étois comme un vaisseau sans Pilote, emporté çà & là par des vents contraires. Oh ! Que cet état est pénible, & qu'il est doux de s'attacher à la parole infaillible d'un Dieu inaccessible à l'erreur. Que ne puis-je montrer à tous les incrédules la joye indicible qu'on trouve dans cet acquiescement pur & simple à la parole de Jesus ! Ma soumission à son Eglise, me fait participer à son infaillibilité. Je puis dire hardiment: je ne me tromperai jamais dans les seules choses qu'il importe véritablement de savoir : Je distinguerai toujours le vrai du faux, le certain d'avec l'incertain ; & pendant que le Philosophe superbe en proie à l'irrésolution, au doute, à la crainte d'un effrayant avenir, fera d'inutiles & pénibles efforts pour se rassûrer dans une chose d'où dépend le bonheur éternel, je dormirai en paix dans la barque de Pierre, sûr qu'elle sera vainement agitée par les vents, parce qu'elle ne peut périr.

BELESPRIT.

En vérité, Monsieur le *Rabbin*, vous

donnez envie d'avoir cette foi aveugle.
Pourquoi ne puis je la sentir comme
vous la sentez ? Je donnerois tout mon
sang pour l'avoir dans ce dégré qui
rend si tranquille.

Le RABBIN.

Et qui vous empêche de l'avoir telle?
Savez-vous bien que le doute me paroît une folie dont je rougirois actuellement, comme d'une preuve du dé-
rangement de mon cerveau ? Qu'on
s'assûre par l'examen le plus severe
de la divinité de Jesus-Christ ; cela me
paroît raisonnable : mais quand une
fois on s'est bien convaincu qu'il est
Dieu, examiner si ce qu'il a dit, est
nécessaire à croire, s'il est sûr ! Oh !
Je le répete, c'est la plus haute de
toutes les extravagances, & la marque d'une grande foiblesse d'esprit.

Lady LOUISE.

Il ne s'agit pas de la parole de Jesus-Christ, Monsieur ; nous savons &
nous professons tous qu'il faut s'y soumettre aveuglément quand elle est
claire. La question est de discerner

ce qu'il a dit, ce qu'il a voulu dire,

Lé RABBIN.

Pour examiner ce qu'il a dit, afin de nous y foumettre, paffe. Mais chercher dans ce qu'il a dit, ce qu'il a voulu dire, c'eft une témérité. Faites des glofes, des commentaires fur les difcours des hommes, à la bonne heure, ils s'expriment mal trop fouvent ; mais Jefus qui a cru néceffaire à l'exercice de notre foi, d'envelopper certaines vérités dans des paroles obfcures, a parlé très clairement, lorfqu'il a fondé notre foi. *Tu es Pierre.* C'eft au premier des Apôtres qu'il parle ; *fur cette Pierre, fur toi à qui je parle, j'établis mon Eglife.* Il n'y a pas là d'équivoque : *Les portes de l'Enfer ne prévaudront jamais fur elle, contre elle.* Contre qui l'Enfer ne prévaudra-t-il pas ? Contre l'Eglife. Contre quelle Eglife ? Contre celle qui eft fondée fur Pierre. Celle - là eft bien vifible, on fait où la prendre.

Lady LOUISE.

Véritablement il n'y a rien de plus

positif. Et pourtant ces Messieurs prétendent que l'Eglise fondée sur Pierre, a tombé dans l'erreur.

Le CALVINISTE.

Je suis obligé de me répéter, Madame. St. Pierre venoit de répondre à Jesus qui lui demandoit : *Qui dites vous que je suis ?* St. Pierre, dis-je, lui répondit : *Vous êtes le Christ, le Fils du Dieu vivant.* Ce fut alors que Jesus lui dit les paroles tant citées. Ne voyez-vous pas qu'il vouloit dire : c'est sur la confession de ma divinité que tu viens de faire, que je fonde mon Eglise. En effet, l'Eglise ne peut subsister sans la foi en Christ.

Lady LOUISE.

Votre explication n'est pas soutenable, Mr. Donnez-nous quelqu'un qui n'ait jamais entendu disputer sur la religion ; demandez-lui l'explication de ce passage, je gage mille contre un qu'elle le prendra dans le sens des Catholiques. Il n'est pas possible que le sens que vous y donnez, vienne à l'esprit. Mais nous rebattons un point

dont on a déjà beaucoup parlé, &
nous n'avançons à rien.

La BONNE.

De ce point dépendent tous les
autres, ma chere; quand une fois on
connoît l'Eglise de Jesus, il n'y a plus
qu'à se soumettre. Ne vous étonnez
donc pas, Madame, si ces Messieurs
disputent le terrein, & veulent nous
persuader que l'Eglise Romaine n'est
pas celle de Jesus. Quelque bonne mine qu'ils fassent, ils savent bien qu'-
elle ne peut être en même temps chez
nous & chez eux.

Le RABBIN.

Il faut tâcher d'avancer. Il y a une
Eglise de Jesus Christ. On ne peut penser qu'elle fut parmi ceux qui furent
à Dordrect (& c'étoit toutes les Egli-
protestantes) puisqu'on canonisa dans
ce Synode une doctrine que vous fu-
tes forcés d'abandonner par la suite.
Mais, remontons plus haut. Quand
Calvin a donné la réformation, a-t-il
prêché la pure parole de Dieu? Beze
& les autres qui ont souscrit à sa doc-

trine, l'ont-ils reçue comme telle ? Les peuples qui ont reçu les professions de foi qui furent celles qu'on fit alors, les ont-ils crues conformes à l'Ecriture Sainte? N'a t-on point fait de confessions de foi, contradictoires à celles qui furent faites alors ? Enfin gardez-vous à présent la même doctrine, n'y avez-vous rien changé ?

Le CALVINISTE.

Je vous l'ai déjà dit, Monsieur. Calvin & nos premiers Réformateurs étoient des hommes : nous ne pouvons leur accorder l'infaillibilité. Ainsi nous avons pu, & dû nous écarter de leur doctrine, toutes les fois que nous avons découvert que nos peres se sont trompés dans l'explication de la Ste. Ecriture.

Le RABBIN.

Vos Peres & vos Réformateurs ne formoient donc pas cette Eglise, à laquelle Jesus a dit : *Je serai avec vous jusqu'à la consommation des siecles.* Le mensonge, l'erreur, & Jesus ne peuvent compatir ensemble. Une seule contradiction dans la foi , suffit pour me faire rejetter une Eglise, comme n'étant pas celle de Jesus. Il faut que depuis les Apôtres jusqu'à ce jour, il n'y ait eu aucune mutation dans la foi , nulle variation, nul changement.

Le CALVINISTE.

Allez, Monsieur, vous ne serez jamais Catholique, croyez en ma parole d'honneur. L'Eglise Catholique a varié de siecle en siecle. La foi d'aujourd'hui s'est formée par lambeaux. Je dis plus, Monsieur. Vous ne trouverez aucune communion dans le monde, où l'on puisse trouver cette unanimité de doctrine, parce qu'elles font composées d'hommes.

Lady LOUISE.

Voilà un aveu qui me met bien à mon aise , mais , continuez, Monsieur. Vous verrez à la fin de nos conférences l'effet qu'il a produit sur moi.

La BONNE.

Ne vous effrayez point , Monsieur, de l'assertation de Monsieur le *Calviniste.* Je puis vous faire trouver cette Eglise qui n'a jamais varié. Je riens le bout de la chaine & je suis sûre qu'il ne m'échappera pas : ainsi je laisse ces Messieurs se débattre tout à leur aise avant de faire mes preuves ; je ne veux pas qu'ils ayent à me reprocher d'avoir rien précipité.

Le RABBIN.

Cette preuve est de trop pour moi. On peut rebattre cette matiere tant qu'on le voudra. Après les paroles de Jesus tout est dit.

La BONNE.

En mon particulier, je pense comme vous, Monsieur ; mais la charité est condescendante : il faut se prêter à la foiblesse de ceux qui ne croyent pas.

BELESPRIT.

Ne me confondez point dans la classe des incrédules. Je puis me vanter d'une soumission actuelle, aussi aveugle que la vôtre ; mais ne vous attribuez point mon changement : le discours de Monsieur le *Rabbin* l'a opéré, & vous, *Miss Dorothée.*

Miſs D O R O T H É E.

J'ai toujours penſé comme je penſe aujourd'hui , c'eſt-à-dire qu'auſſitôt que j'ai pu raiſonner juſte , j'ai été Catholique , mais ſur mon honneur, je n'en ſavois pas un mot. J'attendois une Egliſe qui fût d'accord avec les notions que l'Evangile m'avoit données de l'Egliſe de Jeſus ; la Catholique a rempli toutes mes idées , je m'y tiens.

Le C A L V I N I S T E.

Vous abuſez de la crédulité de ces perſonnes, Mademoiſelle *Bonne.* Pouvez-vous dire que du temps des Apôtres l'Egliſe étoit chargée de toutes les ſuperſtitions qu'on voit dans la vôtre ? Y étoit-il queſtion de la Meſſe , de la priere aux Saints , des images , des Indulgences, de la prééminence du Pape ? Direz-vous ; par exemple, qu'il fut queſtion d'appeller Marie , *Mere de Dieu,* avant le Concile d'Epheſe ? N'eſt-ce pas depuis ce temps qu'on en a fait un objet d'Idolatrie pour tous les Catholiques?

La BONNE.

Monſieur m'invite à tenir la parole, que j'ai donnée, de prouver que l'E-gliſe ne croit aujourd'hui que ce qu'-elle a crut du temps des Apôtres. Avant de le faire, je dois vous inſtrui-re de la maniere conſtante dont l'E-gliſe en a toujours agi avec les No-vateurs.

Suppoſez qu'il s'éleve parmi nous un homme, qui nie la Réſurrection de Jeſus-Chriſt, qui prêche cette im-piété, qui écrive en ſa faveur & qui ſe faſſe des diſciples : l'Evêque, dans le Dioceſé duquel cette héréſie au-roit pris naiſſance, aſſembleroit les Docteurs pour examiner les propoſi-tions de cet homme, voir ſur quel fondement il attaqueroit cette vérité, examiner ſi ſes ouvrages ne renfer-ment que cette héréſie. Il la condam-neroit après avoir vu qu'elle eſt héré-tique, interdiroit les fonctions du miniſtere à cet homme, l'exhorte-roit à ſe corriger. S'il étoit docile, ſa rétractation, ſi elle étoit ſincere, finiroit tout.......

Miss DOROTHÉE.

Permettez-moi , ma *Bonne* , de donner un exemple récent qui m'a extrememement frappé. L'auteur du Télemaque, ce livre que nous aimons tant , avoit fait un ouvrage de spiritualité qui renfermoit des erreurs. Après maintes & maintes difputes fur ce livre, il fut porté à Rome où Monfieur de Cambrai étoit fort aimé. Le Pape nomma une affemblée de Cardinaux & de Docteurs pour examiner l'ouvrage , & malgré le bien qu'il vouloit à l'auteur , le livre fut condamné. On reçut cette condamnation en France, où l'auteur brûla lui même fon ouvrage & excommunia ceux qui le garderoient : fa foumiffion , dans laquelle j'ai trouvé un vrai héroifme , appaifa tout.

La BONNE.

Si Monfieur de Cambrai fe fut révolté & qu'il eut porté fes erreurs dans d'autres Royaumes , il auroit été retranché de l'Eglife; on eut notifié fa condamnation & fa caufe à toute l'Eglife, & fi le plus grand nombre des Evêques eut acquiefcé à cette condamnation ou formellement ou tacitement, il auroit été condamné comme dans un Concile. Pouvez-vous nier, Monfieur, que l'Eglife ne fe foit fervie inviolablement de la même méthode quand elle n'a pu s'affembler ?

Le CALVINISTE.

Quand je vous l'avouerai, Mademoifelle, à quoi cela fervira-t-il ?

La BONNE.

A prouver l'uniformité que l'Eglife a toujours obfervée dans la condamnation des Hérétiques. Parlons maintenant de Neftorius & du Concile d'Ephefe auquel fon héréfie donna lieu. Ce feroit le lieu de parler de l'honneur que nous rendons à Marie ; mais comme cela feroit trop long pour aujourd'hui, nous le remettons à la premiere fois.

Neftorius, Patriarche de Conftantinople, avoit mené d'Antioche un Prêtre, nommé Anaftafe, qui dit dans un ſermon : *Que perſonne ne nomme Marie, Mere de Dieu , c'étoit une femme ; & il eſt impoſſible que Dieu ſoit né d'une créature humaine.*

Cette parole ſcandaliſa extrêmement le Clergé & le peuple ; car, dit l'hiſtorien Socrate , *ils avoient appris de tout temps à reconnoître Jeſus-Chriſt pour Dieu , & à ne le point ſéparer de la divinité.* Entendez-vous ce cri du Clergé & du peuple? Pourquoi ce cri , c'eſt qu'on leur prêchoit une doctrine oppoſée à celle qu'on leur avoit préchée *DE TOUT TEMS.* Dites après cela que la doctrine de l'Egliſe Catholique a été formée par lambeaux , & que ce n'eſt que depuis ce Concile qu'on a donné à Marie le nom de mere de Dieu. Auroit-on été ſcandaliſé de lui entendre diſputer ce titre , ſi on n'avoit pas été dans un uſage non interrompu de lui donner cette qualité? Je continue.

Neſtorius ayant ſoutenu la doctrine publiée par ſon Prêtre , fut chargé de l'indignation publique : les fideles ſe ſéparerent de ſa communion, & dans un tranſport de zele, qui n'étoit pas

ſelon

selon la science, plusieurs vouloient le jetter dans la mer : il se plaint de cette persécution dans un de ses sermons. L'Evêque de Cyzique, qui ne faisoit que la fonction de Prêtre à Constantinople, sans craindre le ressentiment de Nestorius, prêchant le jour de l'Annonciation, dit positivement que Marie étoit Mere de Dieu ; ce qui fut reçu avec applaudissement de toute l'assemblée. Nestorius lui répondit sur le champ, & le bruit de cette dispute s'étant répandu, l'impiété de Nestorius causa un soulevement général. Saint Cyrille, Evêque d'Alexandrie, ayant appris qu'elle avoit passé dans les Monasteres, où elle avoit entrainé quelques esprits foibles, leur écrivit à ce sujet une lettre, où il dit : *C'est la foi que les Apôtres ont enseignée, quoiqu'ils n'ayent pas usé de ce mot : c'est la doctrine de nos Peres, & entre autres d'Athanase d'heureuse mémoire,* & il rapporte deux passages de ce Saint.

Miss DOROTHÉE.

Remarquez la façon dont parle St.

Cyrille. Il dit dabord: *c'est la foi des Apôtres*; & ensuite il cite l'autorité d'un Pere. On peut bien employer aujourd'hui des autorités, qui étoient respectables, il y a dix-sept siecles.

La BONNE.

L'Evêque d'Alexandrie écrivit aussi à Nestorius pour l'engager à se corriger; mais il étoit bien éloigné de le faire. Il souffrit qu'un Prêtre, nommé Dorothée, dit en chaire en sa présence: *Si quelqu'un dit que Marie est Mere de de Dieu, qu'il soit anathême.* A ces paroles, le peuple effrayé jetta un cri d'horreur, & s'enfuit de l'Eglise. St. Cyrille voyant que tous ses efforts étoient inutiles pour corriger Nestorius, en écrivit au Pape Célestin, l'an 430, & lui envoya les sermons de Nestorius, les lettres qu'il lui avoit écrites, & les réponses qu'il en avoit reçues. Nestorius avoit pris les devants, & n'avoit rien oublié pour se rendre le Pape favorable, soit en lui déguisant ses sentiments, soit en lui faisant valoir son zele contre d'autres Hérétiques; aussi St. Célestin examina-t-il beaucoup cette affaire pour n'être pas trompé. A la fin, on assembla un Concile à Rome; la doctrine de Nestorius y fut condamnée, & on chargea St. Cyrille de l'excommunier, s'il ne se rétractoit dans dix jours.

Lady LOUISE.

Je suis fort surprise, ma *Bonne*, de voir l'autorité du Pape, établie dès le commencement du cinquieme siecle : j'avois cru d'après ce qu'on m'en avoit dit, qu'elle avoit une origine beaucoup plus moderne.

La BONNE.

Je vous la prouverai beaucoup plus ancienne, après avoir fini cet article.

Nestorius, qui avoit paru vouloir se soumettre au Pape, changea de langage après sa condamnation, & comme il avoit des amis puissants à la Cour, il obtint qu'on convoqueroit un Concile à Ephese, où tout seroit examiné. Il se fit accompagner par un Seigneur, auquel l'Empereur recommanda de veiller au bon ordre, & il refusa constamment de se trouver

à l'assemblée de tous les Evêques,
sous prétexte qu'il attendoit Jean, E-
vêque d'Antioche, & plusieurs autres
qui étoient de ses amis. Jean trainoit
exprès son voyage, & fit dire aux
Peres du Concile qu'il les prioit de ne
le point attendre.

Cependant l'Empereur avoit marqué un jour pour l'ouverture du Concile, & les Evêques eurent la complaisance d'en différer l'exécution
pendant vingt & un jour ; après quoi
ils s'assemblerent dans l'Eglise de Ste.
Marie, au nombre de cent cinquante
huit, ayant à leur tête Saint Cyrille,
comme tenant la place du Pape, ainsi
que le marquent les Actes du Concile. On fit avertir jusqu'à trois fois
Nestorius de se trouver au Concile ;
mais les Evêques, qui furent envoyés
pour le citer juridiquement, ne purent parvenir à lui parler, parce que
la maison où il étoit, se trouva envi-
ronnée de soldats qui en défendoient
l'entrée. On en prit acte, & le Concile commença à procéder. On commença par lire l'exposition de la foi,
faite à Nicée, afin de lui comparer la

doctrine dont il étoit alors question. St.
Cyrille lut ensuite une lettre dans laquelle il déclaroit ses sentimens sur la
foi ; & 126 Evêques reconnurent qu'ils
étoient conformes à la foi énoncée dans
le Symbole de Nicée. On lut ensuite la
lettre de Nestorius : plusieurs Evêques
firent remarquer que les sentimens, qui
y étoient exprimés, étoient contraires à la foi de Nicée, & ils furent
anathématisés tout d'une voix. Après
quoi on lut un recueil des passages des
Peres, pour montrer qu'ils avoient
toujours professé & enseigné la même
foi, telles qu'ils l'avoient trouvée dans
l'Ecriture Sainte, & dans la tradition
constante, depuis les Apôtres jusqu'à
chacun d'eux. Ensuite on prononça la
condamnation de Nestorius, & les
Peres dirent.

*Nous sommes réduits à cette nécessité
par les Canons, & par la Lettre de Notre
Très Saint Pere, & Collegue Célestin,
Evêque de l'Eglise de Rome. Et en
parlant de Nestorius : Notre Seigneur
Jesus Christ, qu'il a blasphémé, a déclaré par ce St. Concile, qu'il est privé de
toute dignité Episcopale, & retranché*

de toute assemblée Ecclésiastique. Cette déposition fut signée par les Evêques.

Cependant le peuple attendoit avec impatience la décision du Concile, dont la séance avoit duré jusqu'à la nuit ; mais quand on sut que Nestorius étoit condamné, on illumina toute la Ville, on reconduisit les Peres à la lueur des flambeaux, on brûla des parfums devant eux, en un mot, ce fut une joie & une fête solemnelle.

Dans la seconde Session du Concile, trois Légats du Pape, qui étoient arrivés pour présider au Concile conjointément avec St. Cyrille, demanderent communication de ce qui avoit été fait, & ayant reçu les Actes, ils y souscrivirent dans la troisieme Session. comme leurs paroles sont remarquables, j'en répéterai quelques-unes. Un des Legats dit.

Personne ne doute que St. Pierre, le Chef des Apôtres, la colomne de la foi, & le fondement de l'Eglise catholique, a reçu de Notre Seigneur Jesus-Christ les clefs du royaume, & la puissance de lier & de délier les péchés, & que jusqu'à present il vit & exerce ce juge-

ment dans ses Successeurs. Notre Saint Pape, l'Evêque Célestin, qui tient aujourd'hui sa place, nous a envoyés au St. Concile &c.

Lady LOUISE.

Je vous prie de me dire dans quel temps s'est tenu ce Concile, & si les paroles du Légat ne furent point contredites.

La BONNE.

Ce Concile se tint l'an 431. Il n'y eut pas un seul Evêque qui s'y opposa. Cependant c'étoit des Grecs, infiniment jaloux de leurs privileges, comme vous le verrez dans la suite. Ces Messieurs sont libres de me contredire si j'avance un mot qui ne soit pas vrai.

Le RABBIN.

Si après de tels témoignages, ils continuent de dire que l'autorité du Pape est une usurpation, il faut en même temps qu'ils avouent qu'elle est d'une datte bien ancienne, puisqu'en 431. personne ne doutoit de cette autorité. Les usurpations ne trouvent pas une telle docilité, lorsqu'il est queftion d'établir des nouveautés, qui choquent l'amour propre des autres. L'intérêt de la religion auroit fourni un prétexte aux Peres Grecs pour s'op-pofer à une nouveauté ; mais perfonne ne doutoit alors de la prééminence du Pape.

La BONNE.

Jean Evêque d'Antioche étant en-fin près d'arriver à Ephefe, le Concile envoya au devant de lui des Evêques & des Clercs, tant pour lui faire hon-neur, que pour l'avertir de ne point communiquer avec Neftorius : com-me il étoit environné de foldats, ils ne purent l'approcher, ce qui ne les empêcha pas de le fuivre jufqu'à fon logis. Il les envoya appeller par des foldats, & fitôt qu'ils lui eurent dé-claré le fujet de leur députation, il les abandonna au Comte Irenée fon protecteur, & les Clercs de Jean les battirent jufqu'à les mettre en péril de leur vie. Pendant qu'on les maltrai-toit ainfi, Jean, encore tout poudreux, affembla une trentaine d'Evêques, dont plufieurs étoient dépofés, & ce

petit nombre avec Neſtorius prétendi-
rent repréſenter l'Egliſe & un Concile
légitime , dans lequel ils dépoſerent
St. Cyrille , l'Evêque Memnon , & ex-
communierent, avec St. Cyrille, tous
ceux qui avoient compoſé le Concile ,
c'eſt-à-dire les deux cents Evêques qui
avoient condamné Neſtorius. Cet acte
des Neſtoriens fut ſouſcrit par quarante trois Evêques.

Le CALVINISTE.

Vous voyez qu'on prenoit la liberté
de ſe moquer de la prééminence du
Pape, malgré cette autorité que vous
ſuppoſiez ſi ſolidement établie. Jean
ne put avoir d'autre motif de ſa conduite, que celui de faire voir que ſon
ſiege ne reconnoiſſoit pas la ſubordi-
nation à celui de Rome ; car vous
conviendrez que ce Patriarche d'Antioche n'étoit pas Neſtorien.

La BONNE.

Quel dommage , que cette excuſe
ne lui vint pas dans l'eſprit lorſqu'il
voulut ſe juſtifier! Car il n'en dit pas
un ſeul mot.

D 5

Lady VIOLENTE.

Examinons ce procédé par les feu-
les lumieres naturelles. Quand le Parlement eſt aſſemblé pour repréſenter
la Nation, & que deux cent de ſes
Membres ſont d'accord, compteroit-
on pour quelque choſe l'oppoſition de
quarante trois Membres, & ne diroit-
on pas : la Nation a prononcé, ſans
avoir égard à la révolte de ces réfractaires, s'ils refuſoient d'obéir?

La BONNE.

Auſſi le Concile n'y eut-il point d'é-
gard, & tint pour Schiſmatiques l'E-
vêque Jean & 35 autres ; car il y en
eut ſept qui ſe rejoignirent au Concile.
Après ces dépoſitions, on prononça une
définition de la foi, & le Concile ordonna de la lire. On avoit mis en tête le
Symbole de Nicée, puis on ajouta ces
paroles que je vous prie de remarquer.

C'eſt la Ste. foi dont tout le monde
doit convenir ; car elle ſuffit pour l'uti-
lité de toute l'Egliſe qui eſt ſous le ciel.
Mais parce que quelques uns font ſem-
blant de la confeſſer & en expliquer le

sens à leur fantaisie, il est nécessaire de proposer le sens des peres orthodoxes pour montrer comment ils ont entendu & prêché cette foi , & comment ceux dont la foi est pure, doivent l'entendre & la prêcher.

On répéta ensuite les passages des Peres cités , & ils furent insérés aux actes du Concile.

Le RABBIN

Vous ne sauriez croire , Mademoiselle, le plaisir que vous m'avez fait en nous donnant l'histoire abrégée de ce Concile. Je remarque que les Peres ne varient point ; ils comptent pour la vraie Eglise , ceux qui tiennent la foi de Nicée......

Le CALVINISTE.

Nous la faisons cette confession de foi ; pourquoi donc nous a-t-on retranchés de cette Eglise ?

Le RABBIN.

Il falloit m'entendre jusqu'au bout, Monsieur. Les Evêques de ce Concile remarquent sagement qu'il y en a qui font semblant d'avoir fait cette foi ; mais qu'ils l'accommodent à leurs sentimens particuliers, & qu'ainsi il faut l'entendre, & la prêcher comme les Peres l'ont entendue, & l'ont prêchée. Est-ce là vouloir introduire une nouvelle doctrine ? Disons du St. Evangile ce qu'ils ont dit du Symbole du premier Concile. Il y en a qui feignent de le croire, mais qui l'expliquent dans le sens particulier qui leur vient à l'esprit, au lieu de s'en tenir à l'explication des Peres. Vous n'êtes pas Nestorien, Monsieur. Vous conviendrez aisément que cet Hérésiarque avoit tort, que par conséquent les Peres qui avoient précédé & qui avoient expliqué ce Symbole dans un autre sens que le sien, avoient été guidés par le St. Esprit. Dites-vous à vous - même ce que vous eussiez dit aux Nestoriens, toutes les disputes seront bientôt terminées, il n'y a qu'à s'en tenir au sens que les Peres ont prêché.

Le CALVINISTE,

Vous ne relevez que ce qui vous est favorable. Puisque les Peres disoient

que la foi de Nicée étoit suffisante,
pourquoi y a-t-on ajouté?

LA BONNE.

C'eſt la foi du Symbole de Nicée,
dont les Peres parlent. Neſtorius s'en
étoit écarté; on pouvoit ſans innover,
ſans rien ajouter au ſens, le fixer par
de nouveaux termes; ce qu'on n'auroit
jamais fait ſi perſonne ne s'étoit écarté du ſens dans lequel l'Egliſe l'entendoit. Remarquez, Meſdames, quelle
étoit l'héréſie de Neſtorius, & vous
verrez qu'elle avoit été condamnée
cent & ſoixante ans auparavant, au
temps que Paul de Samoſate l'a-
voit publiée. Nous croyons que J. C.
eſt le Fils unique de Dieu, conſubſtantiel à ſon Pere ſelon la nature divine, & que pour devenir homme, il
a pris une chair conſubſtantielle à ſa
Mere: en lui, ſe ſont trouvées deux
natures réunies ſans être confondues.
Il eſt Dieu parfait; il eſt homme parfait: & ces deux natures réunies ne
font qu'une ſeule perſonne qui eſt celle
du Fils de Dieu. Or Marie étant Mere de Jeſus, en qui la nature divine &

la nature humaine ne font qu'une feule perfonne, elle eft donc Mere de Dieu. Pour lui difputer cette prérogative, Neftorius difoit : Elle eft Mere d'un homme à qui la divinité s'eft unie, & non pas d'un homme-Dieu. Ainfi il défuniffoit les deux natures en Jefus. Et quand on lui demandoit : Pourquoi adorez-vous le Corps de Jefus, puifque ce n'eft pas le Corps d'un Dieu ? Il répondoit : *J'adore l'habit, à caufe de celui qui le porte. J'adore celui qui eft au dehors, à caufe du Dieu caché qui en eft inféparable.* Il difoit encore : *Non, Marie n'a point enfanté un Dieu ; car ce qui eft né de la chair, eft chair. La créature n'a point enfanté le Créateur, mais un homme, inftrument de la divinité.*

BEL ESPRIT.

Que l'homme doit fe trouver petit à fes yeux, lorfqu'il confidere les bornes de fon efprit ! L'union des deux natures en Jefus, eft un grand Myftere ; mais enfin, en remontant aux principes que nous avons pofés, elle étoit abfolument néceffaire pour la ré paration du péché. Attaquer l'union des deux natures, dans une seule personne, c'étoit ruiner le bienfait de la Rédemption. Quelle satisfaction pour le fidele, lorsqu'il considere que malgré l'impossibilité dans laquelle il se trouve de comprendre ce Mystere, il en est assûré d'une maniere beaucoup plus sûre & plus parfaite, qu'il ne l'est de toutes les choses où ses lumieres peuvent atteindre. Mais sitôt qu'il veut se souftraire au joug salutaire de la foi, & mesurer les œuvres du Très Haut selon sa petite capacité, il n'est point d'écarts dont il ne devienne capable.

La BONNE.

Nous en avons un exemple bien frappant, dans ce qui arriva quelque temps après celui où l'on condamna Nestorius. Les fideles avoient conçu tant d'horreur pour ses blasphêmes, que plusieurs tomberent dans une extrémité opposée, & entre-autres Eutychés. C'étoit un Supérieur de trois cent Moines, dont la vie avoit été jusqu'alors extrêmement édifiante.

Très attaché à la doctrine de Saint Cyrille contre les Nestoriens, insensiblement il outra & confondit les deux natures en Jesus-Christ, en sorte qu'il attribuoit à la divinité les souffrances & les autres actions qui appartiennent à l'humanité. Il fut dénoncé par Eusebe, Evêque de Dorylée, à St. Flavien, Patriarche de Constantinople. Eutychés, comme tous les Hérétiques qui l'ont précédé, comme tous ceux qui l'ont suivi, & le suivront, répondit: *Qu'il étoit prêt de souscrire au Symbole de Nicée, & au Concile d'Ephese; mais que s'ils se sont trompés en quelque expression, il ne veut ni la reprendre, ni la recevoir, & n'étudie que les Ecritures, comme plus sûres que les explications des Peres.*

Le RABBIN.

Que d'hérésies ont été produites par le droit que se sont arrogé des particuliers, d'expliquer l'Ecriture ! Arius trouvoit dans cette Ecriture que J. C. n'étoit point Dieu ; Nestorius, que c'étoit un homme qui servoit d'habitation à la divinité, mais qui en étoit séparée ; Eutychés, que la divinité & l'humanité étoient tellement confondues, que les deux natures n'en faisoient qu'une. Difons après cela que Jefus n'a pas prévu cet abus, ou n'a pas voulu y rémédier. J'ofe le dire : s'il n'avoit pas établi un tribunal pour décider du fens de l'Ecriture, je dirois qu'il eft abfolument indifférent fur notre foi , ou qu'il a voulu tendre un piége à de pauvres miférables aveugles pour les faire tomber.

La BONNE.

Dites-moi, Monfieur le *Calvinifte* , vous recevez également, comme nous, la doctrine décidée dans les Conciles de Nicée, d'Ephefe , & de Chalcedoine, où l'héréfie d'Eutychés fut condamnée. Vous êtes par conféquent forcé d'avouer qu'Arius, Neftorius, & Eutychés fe trompoient dans l'explication des Ecritures ; que malgré le grand nombre de partifans qu'eurent ces Hérétiques (fur-tout Arius) on ne pouvoit adhérer à leurs fentimens fans fe tromper, fans fe féparer de la vraie Eglife de J. C. ; que cette Eglife

a juftement expliqué l'Ecriture, &
qu'en ces occafions la parole que Jefus
a donnée, d'être toujours avec elle,
s'eft vérifiée. N'eft-il pas vrai que les
trente-fept Evêques qui préfererent leur
fentiment à celui des deux cent à
Ephefe, étoient des rébelles? Que di-
foient-ils pour juftifier leur rébellion?
Ce que vous avez dit de nos jours
contre le Saint Concile de Trente :
vous ne pourriez dire qu'ils avoient
raifon ; ils avoient donc tort ; & n'ê-
tes-vous pas précifément dans le même cas?

Le CALVINISTE.

Je ne fais par quelle raifon nos Peres ont reçu ces Conciles : de fort habiles gens parmi nous ne feroient pas
de cet avis fi on en étoit à recommencer la réforme. Je fais que ceux, dont
vous parlez, ont décidé felon l'Ecriture ; mais c'eft par un heureux hazard.
N'eft-il pas vrai que cette doctrine
d'Eutychés fut reçue dans un Concile
qui fe tint auffi à Ephefe, où St. Flavien défenfeur de la foi fut condamné
& dépofé ? Affûrément vous ne pouvez nier ce fait.

La BONNE.

Ce n'est pas mon intention, Monsieur, il est trop avantageux à la cause que je soutiens. Le Concile provincial de Constantinople ayant reçu l'accusation contre Eutychés, le cita jusqu'à
trois fois, pour rendre compte de sa
foi. Il vint à la troisieme citation, ac-
compagné de Moines, de Soldats, &
d'un Laïque, nommé Florentius, qui
étoit envoyé par l'Empereur. Interrogé sur sa foi, il tacha d'échapper par
des réponses captieuses ; mais ayant
été convaincu, & demeurant obstiné,
il fut excommunié, aussi bien que tous
ceux qui communiqueroient avec lui.
Cette sentence fut signée par trente-
deux Evêques, & vingt-trois Abbés.
Le Concile étant fini, Eutychés dit
tout bas au Patrice Florentius, qu'il
en appelloit au Concile de Rome,
d'Egypte & de Jerusalem, & le Patrice le dit à St. Flavien, comme il
montoit à son appartement.

Aussitôt Eutychés écrivit au Pape
Saint Léon une lettre pleine d'artifice, où il s'efforçoit de paroître ca-

tholique : il obtint même une lettre de recommandation de l'Empereur pour le Pape, par le moyen de l'Eunuque Chryſaphius.

Le RABBIN.

Vous l'entendez, Monſieur : c'eſt au Pape que l'on s'adreſſe. Ce qu'Eutychés fit alors, Luther l'a fait : ſoumis juſqu'au temps où le Saint Siege les a eu condamnés, ils n'ont méconnu ſa puiſſance qu'au moment où elle leur eſt devenue contraire.

La BONNE.

Saint Léon après avoir reçu cette lettre, écrivit à St. Flavien qu'il étoit ſurpris de n'avoir point été averti par lui de ce ſcandale, & le prie de lui envoyer une perſonne, qui put l'inſtruire à fond de cette affaire pour la terminer enſuite, & il ajoute : *Cela ne ſera pas difficile, puiſque le Prêtre Eutychés déclare dans l'écrit qu'il m'a envoyé, que s'il ſe trouve en lui quelque choſe de répréhenſible, il eſt prêt à ſe corriger.*

Saint Flavien ſatisfit au deſir du

Pape ; mais en attendant la décision de Rome, Chrysaphius gagna Dioscore, Patriarche d'Alexandrie, en faveur d'Eutychés : il lui fit aussi avoir la protection de l'Impératrice, & par son moyen un Concile fut indiqué à Ephese : mais on défendit à tous les Evêques de s'y trouver, laissant à Dioscore le choix des vingt qu'il devoit y mener. Les autres Patriarches reçurent aussi l'ordre de ne mener avec eux qu'un pareil nombre d'Evêques.

Miss DOROTHÉE.

Ma *Bonne*, j'ai mauvaise opinion de cette assemblée : il me semble même qu'on ne peut l'appeller un Concile, puisqu'on en interdisoit l'entrée à un si grand nombre d'Evêques. Apparemment qu'on n'avoit pas dessein d'y procéder selon les regles.

La BONNE.

Aussi dans tous les temps a - t - on nommé cette assemblée, *le brigandage d'Ephese*. L'Empereur y avoit invité Saint Léon, & les Evêques d'Italie ; mais comme ce temps étoit

trop court pour les affembler, Saint
Léon y envoya quatre perfonnes qu'il
chargea de lettres, & entre-autre d'u-
ne à Flavien où il traite du Myftere
de l'Incarnation d'une maniere fubli-
me, & fait voir comment la doctrine de l'Eglife à cet égard, eft parfaitement conforme à l'Ecriture, aux
fentiments des Peres, & aux expo-
fitions de foi, données à Nicée, & à
Ephefe. Dans les lettres, qui nous ref-
tent de lui à l'Empereur, il lui re-
montre qu'il eut été mieux de ne
point troubler les Evêques en les éloi-
gnant de leur troupeau, puifqu'on
pouvoit réprimer l'erreur d'une autre
maniere. Il lui dit que la doctrine de
l'Eglife eft invariable, qu'elle ne change point, & que les profeffions de
foi, données dans les Conciles, n'é-
tant que les déclarations de ce que
l'Eglife a toujours cru depuis les A-
pôtres qui ont enfeigné cette foi, il
faut s'y tenir invariablement.

Le RABBIN.

Eutychés & fes fauteurs fe font-ils
infcrits en faux contre ce difcours du

Pape, comme ils avoient intérêt de le faire ?

Le CALVINISTE.

Non, Monsieur ; aussi accordons-nous que jusqu'alors l'Eglise Romaine n'avoit fait qu'une innovation dans le précédent Concile d'Ephese, où elle avoit décidé qu'il falloit appeller Marie, *Mere de Dieu*, contre l'ancien usage ; en quoi ils firent (c'est-à-dire les Peres du Concile) une faute qui a été le fondement de l'Idolatrie des Papistes, par rapport à Marie.

Le RABBIN.

Vous n'y pensez pas, Monsieur : l'Eglise de tout temps n'avoit-elle pas cru que Jesus étoit Dieu & homme tout ensemble ? Croire cette vérité, n'étoit-ce pas convenir que Marie étoit mere de Dieu ? On le croyoit si bien, qu'on fut scandalisé lorsqu'on lui disputa ce titre. S'il eut été nouveau, & que les Chrétiens n'eussent pas été élevés dans cette foi, on eut applaudi à Nestorius, & l'indignation publique, dont il devint l'objet, seroit tombée fur ceux qui auroient innové. Mais continuez, Mademoiselle.

La BONNE.

Les Evêques étant assemblés au nombre de 130, le Prêtre Jean, qui faisoit la fonction de Promoteur, par l'ordre de Dioscore, lut la lettre de l'Empereur pour la convocation du Concile. L'Evêque Jule, Légat du St. Siege, proposa de lire les lettres de St. Léon, & Dioscore y consentit; mais le Prêtre Jean, ayant parlé d'une autre lettre de l'Empereur, Dioscore & Juvenal de Jerusalem en ordonnerent la lecture. L'Empereur dans sa lettre ordonnoit, qu'avant toutes choses on traitât de ce qui regardoit la foi, & le Légat fut de cet avis. Dioscore s'y opposa, sous prétexte que la foi étoit fixée, & qu'il n'y falloit rien changer. Cette proposition étoit vraie, mais il étoit vrai aussi qu'Eutychés attaquoit cette foi. On fit entrer cet Hérétique, quoiqu'on refusat d'admettre dans l'Assemblée l'Evêque de Dorylée, qui avoit été son accusateur. Eutychés fit un discours rempli

pli

pli de calomnies, pour montrer qu'il avoit été injustement condamné, & demanda qu'on lut les actes faits contre lui. Les Légats du Pape y consentirent, à condition qu'on liroit aussi les lettres de St. Léon, d'autant plus qu'elles avoient été écrites à l'occasion de ces actes, qu'on avoit soigneusement examinés dans un Concile à Rome. Eutychés, qui d'abord avoit fait semblant de se soumettre au Pape, récusa ses Légats, parce qu'ils logeoient chez Flavien, & qu'ils avoient diné avec lui, & protesta qu'il s'en tenoit à la foi publiée à Nicée & à Ephese; sur quoi les Evêques le déclarerent Catholique, & leverent son excommunication : & comme ils crioient tous qu'ils s'en tenoient à la foi de Nicée & d'Ephese, les Légats protesterent que c'étoit la foi des Evêques d'Occident & du Pape, & récidiverent la demande, déjà faite deux fois, de lire les lettres de Saint Léon; mais on ne le leur permit pas.

Lady LOUISE.

Les Evêques pouvoient-ils se dire

penſer de juſtifier Eutychés , puiſqu'il ſe ſoumettoit à la foi, & nioit de l'avoir jamais combattue?

La BONNE.

Et depuis quand, Madame, déclare-t-on un homme accuſé, innocent, ſur ſon propre témoignage ? Pourquoi ne lui pas confronter ſon accuſateur ? Pourquoi refuſer ſi obſtinément de lire les lettres du Pape ? Pourquoi ne pas demander à Eutychés qu'il anathéma-tiſat l'héréſie dont il étoit accuſé ? Vous voyez que le but de Dioſcore étoit de le juſtifier aux dépens de St. Flavien qui l'avoit condamné. Son intention ſe manifeſta bientôt , puiſqu'il prononça une ſentence de dépoſition contre ce Saint.

Tous ceux qui n'étoient point en-trés dans ſon complot , ayant à leur tête Euſebe d'Icone , l'interrompirent, & en vinrent même juſqu'à embraſſer ſes genoux, pour le conjurer de ne pas prononcer une ſentence ſi inique; & comme malgré ſes refus ils conti-nuoient à reſter à ſes pieds , Dioſcore ordonna qu'on fit entrer le Proconſul

avec un grand nombre de Soldats ar-
més d'épées & de bâtons. On garda
les Evêques jusqu'au soir, environnés
de ces satellites ; & ceux qui ne voulurent pas souscrire, furent déposés
ou exilés.

Le R A B B I N.

La procédure d'Ephese est si manifestement injuste, qu'on ne recevroit
pas un pareil arrêt donné par des Juges séculiers, dans la plus petite des
affaires temporelles. Ce beau jugement subsista-t-il, Mademoiselle ?

La B O N N E.

Non, Monsieur. Les Evêques qu'on
avoit empêchés en Orient d'aller à
cette assemblée, refuserent de la reconnoitre, & la nouvelle de ce qui
s'y étoit passé, étant arrivée à Rome
dans le temps du Concile qu'on y as-
sembloit tous les ans, tout ce qui avoit
été fait à Ephese, fut déclaré nul. Le
Protecteur d'Eutychés ayant été banni
pour d'autres crimes, & l'Empereur
Théodose étant mort, sa sœur Pulchérie eut le crédit de faire donner la

couronne impériale à Marcien grand
Capitaine, déjà fort âgé ; & pour lui
donner plus d'autorité , elle l'époufa,
à condition de vivre, comme elle avoit
fait jufqu'alors , en gardant la virgi-
nité.

Un des premiers foins de l'Empereur & de Pulchérie , fut d'accorder
à St. Léon un Concile légitime, &
les Légats s'étant affemblés à Conftantinople , avec ce qu'il y avoit d'E-
vêques, l'héréfie d'Eutychés y fut condamnée tout d'une voix.

Lady MÉRY.

L'Empereur rappella-t il de fon exil
le Patriarche Flavien , qui avoit été fi
injuftement dépofé ?

La BONNE.

Il étoit mort dans fon exil , accablé de coups & de mauvais traitemens:
auffi eft-il honoré comme Martyr, &
à bon droit. On mit dans fon fiege
Anatolius qui condamna Eutychés. Et
comme l'Empereur écrivit à St. Léon
pour la tenue d'un Concile , le Pape le
pria de ne point permettre qu'on exa-

minat le myſtere du ſalut , comme ſi on doutoit de ce qu'on devoit croire , & il dit ces paroles , que je vous prie de remarquer. *Il n'eſt pas permis de s'éloigner par le moindre mot de la doctrine des Evangéliſtes & des Apôtres, & d'entendre autrement la Sainte Ecriture que nos peres l'ont appriſe & enſeignée , ni par conſéquent de remuer encore des queſtions impies , que le St. Eſprit a éteintes auſſitôt que le Demon les a excitées. Il ſeroit trop injuſte que quelques peu d'inſenſés fiſſent révoquer en doute ſi Eutychés a eu des ſentimens impies , ou ſi Dioſcore a mal jugé. Il n'eſt pas queſtion quelle foi on doit tenir ; mais à qui on doit pardonner de ceux qui reconnoiſſent leurs fautes.*

Voilà , Meſdames , comme l'on parloit l'an 451 , temps très voiſin des Apôtres, eû égard à celui dans lequel nous vivons. On y diſoit, comme nous diſons aujourd'hui : il n'eſt pas permis de s'éloigner d'un ſeul mot de la doctrine des Apôtres & des Evangéliſtes, ni d'entendre l'Ecriture autrement que nos peres nous l'ont appriſe. L'Egliſe a répété ces mémorables paroles à tous les Hérétiques qui ont paru depuis ; elle les répétera à ceux qui paroîtront encore ; car elle est uniforme dans son langage, comme dans ses décisions.

Le CALVINISTE.

Ce langage est le nôtre, Mademoiselle. Nous nous plaignons de ce que l'Eglise Romaine s'est écartée de la doctrine des Apôtres & des Evangélistes ; car pour ce qui est des sentimens des Peres, ils étoient hommes.

La BONNE.

Arius a fait le même reproche aux Peres de Nicée : Nestorius & Eutychés ont fait les mêmes plaintes contre les Conciles qui les ont condamnés. Disoient-ils vrai ? Disoient-il faux ? Auriez-vous conseillé aux Chrétiens de ce temps là de les en croire, & d'abandonner la foi du plus grand nombre? Cette foi, dont parle St. Léon, s'est perpétuée jusqu'à nos jours : toutes les fois que le Démon a excité les Novateurs à remuer des questions impies, le St. Esprit les a éteintes ; & malgré les horribles tempêtes que l'enfer a excitées contre la barque de Pierre, elle est restée sur l'eau au milieu des plus grandes agitations.

L'Anglican.

Vous mettez en fait ce qui est en question : vous prétendez que l'Eglise Romaine ne s'est jamais écartée de la doctrine des Apôtres & des Evangélistes, nous le nions ; qui sera notre Juge ?

La Bonne.

Ceux qui ont jugé Arius, Nestorius, Eutychés, le plus grand nombre des Evêques unis à leur Chef. Si cette autorité n'est pas suffisante pour juger Luther, Calvin & les autres, elle ne l'a pas été pour condamner ces Hérétiques.

Miss Dorothée.

Assûrément, Messieurs, l'Eglise Romaine est d'accord avec St. Léon, & vous n'y êtes pas. Ce Pape dit formellement qu'il faut entendre l'Ecriture, comme les Peres l'ont entendue & prêchée. Vous rejettez leur autorité ;

vous n'êtes donc pas de l'Eglise qui subsistoit du temps de ce Saint. Celle là étoit hérétique , ou vous l'êtes. Or il y a mille ans que l'Eglise visible a disparu selon votre compte. Jesus a attendu bien long-temps à la ressusciter en vous !

BELESPRIT.

Vous disputez contre vos lumieres, je ne puis m'empêcher de le penser, Mr. le *Calviniste*. Vous avez parlé à la Catholique à Dordrect, vous venez même de le faire avec Mr. *Valens*, & dans toutes les disputes, que les Protestants ont eues avec les Ariens , ils n'ont jamais pu leur opposer que l'autorité des Peres & des Conciles. Effectivement s'il faut s'en tenir à l'Ecriture Sainte mal interprétée, les Ariens ont dix passages à vous alléguer dans le temps que vous n'en avez qu'un à objecter aux Catholiques. D'ailleurs les Ariens ont pour eux l'ancienneté de la datte. Il n'appartient qu'à un Catholique de convaincre un Arien, & je vais vous avouer , que si les paroles de Jesus-Christ ne m'avoient fixé sans retour dans la foi de l'Eglise Romaine, j'aurois été Arien plutôt que Calviniste. Je dis, *je deviendrois*; car Messieurs les Philosophes m'avoient rendu *Rienniste*.

L'ARIEN.

Eh *!* comment les paroles de Jesus ne vous auroient-elles pas fixé ? Elles m'ont terrassé, moi qui vous parle. Avouez-le de bonne foi, Monsieur le *Calviniste;* vos Apôtres ont été nos peres, nos restaurateurs : c'est eux qui ont brisé les entraves salutaires que Jesus avoit mises à l'orgueil, & à la légéreté de l'esprit humain. Comment se persuader qu'il étoit Dieu, en voyant son Ecriture devenir une épée meurtriere dont l'on se servoit pour autoriser les opinions les plus extravagantes ? Chez les Catholiques, les livres saints sont la nourriture de l'ame des fideles ; ils n'en peuvent jamais abuser, l'autorité de l'Eglise en détermine le sens. Chez vous, elle produit chaque jour des novateurs, des opinions monstrueuses : elle a détruit toute subordination.

Lady S.

En vérité, Monsieur *Valens*, vous parlez d'une étrange maniere: on diroit à vous entendre, que vous êtes devenu Papiste.

L'ARIEN.

Et on diroit vrai, Madame : il faudroit ajouter & le plus soumis. J'ai éprouvé trop de tempêtes en voulant me soustraire au joug de la soumission que Jesus a imposée aux Chrétiens : j'en connois l'indispensable nécessité, & je reconnois qu'il est Dieu, à la sagesse qui lui a fait prévoir, & le mal & le remede.

Lady S.

Je ne vous suivrai pas dans cet écart, Monsieur. Il est de plus habiles gens que vous dont je prendrai les leçons. Mais, voyez, quelle sottise !

Le RABBIN.

J'espere, *Milady*, que cela ne sera pas votre dernier mot ; vous voulez bien que nous continuons. Comment finit l'affaire d'Eutychés ?

La BONNE.

L'Empereur assembla un Concile à Chalcedoine, où l'on déclara qu'on se tenoit inviolablement attaché à la foi annoncée dans les Conciles précédents. Mais, ajouta-t-on : *Les ennemis de la vérité ont inventé de nouvelles expressions ; les uns voulant anéantir le Mystere de l'Incarnation, & refusant à la Vierge le titre de Mere de Dieu ; les autres introduisant une confusion & un mélange, & forgeant une opinion insensée & monstrueuse, qu'il n'y a qu'une nature de la chair & de la divinité, & que la nature du Fils est passible. C'est pourquoi le Saint Concile œcuménique, voulant obvier à toutes leurs entreprises, & montrer que la doctrine de l'Eglise est toujours inébranlable, à défini que la foi des trois cent dix-huit Peres est inviolable. De plus, il confirme la doctrine que les cent cinquante Peres, assemblés à Constantinople, ont enseignée touchant la substance du St. Esprit à cause de ceux qui l'at-*

taquoient, & non qu'ils cruſſent qu'il manquoit quelque choſe à l'expoſition précédente.

Lady LOUISE.

Je n'entends pas bien ces dernieres paroles; voulez-vous bien me les expliquer ?

La BONNE.

Permettez-moi auparavant de finir le paſſage commencé. *Et à cauſe de ceux qui veulent détruire le Myſtere de l'Incarnation, le Concile reçoit les lettres Synodales du Bienheureux Cyrille tant à Neſtorius qu'aux Orientaux, comme propres à réfuter l'erreur de Neſtorius, & à exqliquer le ſens du Symbole. Le Concile y joint avec raiſon la lettre du très Saint Archévêque Léon à Flavien contre l'erreur d'Eutychés, comme conforme à la confeſſion de St. Pierre, & également propre à détruire les erreurs, & à affermir la vérité.*

Le CALVINISTE.

N'avois-je pas raiſon de dire, Mademoiſelle, que la foi de l'Egliſe

Romaine s'étoit formée par lambeaux;
qu'elle n'a pas été parfaite du premier coup, & que ces différents lambeaux ont été faits de temps à autres,
& ensuite recousus ensemble? Car enfin, ce ne fut qu'après le Concile de
Nicée qu'on sut à quoi s'en tenir sur
la divinité de Jesus, ou du moins sur
sa nature. J'en dis autant de la foi sur
le St. Esprit, qui eut besoin d'un autre
Concile pour être crue des fideles.
Vous avez vu qu'avant Nestorius &
Eutychés, on confondoit en Jesus les
deux natures, ou l'on admettoit en lui
deux personnes.

Lady VIOLENTE.

Voilà du singulier. Rêvez - vous,
Monsieur, quand vous tenez un pareil discours? Vous appellez la foi du
Mystere de la Sainte Trinité, la foi
de l'Eglise Romaine, vous parlez du
même ton du Mystere de l'Incarnation.
Ne sont-ils pas la foi de votre Eglise
& de la nôtre? D'ailleurs c'est sur la
foi de ces grands Mysteres que l'Eglise est fondée : s'ils n'ont pas été crus
avant le quatrieme & cinquieme siecle,

il n'y a donc pas eu d'Eglife avant ce
temps? Les Apôtres ont donc bien
mal rempli leur miſſion, s'ils ont laiſſé à leurs Succeſſeurs le ſoin de nous
apprendre ce que nous devions croire
ſur ces grands Myſteres. Je vous l'a-
voue; je n'ai de ma vie entendu une
telle impiété, & je ne vois pas qu'elle
puiſſe aboutir à autre choſe qu'à détruire toute religion.

La BONNE.

Ce n'eſt pas là l'intention de Monſieur, ni de ceux qui l'ont dit avant
lui; il n'a pas l'honneur de l'invention,
& la charité m'oblige de croire qu'il
a pris ce mauvais raiſonnement, ou
plutôt cette impiété toute faite ſans
en ſentir les conſéquences.

Le RABBIN.

En effet cette ſuppoſition anéanti-
roit tout Chriſtianiſme. Il ſeroit un
ouvrage humain auquel chacun pourroit ajouter, ôter; & des perſonnes
raiſonnables auroient droit de rejetter
une foi qui ſeroit de la façon des hommes.

Le CALVINISTE.

Vous tirez de mon discours une conséquence que je nie. Ce n'est pas à nous à demander à Dieu raison de ses œuvres : sans doute qu'il en avoit de bonnes, quand il lui a plu de nous découvrir la vérité peu à peu : il faut adorer ses voies dans le silence, sans vouloir nous mêler de les approfondir.

La BONNE

Je vous proteste, Monsieur, que dans ce que je vais vous dire, je n'ai pas le moindre dessein de vous fâcher; mais je ne puis tenir la vérité captive.

Un jeune Officier Suisse me disoit cette année, la larme à l'œil, que le Déisme avoit pénétré jusques dans son Pays, & qu'il y faisoit chaque jour des progrès. Avouons le, de bonne foi, c'est la religion à la mode, aussi bien en Angleterre qu'en France, & ailleurs. A quoi doit-on attribuer un pareil malheur? A des raisonnements pareils à ceux que vous venez d'en-

tendre, Mefdames. Un Dieu qui fe
foucie peu de la foi des hommes, tel
que nous le préfentent les Tolérants,
a fait naître chez nos foi-difants Philofophes, l'idée d'un Dieu qui fe foucie peu de notre morale. Une religion
humaine ne mérite pas de captiver
des favants, il faut la laiffer au vúl-
gaire. Un Dieu qui nous punit ou nous
récompenfe eû égard à fon bon plaifir, qui nous deftine à être méchants
& Réprouvés, feulement parce que
le meilleur monde le demandoit ainfi,
qui nous juftifie par la foi de nos peres, qui s'eft tellement mis dans la
tête de fauver une partie des hommes,
& de damner l'autre, que les crimes
des premiers ne peuvent leur ôter la
grace ; ni les bonnes œuvres des fe-
conds, l'attirer : toutes ces idées, dis-
je, doivent détruire toute idée d'un
premier être chez les hommes qui
penfent, ou offrir pour divinité à ceux
qui ne penfent pas, un être contraire
à lui-même, & moins bon qu'ils ne le
font eux-mêmes pour peu qu'ils foient
honnêtes gens. Voilà pourtant le Ca-
téchifme qui fort naturellement des

ouvrages de Luther, de Calvin, des décisions de Dordrect. Ces ouvrages en ont produit d'autres, & font les peres du Dictionnaire de Bayle, de la Philosophie de Leibnits, de l'ouvrage intitulé l'*Esprit*, & de mille autres semblables. Ai-je tort, Monsieur *Belesprit?*

BELESPRIT.

Non, assûrément, ces ouvrages ont été mes Catéchismes, & celui de mes confreres les Déistes. Je vois même clairement qu'il faut en venir à croire ces Auteurs, quoiqu'ils se contredisent eux-mêmes à chaque page, si on reçoit l'idée de cette religion formée par lambeaux. Ce n'étoit pourtant pas là l'intention de celui qui l'a mise au jour, je le présume du moins.

La BONNE.

Et vous avez raison. Un grand homme de notre siecle, Monsieur Bossuet Evêque de Meaux, a fait un ouvrage dans lequel il a réuni les variations des Eglises réformées: il a prouvé aux Protestants par leurs professions de foi, qu'ils ont changé, retouché leur foi, de maniere qu'ils sont tombés en contradiction avec eux-mêmes. Il leur a dit : le Saint - Esprit ne se contredit jamais, il enseigne tout d'un coup ce qu'il faut croire, & Jesus a dit lui-même, qu'il venoit enseigner toute vérité. Il y a de la contradiction dans les confessions de foi des Protestants: Donc le St. Esprit ne les a pas dictées. A cette conclusion il a ajouté une proposition. Prouvez-moi, a-t-il dit aux Protestants, que l'Eglise Romaine a varié une seule fois dans sa doctrine, & je quitte cette Eglise l'instant d'après.

Lady LOUISE.

Mais cela ne répond point à la question que je vous avois faite. Pourquoi ajouter à la foi de Nicée si elle étoit suffisante?

La BONNE.

Vous êtes bien vive, ma chere, que ne m'écoutiez-vous jusqu'au bout? L'Eglise de Jesus - Christ, depuis les Apôtres, est en possession & de la

foi, & de la soumission des fideles.
La foi des mysteres de la Ste. Trinité
& de l'Incarnation est suffisamment
exprimée dans le symbole, que nous
appellons des Apôtres, & si jamais
Arius n'avoit cherché à donner un
mauvais sens à ces paroles : *Et en Jesus-Christ son fils unique notre Seigneur;*
elle n'auroit pas eu besoin d'employer
le mot *consubstantiel.* Ce mot n'apportoit point une nouvelle foi ; les fideles croyoient autant à la divinité de
Jesus , avant qu'on eut employé ce
mot, qu'auparavant : il n'a point changé l'idée qu'ils avoient du fils de Dieu;
mais il leur a donné le moyen de connoître ceux qui avoient la même foi
qu'eux , d'avec ceux qui regardoient
Jesus comme un homme. A mesure
que les Hérétiques se sont écartés du
sens du symbole, à mesure qu'ils ont
touché aux vérités de foi, qu'elle avoit
reçues des Apôtres , l'Eglise a pré-
cautionné ses enfants contre leurs erreurs , & a dit ce que les Peres du
Concile de Chalcédoine dirent alors ,
& que vous n'avez pas remarqué. *Ce
n'est pas qu'il manque rien à la foi pré-*

sédente. Elle existoit, les fideles la recevoient de l'Eglise ; mais des hommes nouveaux veulent leur enlever cette foi en changeant le sens que l'Eglise a toujours attaché aux mots dont on s'est servi ; il faut nécessairement fixer ces mots, par d'autres si décisifs, que les Hérétiques ne puissent en abuser : ses enfants fideles n'en avoient pas besoin ; mais elle doit l'instruction à ceux mêmes, qui se révoltent contre elle, & le soutien aux foibles & aux petits, qui pourroient croire que ces nouveaux venus n'expliquent que la foi ancienne, dans le temps qu'ils la détruisent ; car vous m'avouerez qu'il n'y a rien dont on abuse plus que *des mots*, témoin le *semblable en substance.*

Lady Louise.

Je vous entends à présent, ma *Bonne* ; mais vous ne nous avez point expliqué pourquoi on a inventé le systême de l'Eglise, dont la foi s'est formée par lambeaux : c'est ma faute, je vous ai interrompue.

La Bonne.

Monfieur de Meaux ayant prouvé, mais fans replique, les variations de l'Eglife Proteftante, ayant montré que fa foi s'étoit formée par lambeaux, mais fi mal taillés, qu'il n'eft pas poffible de les rejoindre enfemble pour en faire un tout, il a fallu, pour lui répondre, lui dire que la même chofe étoit arrivée dans les premiers fiecles. Ceux qui l'ont dit les premiers, favoient bien que cela étoit faux; mais ils ont dit comme Mezerai: qui fe donnera la peine de l'examiner? On nous en croira fur notre parole, & fi quelques favants nous démafquent, nous crierons contre leurs ouvrages, & en donnerons horreur aux Proteftants crédules.

Le CALVINISTE.

C'eft une calomnie.; chacun chez nous eft libre de lire toutes fortes de livres.

La BONNE.

Nos converfations feront écrites,

Monfieur. Au lieu de me répondre, on prendra un chemin plus court, on dira du mal de l'ouvrage, peut-être de l'Auteur, & les efprits prévénus ne le liront pas: cependant il feroit facile de me confondre à peu de frais. Si j'ai avancé le faux, il faut le prouver. Si j'ai dit vrai, il n'eft plus poffible d'être Proteftant.

Le CALVINISTE.

On diroit à vous entendre, qu'il n'eft queftion entre nous que des matieres décidées dans les premiers Conciles. Tenez-vous en là, & nous ferons d'accord. Etoit-il alors queftion de l'Euchariftie, du Purgatoire, de la Priere pour les Saints, & des nouveaux dogmes que votre Eglife a inventés depuis, & dont je vous défie de me montrer trace dans ces premiers Conciles. S'ils euffent été vraiment reçus alors, n'en auroit-on pas fait mention ?

La BONNE.

Par conféquent ùn Macédonien, qui parloit contre le Saint-Efprit, un Neftorien & un Eutychien qui erroient par rapport au Myſtere de l'Incarnation, pouvoient dire: cette foi eſt nouvellement inventée, les trois cent dix-huit Peres n'en ont pas dit un mot. Le Pape Saint Léon vous a dit qu'on n'aſſembloit point un Concile pour ſavoir ce qu'on devoit croire; mais à qui l'on devoit pardonner; car depuis près de dix-huit ſiecles, la foi de l'Egliſe a été formée par les Saintes Ecritures, & par les Apôtres.

Le CALVINISTE.

Finiſſons une bonne fois. Tout gît en preuves; vous nous les avez promiſes, il faut nous les donner. Montrez - nous qu'on a cru la tranſubſtantiation dès les premiers ſiécles de l'Egliſe, le Purgatoire, la Meſſe, le Culte des Saints, & des Images, & les autres dogmes que vous croyez à préſent. Détruiſez mes accuſations, & ne vous arrêtez plus en chemin.

La BONNE.

Vous avez occaſionné la plupart de nos poſes, Monſieur, & je n'y ai

point de regret : nous avançons len-
tement ; mais nous épuisons les objections qu'on pourroit faire, & je m'in-
terromprai toujours avec plaisir pour
répondre à ces Dames. Mr. le *Rabbin*,
résumez, je vous prie, tout ce que
nous avons prouvé jusqu'à présent pour
n'y plus revenir.

Le RABBIN.

Les Indulgences, l'autorité, la nécessité, la vérité d'un Tribunal pour
expliquer le sens de l'Ecriture, le mérite des œuvres, la confession auriculaire & la Pénitence, Sacrement institué par Jesus-Christ. Il me semble
que vous avez prouvé encore que le
fanatisme, l'irréligion, l'indifférence
sur la foi sont des suites naturelles
de la révolte contre l'Eglise.

La BONNE.

Il me reste donc à vous montrer
notre foi d'aujourd'hui, dès les premiers siecles de l'Eglise. Si après l'a-
voir fait, Messieurs & Dames, vous
résistez encore à la vérité, je vous
appelle au jugement de Dieu, je serai

rai nette de vos ames, & deviendrai
votre acufatrice.

Lady LOUISE.

Quand vous devriez dire que je me
répete, je ne puis m'empêcher de
vous témoigner combien cet article
de votre religion me révolte. Je ne
puis m'accoutumer à vous entendre
damner ceux qui n'en font pas.

Le RABBIN.

J'avois oublié que c'étoit encore un
article décidé. *Lady Louife* l'a oublié auffi, à ce qu'il paroît. Difons
en encore un mot, & s'il eft décifif,
qu'il n'en foit plus queftion. Pardon,
Madame. Si vous étiez conféquente,
vous ne feriez pas un crime à l'Eglife
Romaine d'un dogme qu'elle a puifé
dans l'Evangile. Nous fommes obligés felon Jefus - Chrift de regarder
comme un Païen & un Publicain celui qui n'obéit pas à l'Eglife. Celui
qui n'aura pas la foi, ne fera pas fauvé, dit encore Jefus. Voudriez - vous
que l'Eglife Romaine donnat un démenti au Fils de Dieu? On vous a dit

Tom. V. cinquieme Part.   F

que ſi vous avez la foi, Mademoiſelle *Bonne* ne l'a pas, cela eſt clair. Il y en a donc une de vous deux qui ne peut être ſauvée, cela eſt encore clair. C'eſt ſur ce principe qu'a parlé Saint Athanaſe, & quoique Mademoiſelle *Bonne*, pour être très exacte, ne vous ait pas affirmé que ce Symbole ſoit de lui, il y a des Auteurs qui le croyent. Du moins tous conviennent qu'il eſt pris de la doctrine de ce Saint, que l'Egliſe a canoniſée. On diſoit donc au quatrieme ſiecle comme en celui-ci. Hors l'Egliſe qui poſſede ce Symbole, il n'y a pas de ſalut. A-t-on reproché à St. Athanaſe d'avoir inventé un dogme nouveau, lui qu'on accuſoit de tant de crimes ? A-t-on même penſé à dire que ſa doctrine étoit nouvelle ? Non, car elle étoit établie par Jeſus-Chriſt, & appuyée par tous les Apôtres & les Saints. St. Paul appelle les Hérétiques, *des hommes livrés à Satan*, auroit-il dit qu'ils ſeroient ſauvés, s'ils mouroient en cet état ? Le Ciel eſt-il pour les Eſclaves de Satan ? *Que ton argent périſſe avec toi*, dit St. Pierre à Simon le Magicien. Ce

Saint manquoit-il alors de charité ?
St. Jean dans son Apocalypse, manquoit-il de charité, quand il dit à un
des sept Evêqves ? *Je sais que vous
avez quelque chose de bon , c'est que
vous haïssez les Nicolaïstes.* Une des
preuves que les Eglises Protestantes
ne sont pas celle que Jesus a fondée,
c'est qu'au moment où elles se vantent
de ne croire que la Sainte Ecriture,
elles en anéantissent un des principaux
passages.

La BONNE.

La premiere fois que nous nous re-
trouverons , Mesdames, nous exami-
nerons à fond, de quel temps on doit
datter l'autorité des Papes ; & si elle
ne remonte pas à celui des Apôtres,
je vous l'abandonnerai de bon cœur,
aussi bien que tous les dogmes qui
n'ont pas la même origine.

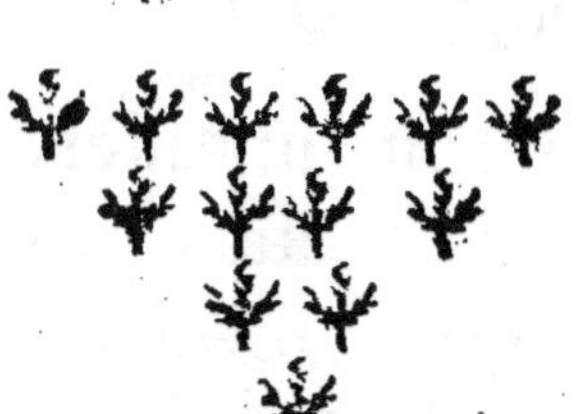

SECONDE JOURNÉE.

*Les Ministres, La Bonne, Monsieur
de Bonnefoi, Le Rabbin, Lady
Louise, Miss Dorothée,
Lady Violente, Lady
Méry.*

Miss DOROTHÉE.

COMMENT, ma *Bonne* ! Ces
Dames ne font pas encore venues. Nous craignions, *Lady Louise,*
& moi, d'arriver des dernieres.

La BONNE.

Toutes celles qui doivent être à notre converfation, font ici, ma chere ;
j'ai reçu des lettres de ces Dames, par
lefquelles elles ont pris leur congé.

Lady LOUISE.

Cela me paroît fingulier. Pourroit-
an vous demander fans indifcrétion,
ma *Bonne*, quels motifs elles vous
ont donnés de leur défertion ?

La BONNE.

Lifez tout haut la lettre de *Miſs Champêtre*, Madame. Comme elle ne m'a pas demandé le ſecret, je puis vous la communiquer.

Lettre de Miſs Champêtre à Mademoiſelle Bonne.

Ma Bonne,

» Je ne puis vous exprimer le cha-
» grin que je ſens d'être forcée de
» vous abandonner; mais cette dé-
» marche eſt pour moi d'une néceſ-
» ſité abſolue. Il eſt certain que ſi
» vous prouvez tout ce que vous avez
» avancé, il n'y a pas d'autre parti à
» prendre, que celui de ſe faire Ca-
» tholique, & vous ſentez l'impoſſi-
» bilité dans laquelle je ſuis de faire
» une telle démarche. Vous ſavez que
» mon Mari ayant perdu preſque tous
» ſes biens, nous ne ſubſiſtons que
» par ſes emplois : en changeant de
» religion, je riſquerois de les lui
» faire perdre. Si j'étois Catholique,

F 3

» il faudroit élever mes enfants dans
» la religion que je croirois la meil-
» leure ; ce seroit leur fermer la
» porte à tout. Il vaut donc mieux
» que je me retire à présent qu'il n'y
» a rien ou peu de chose de prouvé:
» je me dirai que vous auriez été dans
» l'impossibilité, ou plutôt je ne me
» dirai rien; je mettrai tous mes soins
» à vous oublier, vous & vos leçons.
» Je me dirai..... oh! Je ne sais ce
». que je me dirai; mais toujours est-
» il sûr que je ne vous reverrai ja-
» mais. «

Le RABBIN.

En vérité je plains cette pauvre Dame. Il est clair par sa lettre qu'elle
entrevoit la vérité, & qu'elle s'y refuse. J'ai éprouvé cette terrible situa-
tion, & je vous assure que c'est une
véritable agonie.

La BONNE.

Ce n'est pas là son dernier mot,
Monsieur ; je la laisse aux prises avec
sa conscience : elle parlera plus haut
que je ne pourrois le faire. La voilà

dans le cas de l'Evangile , qui dit qu'il faut arracher cet œil , couper cette main , ce pied qui font des fujets de fcandale.

Lady LOUISE.

J'avoue que cela eft difficile ; mais il eft plus pénible encore d'aller en Enfer. Perfonne n'a des liens plus forts que moi : j'adore mon Mari , mon Pere & mes Enfants ; ils le meritent ; vous le favez , ma *Bonne* ; mais je veux aimer Dieu plus qu'eux. Je lui demande fans ceffe les lumieres de fon Saint-Efprit pour connoître la vérité , & je la fuivrai quoiqu'il m'en coûte (avec le fecours de fa grace , s'entend). Je vous l'avoue ; je frémis dépuis la tête jufqu'aux pieds , en prononçant fes paroles. Quoi ! Il faudroit regarder tant d'amies que j'ai eues, comme perdues pour moi. Il faudroit déchirer le cœur du plus tendre des Epoux, du meilleur de tous les peres. Ah ! Ma *Bonne* , qu'il me faudroit une puiffante grace pour en venir là !

La BONNE.

Dieu vous la donnera, ma chere:
& que favez vous fi votre exemple &
vos prieres ne leur procureroient pas
le plus précieux de tous les biens, le
don ineftimable de la foi? Je connois
peu, Monfeigneur votre Epoux; mais
votre refpectable pere a tant d'honneur, de probité, de charité, que je
le crois proche du Royaume des Cieux.
Peut-être Dieu, qui l'a regardé dans fa
miféricorde, veut-il fe fervir de vous,
pour lui ouvrir les yeux. Il ne lui
manque que d'examiner fa religion,
de la confronter avec la nôtre. Of-
frez-lui hardiment cet examen, vous
ne courez aucun rifque. La vérité ne
craint point le grand jour ; il n'y a
que l'erreur qui fuit l'examen.

Le CALVINISTE.

Je conviens de ce principe, Mademoifelle, & j'en conclus contre vous.
Chez nous l'examen eft ouvert à tout
le monde. La lecture de l'Ecriture
Sainte eft recommandée, chacun y
peut former fa foi, & nous ne vou-

lons aſſujettir perſonne à nos déciſions. Chez vous au contraire , tout
examen eſt défendu : il faut recevoir
aveuglément les déciſions de votre
Egliſe , ſans examiner ſi elles ſont contraires à l'Ecriture : la lecture de nos
livres vous eſt interdite ſous peine
d'excommunication. C'eſt que les erreurs que vous profeſſez , craignent
la lumiere.

Le RABBIN.

Je me charge de cette réponſe ,
Monſieur. Les Catholiques ont raiſon
d'en agir ainſi , & vous auriez tort en
ſuivant la même méthode. Quiconque
croit aux paroles de Jeſus tant de fois
répétées , laiſſe à l'Egliſe le ſoin de
former ſa foi , parce qu'il eſt convaincu que les portes de l'Enfer ne prévaudront jamais contre elle , & que
Jeſus ſera avec elle juſqu'à la conſom-
mation des ſiecles. On ne riſque rien
à croire aveuglément après une telle
garantie; & je ſoutiens qu'un homme,
qui croit qu'il eſt néceſſaire d'examiner les déciſions de l'Egliſe, ceſſe dès
le moment d'avoir la foi néceſſaire au

salut, parce qu'il doute de l'accomplissement des paroles de Jesus. Vous ne pourriez, Monsieur, exiger une pareille soumission : Votre Eglise, de votre aveu, & par la notorieté des faits, n'est pas infaillible. Vous dites qu'elle ne force personne à se soumettre à ses décisions : c'est avouer tacitement qu'elle n'est pas l'Eglise de Jesus ; celle-là ne se peut tromper, & il faut obéir à ses décisions, sous peine d'être regardé comme un Païen & un Publicain. Tenez, Monsieur : cette seule liberté d'examiner les décisions de votre Eglise, me feroit cesser d'être Protestant si j'avois le malheur de l'être. Une Eglise, qui avoue qu'elle n'est pas infaillible, & qu'on peut se sauver hors de son sein, ne peut être l'Eglise de Jesus.

Le CALVINISTE.

Vous vous trompez, Monsieur. Nous obligeons tous ceux de notre communion à recevoir les décisions, ou plutôt les confessions de foi de notre Eglise, & nous retranchons de notre communion ceux qui refusent d'y souscrire : mais nous n'avons pas la cruauté de leur refuser le salut, parce qu'ils se trompent dans des points qui ne sont pas essentiels.

Le Rabbin.

Votre réponse, mon cher Monsieur, quoiqu'elle soit fort courte, fourmille de contradictions. Vous ne pouvez obliger personne à souscrire à vos confessions de foi, puisque vous convenez qu'elles sont faites par des hommes qui peuvent se tromper, puisque vous convenez même qu'ils se sont trompés, & que vous avez été forcés d'abandonner les décisions les plus authentiques qu'ils ayent portées. Pour avoir droit d'exiger l'obéissance des fideles, il faudroit que vos décisions renfermassent cette foi, dont Jesus a confié le dépôt à son Eglise, cette foi nécessaire au salut : mais aussi rien ne pourroit suppléer à cette foi ; & dire qu'on peut se sauver sans elle, c'est donner un démenti formel à Jesus qui dit : *Celui qui n'aura pas la foi, ne sera pas sauvé.* Vous ajoutez que vous ne pouvez refuser le salut à des gens qui ne se

trompent pas dans des points essentiels ; mais vous les chassez de votre
Eglise : si elle étoit l'arche, ne seroit-
ce pas une impiété de dire qu'on peut
se sauver hors d'elle ? Si les choses
dans lesquelles ils errent, ne sont pas
essentielles au salut, vous manquez
cruellement de charité, en séparant
de votre corps des gens qui sont encore membres de Jesus-Christ. C'est
déchirer la robe du Sauveur sans aucune nécessité ; c'est faire un scandale,
un schisme. Or après le péché, le
schisme est le plus grand de tous les
maux ; ou plutôt il est lui-même un
très grand péché.

Lady LOUISE.

Je vous prie de me dire, s'il est vrai
qu'on vous défende la lecture des livres
protestants.

La BONNE.

Loin de les défendre aux personn-
nes instruites, rien n'est plus propre à
les affermir dans la foi. J'en ai lus plusieurs, & j'en lirai tout autant qu'il
m'en tombera dans les mains, parce
que l'on me l'a permis ; mais cette per-

miſſion ne s'accorde point aux ignorants, & je veux vous faire juge des
raiſons qui engagent à la refuſer. Ces
livres diſent affirmativement, que l'E-
gliſe Romaine enſeigne des dogmes
nouveaux ; que ſa doctrine eſt contraire à celle qu'elle a reçue des Apôtres,
& mille autres fauſſetés, que nos Ecrivains ne manquent pas de réfuter ;
mais comme ces réfutations ne ſont
pas des livres communs, ceux qui li-
ſent les livres proteſtants, ignorent
même leur exiſtence, & pourroient
s'expoſer aux tentations : d'ailleurs il
eſt mille ſortes de gens, capables de
retenir les injures groſſieres qu'on nous
prodigue à chacune des pages de ces
ſortes de livres, & qui ſont trop bornés pour entendre le faux des raiſon-
nements ſur leſquels ils ſont appuyés.
Les contradictions ne choquent que
les perſonnes accoutumées à raiſonner
juſte, & celles-là font le petit nombre. Vis - à - vis d'elles je le répete, le
poiſon répandu dans ces livres porte
ſon antidote. Ce fut en liſant l'hiſtoire
de la réformation, que la Ducheſſe
d'York & ſon Epoux devinrent Catho-

liques ; & je ne trouve rien de plus propre à défabufer un Anglican, que la lecture des ouvrages de l'Evêque de Saint Afaph.

Lady LOUISE.

Je n'ai jamais entendu parler de ces ouvrages : dites nous, je vous prie, de quoi ils traitent.

La BONNE.

Celui qui occupe le fiege d'Afaph dans la Principauté de Galles, s'eft avifé de donner à plufieurs paffages de la Sainte Ecriture, un fens différent de celui qui eft reçu dans l'Eglife Anglicane ; la Cour Eccléfiaftique l'a trouvé mauvais, & a condamné les ouvrages de cet Evêque : il s'en plaint & demande à cette Cour : Y a-t-il une autorité, un tribunal compétent pour interpréter l'Ecriture ? N'y en a-t-il pas ? S'il y en a un, il eft hors de doute qu'au temps de la réformation, nos peres ont été des rébelles, puif-qu'ils ont refufé de fe foumettre aux décifions de ce tribunal. Toute la ré-formation eft fondée fur cette opinion,

que chacun peut interpréter l'Ecriture,
& que nul n'a droit d'assujettir les autres à sa façon de penser. Or s'il n'y
a point de tribunal, de quel droit me
condamnez-vous ?

Lady LOUISE.

Ce raisonnement est conséquent,
& je conçois la raison pour laquelle
il y a dans ce Pays autant de religions
que de têtes : c'est un grand inconvénient sans doute ; mais il est né du
despotisme insupportable que les Papes ont usurpé.

La BONNE.

Distinguons soigneusement , Mesdames, ce que fait le Pape comme
Chef de l'Eglise , ses prérogatives en
cette qualité, & ce qu'il fait comme
homme ; car en cette derniere qualité
il est sujet à l'erreur, & aux passions.
Je vous l'ai déjà dit, je ne suis pas Ul-
tramontaine, & nulle Françoise n'est
plus attachée que moi aux prérogatives de nos Rois. J'ai appris de Jesus,
& des Apôtres, qu'il faut respecter
les Puissances, parce qu'elles viennent

de Dieu ; mais Jesus dit à Pilate : *Mon Royaume n'est pas de ce monde.* En conséquence de ces paroles, je n'accorde au Pape qu'une puissance spirituelle, mais je la lui accorde sans bornes, lorsqu'il est uni au plus grand nombre, & qu'il est question de la foi, des mœurs, & de la discipline générale. Dans ces occasions, il est pour moi le Successeur de Pierre ; l'Eglise est fondée sur lui, & ne peut subsister sans lui, non plus qu'une maison sans fondement, parce que Jesus l'a voulu ainsi. Dans tous les cas où le Successeur de Pierre sort des limites, que Jesus a données à son pouvoir, je ne vois plus que l'homme, parce que Jesus n'a pas promis aux Successeurs de Pierre l'impeccabilité, mais une autorité infaillible pour juger, décider de concert avec les Evêques, dans les matieres de foi.

Miss DOROTHÉE.

Permettez-moi de vous donner un exemple pour voir si je comprends bien ce que vous venez de dire. Il s'est trouvé des Empereurs Grecs qui sont

devenus Ariens , d'autres qui , ou-
bliants qu'il n'étoit pas permis aux
Laïques de mettre la main à l'encen-
soir , ont voulu décider de la Foi dans
des choses que l'Eglise avoit décidées.
Les Papes ont dû leur résister, les
retrancher même du sein de l'Eglise ,
lorsque leur hérésie étoit notoire : la
jurisdiction spirituelle leur donne ce
droit sur tous les Chrétiens en général : mais dans le même temps, ils
devoient obéir à ces mêmes Empereurs dans toutes les choses qui ne regardoient pas la foi : N'est-ce pas cela, ma *Bonne* ?

La BONNE.

Oui , ma chere ; mais lorsqu'ils ont
voulu s'arroger le droit de disposer des
couronnes , comme quelques uns ont
fait , qu'ils ont prétendu dispenser
les sujets du serment de fidélité , qu'ils
avoient fait à leur Souverain, j'aurois
vu l'homme en eux, & non le Successeur de Pierre. J'aurois levé les é-
paules à l'ouïe de leurs prétentions ,
& j'aurois dit : on voit bien que les
promesses de Jesus ne sont pas l'im-

peccabilité ; elles ne regardent que la foi, la discipline & les mœurs, lorsque le Pape en prononce avec le grand nombre, ou que ses décrets sont approuvés du plus grand nombre. J'en dirois autant si le Pape vouloit décider des difficultés qui s'élevent sur les sciences prophanes, telles que l'Astronomie, la Medecine, l'Architecture &c., à moins que ceux qui écrivent sur ces Arts n'eussent avancé quelques propositions relatives à des erreurs condamnées, ou contraires à la doctrine reçue depuis les Apôtres ; car en ce cas, le Vicaire de J. C. reparoitroit à mes yeux : en tout autre cas, c'est un homme.

Lady LOUISE.

Je commence à comprendre la sorte d'infaillibilité que les Catholiques reconnoissent dans le Pape uni au corps des Pasteurs, union qui fait ce qu'ils appellent l'Eglise. Elle est uniquement fondée sur la promesse de Jesus-Christ, & n'a lieu que dans les choses du salut. On me l'avoit expliqué bien autrement. Vous nous avez déjà cité quelques paſſages qui prouvent que la ſupériorité du Pape ſur les Evêques étoit reconnue comme très ancienne, dès le troiſieme ou quatrieme ſiecle ; mais vous nous en avez promis d'autres.

La BONNE.

Remarquez, je vous prie, Madame, qu'on a peu écrit dans les deux premiers ſiecles de l'Egliſe, (excepté les Saintes Ecritures.) Comme dans ces temps, ainſi que dans celui-ci, il s'élevoit des hommes ſuperbes, qui cherchoient à dénaturer les paſſages de l'Evangile pour les tirer à leur ſens, les Peres n'écrivoient que pour réfuter leurs erreurs. Ils diſoient peu de choſe des points qui n'étoient pas attaqués par les Hérétiques ; car il eut été inutile d'écrire pour prouver des choſes que perſonne ne révoquoit en doute. Comme perſonne n'attaquoit alors la primauté du Pape, nous n'avons point d'écrits particuliers qui en parlent ; mais on trouve en pluſieurs endroits des preuves non équivoques de cette primauté. Tertullien, devenu

Montaniste, c'est - à - dire enseignant qu'il y a des péchés irrémissibles, Tertullien, dis je, se moquant d'un décret que le Pape avoit fait à ce sujet, s'exprime en ces termes : *Le souverain Pontife, c'est-à-dire l'Evêque des Evêques, dit : Je remets le péché d'adultere & de fornication à ceux qui auront accompli leur pénitence.* On regardoit donc, dès l'an 207, le Pape comme l'Evêque des Evêques.

Le CALVINISTE.

Vous venez de nous avertir, que Tertullien parloit ainsi, en se moquant du Pape.

La BONNE.

Ce terme *moquer* ne tombe pas sur la primauté du Pape, auquel il se feroit bien donné de garde de donner un tel titre, même par ironie, mais sur le pardon des péchés qu'il promettoit. Dans le commencement du même siecle, après la mort de St. Fabius Pape, St. Cyprien ayant quelque difficulté dans son Eglise, en écrivit au Clergé de Rome, parce que la perſécution empéchoit de s'aſſembler pour donner un Succeſſeur au Pape. Le même St. Cyprien compoſa deux Traités l'an 251 & dit :

Les héréſies viennent de ce qu'on ne remonte point à la ſource de la vérité, qu'on ne cherche pas le Chef, & qu'on ne regarde point la doctrine du maître céleſte : le Seigneur dit à Pierre : Je te dis que tu es Pierre, & ſur cette pierre je bâtirai mon Egliſe, &c. Il a bâti ſon Egliſe ſur un ſeul, quoiqu'a-près la réſurrection il donne à tous une puiſſance égale. Toutefois pour montrer l'unité, il a établi une chaire, & a poſé l'origine de l'unité, en la faiſant deſcendre d'un ſeul. Sans doute les au-tres Apôtres étoient ce qu'étoit Pierre ; ils participoient au même honneur, à la même puiſſance ; mais le commen-cement vient de l'unité. La PRIMAUTÉ *eſt donnée à Pierre, pour montrer qu'il n'y a qu'une ſeule Egliſe de J. C. & une chaire. Ils ſont tous Paſteurs, mais on ne voit qu'un troupeau, que les A-pôtres doivent paître d'un commun accord.*

BELESPRIT.

Je tombe des nuës. Quoi ! L'on parloit & l'on penſoit ainſi au milieu du troiſieme ſiecle , dans un temps où il y avoit des hommes qui avoient vécu avec les Succeſſeurs des Apôtres; dans un temps où la tradition étoit encore toute récente. Sur la foi de nos Ecrivains je regardois les prétentions des Papes , comme beaucoup plus modernes. Cet écrit de Saint Cyprien fut-il conteſté ?

La BONNE.

Tant que les Hérétiques , contre leſquels il écrivoit , eurent quelque eſpoir de mettre le Pape de leur côté , ils vinrent à Rome pour ſe ſoumettre , diſoient-ils , aux déciſions de ce Chef de l'Egliſe ; mais Saint Corneille les ayant condamnés , ils ſe ſouleverent contre lui , & non contre ſon Siege. Au contraire , on étoit ſi perſuadé alors qu'on ne devoit regarder comme l'Egliſe de Jeſus , que celle à la tête de laquelle on voyoit le Pape , que Novatien, le Chef de ces Hérétiques , voyant

qu'il ne pouvoit attirer le Chef de l'E-
glife dans fon parti, chercha dans un
coin de l'Italie trois Evêques, gens
extraordinairement fimples ; après les
avoir tenus long-temps enfermés, il
les fit boire avec excès, & les força
enfuite de le confacrer lui-même Evêque de Rome, & enfuite ils fe van-
terent d'avoir le Pape de leur côté.
J'ai trouvé dans le même ouvrage
quelques paffages de St. Cyprien fur
l'héréfie, que je vais vous rapporter,
parce qu'ils m'échapperoient.

*L'Epifcopat eft un, & chaque Evê-
que en poffede folidairement une partie.
L'Eglife de même eft une, & fe répand
par fa fécondité en plufieurs perfonnes.*
Il dit encore dans le même Traité de
l'Unité de l'Eglife : *Celui qui fe fépare
de l'Eglife de J. C. ne recevra jamais
les récompenfes de J. C. C'eft un étran-
ger, un prophane, un ennemi.*

BELESPRIT.

Vraiment ces Dames vont dire que
St. Cyprien manquoit de charité : il
damne fans façon ceux qui fe féparent de l'Eglife.

La BONNE.

Ecoutez comme il continue. Celui-là ne peut plus avoir Dieu pour Pere, qui n'a pas l'Eglise pour sa Mere. Si quelqu'un a pu se sauver hors de l'Arche de Noé, l'on peut aussi se sauver hors de l'Eglise. Et ensuite : Il n'y a qu'un Dieu, qu'un Christ, qu'une Eglise. L'unité ne peut être divisée. Un corps ne subsiste plus quand il est démembré ; quiconque se sépare du tronc, ne peut plus avoir de vie. Il dit plus bas : Que personne ne s'imagine que les bons sortent de l'Eglise ; le vent n'emporte que la paille legere. Ce sont ceux, qui sans ordre de Dieu, s'élevent eux-mêmes sur une troupe de témérai-res, qui se font Prélats contre l'ordre de l'ordination, qui se donnent le nom d'Evêque, sans recevoir l'Episcopat de personne. Il dit encore : Le schisme est un crime si énorme, que la mort même ne peut l'expier. Celui qui n'est pas dans l'Eglise, ne peut être martyr : il peut être tué, mais il ne peut être couronné.

BEL-

BELESPRIT.

A Dieu ne plaise que je veuille infulter personne ; mais à entendre St. Cyprien, on diroit qu'en écrivant ainfi, Dieu lui avoit dévoilé ce qui devoit arriver dans ces derniers fiecles, un homme qui, fans l'ordre de Dieu, s'éleve fur une troupe de téméraires, & qui fe fait Chef fans avoir été ordonné par perfonne. Il femble qu'il vouloit défigner un Luther, un Calvin. Je ne veux pas pouffer l'application plus loin ; car je le répete, je ne veux choquer perfonne.

Le CALVINISTE.

Oh! Vous ne me fâcherez pas, Monfieur, avec de tels témoignages & de pareilles applications. Je veux vous apprendre une chofe fort comique, Mefdames. C'eft que ce même Cyprien étoit fi peu perfuadé de ce qu'il écrivoit, qu'il a fait fchifme lui-même, en fe féparant du Pape : & malgré fon fchifme, l'Eglife Romaine l'a mis au nombre de fes Saints.

Tom. V. cinquieme Part.   G

Lady LOUISE.

Savez-vous bien, Monsieur, que ce que vous nous faites remarquer, me confirme dans l'opinion que vous voulez détruire. Qu'un homme, engagé dans un parti, rende un témoignage avantageux à ceux qui sont dans le même parti, il n'y a rien là qui me surprenne ; mais que cet homme, brouillé avec ce parti, ne chante pas la palinodie, en détruisant ses premiers écrits ; c'est une preuve certaine que ce qu'il avoit dit d'abord, étoit si visiblement vrai, qu'il n'a osé se dédire.

Le RABBIN.

Est-il vrai, Mademoiselle, que Cyprien se soit séparé de l'Eglise, & malgré cela ait été regardé comme un Saint ?

La BONNE.

Non, en vérité, Monsieur : hors l'Eglise il n'y a point de salut, & par conséquent point de sainteté. Mais quand il seroit vrai que St. Cyprien fut devenu hérétique, cela ne feroit rien du tout à la cause que je défends. J'ai voulu vous prouver que la primauté du Pape n'est point une nouveauté ; qu'au commencement du troisieme siecle c'étoit une doctrine universellement reçue, puisqu'elle est énoncée comme subsistante dans les écrits de ce siecle, & que ces écrits n'exciterent aucune rumeur parmi les Evêques, qui n'auroient pas manqué de s'élever contre une prétention qui leur donnoit un Supérieur, un Chef, si elle n'eut pas été fondée sur l'ordre de Jesus-Christ, & confirmée par un usage non interrompu depuis les Apôtres. Je vous citerai encore un passage d'Ammien-Marcellin, & ce sera le second de cet Auteur, qui prouvera que la primauté de Pierre & des Evêques de Rome ses Successeurs, étoit connue même des Empereurs Païens. Quand St. Cyprien eut été Païen, Hérétique, quand il ne parleroit de la primauté de Pierre que pour s'en moquer, ou la contredire ; toujours seroit-ce une preuve que ce sentiment subsistoit alors. Par rapport au schis-

me de St. Cyprien, nous en parlerons
en traitant du Baptême ; il faut finir
un article avant d'en commencer un
autre. Sa conduite confirma ses écrits,
& fut une preuve que la sainteté de
vie, la sublimité de la science, le don
des miracles même, ne donnent pas
l'infaillibilité, mais qu'elle est attachée à la place. St. Cyprien avoit tort,
vous n'en doutez pas : St. Corneille
avoit raison. C'est que le premier étoit
sur un siege particulier, & le second
à la tête de l'Eglise, & sur la chaire
de Pierre.

BELESPRIT.

Il me semble que la primauté de
St. Pierre est marquée dans les Actes
des Apôtres : lorsqu'ils sont assemblés,
il parle toujours le premier.

La BONNE.

Cela est vrai, Monsieur, & je ne
l'avois pas oublié ; mais j'ai soin de
ne donner à ces Messieurs que des
preuves sans réplique : ils pourroient
dire que cela marque seulement que
Pierre a été choisi le premier, & que

les Apôtres parloient suivant l'ordre de leur réception. Ce sont les sentimens des siecles suivants, qui nous montrent que ce droit de parler le premier, n'étoit pas un simple honneur, mais une marque d'autorité réelle.

Miss DOROTHÉE.

Puisque nous en sommes sur l'autorité des Papes, répondez, je vous prie, ma *Bonne*, à une objection que j'ai entendu faire plusieurs fois. On dit qu'il y a eu jusqu'à trois Papes en même temps : lequel étoit le véritable, auquel il falloit obéir ?

La BONNE.

Il n'y en avoit qu'un de réel, ma chere. Dites - moi, si du temps du Pape, St. Corneille, dont nous parlons actuellement, on pouvoit regarder Novatien comme Pape légitime, comme Successeur de St. Pierre, parce que trois Evêques lui avoient donné ce tître ?

Miss DOROTHÉE.

A peu près comme je serois Reine,

si une centaine de fols me mettoient la couronne sur la tête. Je sens que ma question est sotte, je l'ai faite sans réfléchir. Novatien étoit un usurpateur qui ne pouvoit occuper une place qui n'étoit pas vuide.

La BONNE.

Ce qui arriva du temps de Novatien, est encore arrivé d'autre fois. Les Canons (on appelle ainsi les reglemens que l'Eglise fait dans les Conciles), disent expressément qu'on ne peut ôter un Evêque de son siege, à moins qu'il n'ait été déposé juridiquement suivant les regles établies. Ils décident encore des conditions qui doivent accompagner les élections des Evêques, pour qu'elles soient valables. Par conséquent celui qui est fait Evêque d'un lieu, dont le premier Evêque n'a point été déposé juridiquement, est un intrus, un usurpateur. Le Royaume de Pologne est électif, & c'est à la Nation assemblée dans une Diete, qu'il appartient de faire cette élection. Supposé qu'elle a été faite juridiquement, & qu'ensuite une douzaine de brouillons faisants schisme, s'avisassent de nommer un autre Roi; Pourroit-on dire qu'il y a deux Rois en Pologne ?

Miss DOROTHÉE.

On ne pourroit le dire qu'improprement ; & dans la vérité il y auroit un Roi légitime & un usurpateur. Ainsi je conçois que quand il y auroit cent personnes qui porteroient le nom de Pape, il n'y en auroit pourtant qu'un qui le fut légitimement, & que les quatre vingt dix-neuf autres seroient des usurpateurs. J'étois bien stupide de n'avoir pas conçu cela d'abord.

La BONNE.

Ce n'étoit pas faute de lumieres, ma chere, mais par un effet du préjugé. Combien nos conversations en détruiront-elles dans l'esprit de ceux qui s'y prêteront de bonne foi ? Mais il y en aura qui fermeront volontairement les yeux pour ne pas voir la lumiere, parce qu'ils aimeront leurs erreurs, & que leurs intérêts temporels souffriroient de la confession de la vérité. Ah ! Mesdames, que cette pensée est douloureuse pour moi ! Au jour du jugement, je serai forcée d'être leur accusatrice. Réfléchissez sur ce jour terrible. Là, tous les intérêts humains, toutes les amitiés de la chair, tous les intérêts de fortune disparoîtront, ou si on se les rappelle, ils paroîtront ce qu'ils font en effet; de la boue, de l'ordure. Cependant ce fera à cette boue qu'on aura sacrifié l'éternité bienheureuse : quelle source de regrets, de rage & de désespoir ! Quand les damnés n'auroient que cette peine, ils feroient misérables.

Lady LOUISE.

Je conçois actuellement, ma *Bonne*, comment vous osez risquer vos intérêts temporels, en prenant résolution de faire imprimer ces conversations. Vous allez vous faire des ennemis de tous ceux qui aiment leurs erreurs. Mais la pensée du jour du jugement est bien propre à vous faire passer par dessus ces considérations. Au reste me voici par avance guérie du plus grand préjugé qui m'éloignoit des Catholiques. C'est à tort qu'on accuse l'Eglise Romaine d'aujourd'hui d'une intolérance barbare ; ce sentiment qui à présent me paroît juste, est aussi ancien que l'Eglise. J'aime aussi à voir, comme St. Cyprien donne les marques auxquelles on peut connoître l'Eglise de Jesus. Il pose Pierre pour le fondement de l'Eglise, l'unité avec Pierre comme son caractere distinctif, & ajoute qu'on ne peut non plus être sauvé hors de cette Eglise fondée sur Pierre, qu'on ne pouvoit l'être hors de l'arche du temps de Noé. Que répondrez-vous à cela, Monsienr le *Calviniste* ?

Le CALVINISTE.

Ce que j'ai déjà répondu. Que St. Cyprien n'étoit pas infaillible, comme il le parut bientôt dans la question du Baptême donné par les Hérétiques. Comme il s'est trompé dans ce cas, il s'est trompé aussi, en interprétant le discours de Jesus à Pierre.

La BONNE.

Si le sentiment de St. Cyprien à cet égard, eut été inventé par lui, s'il avoit été disputé comme nouveau, s'il étoit tombé au bout d'un certain temps, comme celui de la rebaptisation des Hérétiques; je pourrois regarder le discours qui a frappé *Lady Louise*, comme l'effet d'une opinion qui lui auroit été particuliere, & dire avec vous : il faut l'examiner, parce qu'après tout il n'est pas infaillible. Mais il n'exposoit alors que les sentimens de toute l'Eglise, que la foi de tous les fideles, qui, voisins du temps des Apôtres, étoient à portée de savoir ce qu'ils avoient enseigné à cet égard.

Le CALVINISTE.

Nous voilà revenus à la tradition que je nie: il faut nous en tenir à l'Ecriture, elle est suffisante.

Le RABBIN.

Eh! Morbleu, Monsieur, tenez-vous en donc à cette Ecriture telle

qu'elle eſt. Nous l'avons d'abord employée pour vous convaincre ; vous dé-
naturez le ſens des paſſages : on vous
prouve que ces paſſages ont été entendus depuis les Apôtres dans le ſens
de l'Egliſe Catholique, & non comme vous les entendez dans la réforme.
On vous le prouve par pluſieurs Auteurs réunis, dont l'un étoit Païen ; à
ces témoignages tirés de l'Ecriture,
des Ecrivains du temps, on joint la
tradition de l'Egliſe : on vous a prouvé qu'il faut recevoir la tradition, ou
rejetter les livres de Moïſe qui n'écrivoit que des choſes qui s'étoient
paſſées avant lui, juſqu'au temps où
il fut en âge d'écrire ce qui s'étoit
paſſé ſous ſes yeux. On vous a fait
voir que Jeſus a dit, & fait bien des
choſes qui n'ont pas été écrites ; que
ces choſes, il ne les a pas faites inutilement, & qu'il les a laiſſées aux
Apôtres pour les communiqur aux fideles ; que St. Paul récommande à
Timothée d'enſeigner aux fideles les
choſes qu'il lui a dites de vive voix ;
& après cela vous retombez peſam-
ment ſur cette tradition tant de fois

prouvée légitime , pour éviter de ré
pondre aux preuves les moins équivoques. Cela eſt excédant.

Lady LOUISE.

Je vais raiſonner de ceci en femme.
Vous dites , Monſieur le *Calviniſte*,
que St. Cyprien & les autres Peres
ne ſont pas infaillibles : à cela je réponds que Luther , Calvin, & ſur-
tout le Synode de Dordrect ne l'é-
toient pas non plus : & pour commencer à vous expliquer un peu plus
librement ma penſée, je vous dirai
qu'indépendamment des promeſſes de
Jeſus-Chriſt , s'il falloit choiſir entre
l'opinion de ces derniers venus , &
celle qui a été conſtamment ſuivie depuis tant de ſiecles , la prudence humaine ne détermineroit pas mon choix
en votre faveur: Je riſquerois moins ,
en ſuivant le plus grand nombre que
le petit.

La BONNE.

D'autant plus que Luther lui-même
a été forcé de convenir de ce que dit
St. Cyprien. Je vous ai rapporté ſes

fentimens à cet égard avant fa condamnation. Je vous montrerai une confeffion de foi bien poftérieure à fon
héréfie, où il eft forcé de convenir,
que l'Eglife Romaine eft l'Eglife de J.
C., où il s'exprime à cet égard encore
plus fortement que St. Cyprien. Je
la ferai traduire par un Allemand Luthérien, afin de vous ôter tout fcrupule fur la vérité de la piece. Continuons.

Saint Cyprien, répondant à ceux
qui lui demandoient qu'elle étoit l'héréfie des Donatiens, dit : *Nous ne
devons pas être curieux de ce qu'il enfeigne, puifqu'il enfeigne dehors. Il n'y
a qu'une feule Eglife, que J. C. a divifée
en plufieurs membres par tout le monde, & un feul Epifcopat, qui s'étend par
la multitude des Evêques que la concorde réunit : & celui-ci après l'inftitution de Dieu s'efforce de faire une Eglife
humaine, & envoie fes nouveaux A-
pôtres en plufieurs Villes, pour mettre
de nouveaux fondemens. Et quoiqu'il
y ait en chaque Province des Evêques
ordonnés, vénérables par leur âge,
l'intégrité de leur foi & leur conftance
dans la perfécution, il ofe créer encore*

d'autres Evêques. Quand il auroit été Evêque auparavant, il en perdroit le pouvoir, abandonnant le corps des E-vêques & l'unité de l'Eglise.

Lady VIOLENTE.

Je lis depuis huit jours l'histoire du Luthéranisme & du Calvinisme, c'est-à-dire tout ce qui est conséquent à ce sujet dans divers Auteurs ; & je vous avoue que le bon sens m'avoit déjà dicté ce que St. Cyprien vient de dire à cet égard. Luther & Calvin ont enseigné dehors ; c'est-à-dire qu'ils sont sortis de l'Eglise qui les avoit vu naître, dans le sein de laquelle ils avoient été baptisés ; de cette Eglise qui subsistoit avant leur naissance, puisque *la multitude des Evêques y étoient réunis par la concorde* ; de cette Eglise visible fondée sur Pierre. Après l'institution de Dieu, ils ont fait des Eglises humaines : ils ont envoyé leurs Apôtres en diverses Villes pour mettre de nouveaux fondemens.

Le CALVINISTE.

Il les ont envoyés au contraire pour

raffermir les anciens fondemens , que le Papiſme avoit ruinés.

BELESPRIT.

Quand vous le diriez mille fois , je vous répéterois mille fois : prouvez-le ? Eſt-ce au moment de la réformation de Luther , que l'Egliſe Romaine avoit innové , ou bien étoit-ce auparavant ?

Le CALVINISTE

Il y avoit déjà pluſieurs ſiecles qu'-elle avoit corrompu l'Evangile par de fauſſes interprétations & des traditions humaines.

BELESPRIT.

C'eſt-à-dire, que depuis pluſieurs ſiecles , elle avoit ceſſé d'être l'épouſe de Jeſus, & la vraie Egliſe. Ainſi pluſieurs ſiecles ſe ſont paſſés , ſans qu'il y ait eu d'Egliſe ; elle avoit péri malgré les promeſſes de J. C. Il avoit oublié ces promeſſes juſqu'au temps où il ſuſcita Luther pour la reſſuſciter. Or comme on ne peut ſe ſauver hors de l'arche , & ſans avoir la foi , il en faut conclure, que pendant neuf siecles on ne pouvoit plus être sauvé. Vous allez damner bien du monde, Monsieur, de Grands Hommes illustrés par leurs mœurs, & qui étoient zélés observateurs des maximes évangéliques.

Le CALVINISTE.

Vous tirez une mauvaise conséquence de mon discours. Il restoit le germe du salut dans cette Eglise corrompue: c'étoit un feu couvert sous la cendre, mais qui brûloit dans le cœur de ceux qui n'avoient point adopté les impiétés enseignées par l'Eglise Romaine.

Le RABBIN.

J'aurois été bien avancé, si je fusse né dans ces temps d'obscurité, & que j'eusse voulu me faire chrétien. Où aurois-je été chercher l'Eglise de J C. ? Apparemment que Dieu eut fait un miracle pour me découvrir ce feu caché sous la cendre. Voilà, je crois, la vingtieme fois que je fais cette objection; mais puisque vous nous rappellez encore à votre Eglise invisible tant de fois réfutée, vous m'allez forcer de sortir de certaines bornes que je m'étois prescrites. Avouez le franchement, Monsieur, votre doctrine en France a été le signal de la révolte des Sujets contre leur Souverain. Des ruisseaux de sang ont coulé à l'occasion de votre doctrine. Vous me direz en vain que les Catholiques doivent s'imputer vos excès, puisqu'ils ont commencé : quand cela seroit vrai, il ne le seroit pas moins que vos nouveaux dogmes en ont été l'occasion. Une seule chose pourroit amoindrir vos torts, & ce seroit l'impossibilité de se sauver dans l'Eglise Romaine. Vous renoncez à cette sorte d'excuse; puisqu'on avoit pu se sauver pendant neuf cents ans dans l'Eglise Romaine, il falloit vous y sauver, & ne pas déchirer le sein de votre Patrie. Le sang que vous avez fait verser, retombera sur vos têtes.

La BONNE.

Luther a rempli toute l'Allemagne de troubles & de sang par sa nouvelle doctrine : Il n'y a personne, en examinant sa conduite, qui ne croye qu'il étoit persuadé que le salut étoit impossible dans l'Eglise Romaine. Point du tout. Il s'offroit à garder le silence, pourvû qu'on l'imposat à ses adversaires. Mais s'il eut été question d'impiétés, auroit-il pu en conscience offrir ce silence ? Est-il donc permis à un Chrétien, qui s'est cru autorisé à s'élever contre des impiétés, de se taire ensuite. Peut-être croyez - vous qu'il ne demandoit le silence dans ses adversaires, qu'à raison du poison que renfermoit leur doctrine ? Point du tout. C'est, disoit il, que sa réputation chrétienne ne lui permettoit pas de céder. Long-temps après sa rupture, lorsqu'il vit les Sacramentaires s'écarter de sa doctrine, il les menaçoit de se réconcilier avec le Pape.

Lady LOUISE.

Cela me paroît bien fort. Mais, ma *Bonne*, quelle différence y a t-il entre les Luthériens, les Calvinistes, & les Anglicans ? Je croyois avant nos conférences que tous ceux qui n'étoient point Catholiques, étoient

de la même communion, ou religion;
car je confonds ces mots.

La Bonne.

Vous vous trompiez, Madame;
mais un autre s'y feroit trompé comme vous, du moins par rapport à tous
les Proteſtants qui envoyerent des Députés à Dordreƈt. Puiſque tous figne-
rent les décrets de Dordreƈt, il y a
de l'apparence qu'ils avoient la même croyance. Les Calviniſtes ont demandé avec empreſſement la communion avec les Luthériens; il eſt donc
encore naturel de penſer que les articles qui les féparent, ne ſont pas eſ-
fentiels: cependant, Meſdames, les
Luthériens n'en ont pas jugé ainſi,
& ont toujours refuſé cette communion tant de fois offerte, & pour vous
dire la vérité, c'eſt que ces communions différentes ne s'accordent gueres que dans leur haine pour le Pape,
& la religion Catholique; à moins
qu'on ne diſe, que Luther & Calvin
ſe font accordés chacun en leur maniere, à blaſphémer.

Le LUTHÉRIEN.

C'en est trop, Mademoiselle. Je me sens tout prêt à oublier que vous portez coëffe. Vous êtes une impudente avec vos qualifications.

La BONNE.

Comme je n'entends pas l'allemand, Monsieur, je n'aurois pas su que Luther auroit blasphémé, si le Ministre Jurieu n'avoit pris la peine de me l'apprendre. Voici comment il s'explique vis-à-vis d'un Ministre Luthérien auquel il proposoit l'union. Après l'avoir entendu, ces Dames décideront si je merite la gracieuse épithete dont vous m'honorez en conséquence de mon sexe ; car sans ma coëffe vous m'auriez battue apparemment. C'est Jurieu qui va parler.

» Vous nous accusez de faire Dieu
» auteur du péché : c'est Luther qu'il
» en faut accuser, » lorsqu'il dit: *que Judas par la raison de la prescience de Dieu, ne pouvoit éviter de trahir son maître; que tout ce qui se fait en l'homme de bien & de mal, se fait par une pure*

& *inévitable néceſſité; que c'eſt Dieu qui opere en l'homme tout le bien & le mal qui s'y fait , & qu'il fait l'hom- me damnable par néceſſité; que l'adul- tere de David n'eſt pas moins l'ouvrage de Dieu, que la vocation de St. Paul; enfin , qu'il n'eſt pas plus indigne de damner des innocents , que de pardon- ner, comme il fait, à des coupables:* &* » ce n'eſt pas comme en doutant, que » Luther enſeigne ces dogmes. *Vous, dit-il, qui m'écoutez, n'oubliez jamais que c'eſt moi qui l'enſeigne ainſi , & ſans aucune recherche, acquieſcez à ma parole.*

Lady LOUISE.

Quoi, ma *Bonne* ! Ce Luther , avec lequel vous dites que nous dif- férons de ſi peu , a prononcé d'auſſi abominables blaſphêmes ! Cela me paſſe.

La BONNE.

Il y a quelque choſe qui me paſſe encore d'avantage : c'eſt que des hom- mes , qui, à ce qu'ils diſoient , ſor- toient de l'Egliſe Romaine pour ſe fouftraire à la tyrannie du Pape, ayent plié le col fous le joug du defpotique Luther. Jefus, l'Auteur de toute fa-geffe, & la fouveraine vérité, n'auroit pu parler fur un ton plus affirmatif. Mais voici quelque chofe de plus fin-gulier encore : Mr. Jurieu déclare, *qu'il a en horreur ces dogmes de Luther, comme impies, horribles, affreux, qui introduifent le Manichéifme, & renverfent toute religion.* Après une telle déclaration, vous vous attendez fans doute que l'Auteur de ces Dogmes partage l'horreur qu'ils lui infpirent. Oh que non ! Il ajoute : *Je le dis avec douleur, car je favorife autant que je le puis, la mémoire de ce grand homme.*

Mifs DOROTHÉE.

En voilà d'une bonne ; il falloit dire de ce Démon : le Diable, s'il fe fai-foit prédicateur, ne pourroit rien dire de plus impie.

Le CALVINISTE.

Nous n'avons jamais prétendu être les garants de Jurieu, nous favons

bien qu'il a dit beaucoup d'extravagances.

La BONNE.

Il avoit puisé dans les écrits de Calvin, la haute opinion qu'il avoit de ce prétendu grand homme. Votre Patriarche lui donne par-tout de grandes louanges, & Jurieu n'est pas le seul qui ait offert la communion aux Luthériens qui professent ces dogmes, ou qui les ont professés. Quels reproches ne nous feriez-vous pas, si un de nos Papes avoit enseigné une pareille doctrine, & qu'elle eut été reçue par tous nos Evêques ? Vous feriez beau bruit. Vous croyez, Mesdames, que Calvin a été fort éloigné de cette doctrine de Luther. Ecoutez le parler lui-même.

Adam ne pouvoit éviter sa chûte, & il ne laisse pas d'être coupable, parce qu'il est tombé volontairement. Cette chûte a eté ordonnée de Dieu, & elle a été comprise dans son secret dessein. Il dit encore: *Un dessein caché de Dieu est la cause de l'endurcissement: qu'on ne doit pas nier que Dieu n'ait voulu,*

& décreté la défection d'*Adam*, puisqu'il fait tout ce qu'il veut : que ce décret à la vérité fait horreur ; mais enfin
qu'on ne peut pas dire que Dieu n'ait
pas prévu la chûte de l'homme, parce
qu'il l'avoit ordonné par son décret :
qu'il ne faut pas se servir du mot de
permission, parce que c'est un ordre
exprès : que la volonté de Dieu fait
la nécessité des choses, & que tout ce
qu'il a voulu, arrive nécessairement :
que les Réprouvés sont inexcusables,
quoiqu'ils ne puissent éviter la nécessité
de pécher, & que cette nécessité leur
vient par ordre de Dieu.

Lady LOUISE.

Ah ! Ma *Bonne*, n'en dites pas da-
vantage ; il me semble que mon ame
s'infecte, en écoutant ces blasphêmes.
Ceux de Calvin sont aussi horribles,
que ceux de Luther, & je ne vois
pas ce qui empéche leurs disciples
de se réunir : ils n'ont rien à se reprocher.

Le RABBIN.

Voilà donc les Réformateurs que
Dieu

Dieu avoit choisis pour reſſuſciter ſon Egliſe après tant de ſiecles. Voilà les belles & conſolantes vérités, inconnues à ceux qui les avoient précédés, & qu'il les avoit chargés de nous enſeigner. Ah ! Je reconnois à la condamnation de ces Sectes, cette aſſiſtance que Jeſus avoit promiſe à ſon Egliſe : a-t-elle pu s'empêcher de les chaſſer de ſon ſein ?

Lady LOUISE.

Apparemment que ces deux Chefs de Sectes ſe garderent bien de développer leur doctrine ; car ſans cela ils n'euſſent ſéduit perſonne. Je croyois que le ſeul point de l'Euchariſtie avoit cauſé la ſéparation. Pourriez-vous me dire s'il y a encore quelques autres points de croyance, qu'ils ayent dénaturés ? En un mot, pouvez-vous me dire ce qu'ils croyent ?

La BONNE.

J'y ſerois fort embarraſſée, Madame. Si vous me demandiez quelle eſt la doctrine de l'Egliſe Catholique, je pourrois vous expliquer dans une demie heure ce qu'elle a cru, & ce qu'elle croit; car elle n'a point deux confes-sions de foi, une qui ait été crue dans un tems, & abandonnée dans un au-tre. Chez elle, on ne revient point de ce qui a été décidé une fois, & dans tous les lieux, dans tous les tems, sa confession, je le répete, est uni-forme.

Le CALVINISTE.

Vous le dites, Mademoiselle : il est aisé de vous prouver que vous mentez hardiment, & que vous en imposez à ces Dames.

La BONNE.

Eh bien ! Monsieur, ayez la chari-té de les désabuser, en me prenant en mensonge, & laissez-moi finir ce que j'ai commencé.

Je n'ai pas la même facilité pour vous instruire de la doctrine des Ré-formateurs. Si je vous dis ce qu'ils ont décidé à Augsbourg, la doctrine qu'-on y expose dans la confession de foi, sera contredite dans plusieurs endroits de l'Apologie qu'en fit Mélancthon.

On a tant changé, tant varié, qu'on ne peut fe fixer à rien. Quand je réuf-firois à vous inftruire de ce qu'on a cru du temps de Luther, je n'avance-rois rien. Les Luthériens d'aujour-d'hui ne reffemblent point à ceux du temps de la réformation. J'en dis au-tant par rapport aux Calviniftes, & pour vous prouver d'un façon fans ré-plique que je ne les accufe point en l'air, je vais vous rapporter un fait qu'ils ne peuvent nier.

En 1555, *Calvin dreffa un accord entre l'Eglife de Genêve, & celle de Zurich. Voici comment il s'explique fur l'Euchariftie. Ces paroles., ceci eft mon corps, ne doivent pas être prifes préci-fément à la lettre, mais figurément, en forte que le nom du corps & du fang foit donné par métonymie au pain & au vin qui les fignifient, & que fi Jefus-Chrift nous nourrit par la viande de fon corps & le breuvage de fon fang, cela fe fait par la foi & par la vertu du St. Efprit, fans aucune transfufion ni aucun mélange de fubftance ; parce que nous avons la vie par fon corps, une fois immolé, & fon fang, une fois ré-*

H 2

pandu pour nous. Dites-moi, je vous prie, *Lady Louise*, ce que vous comprenez par cette confession de foi?

Lady LOUISE.

Une préfence abfolument fpirituelle par la foi, & l'application des mérites de l'offrande du corps & du fang de J. C., faite dans la paffion.

La BONNE.

Cette confeffion étoit faite pour les Suiffes, comme je vous l'ai dit. Pour rien au monde ils n'auroient voulu s'en écarter, & pour le dire en paffant, ils font les feuls qui ayent été droits dans cette affaire. Il en falloit faire une pour les Proteftants d'Allemagne, & il y falloit procéder d'une autre façon. Beze & Farel, députés des Eglifes proteftantes de France & de Geneve, fe chargerent de la compofer. Elle fut préfentée aux Princes & aux Etats affemblés à Vorms, l'an 1557.

On reconnoît dans la Cene, non feulement les bienfaits de Jefus - Chrift, mais fa fubftance même, & fa propre chair ; que le corps du Fils de Dieu ne nous y est pas proposé en figure seulement, & par signification, symboliquement ou typiquement, comme un mémorial de Jesus absent ; mais qu'il est vraiment & certainement rendu présent avec les Symboles qui ne sont pas de simples signes. Et si nous ajoutons que la maniere, dont ce corps nous est donné, est symbolique & sacramentelle, ce n'est pas qu'elle soit simplement figurative ; mais parce que sous l'espece des choses visibles, Dieu nous offre, nous donne, & nous rend présent avec les Symboles, ce qui nous est signifié ; ce que nous disons, afin qu'il paroisse que nous retenons dans la Cene la présence du propre corps & du propre sang de J. C. & que s'il reste quelque dispute, elle ne regarde plus que la maniere. Eh bien ! *Lady Louise*, que comprenez-vous à cette confession de foi ?

Lady LOUISE.

Elle est bien entortillée, ma *Bonne*. Je vois des gens qui sont forcés de dire ce qu'ils ne voudroient pas, & qui finissent par assûrer que le vrai

corps & le vrai fang de Jesus, sont
dans l'Euchariftie, non plus en figure, mais très réellement. Dites moi,
je vous prie, ce qui a pu faire une
telle révolution, & dans l'efpace de
deux ans engager les Défenfeurs du
fens figuré à confeffer la préfence
réelle.

Le CALVINISTE.

Nous n'avons jamais prétendu la confeffer, Madame. Par cette profeffion,
nos peres ont feulement voulu donner
à entendre que le pain euchariftique
n'eft point comme le pain commun;
qu'il nous rend préfent par la foi le
corps & le fang précieux, comme s'ils
y étoient réellement & fubftantielle-
ment. N'avez vous pas remarqué que
nous foutenons une différence dans la
maniere?

La BONNE.

Il faut vous expliquer ce Myftere,
Mefdames; car Monfieur a fes raifons
pour entortiller fa réponfe autant que
l'étoit la confeffion de foi, que je vous

ai citée, & plusieurs autres qui en different de beaucoup.

Plusieurs Princes, devenus Protestants, avoient fort à cœur de réunir les Luthériens, les Calvinistes, les Zuingliens, & les autres, dans une même communion. Les Protestants de France, le souhaitoient aussi beaucoup pour fortifier leur parti par le nombre. Ce projet de réunion étoit impossible, vû les différentes façons dont on entendoit ces paroles si simples, *ceci est mon corps.* Luther enseignoit que le vrai corps & le vrai sang s'y trouvoient avec le pain. Les Zuingliens ne vouloient qu'une présence par la foi, & Beze avoit assez fait entendre au Colloque de Poissy que c'étoit le sentiment de l'Eglise de Geneve. Cependant les Princes Allemands avoient assemblé une Diete à Vorms, & prétendoient y consommer la réunion. Il falloit se rapprocher des sentimens Luthériens sans perdre l'union avec les Suisses. Deux différentes confessions de foi en firent l'affaire. Celle où l'on s'en tenoit au sens figuré, fut pour les Suisses qui y croyoient, & l'on fit la feconde pour fatisfaire les Luthériens. On y dit pofitivement qu'on eft d'accord fur la chofe. Or cette chofe, c'eft que Jefus eft véritablement préfent dans l'Euchariftie: les Luthériens avec lefquels on protefte qu'on eft d'accord, le croyent ainfi, (ou du moins le croyoient alors de la maniere la plus ftricte:) quand on ajoute qu'on ne differe que fur la maniere, c'eft qu'on fe prépare un faux-fuyant. Or je vous demande fi l'une de ces deux confeffions de foi n'eft pas fauffe, puifqu'elles font contradictoires, & fi le St. Efprit peut les avoir dictées. Montrezmoi une pareille contradiction chez les Catholiques, & je ceffe de l'être.

Le CALVINISTE.

Il ne faudra pas chercner bien loin, & je la trouverai dans St. Cyprien que vous avez cité vous-même ; lui qui avoit fi fortement appuyé fur l'autorité de l'Eglife de Rome, fe rétracta, & foutint le contraire dans fa difpute avec le Pape Etienne.

La BONNE.

Donna-t-il une confession de foi qui fut approuvée du plus grand nombre des Evêques ? Car c'est de cela dont il est question ? Vos deux confessions de foi, quoique contradictoires, furent reçues dans toutes vos Eglises : en fut-il ainsi dans ce que St. Cyprien avança contre l'autorité du Pape ?

Le CALVINISTE.

Le sentiment de St. Cyprien fut approuvé dans un Concile en Afrique, & ils s'appuyerent de l'exemple & des décisions d'un grand nombre des Evêques d'Orient.

La BONNE.

Vous confondez, Monsieur, deux choses fort différentes : mais avant que de le faire remarquer à ces Dames, vous me permettrez de vous prouver que vous sortez de notre question. Je ne vous ai cité St. Cyprien, & je ne vous parlerai des autres Pe-res dans la suite, qu'en qualité de personnes qui nous ont transmis dans

leurs écrits, les sentimens & la foi des
fideles de leur tems. Ce sont des preuves historiques, que je vous donne pour
vous prouver qu'au commencement du
3e. siecle, on pensoit sur l'autorité de
l'Eglise ou du Pape, comme on le fait
aujourd'hui parmi les Catholiques: que
les Auteurs cités ayent été des Sts. des
Hérétiques, des Païens même, cela
m'est indifférent. On laissa Saint Cyprien tranquille, tant qu'il ne fit qu'-
exposer une doctrine généralement reçue; au moment qu'il voulut établir
la doctrine du Baptême des Hérétiques, il s'éleva une grande clameur
contre son opinion. Pourquoi ? C'est
que c'étoit un dogme nouveau. Saint
Cyprien en convint lui-même, & le
plus grand nombre le rejetta. Pour
vous prouver, Mesdames, que je ne
rapporte les passages des Peres, que
comme des témoignages historiques,
je veux vous citer Ammien-Marcellin,
cet Auteur Païen dont j'ai déjà parlé.
Paul de Samosate, Evêque d'Antioche,
ayant été déposé pour cause d'hérésie,
on élut un autre Evêque en sa place;
mais Paul malgré sa condamnation,

ne voulut point sortir de la maison de l'Evêque, qui tenoit à l'Eglise : les Chrétiens s'en plaignirent à Marc-Aurele, Empereur Païen, & il adjugea la maison à celui des deux Evêques , à qui celui de Rome, & les Evêques d'Italie adresseroient leurs lettres ; tant il étoit notoire même aux Païens, que la marque des vrais Chrétiens étoit la communion avec l'Eglise Romaine. Ceci arriva l'an 270.

BELESPRIT.

Voilà un passage décisif dans un Auteur qui ne peut être suspect. Mais, Mademoiselle, j'ai besoin d'une explication sur une chose que vous venez de dire. Vous ne nous citez les Sts. Peres qu'en qualité d'Historiens : n'ont ils que cette autorité dans l'Eglise?

La BONNE.

Si les Peres ne se sont point écartés de la doctrine reçue dans l'Eglise, on ne peut pas dire qu'ils ayent un sentiment à eux. C'est l'Evangile, ce sont les sentimens des Apôtres, & la doctrine de J. C. qu'ils exposent. Dans

H 6

ce cas, leurs sentimens sont corps avec l'Eglise. Dans les choses qui ne regardent point la foi, nous les rangeons dans la classe des bons ou mauvais Auteurs selon que leurs écrits nous paroissent bien ou mal écrits. Dans les explications de l'Ecriture, que l'Eglise n'a ni adoptées, ni condamnées, nous avons la liberté de suivre le même parti ; mais nous devons toujours parler avec respect des Sts. Peres & de leurs écrits.

BELESPRIT.

Il y a donc dans l'Eglise Romaine des sentimens qu'on peut recevoir ou rejetter à son gré.

La BONNE.

Nous ne sommes obligés de croire que les choses que l'Eglise a décidées devoir l'être, & elle est très réservée à ce sujet. Par exemple, il est de foi parmi les Catholiques que les ames qui ne sont pas entiérement purifiées au moment de la mort, acheveront de satisfaire à la justice de Dieu, avant d'entrer dans le ciel ; mais l'Eglise n'a point décidé de quelle maniere se fera cette satisfaction. Ainsi je puis adopter à cet égard les divers sentimens des Saints, pourvû que je sois dans la disposition de me soumettre aux décisions de l'Eglise, si elle statuoit quelque chose à cet égard.

BELESPRIT.

Je vous suis obligé de cette explication, & je vous prie de continuer ce que vous nous disiez.

La BONNE.

L'an 317, Constantin l'Empereur s'étant fait Chrétien, les Donatistes d'Afrique lui présenterent un mémoire contre Cécilien, Evêque de Carthage. L'Empereur en écrivit au Pape Miltiade, & ordonna aux accusateurs & à l'accusé, de se rendre à Rome, comme ils le demandoient eux-mêmes, pour y être jugés. Cécilien fut absous, quoiqu'il eut été condamné en Afrique, & on envoya des Evêques à Carthage, qui déclarerent que l'Eglise Catholique étoit celle qui étoit répandue par toute la terre, comme les fideles l'avoient toujours cru, & non celle que Donat avoit voulu fonder en Afrique, en établissant *une doctrine nouvelle*, & que le jugement porté par le Pape, & dix-sept Evêques, ne pouvoit être infirmé.

Le CALVINISTE.

Malgré cette prétendue autorité attribuée à l'Eglise de Rome, Cécilien fut pourtant jugé de nouveau, dans un Concile à Arles.

La BONNE.

Je l'allois dire, Monsieur; l'année d'après, l'Empereur fatigué des plaintes des Donatistes, assembla un Concile à Arles, où se trouverent trente trois Evêques. Cécilien y fut déclaré innocent une seconde fois, & les Peres de ce Concile, ayant fait quelques réglements qu'on appelle Canons, en écrivirent au Pape en ces termes.

Plut à Dieu, notre très cher frere, que vous eussiez assisté à ce grand spectacle! Leur condamnation en eut été plus sévere, & notre joie plus grande. Mais vous ne pouvez quitter ce lieu où les Apôtres président, & où leur sang rend continuellement gloire à Dieu. Nous n'avons pas cru néanmoins devoir traiter seulement du sujet, pour lequel nous étions assemblés ; nous avons fait divers réglements en présence du Saint Esprit & de ses Anges suivant ses mouvements : & nous avons cru que suivant L'ANCIEN USAGE, *c'étoit à vous principalement à les notifier aux autres, puisque vous avez la plus grande part dans le gouvernement de l'Eglise.*

Le RABBIN.

Il me semble que cette lettre toute seule suffiroit pour décider le point si disputé de l'autorité du Pape. L'an 313, les Evêques qui s'adressent au Pape pour faire publier leurs réglements, parce qu'il a la plus grande part dans le gouvernement de l'Eglise, ces Evêques, dis-je, déclarent qu'ils agissent ainsi, conformément à *l'ancien usage*. N'y a-t-il pas de la folie à récuser leur témoignage pour croire celui de gens qui ont vécu mille ans après, tels que sont Calvin & Luther?

Le CALVINISTE.

Que savons-nous si ces Peres d'Arles n'avoient pas quelque intérêt secret de s'exprimer ainsi ? Car enfin c'étoit des hommes.

Le RABBIN.

Il faut avoir bien envie de chicaner pour faire une pareille objection. Oui, Monsieur, c'étoit des hommes ; j'en conviendrai tant que vous voudrez, & par là même leur témoignage en devient moins suspect. Les hommes, pour être Saints, ne se défont pas absolument des foiblesses de l'humanité : la perfection sans tache ne se trouve que dans le ciel. En qualité d'hommes, ils étoient attachés à leurs prérogatives : il en est bien peu d'assez humbles pour y renoncer, lors même que le bien de la paix & la charité le demandent. D'où je conclus que parmi le grand nombre d'Evêques, qui étoient à ce Concile, & même parmi ceux qui étoient par tout le monde, il s'en fut trouvé quelques uns qui se fussent récriés contre cette supériorité attribuée au siege de Rome, si le Concile d'Arles la lui eut donnée de son chef, ou si les Papes l'avoient usurpée.

La BONNE.

Il y a plus, Monsieur ; l'humilité n'eut pu engager les Evêques à céder la supériorité au Pape, si elle eut été une usurpation. Ils étoient comptables à leurs Successeurs & à toute l'Eglise, de la dignité & des privileges de leur Siege. Se soumettre au Pape, s'il n'eut pas été leur Chef par l'autorité divine, eut été en eux une foiblesse ; mais ils n'avoient point une lâche complaisance à se reprocher à cet égard. C'étoit, dès le troisieme siecle, un ancien usage, une tradition apostolique, fondée dans l'Evangile sur les propres paroles de J. C. tant de fois citées & dont Luther a reconnu la force.

Le RABBIN.

Je remarque encore une autre chose dans cette lettre. J'avois oui dire à plusieurs Ministres qu'il étoit très incertain si St Pierre avoit jamais été à Rome. Je m'imagine que nous devons plutôt en croire, sur cet article, les historiens du temps, plus certains sans doute que ceux des siecles qui ont suivi. Nous avons vu par plusieurs passages, que leur sentiment étoit u-nanime à cet égard. En douter se-roit un pyrrhonisme déraisonnable.

Lady LOUISE.

J'avois aussi entendu révoquer en doute le Martyre de Saint Pierre à Rome. Mais, ma *Bonne*, n'admirez-vous pas le zele de Monsieur le *Rabbin*? Il se fait le Chevalier d'une religion qu'il connoît à peine, & qu'il dé-fend pourtant très bien.

Le RABBIN.

Voyez-vous, Madame, je me crois plus propre, qu'aucune des personnes qui sont ici, à discuter certains points, & cela précisément à cause de mon ignorance. Je n'ai point apporté dans ces conversations aucun préjugé pour une communion, plutôt que pour une autre; je voulois être Chrétien, & je le voulois de bonne foi , parce que j'étois intimément convaincu que J. C. étoit le Meſſie. Si j'étois exempt de préjugé, je ne l'étois pas d'intérêt; j'en avois un, bien imperceptible à la vérité , mais qui n'étoit pas moins réel. L'intérêt de ma fortune me faiſoit ſouhaiter que la religion dominante du Pays fut la meilleure , & pour vous faire ma confeſſion toute entiere, à ce motif d'intérêt ſe joignoit le cri de la nature ; car j'entrevoyois que la religion Catholique étoit plus auſtere & plus pénible à ſuivre que la réformée.

L'ANGLICAN.

Je ne vois pas , Monſieur, comment vous pouvez avancer une telle propoſition : l'abſolution abrege bien du chemin aux Catholiques , au lieu que chez nous la confeſſion auriculaire n'eſt gueres en uſage qu'à l'heure de la mort.

Le RABBIN.

La propoſition que j'ai avancée, eſt fort aiſée à prouver. Chez les catho-

liques, il faut soumettre son esprit
sous le joug d'une soumission, salutaire à la vérité, mais toujours pénible
à l'orgueil. Il faut des jeunes, des
prieres, une obligation indispensable
d'aller à l'Eglise tous les Dimanches
& les jours de Fêtes. L'aveu pénible
& humiliant de ses foiblesses, non
comme chez vous où l'on se confesse
en gros, & une fois ou deux dans la
vie; mais au moins une fois dans l'année. D'ailleurs les Papistes ne prê-
chent que le renoncement à soi même, le renoncement aux plaisirs, la
mortification des sens. Au lieu que
dans toutes les communions réformées, l'orgueil & la superbe de l'esprit humain est fort au large : chacun
y est autorisé à décider & à rejetter
les décisions des autres. Point de mor-
tifications corporelles, un jour de jeune par année, point de carême, de
vœux. J'ai donc pu être sollicité par
la chair & par le sang en faveur de
la réforme ; mais comme je vous l'ai
dit, cela s'est fait d'une maniere si se-
crette que je pouvois passer pour neu-
tre. C'est avec cet esprit dégagé de

préjugés que j'ai examiné tout ce qui
a été dit : j'en ai jugé par les lumieres du bon sens, & comme j'aurois
fait toute autre matiere. Il est vrai que
je ne me suis pas contenté de ce qui
s'est dit ici. J'ai regardé le parti que
j'allois prendre, comme devant décider de mon éternité, & par conséquent comme la chose qui demandoit
le plus de soins. Je vous l'avouerai,
j'ai abandonné le soin de toute autre
affaire pour ne plus m'occuper que
de celle là, à laquelle j'ai donné tout
mon temps. Au sortir de nos conversations, je me suis enfermé dans mon
cabinet, & après avoir demandé avec
larmes les lumieres du St. Esprit,
j'ai lu & relu le St. Evangile, j'ai vérifié avec soin tous les passages alle-
gués ; j'ai conversé avec des hommes
savants. Ne vous étonnez pas, si le
fruit de mon application a été une
conviction parfaite. Je puis dire actuellement, comme les Samaritains à
la femme qui leur avoit annoncé Jesus-Christ : Je crois maintenant, non
sur votre parole, mais sur la parole
de Jesus : il a été fidele à ses promesses,

& après m'avoir donné le defir de chercher, il m'a encore accordé la faculté de trouver tout ce que je cherchois par le mouvement de fa grace.

La BONNE.

Et la promeffe de Jefus fe vérifiera en tous ceux qui, comme vous, feront fideles aux mouvemens de cette grace, qui les invite à chercher. Concluons : la primauté de Pierre & celle de fes Succeffeurs vous paroit-elle être d'une datte affès ancienne ? Croyez vous encore qu'elle foit une invention de quelque homme ambitieux ?

Lady LOUISE.

Je fuis fatisfaite à cet égard ; mais je ferois curieufe de favoir ce que ces Meffieurs auront à alléguer contre les autorités que vous avés citées.

Le CALVINISTE.

Vous ignorez, Mefdames, l'horrible abus que les Papes ont fait de cette primauté ; vous fremiriez, j'en suis sûr, si vous pouviez lire leur histoire.

La Bonne.

Eh ! qui vous dispute, Monsieur, qu'il y ait eu des Papes qui ayent abusé de leur primauté. Mes discours ont-ils pu vous faire croire, que mon dessein étoit de canoniser tous les successeurs de Saint Pierre ? Leur privilège n'est pas l'impeccabilité, je vous l'ai déjà dit : je dois pourtant vous faire souvenir qu'outre un très grand nombre qui ont donné leur sang pour Jesus-Christ, il y en a eu beaucoup, non seulement dont les mœurs étoient irréprochables, mais qui ont pratiqué les plus héroïques vertus. Mais on a la malignité de peser sur ceux qui ont déshonoré leur siege, & qui sont en très petit nombre en comparaison des autres, pendant qu'on ne dit pas un mot de ceux qui se sont montrés de dignes Successeurs des Apôtres.

Le Rabbin.

Je demanderois à Monsieur, s'ils

étoient, ou plutôt s'ils ont été plus méchants que les Scribes, les Pharisiens & les Prêtres de ma Nation dans le temps que Jesus vivoit. Leur cœur étoit rongé de la plus maligne envie, ils étoient hypocrites & voleurs, puisque sous le prétexte de leurs longues prieres, ils dévoroient le bien de l'Orphelin & de la Veuve. En un mot ils étoient si méchants, que le Sauveur, le plus doux & le plus patient qu'il soit possible de concevoir, ne pouvoit les supporter. Ils méditoient un Déicide ou du moins la mort d'un homme, qu'ils ne pouvoient méconnoître pour un grand Prophete. C'est pourtant d'eux que Jesus dit ces paroles mémorables ; *les Scribes & les Pharisiens sont assis sur la chaire de Moïse ; c'est pourquoi faites ce qu'ils vous disent, & ne faites pas ce qu'ils font.*

La BONNE.

Votre remarque est très juste, Monsieur. Jesus en proférant ces paroles a répondu par avance à l'objection que me fait Monsieur, &

nous

nous pouvons lui répondre : les Papes sont assis sur la chaire de Pierre ; faites ce qu'ils vous disent , croyez ce qu'ils vous enseignent ; mais ne faites pas ce qu'ils font : & pour parler à la rigueur , n'examinez pas ce qu'ils décident conjointement avec le plus grand nombre des Evêques , & à la tête de l'Eglise. C'est ainsi que les fideles l'ont toujours cru , & jamais la primauté du Pape n'a été disputée , que par ceux qui avoient intérêt de le faire , ou parce qu'ils vouloient secouer un joug salutaire pour relever l'autorité de leurs sieges , ou parce que le Pape avoit condamné leurs erreurs. Quand vous voudrez , nous parlerons de la priere pour les morts.

Le RABBIN.

C'est pour ces Dames , au moins , que vous allez parler des points contestés : il me suffit à moi , que vous ayez prouvé , par l'Evangile , l'infaillibilité de l'Eglise , pour que je ne veuille rien examiner quand elle a décidé.

Tom. V. cinquieme Part. I

Le CALVINISTE.

En vérité, Monsieur, c'est une vraie manie que votre aveuglement. La prudence ne demande - t - elle pas que vous suspendiez votre jugement ? Il est encore bien des articles sur lesquels Mademoiselle ne pourra jamais justifier son Eglise, elle esquive les plus difficiles. Par exemple, au lieu de la priere pour les morts, erreur qui n'est dangereuse que dans ses conséquences, elle n'a pas envie de vous parler de l'idolatrie des Papistes qui est pourtant une chose avérée.

La BONNE.

S'il étoit vrai, Monsieur, il ne seroit plus question d'examen ; je vous passerois condamnation sur tout le reste, mais aussi j'en tirerois les terribles conséquences que Monsieur le *Rabbin* vous a fait appercevoir. C'est que l'Eglise auroit péri malgré les promesses de Jesus-Christ. En effet, qu'étoit - elle devenue, cette Eglise, cette épouse qui devoit être conservée pure & sans tache ? Où falloit-il la chercher avant que Luther & Calvin l'euffent reffufcitée ? Où étoit-elle la veille du jour où ces Héréfiarques commencerent à prêcher la réformation ? Luther auroit-il pu dire, en commençant fa prédication ? Je fuis dans l'Eglife que les Apôtres ont fondée, j'ai reçu d'eux ma miffion ; les vérités que j'enfeigne, ont été crues depuis quinze-cent ans : je puis montrer une longue fuite de Pafteurs, dont le plus grand nombre a enfeigné conftamment, comme j'enfeigne, & qui m'ont ordonné légitimement, felon les regles établies & fuivies depuis les Apôtres. Rien de tout cela. J'étois hier Catholique Romain, foumis à l'Eglife dans laquelle j'ai été baptifé. J'ai cru jufqu'à quarante ans tout ce qu'elle enfeigne. J'ai déclaré par écrit que je me foumettois à fes décifions, j'ai dit au Pape qu'il étoit le Chef de l'Eglife, en vertu des paroles de Jefus, *paiffez mes brebis*. Je lui ai dit : Saint Pere, donnez la vie ou la mort. L'Eglife, le Pape me condamnent; Et bien, je l'excommunie lui-même, je le hais, je le dé-

tefte, auffi bien que l'Eglife dont il eft
le Chef. Si elle dit qu'il faut com-
munier fous les deux efpeces, je fou-
tiendrai qu'on n'en doit recevoir qu'u-
ne. Si elle dit qu'une eft fuffifante,
je publierai qu'il en faut recevoir deux,
feulement pour n'être pas du même
avis.

Lady LOUISE.

Ah, ma *Bonne*, vous exagérez ! Il
n'eft pas poffible que Luther, homme de bon fens, ait dit une pareille
fottife.

La BONNE.

Je fais bien que cela eft bien difficile à croire, ma chere *Lady*, mais
cela n'en eft pas moins vrai. J'ai le
paffage par écrit, avec plufieurs autres du même Luther, & de Calvin.
Je les ai fait traduire mot pour mot,
& je réponds de la fidélité du Tra-
ducteur. Lifez vous-même, & fi j'ai
ajouté un feul mot, ces Meffieurs le
releveront.

Lady LOUISE.

Si un Concile ordonnoit, ou per-
mettoit les deux especes, en dépit du
Concile, nous n'en prendrions qu'une,
ou ne prendrions ni l'une ni l'autre,
& maudirions ceux qui les prendroient.

Lady VIOLENTE.

Réparation d'honneur, *Lady Loui-*
se! Vous la devez à ma *Bonne*, elle
avoit adouci le paſſage : voilà le diſcours d'un fol enragé.

La BONNE.

Oh! ce n'eſt rien, Meſdames; il en
a dit bien d'autres, & a eu la har-
dieſſe de dire dans un ſermon, où il
ſe plaint de ceux, qui en ſuivant ſon
exemple, vouloient établir de nouveaux dogmes : *Au reſte ſi vous conti-*
nuez à vouloir faire les choſes par ces
communes délibérations, je me dédirai
ſans héſiter de tout ce que j'ai écrit &
enſeigné : j'en ferai ma rétractation,
& je vous laiſſerai là. Tenez-vous le
dit pour une bonne fois. Et après tout,
quel mal vous fera la meſſe papale?

Miss DOROTHÉE.

Et il ne se trouva là aucune personne assez raisonnable pour jetter un tel homme du haut en bas de la chaire. Pouvoit-on se jouer plus impudemment de la religion? Quoi! Si ce qu'il avoit dit & écrit, étoit vrai, il étoit prêt à se dédire par dépit. Les ménaces qu'il en faisoit, étoient une véritable apostasie. Je vous l'avoue, j'ai cet homme en horreur.

La BONNE.

Il faut pourtant malgré votre horreur, l'écouter encore. On lui avoit reproché de favoriser quelques propositions de l'Hérétique Jean Huss. Il répond au Pape : *Tout ce que vous condamné dans Jean Huss, je l'approuve. Tout ce que vous approuvez en lui, je le condamne. Voilà la rétractation que vous m'avez demandée ; en êtes - vous content ?*

Lady VIOLENTE

Ces paroles sont bien contradictoires à celles que vous nous avez fait lire, & que Luther écrivit au commencement de la difpute. Il parloit alors de l'Eglife & du Pape en des termes fort refpectueux.

La BONNE.

Il ne tenoit qu'au Pape d'engager Luther à continuer fur le même ton. Il n'avoit qu'à approuver fes erreurs, il l'eut tenu perfonnellement infaillible à cette condition. Il n'en demandoit pas même tant; il eut été content fi on eut impofé le filence des deux côtés fur les queftions qu'il avoit émues. Cete propofition de Luther prouve évidemment qu'il ne regardoit point, comme néceffaire au falut, cette réforme fi vantée. Si l'Eglife Romaine eut été véritablement idolâtre; fi elle eut altéré, défiguré, anéanti la doctrine de Jefus Chrift, & corrompu fa morale, comme on l'a affûré depuis; en un mot, fi le fchifme eut été néceffaire au falut, tout accommodement eut été impie. Mais écoutez Luther parlant au Pape dans un de fes écrits: *Mon petit Paul, mon petit Pape, mon petit Anon, allez doucement,*

il fait glacé; vous vous rompriez le col,
une jambe, vous vous gâteriez, & on
diroit: Que Diable est ceci! Comme
le petit Pape s'est gâté!

Lady M É R Y.

Miss Dorothée vouloit qu'on mit
Luther parmi les enragés. Je décide
à le placer parmi les imbécilles. Que
ce discours est sot & plat!

La BONNE.

Il mérite assez bien les deux places.
Ecoutez-le encore: *Le Pape est un*
loup possédé du malin esprit. Il faut s'as-
sembler contre lui de tous les Villages,
& de tous les Bourgs. Il ne faut atten-
dre ni la sentence du Juge, ni l'autorité
du Concile. Qu'importe, que les Rois
& les Césars fassent la guerre pour lui!
Celui qui fait la guerre sous un voleur,
la fait à son dam. Les Rois & les Cé-
sars ne s'en sauvent pas, en disant
qu'ils sont Défenseurs de l'Eglise, par-
ce qu'ils doivent savoir ce que c'est que
l'Eglise.

Miss DOROTHÉE.

Il n'étoit pas bien difficile au moins de deviner qu'elle n'étoit pas chez Luther & chez ses Sectateurs. Quel langage dans un homme qui se disoit inspiré de Dieu pour réformer l'Eglise ! Jesus dit : *Je vous envoye comme des agneaux au milieu des loups.* Quel agneau ! juste ciel ! Sa foi ne m'auroit pas tentée, je vous assûre ; la contradiction de sa morale avec celle de Jesus, auroit été pour moi un sûr préservatif.

Le RABBIN

Dites-moi, en bonne vérité, Monsieur, si on eut mis Luther sur la roue comme un Perturbateur du repos public, lui auroit-on fait une injustice ? Pouvoit-on prêcher plus impunément la révolte contre les Puissances, & faut-il s'étonner après cela, de ce qu'on a fait en France, & ailleurs contre ses Sectateurs ? La sûreté du Royaume le demandoit.

Le CALVINISTE.

Nous n'avons rien de commun avec Luther, je vous l'abandonne. Il peut avoir été tout ce qu'il a voulu, sans que cela nous fasse tort. J'en dis autant des Anglicans qui n'ont rien de commun avec lui, non plus que nous. Vous savez bien que Luther haïssoit Henri VIII, & qu'il traita ce Prince indignement.

Le LUTHÉRIEN

Nous savons bien, Monsieur, que graces à Dieu, nous n'avons rien de commun avec vous ; mais ce n'est pas votre faute : vous n'avez rien oublié pour entrer dans notre communion, & nous vous avons constamment refusés.

La BONNE.

Pour que le désaveu que vous faites des excès de Luther, put avoir quelque force, il faudroit que vos Réformateurs, les Chefs de votre Eglise, eussent pensé comme vous. Ils ont au contraire donné les plus grandes louanges à celui que vous abandonnez aujourd'hui. Calvin parlant des vanteries continuelles de ce Chef des Réformés, les appelle *la sainte jactance de Luther.* Il est selon lui la trompette qui a réveillé le monde. Enfin comme on vient de vous le dire, on lui a toujours offert l'union : les Réformés ont refondu leur confession de foi pour s'accommoder à sa doctrine. Ils ont protesté à la Diete de Vorms ou d'Aughbourg, je ne sais laquelle, qu'ils adoptoient ses sentimens, à la reserve de quelques articles de peu de conséquence, qui ne regardoient pas le fond de la foi, mais des choses peu importantes. Offrir de communiquer avec les Luthériens, c'est reconnoître que leur doctrine est pure, qu'elle a été expliquée selon le propre sens de Jesus-Christ dans l'Evangile : que conséquemment celui qui l'a rédigée, est un homme inspiré de Dieu. Ou bien, c'est consentir à se joindre à une société fondée par un Impie, un Séditieux, un Emporté, toujours prêt à céder aux mouvements de sa haine contre le Pape ; à un homme qui pre-

noit si peu l'Ecriture pour fondement
de ce qu'il enseignoit, qu'il menaçoit
ses Sectateurs d'abandonner sa doctrine, & de se dédire; qui disoit qu'il
se réconcilieroit avec ce Pape, qui
selon lui, étoit si plein de Diables,
qu'il en crachoit, qu'il en mouchoit,
qu'il. . . . en vérité, Mesdames, je n'a-
cheverai pas, la bienséance ne me permet pas de vous dire le reste; à un
homme qui faisoit si peu d'état des
dogmes qu'il avoit établis, qu'il étoit
prêt à les abandonner, ou à les retenir, selon que le Pape les retiendroit
ou les rejetteroit, & qui ne rougit pas
des motifs qu'il donne de cette conduite bizarre : c'est seulement, dit-il,
pour être en contradiction avec lui ;
à un homme enfin qui comptoit pour
rien la morale évangelique.

Le C A L V I N I S T E.

Je vais me servir contre vous d'un
de vos arguments. Luther, comme vos
Papes, n'étoit pas impeccable : il falloit l'écouter, faire ce qu'il disoit, &
ne pas imiter ses emportements.

La BONNE.

Et dans quel endroit de l'Evangile avez-vous trouvé qu'il falloit obéir à Luther dans les choses qu'il enseignoit? Etoit-il assis sur la chaire de Moïse, comme Jesus le dit des Scribes & des Pharisiens? Quel titre avoit-il? Qui le lui avoit donné?

Le LUTHÉRIEN.

Il dit lui-même que Dieu lui avoit donné le titre d'Ecclésiaste de Wittemberg.

Lady LOUISE.

Pouvez-vous répéter cela sérieusement, Monsieur? Jesus ne nous a-t-il pas appris qu'on ne peut se rendre témoignage à soi-même? Mais, ma *Bonne*, vous attaquez la morale de Luther; est-ce à cause de son mariage avec cette Religieuse, qui avoit quitté son Couvent en conséquence de la nouvelle doctrine? S'il n'avoit fait que cette sottise, je la lui pardonnerois.

La BONNE.

Je n'aurois pas tant d'indulgence, ma chere. L'émule de St. Paul, qui se vantoit d'avoir été élu comme lui, par une vocation miraculeuse, d'avoir reçu sa mission immédiatement de Dieu, devoit être maître de ses passions, sur - tout dans un âge avancé. Les Apôtres qui étoient mariés, quitterent leurs femmes pour aller annoncer Jesus - Christ par toute la terre : Les Apôtres du nouvel Evangile ont pris une méthode nouvelle, au lieu de quitter leurs femmes, ils en ont pris. Mais ce n'est pas du mariage de Luther dont j'ai entendu parler, c'est de celui du Landgrave de Hesse. Peut-être connoissez - vous ce trait, Mesdames ?

Lady LOUISE.

Je n'en ai jamais entendu parler, ma *Bonne*, & vous me ferez plaisir de m'apprendre ce que c'est.

La BONNE.

Ce Prince qui s'étoit fait Protestant,

demanda à Luther & aux Chefs de la réforme , la permiſſion d'épouſer une ſeconde femme du vivant & du conſentement de la premiere , & comme il menaçoit de ſe réconcilier avec l'Empereur, qu'il ſuppoſoit devoir lui obtenir cette permiſſion du Pape ; on la lui donna. Ce n'eſt point ici un fait inventé à plaiſir. Cette permiſſion , ſignée de Luther & des Principaux Chefs, ſubſiſte auſſi bien que le contrat de mariage du Landgrave. Voilà les nouveaux Apôtres.

BELESPRIT.

Pourquoi l'Egliſe Romaine n'a-t-elle pas le même eſprit d'accomodement ? L'Angleterre ſeroit encore Catholique.

La BONNE

Vous avez raiſon , mais la morale de l'Egliſe Catholique eſt auſſi invariable que ſa foi. Comparez, je vous prie, à cette occaſion la conduite du Pape avec celle des Réformés : le Souverain Pontife ; inſtruit qu'il ne faut jamais faire un mal pour en empêcher un autre, s'expoſe à tout, plutôt que de confentir à la caffation d'un mariage qu'il croyoit légitime. Prieres, menaces, promeffes, follicitations, rien ne peut l'ébranler. Luther au contraire, Mélancthon & les autres, abandonnent la morale de l'Evangile, & par un attentat jufqu'alors inoui dans le Chriftianifme, fignent la honteufe permiffion au Landgrave de fe marier, fa femme vivante encore. Et pourquoi? Pour un intérêt temporel, parce qu'il leur fait entendre, qu'il pourroit bien les abandonner, s'ils la refufent. Toute la précaution qu'ils prennent, c'eft de demander que cet acte foit fecret, pour ne pas fcandalifer les fideles.

Lady L O U I S E.

Eft-il poffible qu'il refte un feul Luthérien dans le monde après de tels excès ! C'eft une énigme que je ne puis comprendre ; car dans tout l'Ancien Teftament, nous ne trouvons point d'exemple que Dieu ait choifi de tels gens pour annoncer fa loi.

BELESPRIT.

J'ai regardé l'aveuglement des hommes à cet égard, comme incompréhensible : j'ai beaucoup voyagé, & j'ai trouvé, en Angleterre & ailleurs, des gens qui avoient de la piété & du bon sens, en un mot, qui valoient mieux que moi, & qui restoient de bonne foi dans la religion protestante. La pureté de leurs mœurs, leur charité pour le prochain, les rendoient des modeles pour tous ceux qui les connoissoient ; d'ailleurs ce n'étoit pas des gens à se laisser mener par le nez, dans leurs affaires les plus communes. J'ai pensé depuis deux jours seulement, que cela n'avoit rien qui dut surprendre. Ils ne connoissent ni leur Réformateurs, ni les dogmes qu'ils ont enseignés. Ils les croient, sans examen, dans toutes les calomnies qu'ils débitent contre les Caholiques. Voilà la clef de l'énigme.

Mr. DE BONNEFOI.

J'ait fait l'heureuse expérience de l'efficace de l'instruction. Après être

heureusement rentré dans le sein de
l'Eglise, je me sentis brûler d'un desir
dévorant de procurer à mes parents,
le précieux avantage que je venois de
recevoir. Ils avoient appris avec horreur l'abjuration que j'avois faite du
Calvinisme : la perversité de mes
mœurs leur persuada que je n'avois
fait cette lâcheté que pour me procurer, en rentrant dans leurs biens, le
moyen de continuer mon libertinage,
& vous avez vu que c'étoit en effet
mes premieres vues ; mon pere m'é-
crivit donc une lettre foudroyante par
laquelle il me défendoit de paroître
devant ses yeux, qu'en qualité d'un
pénitent qui veut réparer son apostasie. Je m'adressai au ciel pour lui
demander ses lumieres, & ce fut lui
sans doute qui m'inspira.

J'avois souvent écrit à mon ayeul ma-
ternel pendant le temps où j'avois vécu
dans ma famille ; mais depuis que j'a-
vois oublié ce que je devois à Dieu, tous
les sentimens naturels sembloient éteins
en moi. Je m'apperçus heureusement
qu'ils n'étoient qu'assoupis, & la grace
m'ayant réhabilité, pour ainsi dire,

dans les difpositions naturelles que
j'avois reçues du ciel, je me reprochai vivement la douleur que mon
filence, & encore plus mes égare-
ments avoient dû caufer à ce refpectable viellard; car il paffoit quatre-
vingts ans, & jouiffoit pourtant d'u-
ne fanté parfaite. Je me rendis chez
lui, & m'étant fait annoncer fous le
nom d'un Gentil-homme qui venoit
d'Angleterre, je fus conduit dans fa
chambre; car il étoit encore au lit.
Il ouvroit la bouche pour me demander ce que je fouhaitois de lui, lorfqu'il me vit à fes pieds, où mon cœur
oppreffé fe foulagea par une abondance de larmes. La nature l'inftrui-
fit de ce que j'étois, avant qu'il eut
eu le temps d'examiner la parfaite ref-
femblance que j'avois avec ma mere :
& m'ayant commandé de me lever,
il me ferra dans fes bras, & s'écria :
graces éternelles te foient rendues,
pere des miféricordes, fi tu conduis
à mes pieds une brebis égarée, qui
cherche à rentrer dans le bercail.

Ces paroles pouvoient s'appliquer
également, & au déreglement de mes

mœurs, & à mon changement de religion ; & comme j'ignorois s'il étoit
inftruit de cette heureufe circonftance
de ma vie , je répondis de maniere à
ne l'en point inftruire s'il l'ignoroit ;
mais je me reprochai bientôt cette
forte de déguifement , & l'ayant prié
de m'écouter fans colere, je lui fis
un récit fidele de tout ce qui m'étoit
arrivé depuis le moment de mon fé-
jour à Londres. Mon ayeul étoit un
homme de bon fens, il fut frappé des
conféquences inévitables de la tolérance , dont il avoit été grand partifan
jufqu'alors, & ne put fe refufer à cette
conclufion que j'en avois tirée , que
Dieu feroit indifférent pour la vérité
ou le menfonge, s'il permettoit à
chacun de croire ce qu'il jugeroit à
propos ; & que ce feroit en vain que
Jefus fe fut fait notre docteur , s'il étoit
libre de croire , ou non, les chofes
dont il a daigné nous inftruire. Nous
relumes enfemble la Sainte Ecriture,
& je lui prouvai aifément qu'il falloit
faire violence au texte pour l'accommoder aux dogmes proteftants , au lieu
qu'ils étoient crus par les Catholiques

dans le sens le plus naturel qui s'offre d'abord à l'esprit. Ce bon vieillard ne fut point rébelle à la grace, & j'eus la douce consolation de le présenter moi - même à l'Eglise ; car il voulut m'avoir pour parrain. Aussitôt après cette action, il écrivit à mes parents (Mr. de Soissons avoit obtenu la grace de mon pere), & il lui marqua qu'il pouvoit en toute sûreté venir avec sa fille, lui fermer les yeux, & embrasser un fils prodigue, parfaitement guéri de ses erreurs.

Mes parents crurent alors sans hésiter que j'avois renoncé au Catholicisme, & firent la plus grande diligence pour se rendte chez mon ayeul. Ils furent comme anéantis, lorsqu'ils apprirent son changement ; mais comme il les assûra qu'ils resteroient protestants, s'ils le vouloient, après l'avoir écouté ils se prêterent à l'instruction, bien persuadés qu'elle ne serviroit qu'à les affermir dans leurs prircipes. Il n'étoit question que de leur prouver que l'Eglise Romaine a en horreur les dogmes impies qu'on

lui attribue; ils furent auſſitôt Catholiques que déſabuſés.

J'avois obtenu le rétabliſſement dans
les biens de mon pere; ils avoient été
partagés entre des parents éloignés,
qui avoient toujours été Catholiques;
& parmi ces familles, il y en avoit
deux que cette reſtitution alloit réduire à la mendicité, parce qu'elles é-
toient chargées d'enfants. Je propo-
ſai à mon pere de renoncer en leur
faveur à la portion de mon héritage,
qui leur avoit été adjugée, afin que
perſonne n'eut occaſion de s'affliger
de notre retour à l'Egliſe. Cette action déſabuſa tous ceux qui avoient
regardé mon changement, comme un
effet de la cupidité, & me donna le
moyen de propoſer à ceux de ma famille, qui étoient Proteſtants, de ſe
prêter aux converſations que je leur
propoſois ſur la religion. Dieu benit
mes intentions, & mon ayeul, avant
de s'endormir au Seigneur, eut la
ſatisfaction de ne pas laiſſer un ſeul
Proteſtant dans ſa famille; qui étoit
fort nombreuſe.

J'en conclus hardiment qu'il en reſ-

teroit peu, s'ils avoient envie de s'inftruire de bonne foi, & de juger par
eux mêmes fur une affaire fi importante ; mais les Miniftres qui favent
cela auffi bien que moi, leur font regarder comme des tentations dangé-
reufes, tout ce qu'on peut leur dire
de plus fenfé à cet égard.

Mifs DOROTHÉE.

Je me fouviens d'avoir oui raconter
un fait aux Dlles. de Vins, que vous
connoiffez toutes, Mefdames. Leur
Grand-mere fut conduite à feize ans
en Angleterre par fes parents qui quit-
toient d'affez beaux biens en France;
& ils avoient quelques familles proteftantes pour compagnes de leur fuite.
Une Demoifelle de dix-huit ans, qui
avoit un bon efprit, leur fit cette propofition. Nous abandonnons nos biens,
& affûrément nous devons le faire,
fi c'eft à la vérité que nous les facri-
fions : mais fi nous voulons parler fin-
cérement, nous avouerons que nous
ne connoiffons, ni la religion que nos
peres ont quittée, ni celle pour laquelle nous abandonnons tout. A préfent

que nous sommes en liberté de faire
un choix; faisons un examen sérieux
sur cette matiere. Prenons un Ministre & un Prêtre , & qu'ils nous ins-
truisent à fond des dogmes des deux
religions, & des causes de la séparation : nous choisirons après cela avec
connoissance de cause.

Lady VIOLENTE.

Cette fille parloit de bon sens , &
apparemment que ceux auxquels elle
parloit , acceptèrent sa proposition.

Miss DOROTHÉE.

Vous n'y êtes pas , Madame : on
la rejetta de la société avec horreur,
& on ne voulut jamais avoir de commerce avec elle.

Le CALVINISTE.

Parlez de bonne foi, Mademoiselle. Souffriroit-on un tel examen parmi les Catholiques ? Ne doivent-ils
pas croire aveuglément ?

La BONNE.

Nous n'avons qu'un seul point à
exa-

examiner, Monsieur, savoir si nous sommes dans l'Eglise visible à laquelle Jesus a promis l'infaillibilité, & cet examen ne demande que la lecture des passages si courts que nous avons cités. Après cela, tout examen qu'on feroit en doutant, seroit ridicule, & une sorte de renoncement à Jesus-Christ, comme Monsieur le *Rabbin* vous le disoit, il y a quelque temps ; mais les Protestants peuvent examiner, on les a établis Juges de l'Ecriture, vous n'admettez point de tribunal. Ainsi quand un Ministre dit *n'examinez point*, c'est, comme s'il disoit : nous avons eu tort d'examiner. Ne croyez pas à l'infaillibilité de l'Eglise Catholique, mais croyez à la nôtre, quoique nous assûrions que nous pouvons nous tromper.

Le CALVINISTE.

Je vous l'ai déjà dit, Mademoiselle. Nous avons des confessions de foi que nous devons croire, & auxquelles il faut souscrire.

La Bonne.

C'eſt une inconſéquence dans votre doctrine, Monſieur. Vous ne pouvez avoir droit d'en agir ainſi, ſans reconnoître une autorité viſible, & ſans vous l'attribuer. Vous ne vous êtes ſéparés que parce que vous avez refuſé de recevoir des Juges en matiere de foi; que vous ſouteniez que tous les hommes étant faillibles, il étoit permis d'examiner leurs déciſions, & d'en appeller. Suivant ce principe, vous ne pouvez, ſans contredire les motifs & les prétextes de votre ſéparation, vous ne pouvez, dis-je, obliger perſonne à ſouſcrire à des confeſſions de foi, dreſſées par des hommes ſujets à l'erreur, qui ne pouvoient prétendre à l'infaillibilité qui leur auroit été diſputée par le ſeul fait; car entre les deux confeſſions de foi citées, il y en avoit certainement une de fauſſe. On en trouve juſqu'à dix-ſept chez vous, dans chacune deſquelles il y a toujours quelques articles contradictoires aux autres.

Le Calviniste.

Aussi ne forçons - nous personne à les signer. Nous déclarons seulement que ceux qui refusent de le faire, ne sont pas de notre communion.

La Bonne.

Dites les choses par leur nom, Monsieur : tout le monde n'entendra pas que *communion*, *Eglise*, sont deux mots synonimes. Vous les chassez donc de votre Eglise, qui, si elle est l'Eglise de Jesus, est cette arche hors de laquelle il n'y a pas de salut. Ne les déclarez-vous pas incapables d'enseigner, de professer, de posséder aucun bénéfice, comme vous avez fait à l'égard de *Petit-Pierre*. Vous les décretez de prise de corps, comme vous avez fait Rousseau. Vous les brûlez, comme vous avez fait Servet : & quand les Magistrats dans l'Eglise Romaine, ont puni les Novateurs, vous avez crié, & vous criez tous les jours à la tyrannie.

Lady L O U I S E.

Monsieur l'*Anglican*, répondez-moi, je vous prie, d'une maniere positive. Je conçois fort bien que Luther & Calvin se sont ingérés eux-mêmes dans le ministere ; qu'ils sont sortis de l'Eglise dans laquelle ils étoient nés, pour en former une nouvelle qui ne peut être celle de Jesus-Christ. Sommes-nous dans le même cas ? Nous sommes-nous séparés de l'Eglise ancienne ? Quels sont les articles en quoi nous différons des Catholiques ? Sont-ils essentiels ? Ne le sont-ils pas ? Avons-nous varié depuis notre séparation ? Comment pouvons - nous excuser notre schisme ?

L'A N G L I C A N.

Nous ne nous sommes point séparés de l'Eglise, Madame. Nous avons eu une suite de Pasteurs légitimes, & sans interruption depuis l'établissement de la religion chrétienne dans nos Isles. Nous différons des Catholiques Romains, en ce que nous avons rejetté toutes les pratiques superstitieuses, que l'Eglife de Rome avoit adoptées, pour nous en tenir à la foi des Apôtres : quant aux chofes dans lefquelles on a varié depuis la réformation, elles font de peu de conféquence, & la charité chrétienne a feule occafionné ces changements.

La BONNE.

A l'affûrance avec laquelle Monfieur vous a répondu, ne gageroit - on pas que ce qu'il vient de dire, eft d'une telle notoriété, qu'il n'a jamais été contredit, & prouvé faux? Mais pour en revenir à notre vieille méthode (gênante à la vérité, mais fûre) il faut prouver, Monfieur, ce que vous venez de dire. Je m'offre de mon côté à prouver que rien n'eft plus incertain, que la fuite de l'ordination chez les Anglicans. C'eft un fait hiftorique dont ces Dames feront Juges.

L'ANGLICAN.

Vous nous allez fans doute répéter une vieille calomnie démentie par des actes publics, & combattue même par un honnête homme de votre communion, dans un ouvrage solide. Le Pere Courailler (a) qui en est l'auteur, est resté Catholique.

La BONNE.

Nous vous remercions du présent que vous nous en faites, & nous vous l'abandonnons, Monsieur. Nous n'y prétendons rien.

BELESPRIT.

Un Ministre me disoit, il y a deux jours. Il n'en a pas assez fait pour être Protestant. Je lui répondis : il en a trop fait pour être demeuré Catholique.

La BONNE.

Quoiqu'il en soit de sa catholicité, la réponse qu'on lui a faite, est tout aussi solide que son ouvrage. Mais quand il seroit vrai, Monsieur, que vous ayez conservé une suite de Pas-

______

(a) Peut-être ce nom est-il mal rendu; mais tout le monde sait qu'il étoit Bibliothécaire de Sainte Geneviéve à Paris.

teurs, ce font des membres féparés de leur Chef, qui ne peuvent avoir de vie. Avant d'entrer dans l'expofition de cette difpute, permettez-moi de vous demander, Monfieur, fi vous difputez à l'Eglife le droit d'expliquer l'Ecriture, c'eft-à-dire de décider entre deux fens qui font oppofés, lequel eft le vrai.

L'ANGLICAN.

Nous admettons les premiers Conciles dans les chofes qui regardent la foi, & par conféquent nous rejettons toutes les erreurs qu'ils ont condamnées : mais nous ne nous fommes jamais foumis dans les chofes qui regardent la difcipline. La célébration de la Pâque en eft un exemple. Nos Evêques ont été long-temps en oppofition avec l'Eglife Romaine fur le temps de fon obfervation.

La BONNE.

Dites avec toute l'Eglife répandue dans le monde. Depuis le Saint Concile de Nicée, toutes les Eglifes s'étoient foumifes au décret qu'il avoit porté à cet égard. D'ailleurs il ne faut pas être bien éclairé pour comprendre que vos Evêques avoient tort comme ils le reconnurent dans la suite. Croyez-vous qu'une Eglise particuliere ait droit de se distinguer des autres par certains usages, de sa propre autorité ? Que diriez - vous si l'Evêque de Londres vouloit changer la Lithurgie, & administrer les Sacrements autrement que les Archévêques d'Yorck & Cantorbery ? Approuveriez - vous cette conduite ?

L'Anglican.

Non, il faut de l'uniformité dans les Eglises qui sont de la même communion : ainsi je ne désapprouve pas qu'on se soit réglé à célébrer la Pâque dans le même jour, non plus que la Fête de Noël selon le nouveau stile. Mais ce n'étoit pas sur cet article seul que l'Angleterre différoit des autres Eglises ; c'étoit principalement sur l'autorité du Pape. Elle refusoit constamment de la recevoir, comme vous pouvez le voir dans l'histoire de Rapin de Thoiras.

La BONNE.

Qui est d'une partialité choquante, soit dit en passant, & qu'on ne doit lire qu'en prenant la précaution de la vérifier avec les autres Historiens. Quoiqu'il en soit de son exactitude sur les faits qu'il rapporte, je ne déciderai que sur ce que vous venez de dire : si l'Eglise Anglicane, de votre aveu, différoit des autres Eglises en ce point, elle avoit tort. La primauté du Pape, & son autorité, je vous l'ai prouvé, sont de droit divin, puisqu'elles sont fondées sur la parole de J. C. Elles ont été regardées comme telles depuis les Apôtres. Mais il n'est pas vrai que votre Eglise originairement ait méconnu l'autorité du Pape, elle qui devoit sa foi au zele de Saint Grégoire Pape. Enfin, elle se soumit, en supposant comme le dit votre Auteur, qu'il fut un temps où elle ne le fut pas.

Elle persista dans cette soumission pendant plusieurs siecles, & se conforma à la discipline de l'Eglise universelle dans tous les points dont elle ne fut pas dispensée par le Pape,

K 5

Voilà l'état où elle étoit avant la réformation. Qui l'a faite cette réformation? Quels étoient ses motifs? Quel changement a-t-il fait dans la religion? Quel changement y a-t-on fait après lui? Enfin, quelles étoient les personnes qui ont fait ces changements? Avoient-elles pour cela une autorité légitime?

Lady LOUISE.

Vous pouvez passer, ma *Bonne*, ce qui regarde la personne de Henri VIII.: nous le connoissons toutes, & ne l'estimons gueres.

La BONNE.

Il eut mérité votre estime, si son regne avoit fini, comme il avoit commencé; car ce Prince avoit de bonnes qualités, & paroissoit si attaché à l'orthodoxie, qu'il mérita le titre de *Défenseur de la foi*. Je dis qu'il paroissoit attaché à la foi de ses péres; il l'étoit réellement avant qu'une passion malheureuse se fut emparée de son ame. Qui doutoit moins que lui de l'autorité du Pape, puisqu'il fit tant d'efforts pour en obtenir la caſſation de ſon mariage? Il lui étoit ſoumis alors. Par quel crime le Souverain Pontife a-t-il perdu, aux yeux de Henri, la qualité de Vicaire de J. C., & de centre de l'Egliſe Chrétienne? Il a refuſé de ſe prêter à une paſſion folle & aveugle, qui tendoit à deshonorer une vertueuſe Princeſſe, qui vivoit depuis vingt ans dans la poſſeſſion paiſible de ſon Etat. On ne peut nier que toutes les démarches de Henri contre le Pape, n'ayent été une vengeance, qu'il voulut tirer d'une fermeté louable. En bonne conſcience, peut-on reconnoitre le doigt de Dieu dans une conduite dictée par de pareils motifs?

L'ANGLICAN.

Dieu ſe ſert de tout pour accomplir ſes deſſeins, Mademoiſelle, & choiſit ſes inſtrumens d'une maniere fort oppoſée à nos foibles lumieres. Ce que j'en dis au reſte, n'eſt pas pour juſtifier Henri, qui, comme le dit fort bien Mr. Burnet dans l'hiſtoire de la réformation, crut toujours dans ſon cœur les opinions les plus extravagantes de l'Eglife Romaine, telles qu'eft la tranfubftantiation, & les autres corruptions du Sacrifice de la Meffe. Il femble, ajoute cet Auteur, dans tout ce qu'il a fait, qu'il ne fongeoit qu'à intimider le Pape, pour en obtenir ce qu'il vouloit. Le vrai Chef de la réformation eft Crammer, Archévêque de Cantorbery ; & pour me fervir encore des termes de Mr. Burnet, ce Prélat peut être comparé aux Cyrilles, aux Athanafes. Jamais peut-être Prélat de l'Eglife n'a eu de plus grandes qualités, & moins de défauts.

La BONNE.

Ah, Monfieur *!* ne vous en fiez pas à Mr. Burnet, tenez vous en à Henri VIII. je vous le confeille en amie. Sur mon honneur, vous perdriez au change.

Lady LOUISE.

Voulez-vous contefter l'éloge de Crammer, ma *Bonne* ? J'ai toujours entendu parler de lui, comme d'un grand-homme, & je l'ai cru tel fur la foi d'autrui ; car je ne sais de son histoire que sa mort. On le regarde parmi nous, comme un Martyr, & il l'est en effet, s'il soutenoit une cause juste ; car la Reine Marie eut la cruauté de le faire brûler en haine de la Réformation.

La Bonne.

Vous jugerez de ce qu'il étoit par ses œuvres. C'est une maniere de juger sainement selon la parole de J. C. même, qui nous dit que nous devons connoître la bonté de l'arbre par les fruits qu'il porte. Au reste je ne vous dirai rien de Crammer, qui ne soit tiré mot pour mot de l'histoire de la Réformation par Burnet, cet Auteur qui le met au rang des Cyrilles, des Athanases.

» L'an 1529. Crammer flatta la
» passion de Henri pour Anne de Bou-
» len, & fit un livre contre la vali-
» dité du mariage de Catherine. Il é-
» toit dès lors engagé dans les senti-
» mens de Luther, & étoit le plus
» estimé de ceux qui les suivoient. An-
» ne de Boulen avoit aussi quelque

» teinture de cette doctrine : tous
» ceux du même parti se déclarerent
» pour le divorce.

Miss DOROTHÉE.

Avouez du moins, ma *Bonne*, que
Mr. Burnet est un Auteur bien véridi-
que ; il ne cherche pas à nous en imposer sur les motifs qui engageoient
tant de personnes à favoriser le divorce. Crammer étoit à leur tête, & la
bonne œuvre du mariage de Henri
doit être regardée comme son ouvrage. Je vais enrégistrer toutes ces belles actions. Qu'en pensez-vous, *Lady Louise* ?

Lady LOUISE.

Que vous ne valez rien, ma chere.
Je suis pourtant de votre avis : St.
Cyrille & St. Athanase n'étoient pas
si bons courtisans que cet Archévêque,
& la ressemblance promise entre ces
grands - Hommes, s'énonce mal dès
le commencement. Mais, ma *Bonne*,
nous rendrez-vous exactement le texte
de Mr. Burnet ?

La BONNE.

Je le rendrai mot pour mot , Madame : mais je vous avertis de bonne foi d'une chose. Lorsque Mr. Burnet se contredit , (ce qui lui arrive souvent) ou qu'il est forcé de parler de certains faits désavantageux à la cause qu'il défend , parce qu'ils sont notoires , il les place avantageusement , & dans le jour le plus propre. Je pourrai fort bien déranger l'ordre de ces faits , & les rapprocher , pour vous faire sentir les contradictions , ce qui est absolument necessaire ; mais vous vous en appercevrez , & vous pouvez d'ailleurs lire l'ouvrage , & confronter tout ce que je vous aurai dit. J'en ai l'extrait que je vous remettrai.

Crammer fut envoyé à Rome pour solliciter l'affaire du divorce. Il passa de là en Allemagne , où il épousa la sœur d'Osiandre , un des Chefs du parti Luthérien. Il avoit si bien déguisé ses sentimens à Rome, que le Pape l'avoit fait son Pénitencier. Ce fut pendant son séjour en Allemagne que Henri le nomma Archévêque de Cantorbery. Crammer reçut les Bulles du Pape , & le defir d'être Archévêque l'emporta fur l'horreur de fe fouiller en prenant *le caractere de la bête* ; car on parloit ainfi dans fon parti.

A fon Sacre , & avant de procéder à l'ordination , il fit le ferment de fidélité qu'on avoit accoutumé depuis quelques fiecles de faire au Pape. Remarquez, Mefdames , que ce ferment étoit un double parjure , & contre le Pape qu'il trompoit , & contre fon parti qu'il renioit ; ce qui eft indigne, non feulement d'un Chrétien , mais encore d'un honnête homme.

L'ANGLICAN.

Vous ne dites pas tout , Mademoifelle. Monfieur Burnet affûre qu'il ne fit pas ce ferment fans fcrupule , & que pour fauver la vérité , il protefta qu'il ne prétendoit pas fe difpenfer de ce qu'il devoit à fa confcience , au Roi & à l'Etat.

La BONNE.

Comme fi ce ferment engageoit à

violer ces devoirs, qui doivent être sacrés pour tous les Chrétiens.

Lady MÉRY.

Cette restriction est contre la bonne foi : c'est se préparer un échappatoire, & c'est de tous les vices celui que les honnêtes gens doivent le plus avoir en horreur ; car il détruit la confiance, en donnant les moyens d'éluder la foi du serment, qui est ce que tous les hommes ont toujours regardé comme la chose la plus sacrée. Les autres Evêques mettoient-ils à ce serment les mêmes restrictions ?

La BONNE.

Personne ne s'en est jamais avisé, ma chere, parce que cela seroit ridicule. Qui ne sait pas qu'aucune Puissance n'a droit d'exiger de nous des choses contraires à la loi de Dieu ? Ce serment n'engage qu'à reconnoître la puissance spirituelle du Pape, & les Evêques ajoutent en le prêtant : *saufs les droits de mon Ordre.* Or Crammer jura de reconnoître cette puissance spirituelle, à laquelle il ne croyoit

pas. Cela étoit si mal, que Mr. Burnet n'a pas eu le courage de l'en justifier. *Il se servit, dit - il, d'un expé-
dient peu conforme à la sincérité de son
caractere ; mais si cette conduite ne fut
pas suivant les regles de la plus austere
sincérité , du moins on n'y voit aucune supercherie.*

Lady VIOLENTE.

Qu'appellera-t-on supercherie, si
ce n'en est point une ? Peut-il y en
avoir une plus atroce , que de jurer
ce qu'on ne croit pas , & de se ménager les moyens d'éluder son serment
par une protestation conçue en termes équivoques ? Ah, Mr. Burnet ! si
vous eussiez été Pape, vous n'auriez
pas été fort difficile pour la canoni-
sation ; mais je n'aurois pas de dévotion à vos Saints. Je ne voudrois pas
même vivre avec d'honnêtes gens de
votre façon. Que deviendroit la société, si de pareilles maximes y étoient
reçues ?

La BONNE.

Mais Crammer en prêtant ce serment, fit d'autres déclarations contre lesquelles il ne réclama pas: comme de recevoir avec respect les traditions des Saints Peres, & les constitutions du Saint Siege Apostolique ; de rendre obéissance à St. Pierre en la personne du Pape, & de ses Successeurs selon l'autorité canonique ; de garder la continence, à laquelle on s'engage dans l'Eglise Romaine dès le Sous-diaconat.

Le CALVINISTE.

Voilà un mensonge. On n'oblige point ceux qui entrent dans les ordres, à faire vœu de chasteté.

La BONNE.

Que veulent donc dire ces paroles qu'on prononce à ceux qui vont recevoir cet Ordre ? *Jusqu'à présent vous êtes libre, mais vous allez cesser de l'être.* Nous en parlerons en son lieu: finissons ce qui regarde Crammer.

Il dit la Messe avec son Consacrant le jour de son ordination, & continua de la dire pendant plusieurs

années ; cette Messe que Monsieur
Burnet appelle une corruption. Il fit
plus, il ordonna des Prêtres, & en
le faisant, il leur donnoit le pouvoir
*de changer par leur sainte bénédiction
le pain & le vin au Corps & au Sang
de Jesus-Christ, d'offrir le St. Sacrifice
de la Messe pour les vivants & les morts.*
C'étoit contre tant d'actes contraires
au Luthéranisme qu'il falloit protester.
Un Luthérien, tel que Crammer l'étoit
alors, le devoit en conscience, &
cela étoit pour le moins aussi important que de faire de ridicules excep-
tions au serment qu'il faisoit, d'obéir
au Pape.

Le CALVINISTE.

Ne pouvoit-on pas dire que la protestation contre l'obéissance au Pape,
renfermoit indirectement celle qu'il eut
dû faire contre des choses qu'il regardoit comme des erreurs, puisque les
Papistes croyent toutes ces erreurs,
seulement parce que le Pape ordonne
qu'elles soient crues, & qu'il n'est
plus permis d'examiner quand il a
parlé?

Le RABBIN.

Ah! Monsieur, pouvez-vous parler ainsi, après tout ce que Mademoiselle vous a dit par rapport à l'autorité du Pape? Y a t il de la bonne foi, de la justice, à vouloir malgré le déni d'une Eglise, lui attribuer des sentimens contre lesquels elle proteste?

Le CALVINISTE.

Je sais que les François & plusieurs autres n'admettent point l'infaillibilité du Pape; mais demandez aux Evêques & aux Peuples d'Italie ce qu'ils en pensent. Ils regarderoient comme une hérésie, la proposition contraire.

La BONNE.

Non, Monsieur. Une hérésie chez nous, c'est le désaveu d'un article de foi, décidé par un Concile, ou un jugement porté par le Pape, & reçu du plus grand nombre des Evêques. Je vais me prêter, pour un moment, à votre supposition : qu'y gagneriez-vous, Mr., quand tous les Evêques du monde regarderoient le Pape comme

infaillible ? Ce seroit dans sa chaire,
enseignant , commandant de croire
un dogme qu'il assûreroit être de foi.
Les Italiens n'ont jamais cru l'infaillibilité du Pape d'une autre maniere,
& ils ont pour eux la probabilité, puisque depuis près de dix-huit siecles, il
n'est point arrivé que le Pape ait enseigné l'erreur. Ce sentiment probable
des Italiens n'a jamais été déclaré de
foi , & je vous ai déjà dit qu'on peut
croire le contraire , sans être hérétique.

Le CALVINISTE.

Mademoiselle oublie qu'un Pape
(je crois que c'est un Honorius ; mais
le nom n'y fait rien) a été Monothélite, qu'il fut accusé & jugé comme
tel après sa mort. Il me semble même qu'on exhuma son cadavre , pour
ne point le laisser dans la sépulture de
ses Prédécesseurs.

La BONNE.

Je ne sais pas mieux que vous, le
nom de ce Pape , & les circonstances de ce qui se passa après sa mort,
qui m'ont échappées, mais voici ce que

je sais parfaitement , & qui fait contre vous. C'est qu'on punit par cet
arrêt la négligence qu'il avoit montrée
à exterminer l'hérésie. On supposa
qu'il avoit penché pour l'erreur , puisqu'il n'avoit pas sévi contre elle avec
toute la vigueur qu'exigeoit sa place.
Supposons ce jugement juste , pous-
sons même les choses jusqu'à croire
qu'il étoit Monothélite dans le cœur :
n'auroit-il pas été naturel qu'il eut ca-
nonisé l'erreur dont il auroit été infes-
té ? Vous qui supposez dans les Catholiques une obéissance si aveugle
au Pape , apprenez-moi comment
l'Univers Chrétien ne devint pas Monothélite ? Cet argument est sans replique , Monsieur , même en supposant le plus défavantageux au Pape.

Le CALVINISTE.

Mais , ne nous avez-vous pas dit
vous même , qu'en votre particulier,
vous croyez le Pape infaillible ?

La BONNE.

Oui, Monsieur, comme je crois
Philippe de Macédoine plus grand

qu'Alexandre son Fils: je le crois, non par la foi qui n'a rien décidé à cet égard, mais par des raisons tirées d'une longue expérience. Mais il est de foi que le Pape est infaillible à la tête de l'Eglise.

Lady LOUISE.

Je conçois à peu près ce que vous voulez dire ; cependant j'aurois besoin d'un exemple pour l'entendre parfaitement.

La BONNE.

Qu'est-ce qu'un Parlement en France ? C'est une société chargée de rendre la justice au Peuple au nom du Roi. Cette société a un Chef, qu'on appelle le Premier Président. Suppofons que Jesus eut dit au Premier, qui est à la tête de ce Corps : j'établis sur toi une Chambre inaccessible à l'erreur ; car je serai avec elle jusqu'à la consommation des siecles, & jamais l'injustice ne prévaudra contre elle. Qu'entendriez-vous par ces promesses, *Lady Louise* ?

Lady

Lady LOUISE.

Plufieurs chofes, ma *Bonne*. D'abord que cette Chambre, pour être complette, ne devroit pas être fans ce premier Préfident, parce qu'il eft ridicule de fuppofer un édifice quelconque fans qu'il y en ait un. Je penferois encore que ce premier Préfident tout feul ne feroit pas cette Chambre; car des fondements ne font pas une maifon, ils en font feulement une partie effentielle, mais fi néceffaire que fans elle le bâtiment ne peut fubfifter. J'en conclurois que deux chofes conftitueroient cette Chambre; le Préfident & fes Compagnons; & que toutes les fois que ce Corps réndroit un Arrêt foufcrit par le plus grand nombre, je ne pourrois le croire injufte fans accufer J. C. d'avoir manqué à fa promeffe.

La BONNE.

Et votre conclufion feroit celle de tout être penfant, & croyant en Jefus. Suppofons qu'il fe préfente une affaire épineufe, & que le premier

Tom. V. cinquieme Part. L

Président dans son domestique, ou avec ses amis particuliers, laissat transpirer son sentiment sur cette affaire, la tiendriez-vous pour décidée d'une maniere infaillible en vertu des promesses de Jesus ?

Lady LOUISE.

Non, ma *Bonne* ; j'attendrois qu'il eut prononcé un Arrêt à la tête de sa compagnie, & que le plus grand nombre des membres de cette compagnie eut souscrit à cet Arrêt, parce qu'il me paroît que l'infaillibilité ne seroit promise qu'au Chef uni à ses membres.

La BONNE.

Et s'il se trouvoit quatre-vingt des membres de cette compagnie qui souscrivissent à l'Arrêt, & que vingt fussent d'un avis contraire, s'aviseroit-on de nommer le Parlement, ce petit nombre de Réfractaires ?

Lady LOUISE.

Non, assûrément. C'est le plus grand nombre uni au Chef qui fait le Corps,

& .il seroit ridicule de penser autrement.

La BONNE.

Appliquez cet exemple , peut-être
affez imparfait , à l'Eglife ; car ma
comparaifon peut *clocher* fans que je
m'en apperçoive ; & vous aurez une
idée jufte de ce que nous devons croire par rapport au Pape. Cependant
fi ce Parlement étoit établi depuis
près de dix-huit fiecles , que jamais le
premier Préfident , confidéré même
comme homme privé , n'eut raifonné
de travers fur les affaires propofées ,
je pourrois , je crois, fans être accufée
de pouffer la crédulité trop loin , penfer que la promeffe de Jefus pourroit
bien garantir ce Chef du Parlement
de l'erreur,dans les chofes qui regarderoient l'adminiftration de la juftice; car
s'il prétendoit décider d'une queftion
d'Architecture , de Poéfie, .ou d'une
autre fcience , vous fentez que je ne
lui devrois aucune croyance.

Le RABBIN.

Cela eft aifé à concevoir. Et pour
L 2

en revenir à la comparaison de Jesus-Christ, du temps d'Arius, les Evêques qui prirent son parti, étoient bien des pierres qui avoient servi à l'édifice, mais elles s'en étoient séparées, & n'en faisoient plus partie; car on ne dit pas, en parlant des pierres qui se sont séparées d'une maison, ces pierres sont la maison. On pourroit seulement dire : ces pierres, qui ont fait autrefois partie de la maison, n'en sont-plus, & ne peuvent l'être de nouveau, qu'au moment où elles seront réunies au bâtiment.

Miss DOROTHÉE.

Si on peut dire cela de l'Arianisme qui eut d'abord un bon nombre d'Evêques pour lui, qui s'étendit si fort, & qui a brillé si long temps, à plus forte raison, pourra-t-on le dire des Luthériens, des Calvinistes, & des Anglicans, dont les commencements ont été si foibles. De simples particuliers sans mission, sans autre pouvoir que celui qu'ils avoient reçu dans l'Eglise Romaine, s'en séparent. Ce sont des pierres détachées du bâtiment.

Les Evêques Anglicans, en supposant qu'ils font vraiment des pierres de cet édifice spirituel, ont pu se réunir pour faire un bâtiment séparé, mais il n'aura point de fondement : Jesus l'a posé de sa main à son Eglise Universelle : il est inébranlable, au lieu que les Anglicans ayant bâti sur le sable, leur édifice s'est trouvé exposé aux vents des opinions humaines, sans qu'ils ayent le pouvoir de les réprimer, comme le prouve l'Evêque de Saint Asaph.

BEL ESPRIT.

D'ailleurs il est notoire que les autres Eglises ont professé & enseigné l'erreur. On peut l'affirmer au moment qu'on peut voir une seule variation dans leur doctrine. Si la premiere des confessions de foi, étoit vraie, il ne falloit pas s'en écarter ; & on varioit, en le faisant pour enseigner l'erreur qui étoit contraire à ce qu'on avoit cru d'abord. Si au contraire la premiere confession étoit telle qu'il ait été nécessaire de la contredire, elle

n'avoit pas été dictée par le St. Esprit
qui ne peut errer.

L'Anglican.

Mais, *Miſs*, on a ajouté dans l'E-
gliſe Romaine. Si votre âge vous a-
voit permis de lire les bons Auteurs,
vous auriez vu que l'Egliſe Romaine
a varié ſur les points fondamentaux.
Faut-il vous répéter ce que Monſieur
le *Calviniſte* vous a dit. La divinité de
Jeſus-Chriſt a été peu connue avant le
Concile de Nicée, & le fut peu alors.
J'en dis autant de celle du St. Eſprit,
qui ne fut bien connue qu'à Chalcédoine. Les premiers Peres n'avoient
pas même des ſentimens exacts ſur
la divinité. Les uns croyoient un Dieu
matériel, les autres nioient ſon im-
mutabilité, & croyoient qu'il pouvoit
recevoir des changements. Par conſéquent les Catholiques ont tort de nous
reprocher des variations, puiſqu'il eſt
évident qu'il y en a eu de tout temps
dans l'Egliſe.

Miſs Dorothée.

Je hais les répétitions; elles me

mettent de mauvaise humeur. Cependant je vous passe celle-ci. Vous tirez le rideau que vous n'aviez fait qu'entre-ouvrir. L'entendez - vous, *Lady Louise ?* Ces Messieurs ne peuvent se soutenir que par des blasphêmes ; car il faut nommer les choses par leur nom. Peut-on en proférer de plus énormes, que de dire que l'Eglise au sortir des mains de Jesus-Christ, pour ainsi dire, manquoit de cette foi nécessaire au salut, même dans les points fondamentaux ?

Le RABBIN.

Et qui sont ceux qui le disent ? Les mêmes qui nous ont assûré que l'Eglise des quatre premiers siecles, étoit pure : quelle contradiction !

Lady LOUISE.

Quand je ne dis rien, je n'en suis pas moins attentive ; mais je ne veux pas prendre le change, & perdre de vue le sujet dont il étoit question : nous en étions à Crammer, & franchement j'ai bien rabattu de l'idée qu'on m'avoit donnée de lui. Jusqu'à

présent, de l'aveu de Monsieur Burnet, il étoit un parjure & un trai-
tre, qui trahiſſoit également les deux
partis.

La BONNE.

Il faut vous apprendre, Madame,
pourquoi Crammer qui avoit proteſté
en quelque maniere contre l'obéiſſance qu'il devoit au Pape, ne fit aucune proteſtation contre les autres articles qu'il juroit également ? C'eſt que
Henri VIII, qu'une proteſtation contre l'obéiſſance du Pape n'offenſoit
pas, n'auroit pas pris les autres *en
bonne part.* Il étoit déjà dans les diſ-
poſitions prochaines à devenir brûleur,
& le nouvel Evêque qui connoiſſoit
ſon attachement à tout le reſte de ce
que Burnet appelle les abominations
du Papiſme, ne vouloit pas s'expoſer à
ſa colère. Voilà donc Crammer tout à
la fois Luthérien, márié, cachant ſon
mariage, Archévêque ſelon le Ponti-
fical Romain, ſoumis extérieurement
au Pape dont il s'étoit fait le Péniten-
tier, & cependant abhorrant ſa puiſſance dans ſon cœur, diſant la Meſſe

qu'il croyoit une abomination, or-
donnant des Prêtres auxquels il donnoit le pouvoir de la dire. Reconnoif-
fez-vous à cette conduite l'un des plus
excellents Prélats, qu'ait eus l'Eglife,
fi on en croit Monfieur Burnet ?

L'Anglican.

Vous nous le difiez, il y a quelques
temps : les Saints fur la terre font encore des hommes, ils ont des mo-
ments de foiblefle, & Crammer n'en
fut pas exempt. Vous ne pouvez nier
qu'il n'eut de grandes parties, & qu'il
ne montra du zele pour empêcher le
Roi de continuer à vivre dans l'incefte
avec la Reine Cathérine : il l'exhorta
publiquement à faire cefler ce fcandale qu'il donnoit à fon peuple.

Belesprit.

Vous foupçonnez fans doute, Monfieur, que nous venons du Monomo-
tapa ou des Antipodes, & que nous
n'avons jamais entendu parler de l'hiftoire d'Angleterre. N'eft - il pas vrai
que le Jean - Baptifte moderne, en
difant à Henri VIII, il ne vous eft

permis de garder la femme de votre frere, risquoit beaucoup ? N'étoit-ce pas jouer une comédie, que de citer le Roi & la Reine à son tribunal, pour casser leur mariage, pendant que Henri avoit déjà épousé Anne de Boulen en secret ? Henri n'ayant pu obliger Catherine à comparoître: Crammer la condamna par contumace. Remarquez, Mesdames, qu'il prit dans la sentence qu'il porta, la qualité de Légat du St. Siege.

L'ANGLICAN.

Le peuple n'étant pas encore désabusé de la puissance du Pape, il fallut bien prendre cette qualité pour donner plus d'autorité à la sentence.

La BONNE.

Comme s'il étoit permis à un Successeur des Apôtres pour quelque raison que ce soit, de se dire Légat de celui qu'il regardoit comme l'Ante-Christ. Cependant Henri qu'on avoit flatté de quelque espérance, se soumit même après la sentence de Crammer, à la décision du Pape: mais quand il vit qu'elle ne lui étoit pas favorable, il éclata, & Monsieur Burnet a la bonté de nous avouer *qu'il ne garda aucune mesure dans son ressentiment.* Il commença de pousser à l'extrémité sa nouvelle dignité de *Chef Souverain de l'Eglise Anglicane sous Jesus-Christ.*

Le RABBIN.

Je voudrois bien savoir dans quel endroit de l'Evangile Henri & ses Adhérans avoient trouvé cette primauté. Saül, devenu Roi par l'ordre spécial de Dieu, disputa-t-il l'ordonnance des Sacrifices & des choses qui concernoient le ministere sacré, à Samuel ? Ne fut-ce pas pour avoir anticipé sur le sacré ministere, en avançant le moment du sacrifice sans attendre l'arrivée du Prophete, qu'il fut réprouvé de Dieu, & que David fut choisi en sa place.

La BONNE.

Les châtiments de Dieu par rapport à Henri, ne furent pas moins terribles. Depuis cet attentat il devint plus femblable à une bête féroce, qu'à un homme. Les deux plus Grands Hommes de l'Angleterre devinrent fes victimes. Je parle du Chancelier du Royaume, Thomas Morus, & de Fifcher, Evêque de Rochefter, qui perdirent la vie fur un échaffaut, pour avoir refufé de reconnoître la primatie fpirituelle du Roi. Monfieur Burnet avoue, *que la fin tragique de ces Grands Hommes, fut une tache ineffaçable dans la vie de Henri : & il ajoute qu'il n'avoit pas donné lieu de croire que la cruauté lui fut naturelle, puifqu'il n'avoit pendant vingt-cinq ans fait mourir que deux hommes pour crime d'Etat; mais dans les dernieres années de fa vie, il ne garda plus aucune mefure dans fes exécutions.*

Mifs DOROTHÉE.

Et que faifoit alors l'Athanafe moderne, qui avoit pris le ton fi haut dans l'affaire du divorce ? Pourquoi ne difoit-il pas hardiment au Roi ? Il ne vous eft pas permis de faire mourir des Innocents. Henri ne faifoit pas plus de grace aux Luthériens, qu'aux

Catholiques : comment pouvoit-il voir brûler ses freres, sans ouvrir la bouche pour les défendre ?

Belesprit.

Il y faisoit trop chaud, Mademoiselle. Crammer, malgré toutes ses belles qualités, n'étoit point friand de la couronne du Martyre.

La Bonne.

Je n'ai pas fini. Monsieur Burnet nous apprend les causes de la férocité de Henri, en ces termes : *Ce Prince, soit qu'il ne put souffrir qu'on le contredit, soit qu'il fut enflé du tître glorieux de Chef de l'Eglise, que les peuples lui avoient déféré, soit que les louanges de ses flatteurs l'eussent gâté, se persuadoit que tous les Sujets étoient obligés de regler leur foi sur ses décisions.*

Belesprit.

Voilà une époque fâcheuse pour la réforme. Il est triste pour elle qu'on voie dans la personne de son Chef, les caracteres d'un Tyran. J'avouerai

pourtant que si Henri eut été véritablement Chef de l'Eglise, il eut fallut
respecter ses décisions, si elles eussent
été approuvées du plus grand nombre
des Pasteurs.

Lady LOUISE.

Cette supposition est ridicule. Le
peuple, dit Burnet, lui avoit déféré
le titre de Chef de l'Eglise. Peut-on
rien dire de plus absurde ? Le peuple avoit-il ce droit ? Pouvoit-il ôter
ce titre à celui auquel Jesus - Christ
l'avoit donné ? Oh ! Monsieur Burnet, j'ai le regret le plus vif de n'a-
voir pas lu plutôt votre histoire : en
vérité je commence à croire que je
vous aurai de grandes obligations.

Lady VIOLENTE,

On nous parle sans cesse d'un pouvoir usurpé par le Pape : la datte de
cette usurpation auroit au moins quin-
ze-cents ans. En voilà une bien récente que nous avallons sans dire gare.

Le CALVINISTE.

Voilà de beaux principes, que vous

prenez ici, Madame! Si le Gouvernement en étoit inftruit, je doute qu'il remerciat Mademoifelle.

Lady VIOLENTE.

Ce trait eft digne de vous, Monfieur. Eft ce la faute de ma *Bonne*, fi Monfieur Burnet a été fincere? Et puis, quel mal le Gouvernement recevroit-il, quand nous méconnoîtrions la primatie du Roi? En feroit-il moins notre Souverain? Je vous déclare au contraire, que c'eft pour avoir été à l'école d'une Papifte, que j'ai appris à refpecter les Puiffances. J'en pourrois dire bien long fur cet article ; mais cela nous écarteroit trop de notre fujet. Revenons à Henri.

L'ANGLICAN.

Il n'en doit pas être queftion, Madame. Nous l'abandonnons, comme a fait l'Hiftorien dont nous parlons. Il n'innova rien, ou du moins peu de chofe. Il n'eft queftion ici que de Crammer qu'on confond malignement avec ce Prince. Il fut foible, à la vérité, mais c'eft tout. Nous voyons que Saint Pierre avoit fait pis.

Miſs DOROTHÉE.

Ce n'eſt point malignement, mais judicieuſement qu'on fait retomber les excès de Henri ſur l'Archévêque. Que ne s'oppoſoit-il avec vigueur à ce Prince, non en ſe révoltant, mais en chrétien, en lui diſant la vérité aux dépens de ſa vie, comme l'avoit fait Fiſcher? Eſt il difficile de deviner qu'il étoit un de ces flatteurs, qui l'avoient gâté? Vous rappellez très mal à propos la chûte de St. Pierre. Quelle comparaiſon d'une faute qui ne dura qu'un moment, à celle dans laquelle on perſevere bien des années?

La BONNE.

Nous n'en ſommes pas réduites à deviner, que Crammer étoit un de ces flatteurs, dont parle Mr. Burnet; on pourroit en jurer, en remarquant la ſuite des faits. La paſſion de Henri pour Anne de Boulen, ne dura que trois ans. Devenu amoureux de Jeanne de Seymour, il voulut ſe débarraſ-

ser de sa seconde femme, comme il
avoit fait de la premiere : Il lui suppofa donc des crimes. Vous fentez,
Mefdames, que je n'ai nul intérêt à
juftifier la mere de votre Elifabeth :
ainfi je ne dois pas être fufpecte, lorfque je dirai, qu'après l'examen le plus
exact, je ne l'ai trouvée coupable que
de légéreté & d'imprudence. Henri
ne fe contenta pas de chercher à lui faire perdre la vie avec l'honneur ; la haine qu'il avoit conçue contre la mere,
s'étendit jufques fur fon innocente fille.
Pour déclarer Elifabeth bâtarde, comme il en avoit le deffein, il falloit
avancer deux faits, dont l'un détruifoit abfolument l'autre.

Elifabeth ne pouvoit être regardée
comme bâtarde, qu'en déclarant nul
le mariage que fon pere avoit contracté avec fa mere. Pour faire mourir Anne de Boulen, il falloit prouver
qu'elle avoit profané la fainteté du
mariage, en deshonorant le Roi fon
époux par des adulteres : s'il n'y avoit pas de mariage légitime, le crime d'adultere ne pouvoit avoir lieu,
cela eft clair. Crammer fut allier ces

contradictoires. Anne étoit condamnée au feu : on lui fit entendre que le seul moyen d'obtenir quelque adouciffement à cette terrible fentence, étoit de parler conformément à ce que le Roi exigeoit d'elle. Qui ne fent que des aveux, faits en de pareilles circonftances, font nuls ? Cette infortunée confeffa donc, non feulement des crimes qu'elle n'avoit pas commis peut-être ; mais elle déclara encore qu'elle avoit contracté précédemment un mariage avec Milord Perci.

L'ANGLICAN.

Cette circonftance juftifie Crammer. Ce fut à lui qu'Anne de Boulen fit cet aveu : pouvoit-il révoquer en doute un fait avoué par la coupable ?

La BONNE.

Vous adoptez l'excufe, que Mr. Burnet fournit à ce héros ; mais elle n'eft pas valable. Oui, Mr. Crammer pouvoit, & devoit révoquer ce fait en doute. Lui même, avec l'Archévêque d'Yorck, avoit reçu le ferment de Perci, qui avoit protesté qu'il n'y avoit jamais eu de contract, pas même de promesse de mariage, entre lui & Anne. Pour rendre ce serment plus solemnel, il reçut la communion, après sa déclaration, en présence des principaux du Conseil, souhaitant que la réception de ce sacrement fut suivie de sa damnation éternelle, s'il avoit été dans un engagement de cette nature.

Lady LOUISE.

Et après un serment si terrible, Crammer osa déclarer nul le mariage de Henry, sous prétexte qu'Anne étoit déjà mariée ! Non seulement il abandonna la mere avec tant de lâcheté, mais il se fit le Ministre de la passion du Roi contre Elisabeth : allons, c'est un misérable, indigne d'être compté parmi les honnêtes gens. Je le dis d'après, & avec *Lady Violente* : Mr. Burnet n'est pas délicat sur les éloges, & il faut aller bride en main en le lisant. De bonne foi, peut-il nous donner, comme un des plus grands Prélats, un homme tel que

Crammer ? S'il eut échappé à la justice de Marie , Elisabeth eut dû l'im-
moler à la mémoire de sa mere. Continuez, s'il vous plaît , ma *Bonne.*

La BONNE.

Je ne vous dirai plus rien de Crammer. Pendant la vie de Henri , il souf-
crivit à tout ce que voulut ce Prince,
& consentit à le voir en possession de
toute l'autorité spirituelle ; car , je le
répete , Henri faisoit périr sans miséricorde tous céux qui refusoient de
souscrire les six articles de foi , qu'il
avoit dressés , & qu'il ordonna aux
Evêques de publier.

BELESPRIT.

Vous n'en serez pas quitte pour cette généralité , Mademoiselle. Je suis
persuadé que ces Dames , aussi bien
que moi , sont piquées d'avoir été la
dupe des louanges qu'on a prodiguées
à Crammer. Il faut nous le peindre
en détail.

La BONNE.

Que ne lisez-vous l'histoire de la

réformation ? Vous y verriez que le Roi ayant épousé en quatriemes noces Anne de Cleves, & s'en étant dégouté, parce qu'il aimoit Catherine Howard, fit rompre ce mariage, sous prétexte qu'elle avoit été fiancée, étant mineure. Ce fut encore Crammer, qui cassa ce mariage. Monsieur Burnet en a honte, & avoue que *Henri n'avoit jamais eu une marque plus éclatante de la complaisance aveugle de ses Ecclésiastiques ; car ils savoient que ce contract prétendu, dont on faisoit le fondement du divorce, n'avoit rien qui portat atteinte à ce mariage.* Mais remarquez, Mesdames, que Crammer & les autres Ecclésiastiques qui porterent cette sentence, assûrerent *qu'ils l'avoient portée en réprésentant le Concile universel, & que ce que le Roi demandoit, étoit juste, véritable, honête & saint.* Comment justifie-t-il son Cyrille, son Athanase, qui présidoit à cette assemblée, & qui en portat le résultat au Parlement ? C'est, dit-il, *que craignant que ce ne fut une entreprise formée pour le perdre, il fut de l'avis général.*

Lady VIOLENTE.

Voilà une excufe qu'on auroit dû fuggérer aux Martyrs. Affûrément ils euffent évité le deffein, qu'on avoit de les faire perir, s'ils euffent été de l'avis général. Mr. Burnet fe feroit contenté de cette excufe, & malgré leur apoftafie, les eut placés parmi les héros chrétiens. Malheureufement je doute qu'une telle excufe foit recevable au tribunal de Dieu. Dites-nous, ma *Bonne*, ce que c'étoit que les fix articles de Henri. Eft-ce le dogme que croit aujourd'hui l'Eglife Anglicane ?

La BONNE.

Tranquillifez-vous, ma chere, vous n'y êtes pas encore : il a fallu un tems confidérable, & bien des changemens, avant d'en venir à ce qu'on croit ou à ce qu'on doit croire aujourd'hui.

Dans le premier article, Henri décide fur la tranfubftantiation, c'eft-à-dire qu'il ordonne de croire qu'au moment où le Prêtre prononce les paroles, que J. C. a dites dans la Cene : *ceci est mon corps* : le pain & le vin disparoissent absolument, & sont changés au propre corps & au propre sang de Notre Seigneur J. C.

Dans le second, il ordonne la communion sous une seule espece.

Dans le troisieme, il décide que les Prêtres ne peuvent pas se marier.

Il établit dans le quatrieme, la nécessité de garder les vœux.

Dans le cinquieme, il autorise les Messes particulieres, & dans le sixieme la nécessité de la confession. Notez, Mesdames, qu'il y avoit peine de mort contre ceux qui combattroient opiniatrément ces articles, & de prison pour les autres, à la volonté du Roi.

Lady VIOLENTE.

Selon ces articles, Henri VIII. n'a jamais cessé d'être Catholique : vous ne pouvez sans injustice le rejetter de votre communion.

La BONNE.

Vous le garderez parmi vous, s'il vous plaît, Madame. Il n'en est pas

de notre Eglife , comme de la votre.
Les Catholiques, convaincus que l'E-
glife dans laquelle ils ont le bonheur
d'être, eft l'organe du St. Efprit, reçoivent fans exception tout ce qu'elle
enfeigne ; car qui pourroit, fans impiété, entreprendre de réfifter au St.
Efprit , & appeller de fes décifions ?
Chez vous , ma chere , chacun a la
liberté de croire à fa mode ; & cela
eft raifonnable, puifque la réformation a pour fondement , que tous les
hommes peuvent fe tromper , & que
chacun peut interpréter l'Ecriture.

L'Anglican.

C'eft une fauffeté , Mademoifelle,
Je vous l'ai déjà dit : pour être de
l'Eglife Anglicane, il faut croire les
trente neuf articles de foi.

La Bonne.

Oh! qu'il y auroit peu d'Anglicans,
fi on ne pouvoit l'être qu'à cette condition! Je gagerois bien qu'il n'y en
auroit pas cinquante dans la Ville de
Londres, qui vouluffent les figner de
bon cœur, parmi ceux qui les entendent;

tendent ; car il y en a un grand nombre qui les signeroient sans les lire, &
qui souscriroient l'Alcoran avec la même ignorance : & en cela les Anglois
sont de bon sens (je parle de ceux
qui refuseroient de signer en connoissance de cause.) Les variations de votre Eglise indiquent qu'elle n'est pas
celle de Jesus, & il n'y a que celle-là
qui mérite une obéissance aveugle,
parce qu'elle est la seule, à laquelle les
promesses de l'infaillibilité ont été
faites. Toutes lés fois que votre Eglise exigera de la soumission, elle rap-
pellera qu'au moment de sa séparation de l'Eglise Romaine, elle lui devoit l'obéissance qu'elle exige, & qu'-
ainsi sa séparation est une rébellion
manifeste.

Miss DOROTHÉE.

Comment Crammer put-il se résoudre à signer tous ces articles, lui
qui étoit Luthérien depuis long tems?

La BONNE.

Il souscrivit à tout, ma chere, &
ne leva le masque que sous le Regne

Tom. V. cinquieme Part.   **M**

d'Edouard, Fils de Henri. Ce Prince étoit sous la tutele du Duc de Sommerset son Oncle. Ce Duc, de concert avec Crammer, abolit les six articles, & en proposa de nouveaux qui leur étoient opposés. Je ne vous en dirai rien, Mesdames, parce qu'ils n'ont pas été le dernier mot de votre Eglise, & que tout a été changé une autre fois. Je vais finir par la mort de Crammer. Il avoit signé l'acte par lequel le jeune Roi vouloit ôter la couronne à Marie, & soutenoit le parti de l'Usurpatrice, Jeanne de Suffolk. Marie étant montée sur le trône, Crammer fut mis en prison pour crime de rébellion, & d'héréfie. Marie lui pardonna le premier, & le condamna à mort pour le second.

Lady MÉRY.

Avouez, ma *Bonne*, que cela étoit bien cruel à Marie, de faire une loi pour condamner à mort les personnes qui n'étoient pas de la religion. Je vous avoue que cela seul me dégoûteroit d'être Catholique.

La Bonne.

Ce ne fut point Marie qui porta cette loi, ma chere; elle avoit été faite, & exécutée sous Henri. Son Fils Edouard avoit marché sur ses traces, & Crammer lui-même avoit souscrit à la condamnation de Jeanne de Kent, & de George de Parc, brûlés pour cause d'hérésie. Il avoit même déterminé le Roi à refuser la grace de Jeanne de Kent; car il y étoit disposé: il fut traité comme il avoit fait traiter les autres.

Lady Louise.

Ce que vous nous dites, est-il bien sûr, ma *Bonne*? Quoi! Le Roi Edouard avoit fait mourir quelqu'un pour cause de religion! Quoi! Ce Prince si pieux n'avoit point cassé les cruelles loix de son Pere, & Marie les trouva subsistantes! Seroit-il possible que Crammer se fut prêté à ces cruautés? Ah! S'il est vrai qu'il ait consenti à une seule sentence de mort pour cause de religion, cela mettroit

le dernier trait à l'indignité de son caractere : il méritoit la mort.

La B O N N E.

Il en avoit fait bien d'autres, ma
chere. Les loix de l'Eglise défendent
aux Ecclésiastiques de signer une sentence de mort, fut-elle la plus juste
du monde : cependant Crammer signa
la sentence du frere du Duc de Sommerset, que ce Régent fit condamner, sans qu'il lui eut été permis de
se défendre ; ce qui est contraire à
toutes les loix divines & humaines.
Monsieur Burnet nous assûre qu'*il souscrivit avec peine*. Belle excuse ! Parce
qu'on commet un crime avec peine,
le commet-on moins, en est-on moins
criminel, & peut-on nous donner un
homme qui méprise ainsi ses remords,
pour un homme religieux, pour un
grand personnage ? Sa mort va achever de vous prouver combien il est indigne des louanges qui lui ont été prodiguées.

Crammer se voyant condamné,
abjura ses erreurs, qu'il regardoit pourtant comme des vérités, comme la

ſuite le fera voir; & l'abjuration qu'il ſigna, étoit conçue dans des termes qui marquoient la plus vive douleur de s'être laiſſé ſéduire. Voyant que cette démarche étoit inutile, il ſe ré-tracta : *mais enſuite*, ajoute Monſieur Burnet, *ayant de foibles eſpérances d'obtenir ſa grace, il ſe laiſſa per-ſuader de mettre au net ſon abjura-tion, & de la ſigner de nouveau : puis appréhendant d'être brûlé, malgré ce qu'il avoit fait, il écrivit ſecretement une confeſſion ſincere de ſa croyance, & la porta avec lui lorſqu'on le mena au ſup-plice.*

Miſs DOROTHÉE.

Il faut avouer que ce Crammer étoit une ame bien baſſe, un homme qui ſe faiſoit un jeu du ſerment, de la religion, & de ce qu'il y a de plus ſacré parmi les hommes. Mais con-venons en même temps que Burnet eſt un effronté & un mal-adroit men-teur avec ſes éloges. En bonne juſtice, il auroit fallu l'obliger de faire aman-de honorable la corde au col, à Saint Cyrille, & à Saint Athanaſe, pour avoir ofé leur comparer un tel Coquin.

La B O N N E.

Et ce qu'il y a de plus effentiel à remarquer, Mefdames ; c'eft que felon Monfieur Burnet lui-même, Dieu vous a choifi d'étranges Réformateurs: Un Duc de Sommerfet, qui renverfant les loix les plus facrées, fait périr fon propre frere , fans lui permettre de fe défendre: Un Crammer, qui renie fa foi pendant un grand nombre d'années, qui facrifie à fa fûreté, fon amie, fa bienfaictrice, qui abandonne une jeune Princeffe innocente, qui fe fait le Miniftre des paffions de fon Roi, jufqu'à le marier, & le démarier deux fois au gré de fon caprice. C'étoit donc à de pareilles gens que Dieu avoit réfervé les lumieres qu'il refufoit depuis tant de fiecles à fon Eglife! Mais, non ; Monfieur Burnet vous en impofe, quand il vous préfente ces hommes comme Réformateurs de l'Eglife. Tout ce qu'ils avoient fait, fut renverfé, & l'Eglife Anglicane n'a pris une forme conftante, que sous Elisabeth.   Par l'ordre de cette Princesse tout fut changé.

Le RABBIN.

Des changements en matiere de foi, cela fait horreur. Dieu seroit donc comme les hommes, sujet à la mutation. Les objets de notre foi se-roient muables comme lui. Cela ré-volte.

La BONNE.

Vous avez raison, Monsieur ; je le répéterai sans cesse. Une seule varia-tion dans les matieres de la foi est la marque de l'homme. Il est bien tems, Mesdames, de tenir la parole que j'ai donnée, de réfuter les calomnies dont on nous accable : j'ai voulu le faire plusieurs fois ; la conversation nous a emportées sur des sujets non moins importans, & qu'il falloit approfon-dir. S'il vous reste quelque chose à desirer sur ce que nous avons traité, vous serez toujours maîtresses de me proposer vos difficultés. S'il ne vous en reste aucune, nous confondrons la premiere fois la calomnie qui nous accuse d'être idolâtres dans le culte que nous rendons aux Saints, & dans le respect que nous portons aux Images. Il faut vous prouver que toutes ces pratiques viennent des Apôtres, & vous en montrer l'innocence.

TROISIÈME JOURNÉE.

Lady LOUISE.

JE serai pour vous aujourd'hui, ma *Bonne*, une redoutable adversaire. Je viens armée d'un grand nombre d'objections, & pour ne rien oublier, je les ai mises par écrit.

Je commencerai par vous objecter le premier précepte du Décalogue. Dieu défend expressément de faire aucune image qui tende à le réprésenter. Cependant les Papistes, au mépris de cette défense, multiplient les images & les adorent.

La BONNE.

Avant d'entrer en matiere, Madame, permettez-moi de vous faire une

queſtion. Dieu peut-il ſe contredire
lui même, c'eſt-à-dire, peut-il commander une choſe, & la défendre
dans le même tems ?

Lady LOUISE.

Je crois, ma *Bonne*, qu'il faut faire
une diſtinction. Il y a des choſes eſ-
ſentiellement bonnes ou mauvaiſes par
leur nature. Celles-là ſont comman-
dées ou défendues pour toujours ; car
Dieu étant la ſouveraine juſtice, ne
peut ceſſer d'aimer & de commander
ce qui eſt bon, de haïr & de défendre ce qui eſt mauvais. Il y a des
choſes qui ne ſont pas mauvaiſes de
leur nature, mais qui le deviennent
par rapport à de certaines circonſtan-
ces. Ainſi quand Dieu défendit aux
Juifs d'épouſer des femmes étrangeres,
ce n'eſt pas que la choſe fut mauvaiſe
de ſa nature ; mais elle le devenoit,
eû égard au caractere des Iſraëlites,
qui étoient fort enclins à l'idolatrie : il
falloit donc leur ôter les occaſions
prochaines d'y tomber, & une femme idolâtre étoit une de ces occaſions.
Enfin, il y a des choſes que Dieu

nous commande, ou nous défend, sans que nous puissions en découvrir d'autres motifs que celui d'éprouver notre obéissance : mais dès là qu'il le fait, il faut croire fermement que cela est bon, juste & raisonnable. L'idée de sa souveraine perfection produit celle-là.

La BONNE.

Et si vous voyez que Dieu eut défendu une chose dans un tems, & qu'il la commanda dans un autre, que penseriez vous de cette chose ?

Lady LOUISE.

Qu'elle ne peut être mise dans la classe de celles qui sont mauvaises par leur nature ; mais que Dieu a eu de bonnes raisons pour la défendre dans un tems, & la commander ou la permettre dans un autre.

La BONNE.

D'après ces principes que la droite raison vous a dictés, je conclus que la défense de faire des images n'est pas de droit divin, c'est-à-dire que les images ne font pas mauvaifes de leur nature ; fans quoi Dieu n'auroit pas pu commander à Moïfe de faire placer deux Chérubins fur l'arche, & d'élever le ferpent d'airain dans le défert. Cette défenfe de faire des images étoit motivée, comme celle d'époufer des femmes étrangeres, par la paffion effrénée des Juifs pour l'idolatrie : Dieu vouloit leur ôter les occafions, même les plus éloignées, d'y tomber. Si quelqu'un s'avifoit de faire des images qui répréfentaffent la divinité, ce feroit une extravagance, puifque ce qui n'a point de forme, ne peut être répréfenté ; mais on peut, par des fignes extérieurs & ajuftés à nos idées, nous rappeller quelques attributs de la divinité. Ainfi on voit, dans quelques unes de nos Eglifes, un triangle, c'eft-à-dire une figure géométrique compofée de trois parties parfaitement égales entre elles : parce que cela nous rappelle l'idée de la parfaite égalité qui fe trouve entre les perfonnes divines, qui font l'adorable Trinité. De même pour rappeller l'idée de l'éternité de Dieu, on peint

un vieillard. Le danger de l'idolatrie
est passé ; nous n'avons pas à cet é-
gard, le même penchant que les Juifs,
& par conséquent le motif de la défense ayant cessé, la défense cesse aussi. En effet, dès les premiers siecles
de l'Eglise, nous voyons les images
& les abus que quelques-uns en faisoient.

Le CALVINISTE.

Je voudrois bien savoir où vous nous
trouverez des images dans les premiers
siecles. Ne nous alléguerez-vous point
le portrait de Marie fait par Saint
Luc, sans qu'il soit dit dans aucun endroit qu'il ait été Peintre ? ou bien une
histoire que personne ne croit plus,
quoiqu'elle ait été crue par les Anciens, d'une certaine image donnée
par Jesus Christ lui-même, à un Prince
d'Edesse ?

La BONNE.

Il y a bien des choses que presque
personne ne croit aujourd'hui, du
moins parmi celles qui se piquent d'esprit & de philosophie, & qui n'en

restent pas moins vraies pour être niées. Notre siecle a le privilege de mieux savoir les choses qui se sont passées, il y a dix-sept cents ans, que ceux qui étoient contemporains, ou qui vécurent peu de temps après. Oh ! Nous avons bien de l'esprit, nous autres. Quoiqu'il en soit de ce portrait de la Sainte Vierge, qu'on a cru peint par St. Luc dans les premiers siecles, & que nous devinons être apochryphe dans le nôtre ; ce n'est pas de lui dont je voulois parler, mais de l'image du bon Pasteur qui étoit sur les calices. Les Catholiques ont toujours cru comme aujourd'hui, qu'il n'y a point de péché irrémissible dans cette vie : Tertullien, devenu Montaniste, disoit, en leur reprochant cette foi : *C'est en vain qu'ils ont gravé sur les vases sacrés la figure du bon Pasteur.* Tertullien vivoit au commencement du troisieme siecle; il s'étoit séparé des Catholiques, & n'eut pas cherché à leur épargner le reproche, ou d'idolatrie ou d'innovation, s'ils l'eussent mérité. Il n'en dit pas un mot, & ne leur reproche que la foi qu'ils ont dans le

bon Pasteur qui court après la brebis
égarée : figure dont Jesus s'est servi
lui-même pour exciter la confiance du
pécheur, quelque énormes que fussent ses crimes.

Lady LOUISE.

Monsieur le *Calviniste*, voilà un
passage qui me frappe. Si les images
sont une erreur, elle est bien ancienne
dans l'Eglise.

Le CALVINISTE.

C'étoit si bien un abus, Madame,
qu'un des Péres, dont j'ai oublié le
nom, déchira un rideau qui étoit dans
une Eglise, parce qu'on avoit peint
sur ce rideau une figure de Jesus-
Christ ou de quelque Saint : je ne
me rappelle pas les circonstances du
fait, qui est réel.

La BONNE.

Je ne vous le dispute pas, Monsieur, & je vous dirai que pareille
chose arrive de nos jours. Je connois
un Curé trés Catholique qui a obtenu
de son Evêque la permission d'ôter

une image de la Sainte Vierge, à laquelle on rendoit un culte superstitieux.
On abuse de tout, & Jesus nous apprend qu'il ne faut pas arracher l'ivraie,
de crainte d'emporter en même tems
le bon grain. Mais il y a une injustice
criante à mettre sur le compte de l'E-
glise des abus qu'elle déteste, qu'elle
condamne, & contre lesquels elle
s'éleve avec force.

Lady LOUISE.

Mais, ma *Bonne*: puisqu'on voit
que le peuple abuse des images, pourquoi les leur laisser? Pourquoi ne pas
jetter dehors cette pierre de scandale?
Je conçois que les personnes éclairées
n'adorent pas les images; mais les
ignorants peuvent fort bien tomber
dans cet abus : ils y mettent leur confiance, & ne peuvent deviner qu'il
faut s'élever aux objets que les images réprésentent, & que l'honneur
qu'on leur rend, est relatif. Je parle
des images de Jesus-Christ ; car pour
celles de Marie & des Saints , comme nous ne leur devons aucun culte,
à plus forte raison n'en devons - nous

point aux images qui les réprésentent.

La BONNE.

Les personnes les plus ignorantes, celles même qui ne savent pas lire, les gens de la Campagne, ne sont point reçues à la premiere communion sans savoir leur Catéchisme : or voici ce qu'il leur apprend à cet égard.

Doit - on adorer les images ? Non. Nous ne reconnoissons en elles aucune divinité , ni aucune vertu , & l'honneur, que nous leur rendons , se rapporte aux objets qu'elles réprésentent. Vous voyez, Madame , que ce n'est pas la faute de l'Eglise, si on abuse des images ; mais en abuse t-on autant que vous vous le persuadez? Nullement.

Lady LOUISE.

Quand il n'y auroit qu'une seule personne qui abusât des images , il faudroit les retrancher. A quoi servent elles ?

La Bonne.

Elles servent à exciter notre piété, & à réveiller & appliquer nos sens, en nous rappellant le souvenir des Mysteres, ou des vertus des Saints qu'elles réprésentent. Les images sont les livres des stupides & des ignorants. Le Marquis de Bouillé Breton, après avoir été le modele des Officiers chrétiens pendant quarante ans, se retira en Basse-Bretagne, résolu de consacrer le reste de sa vie à l'instruction de ses compatriotes, gens qui n'ont, pour ainsi dire, que la figure humaine, & dont la stupidité est au dessus de toute expression. Après s'être employé pendant plusieurs années, très inutilement, à leur faire comprendre les vérités de la religion, il fut convaincu de leur incapacité à être instruits par les oreilles, & son zele lui suggéra un moyen de les instruire par les yeux. Il fit graver tous les événemens de la vie de Jesus, & parvint à faire passer dans leurs ames, au moyen de ces estampes, les instructions dont ils avoient besoin.

Lady LOUISE.

Permettez-moi de vous dire, ma *Bonne*, que le bien, qu'on peut tirer des images n'eſt pas comparable au mal qui réſulte de leur abus.

La BONNE.

On abuſe de l'Ecriture ſainte, Madame, puiſque ce ſont les mauvaiſes interprétations qu'on lui donne, qui ont produit toutes les héréſies : faut-il pour cela retrancher la lecture de l'Evangile ? On abuſe de la ſainte communion : Jeſus ſavoit que Judas en la prenant, mangeoit ſa condamnation & ſon jugement. Pourquoi la lui donnoit-il ? Pourquoi permet-il qu'on la donne aux méchants ? L'Egliſe prend les plus grandes précautions pour empêcher les communions indignes ; après cela elle n'eſt point reſponſable de l'abus qu'on fait d'un Sacrement inſtitué pour donner la vie, & qui donne ſouvent la mort : elle ſe garde bien de priver les fideles du bien ineſtimable que Jeſus leur a laiſſé, parce qu'il exiſte un grand nombre

de mauvais Chrétiens qui en abusent.
J'en dis autant des images (proportion
gardée) : elles sont utiles à un grand
nombre, & on ne peut les priver de
ce secours, à cause du petit nombre
qui en abuse. Tout ce qu'elle peut
faire & qu'elle fait en effet, est de bien
instruire ses enfants à ce sujet, pour
empêcher, qu'ils ne tournent en poison
un remede qui peut fixer la légéreté
de leur esprit dans la priere, & exciter leur piété & leur dévotion.

Le CALVINISTE.

Vous n'êtes pas sincere, Mademoiselle, quand vous cherchez à réduire
à un petit nombre ceux des Papistes
qui adorent les images. N'est-ce pas
une pratique générale chez vous, d'a-
dorer la Croix le jour du Vendredi
Saint ?

La BONNE.

Nous adorons la Croix comme A-
braham adora les Anges. Je m'en tiens
pour le présent à cet exemple, & je
pourrois vous prouver par vingt endroits de l'Ecriture Sainte, qu'elle at-

tefte qu'on adore les Rois. Que fignifie cette expreffion, Monfieur? Dites le fur votre confcience, on plutôt demandez le à Monfieur le *Rabbin*.

Le R A B B I N.

Adorer dans le langage facré, fignifie *faluer, faire la révérence*. On la faifoit fouvent chez les Hébreux, en fe mettant à genoux, en fe profternant. Chez les Japonnois, on la fait en pouffant fes pentoufles en dehors. En Europe, en pliant le corps & les genoux : en un mot, chaque peuple a fa formule pour faluer.

La B O N N E.

Remarquez, Mefdames, que les geftes & les paroles n'ont d'autres fignifications, que celles dont on eft convenu. Je vous en donnerai un exemple très frappant. On ne fe met communément à genoux qu'en priant. Auffi nous reprochez-vous de prendre cette pofture devant les images, comme fi c'étoit un acte, un figne d'idolatrie, & vous dites que cette pofture, étant le figne attribué à l'adoration, nous

la rendons au bois & au plâtre. Si
cette posture ne pouvoit être prise,
que comme un acte d'idolatrie, on est
donc idolâtre en Angleterre & en Espagne, lorsque les Rois & les Reines
mangent en public. Vous savez, comme moi, qu'on les sert à genoux,
sans que jamais personne se soit avisé
de se scandaliser de cet usage.

Lady MÉRY.

On sait bien que c'est une cérémonie, qui ne signifie point du tout
qu'on les adore : les plus ignorans
sont instruits de cela.

La BONNE.

J'adopte votre réponse ; elle est
juste, ma chere : les gestes & les
paroles n'ont de significations, que celles dont on est convenu dans les so-
ciétés. Or dans l'Eglise Romaine tout
le monde sait que se mettre à genoux
devant une image, n'est pas un signe
d'adoration, mais de respect : on y
sait, & on y enseigne aussi, les différentes significations du mot *adorer.*

Le CALVINISTE.

Mais on ne met pas les Rois d'Angleterre & d'Espagne sur l'Autel, comme on y met le Pape après son exaltation ; vous ne pouvez nier, Mademoiselle, que les Cardinaux vont alors l'adorer les uns après les autres ; peut-on concevoir une plus grande impiété ?

La BONNE.

Vous ignorez, Monsieur, qu'après le couronnement ou l'élection de l'Empereur, (je ne sáis lequel,) on commet cette impiété prétendue. On le met sur l'autel, & c'est là que les Electeurs & les autres viennent lui rendre hommage. Qui jamais a eu la pensée de regarder cette cérémonie, comme un acte d'idolatrie, non plus que celle qui se fait à l'exaltation du Pape? Permettez-moi de vous le dire, Monsieur, & de vous le dire sans fiel. Ce n'est pas là le seul exemple de la prévention & de la haine de ceux qui cherchent à prévenir les simples contre la religion catholique : j'en pour-

rois citer cent preuves. Madame Cha-
mier, dont le nom est célébre dans la
réforme, me fit présent d'un chape-
let, & d'une croix de nacre de per-
le, que son fils avoit apportés de Rome. Le Ministre Deschamps, son gendre, qui est le plus honnête homme
du monde, mais aussi le plus opposé
à la Religion catholique, Monsieur
Deschamps, dis-je, lui fit un scrupule
de ce présent, en lui disant, qu'elle
seroit coupable de tous les péchés d'i-
dolatrie, que je commettrois en adorant cette croix. Je le priai de me
dire en conscience, s'il étoit persuadé que je rendrois le culte divin à ce
signe de notre salut. Il avoua qu'il
ne me croyoit pas capable de cet excès dans lequel une ignorante tombe-
roit. C'étoit pourtant moi qu'il en accusoit, & non pas une ignorante :
Pourquoi ? C'est que nourri dès son
enfance dans l'idée de l'idolatrie
dont on nous accuse, le préjugé le
subjuguoit malgré sa raison & ses
lumieres.

Lady L O U I S E.

Mais quels font les motifs de cette cérémonie finguliere de mettre le Pape & l'Empereur fur l'Autel ? Cet ufage eft-il ancien ?

La B O N N E.

Dès les premiers tems, Madame, quand on faifoit la cérémonie d'inftaller ou de facrer un Evêque, c'étoit fur le tombeau de fon Prédéceffeur, & ordinairement on inhumoit les Evêques fous l'Autel. Voilà l'origine de cette cérémonie. L'Autel en cette occafion, étoit regardé, non comme Autel, mais comme fépulchre. J'ignore pourquoi on y met l'Empereur.

Lady M É R Y.

Je lifois il y a quelque temps, dans un de nos livres, qu'il y avoit eu des Catholiques affez impies, pour enfeigner qu'il falloit adorer le foleil, la mer, &c. Je m'arrêtai toute furprife, n'ayant jamais entendu une telle impiété, & fi j'en étois reftée là, j'aurois admis cette calomnie ; car on a

peine

peine à se persuader qu'il y ait des gens qui poussent l'impudence jusqu'à alléguer comme vrais, des faits dont on peut démontrer la fausseté. Heureusement je continuai ma lecture, & je trouvai cette application : *Les Papistes croient se justifier, en disant que c'est Dieu qu'ils adorent dans les œuvres admirables de sa Toute-puissance.*

Miss DOROTHÉE.

Vous ne pouvez nier, ma *Bonne* ; que vous ne m'ayez élevée dans cette idolatrie, si c'en est une ; car vous m'avez dit qu'il falloit se servir de la vue des objets sensibles, pour s'élever au Créateur, & l'adorer dans ses œuvres. Peut-on faire une telle querelle aux gens, & n'est - il pas naturel de penser que, quand on en est réduit là, c'est avouer tacitement qu'on n'a rien de réel à reprocher ?

La BONNE.

Vous connoissez *Miss Elin*, Mesdames : elle avoit dix-sept ans, & avoit été très bien instruite, puisque son pere tient une grande école à Kingston,

Tom. V. cinquieme Part.   N

& que son grand-pere étoit Ministre
& Confesseur (comme on parle chez
les Protestants.) Etant chez moi, elle trouva, par hazard, dans un coffre
un Catéchisme catholique, & elle eut
la curiosité de le lire. Elle vint me
trouver ensuite, & me témoigna sa
surprise d'y avoir lu tous les préceptes
du Décalogue ; parce que depuis qu'-
elle étoit au monde, elle avoit entendu dire que les Catholiques avoient
retranché le second Commandement.

Lady LOUISE.

J'aurois été tout aussi étonnée qu'-
elle, ma *Bonne* ; ce retranchement
passe pour une vérité constante parmi
nous. Tout ce que je connois de Ministres, me l'ont attesté : je l'ai entendu prêcher ; seroit-il possible que ce
fut un bruit sans fondement ?

La BONNE.

Que cela soit faux, ma chere, mille
ouvrages de piété, où le Décalogue est
imprimé en entier, en font foi ; mais
comme les préceptes du Décalogue
sont longs , & qu'il y a des gens si

ſtupides qu'on a peine à les leur faire
retenir, on les a mis dans une ſorte
de vers fort courts pour ceux qui manquent de mémoire ; & dans preſque
tous les Catéchiſmes, ils ſont couchés
d'abord en entier, & puis en abrégé.
D'ailleurs vous avez coupé en deux
le premier précepte du Décalogue ;
& comme de ce premier vous en faites deux, cela vous fait onze Com-
mandements, pendant que nous n'en
comptons que dix, parce que nous a-
vons laiſſé pour un le premier dans
toute ſa longueur.

Lady LOUISE.

Dites-moi, je vous prie, ma *Bonne*,
comment vous rendez en vers le premier article du Décalogue.

La BONNE.

*Un ſeul Dieu tu adoreras, & ai-
meras parfaitemeut.* Il eſt bien ſenſible que ſi on ne doit adorer que Dieu
ſeul, on ne doit pas adorer les Saints
& les Images : l'homme le plus borné
comprend cela, & il faudroit que les
Miniſtres fuſſent bien ſtupides pour

ne le pas entendre : auffi je ne les ac-cufe pas de cette ineptie ; mais je ne puis les fauver du reproche de mau-vaife foi. Ils favent bien à quoi s'en tenir fur cet article ; mais ils favent en même temps, que ceux auxquels ils débitent cette calomnie, les en croyent fur leur parole fans chercher à vérifier le fait. Une telle accufation eft bien propre à donner horreur de la catholicité, & c'eft tout ce qu'ils pré-tendent

Mr. DE BONNEFOI.

Permettez-moi d'égayer la conver-fation par un trait comique. Une fille de vingt-huit ans, mais qui n'avoit de-meuré à la Ville que quelques mois, voulut entrer comme domeftique chez une Dame catholique : auffitôt toutes fes parentes & amies s'efforcèrent de l'en diffuader, par la crainte, difoient-elles, qu'elle ne fut forcée d'adorer les idoles de fa maîtreffe. Cette fille leur promit de quitter fa condition, fi on la vouloit obliger à faire quelque chofe contre fa confcience, & comme fa maîtreffe ne lui demanda rien qui fut contraire à la loi de Dieu, elle y resta tranquillement, non sans gémir en secret du grand nombre d'idoles qu'elle voyoit dans cette maison : elles y étoient fort négligées, & cela la surprenoit ; car quoiqu'elle fut attentive à tous les mouvements de sa maîtresse, elle ne s'apperçut jamais qu'elle leur rendit aucun culte. Il faut vous apprendre ce qu'elle prenoit pour des idoles : c'étoit de fort belles pagodes de la Chine, que le frere de la Dame lui avoit apportées de cette Contrée, & qui étoient placées sur les cheminées, les cabinets, & les armoires. Un jour que la Dame étoit sortie, cette servante en balayant, donna un grand coup de son balet contre une armoire ; aussitôt la pagode branla la tête, & levant une de ses mains, fit un geste menaçant ; ce qui épouvanta tellement cette pauvre fille, qu'elle se sauva dans la rue en criant que l'idole de Madame l'avoit menacée. A ces cris, la canaille s'assembla, & délibéroit d'enfoncer la porte, lorsque la maîtresse de la maison parut. Elle fut long-temps sans comprendre le motif des injures qu'on lui prodiguoit, & lorsqu'elle sut de quoi il étoit question, la frayeur qu'elle avoit eue, ne put l'empêcher de rire. Elle demanda la permission aux plus apparents de cette troupe, de rentrer dans sa maison ; car sa porte étoit assiégée ; promettant de leur donner satisfaction dans la minute. Effectivement elle parut à sa fenêtre avec la pagode, qui, ayant été poussée, recommença ses mouvements. Comme ces sortes de figures sont communes à Londres, on fit de grandes huées contre la pauvre servante qui rentra toute capote dans la maison. Cet événement comique en produisit un fort heureux : cette fille avoua à sa maîtresse, qu'elle la croyoit idolâtre aussi bien que tous les Papistes ; on la désabusa, & indignée des mensonges calomnieux dont on l'avoit bercée sur cet article, elle se douta qu'on n'avoit pas été plus sincere sur le reste : elle demanda à être instruite, & finit par être catholique. C'est d'elle-même que je tiens ce fait ; car après la mort de sa maîtresse, elle vint en

France, & entra chez mon Pere où elle est encore.

La BONNE.

Cette histoire ne me surprend pas, Monsieur. Je sais à n'en pouvoir douter, que les Ministres nous donnent pour idolâtres.

Le CALVINISTE.

Et vous l'êtes en effet. N'a-t-on pas défini dans le second Concile de Nicée, qu'on devoit adorer les images du même culte qu'on rend à la consubstantielle Trinité? Le fait est si notoire, qu'il ne peut être révoqué en doute. Le Concile assemblé à Francfort, du temps de Charlemagne, ne voulut jamais recevoir ce Concile à cause de cette impiété. Le Pape même, quoique intéressé à soutenir ce qui s'étoit fait à Nicée, ne fit rien pour obliger les Peres assemblés à Francfort, d'y souscrire. Cependant, malgré cette impiété manifeste, vous tenez l'assemblée faite à Nicée, comme un Concile œcuménique : le nierez-vous ?

N 4

La BONNE.

Je n'ai garde, Monſieur; car je ferois un menſonge. Je fais gloire d'a-
dopter les ſentimens de mon Egliſe
par rapport à ce Concile, & je ſuis
charmée que vous ayez allégué contre moi ce trait d'hiſtoire: cela fera
voir à ces Dames avec quelles précautions il faut examiner toutes les accuſations, que vous formez contre nous,
quelque apparentes quelles ſoient.

Le CALVINISTE.

Quoi! Vous oſeriez dire que le Concile de Francfort ne rejetta pas l'aſſemblée de Nicée à raiſon du blaſphê-
me que j'ai cité.

La BONNE.

J'en conviens avec vous, Monſieur.
La queſtion eſt de ſavoir ce que l'on
définit à Nicée & d'en juger par les
actes mêmes de ce Concile. Vous
verrez, en les liſant (remarquez que
je ne dis pas en les examinant; car
la choſe eſt ſi claire qu'elle n'a pas
beſoin d'examen.) Vous verrez, dis-

je, que ce Saint Concile a décidé précisément le contraire de ce qu'on lui attribua à Francfort par l'ineptie d'un Copiste. Mais je dois auparavant instruire ces Dames de ce qu'étoient les Iconoclastes.

L'an 686 deux Juifs promirent à Yezid Caliphe des Sarrasins, qu'il regneroit heureusement pendant quarante ans, pourvû qu'il forçat tous les Chrétiens qui vivoient sous sa domination, à briser toutes les images de Jesus-Christ, de la Ste. Vierge, & des Saints. Le crédule Caliphe excita à cette occasion une persécution, qui auroit sans doute coûté la vie à un grand nombre de fideles; mais il mourut la même année, en dépit de la Prophétie. Le Fils de ce Prince qui régna après lui, voulut faire périr les deux Imposteurs: ils s'échapperent, & vinrent dans l'Asie mineure, où ils prédirent à un jeune Mercier, nommé Conon, qu'il deviendroit Empereur, & ils le prierent, quand leur prédiction seroit accomplie, de promettre de leur accorder une grace qu'ils lui demanderoient alors, & fur laquelle ils ne voulurent pas s'expliquer.

Lady LOUISE.

Seroit-il poffible qu'un événement, qui avoit fi peu de vraifemblance, ait eu fon accompliffement ?

La BONNE.

N'êtes-yous pas convenue, en lifant l'hiftoire de Tarquinius, & de Servius-Tullius, que ces fortes de prédictions engagent ceux, auxquels elles font faites, à prendre les moyens néceffaires pour les faire réuffir. Ce qui arriva à ces deux Rois des Romains, arriva auffi à Conon. Il abandonna fon commerce, changea fon nom en celui de Léon, & fe fit foldat ; & pour hâter la fortune qui lui étoit promife, il fit de fi belles actions qu'il s'éleva aux plus grandes places, & parvint enfin au Trône Impérial.

BELESPRIT.

On regarderoit d'abord cette hiftoire comme un Roman : tant elle paroît éloignée de la vraifemblance ; mais fi on examine bien les circonftances du tems dans lequel elle est arrivée, elle n'a plus rien d'incroyable. Il n'y avoit alors aucune loi fixe pour la succession à l'Empire. Le choix de l'Empereur, qui se choisissoit un collegue, avoit mis plusieurs fois sur le Trône des hommes dont la naissance étoit obscure : d'autres n'y étoient parvenus que par des révoltes, sans aucun droit réel, & même sans prétextes. Ils enlevoient la Couronne Impériale à un homme, qui, comme eux, n'avoit eu d'autre titre, que la loi du plus fort, pour dépouiller leur Prédécesseur. Léon pouvoit donc sans folie, espérer de réaliser la prédiction des deux Imposteurs. Il étoit courageux, & pensa que ses belles actions pourroient diminuer la distance, que sa naissance obscure mettoit entre le Trône & lui.

La BONNE.

Ces réflexions sont judicieuses, Mr. Mais Léon ne les fit pas, & se crut en quelque sorte redevable de sa couronne aux deux imposteurs, qui lui avoient donné le premier espoir d'y parvenir : ils le sommerent de sa parole, & ce fut pour y satisfaire, qu'il déclara la guerre aux Stes. images. Le peuple de Constantinople donna dans cette occasion des preuves d'un zele, qui n'étoit pas selon la science : quelques femmes voyant un homme monter à une échelle pour outrager une image de J. C. , placée par l'ordre de l'Empereur Constantin , tirerent l'échelle , assommerent cet impie, & cette révolte fut imitée en plusieurs endroits.

Lady MÉRY.

Mais , ma *Bonne*, s'il y avoit du mal à outrager & à abattre les images, c'étoit une bonne action de l'empêcher.

La BONNE.

Reconnoissez, Mesdames, un des plus beaux caracteres de la Religion chrétienne, dans ce que je vais vous rappeller, quoique je vous l'aie déjà dit plusieurs fois. Il n'est jamais permis de se révolter contre les Puissances , sous quelque prétexte que ce soit,

Léon, qu'on a surnommé l'*Isaurien*, faisoit abattre les images ; tant pis pour ceux qui lui obéissoient, & pour lui aussi : ils faisoient mal aux yeux de ceux, qui regardoient l'honneur qu'-on rend aux images , comme légiti-me ; mais les fideles n'étant pas les Juges de l'Empereur, & de ceux qui lui obéissoient, ils ne devoient pas s'ingérer de les en punir, & il ne leur étoit permis, & recommandé, que de ne pas les imiter. Se révolter étoit contre la loi de Dieu, qui com-mande expressément aux Chrétiens d'être soumis aux Puissances, selon l'exemple que Jesus leur a donné à ce sujet.

Lady LOUISE.

Oui, aux Puissances légitimes ; mais Léon étoit un usurpateur : cela ne dispensoit-il pas de l'obéissance qu'il exigeoit?

La BONNE.

Eh ! qui se fera juge des droits du Prince, Madame ? Ce ne sera pas un Chrétien instruit dans l'école de J. C.

& des Apôtres. Quel droit Tibere a-
voit-il à l'Empire Romain ? N'étoit-ce
pas une République, qu'Octave n'avoit
affervie qu'en verfant des torrens de
fang ? Ce premier Empereur Romain
ne pouvoit tranfmettre à fon Succef-
feur un droit qu'il n'avoit pas lui-même : cependant Jefus non feulement
n'a jamais dit une feule parole capable d'exciter à la révolte contre lui ;
mais encore il lui a payé le tribut.

Quand St. Pierre & St. Paul nous
ordonnent d'être foumis aux Puiffances, c'étoit du tems de Néron le
plus méchant de tous les hommes, &
qui avoit ufurpé l'Empire fur Britan-
nicus.

Le CALVINISTE.

Les Papes qui fe difent Succeffeurs
de Pierre, n'ont pas été de ce fentiment : ils ont prétendu avoir droit de
difpofer des couronnes.

La BONNE.

Ils avoient tort, Monfieur, & cela
montre qu'ils n'étoient pas impeccab-
les : cependant leur tort n'étoit pas

auſſi grand que vous pouvez vous l'i-
maginer. C'étoit la faute des Princes,
qui leur avoient donné ce droit dans
des tems, où ils croyoient que cela
convenoit à leurs intérêts préſents.
Mais cela n'appartient point à notre
ſujet, dont nous ne devons point nous
écarter.

Léon l'Iſaurien fut plus irrité qu'in-
timidé de la réſiſtance du peuple : il
appella à ſon palais les perſonnes les
plus conſidérables & voulut les forcer à lui promettre, qu'elles renonce-
roient à honorer les images. Sur
leur refus, il les fit tourmenter de la
maniere la plus cruelle : on leur ar-
rachoit les yeux, on coupa les mains
à quelques uns , & on fuſtigea les
autres. Il y en eut qu'on envoya en
exil , d'autres qu'on priva de leurs
biens.

Il y avoit à Conſtantinople un célébre College, où l'on avoit raſſemblé
une nombreuſe bibliotheque ; car on
y comptoit plus de trois cent mille
volumes. Il y avoit dans ce college
des profeſſeurs d'un mérite diſtingué;
& celui qui étoit à leur tête, étoit un

homme auffi faint & pieux que favant. Léon effaya de les gagner, & quoique cet Empereur fut d'une ignorance craffe, il entreprit de convaincre ces hommes favants dans la difpute, en alléguant à tort & à travers quelques paffages de l'Ecriture, qu'on lui avoit appris par cœur. Ces Docteurs lui prouverent, que le culte des images, de la maniere dont il étoit pratiqué dans l'Eglife, ne pouvoit être contraire à ce que nous devons à Dieu; & qu'il avoit toujours été en honneur parmi les fideles. Voyant qu'il ne pouvoit ni les gagner, ni leur répondre, ce barbare les fit enfermer dans leur college, où l'on mit le feu par fon ordre. Ainfi ils furent brûlés avec cette fuperbe Bibliotheque, ce qui fut une perte irréparable pour les lettres.

Lady MÉRY.

Oh le vilain homme! Je ne défapprouve pas qu'il ait voulu ôter les images : car je ne fais pas encore s'il avoit tort ou raifon de le faire ; mais que lui avoient fait ces pauvres livres, pour les brûler ainfi impitoyablement?

La BONNE.

L'amour que *Lady Méry* porte aux livres, lui fait compter pour rien la mort de treize hommes illuftres, & je fuis tentée de croire, qu'elle eut pardonné leur fupplice à Léon, s'il avoit épargné la Bibliotheque.

Lady LOUISE.

Pourriez-vous nous dire quelles étoient les raifons, que ces Docteurs oppofoient à Léon en faveur de leur doctrine?

La BONNE.

Je réferve à vous en parler quand je ferai arrivée au temps du feptieme Concile. Il faut finir ce que j'ai commencé.

Léon, trouvant dans St. Germain, Patriarche de Conftantinople, un obftacle à fon impiété, le fit maltraiter, & enfuite l'exila : peu de temps après les fauteurs de Léon l'étranglerent dans le lieu de fon exil. Cependant tout l'Occident frémit en apprenant les excès de Léon, & le Pape ayant affemblé un Concile, y confirma la tradition de l'Eglife par rapport aux images. Il fit plufieurs remontrances à l'Empereur, qui, loin d'y déférer, continua de faire des Martyrs. Après fa mort, fon Fils Conftantin, furnommé Copronyme, enchérit fur l'impiété & les cruautés de fon pere. Ce Prince avoit une forte dofe de déréglement dans l'efprit ; vous en jugerez par ce feul trait. Un de fes plaifirs étoit de fe frotter tout le corps de fiente de cheval, & il obligeoit fes favoris d'en faire autant ; ce qui fit ajouter à fon premier furnom, celui de Chevalin. Son Pere s'étoit contenté de faire la guerre aux images ; celui-ci attaqua le culte des Saints & de Marie, dont il défendit de célébrer les Fêtes. Il fit auffi prendre les reliques des Saints, qu'il fit jetter à terre, & l'on cracha deffus.

Le RABBIN.

Avoüez, Mefdames, que ceux qui ont imité ce Prince dans fon horreur pour les reliques, ont eu un fale Réformateur.

La BONNE.

N'infultons perfonne, s'il vous plaît, Monfieur. Contentons nous de véri- fier les faits, & laiffons aux gens fen- fés le foin d'en tirer les conféquences. Conftantin, voulant affermir fes er- reurs, affembla un Conciliabule, où il préfida. On en faifoit les décrets au palais impérial, & l'on abolit le culte des images.

Le CALVINISTE.

Qu'il me foit permis de faire quel- ques remarques à mon tour, Mefda- mes. Il plaît à Mademoifelle d'appel- ler ce feptieme Concile, un Concilia- bule ; fur quoi eft-elle fondée pour lui donner cette odieufe dénomina- tion ? Doit-elle en être crue fur fa parole ?

La BONNE.

Non, Monfieur ; cela ne feroit pas jufte. D'abord il ne peut être appellé *Œcuménique*, puifqu'on n'y vit que des Evêques d'Orient, qui affûrément ne faifoient pas le plus grand nombre.

En second lieu, tout ce qu'on y avoit fait, fut reconnu pour abusif dans un Concile véritablement œcuménique ; mais quand ces deux raisons ne parleroient pas en ma faveur, il y auroit une autre chose qui prouveroit invinciblement ce que j'avance. Jamais cette assemblée ne peut être regardée comme légitime, puisqu'elle attaqua l'autorité des premiers Conciles, que vous recevez comme nous. Or l'Eglise Romaine n'a jamais varié dans son attachement à la doctrine des Conciles généraux. Et la premiere chose qu'elle a faite dans ceux qui ont suivi, est de protester qu'elle s'en tient à ce que les Peres de ces Conciles ont cru & enseigné.

Le CALVINISTE.

L'on fit la même protestation dans ce Concile de Constantinople, & l'on adopta la foi de ceux qui l'avoient précédé.

La BONNE.

Cette protestation eut été impie, si les images eussent été une idolatrie,

comme on le décida fous les yeux,
& par l'ordre de l'Empereur. Dites-
moi, Monfieur : ces Conciles n'avoient-
ils pas été affemblés dans des Eglifes
où il y avoit des images ? Le Grand
Conftantin n'en avoit - il pas mis plufieurs dans fa Ville Impériale ? Si elles
euffent été des idoles, les Peres de ces
premiers Conciles auroient prévari-
qué, en les laiffant fubfifter, & auroient engagé l'Empereur à ôter ces
pierres de fcandale. Je pourrois vous
faire chanter la palinodie, s'il en étoit
befoin, au fujet de cette affemblée
que vous tenez maintenant comme
un Concile, où préfidoit l'efprit Saint.

Lady LOUISE.

Et pourquoi ce ménagement, ma
Bonne ? Ne fommes - nous pas ici
pour dire tout ce qui pourra fervir à
nous éclairer ?

La BONNE.

Ne vous en prenez pas à moi, Monfieur, fi je vous fais tomber en contradiction avec vous-même. Souvenez-
vous que cette affemblée a dit Ana-

thême, à tous ceux qui rejettent l'intercession de la Ste. Vierge & des Sts. Si vous prétendez que le St. Esprit y présidoit, avouez donc que vous vous étes élevés contre le St. Esprit, lorsque vous avez rejetté ce qu'il a décidé lui-même.

La persécution contre les images continua jusqu'au Concile légitime, assemblé par l'ordre de l'Impératrice Irène, & fut tenu à Nicée, & on commença par y traiter de la cause des Evêques qui avoient souscrit au Conciliabule. Ensuite on examina les passages de l'Ecriture, que les Iconoclastes citoient pour appuyer leurs sentimens, & qui sont les mêmes que les Protestants alleguent aujourd'hui, en confondant le culte avec l'image. Le Concile, avant de former son décret, prouva par l'autorité des Peres, l'ancienneté de l'honneur que l'on rend aux images dans l'Eglise, & démontra que les passages allégués, loin de détruire ce culte, l'autorisoient, comme je vais vous l'expliquer dans un moment.

Le CALVINISTE.

Vous seriez bien habile, Mademoiselle. Mais pourquoi remettre cette preuve à un autre tems ?

La BONNE.

Le crédit, que je vous demande, n'est que pour quelques minutes : je ne veux que vous rapporter un passage d'un des Peres de l'Eglise Grecque ; c'est de S. Jean Damascene, illustre par sa naissance, par la faveur de son Souverain, par sa science profonde, & surtout par sa sainteté. Il fut lui - même martyr de la cause qu'il défendoit; car le Caliphe son maître lui fit couper une main , qu'il recouvra miraculeusement. Mais quelque jour je vous raconterai son histoire : voici comment il s'explique.

Il y a de deux sortes d'adorations : Celle que nous rendons à Dieu, qui seul est adorable par sa nature, & qui s'appelle Latrie. Il y en a une autre que nous rendons , à cause de Dieu, à ses amis & à ses serviteurs , comme quand Josué & David adorerent des Anges ; ou aux

Princes que Dieu a établis , comme quand Jacob adora son frere Esaü , & quand Joseph fut adoré par ses freres : Enfin il y a une adoration qui n'est qu'un honneur rendu réciproquement , comme entre Abraham & les enfants d'Hémor.

Joignez à ce passage celui dans lequel l'Ecriture nous dit, qu'Abraham adora les Anges , & vous serez parfaitement convaincues, Mesdames, que le mot, *adorer*, a plusieurs significations , selon les personnes dont il est question.

Le CALVINISTE.

Pour ce qui est du passage que vous avez cité en dernier lieu , si vous aviez lu Abbadie, vous verriez que ce Protestant si savant, si estimé , & qui mérite tant de l'être , soutient que ce ne furent pas des Anges qui apparurent à Abraham , mais Dieu même.

La BONNE.

J'ai lu l'ouvrage que vous citez, Monsieur : & en le lisant, quoique je fusse très jeune, je n'ai pu m'empêcher

cher d'admirer la force du préjugé.
Abbadie par-tout profond Logicien,
déraifonne pitoyablement dans cet endroit. Pourquoi tordre l'Ecriture pour
la tirer à fon fens ? Prenons là comme le St. Efprit l'a dictée. Elle nous
dit expreffément que ce fut des Anges
que Dieu envoya au Patriarche, &
qu'il les adora ; au lieu qu'en parlant
de quelques autres circonftances de
fa vie, elle nous donne à entendre
que Dieu fe communiqua à lui fans
milieu, pour ainfi dire.

Le RABBIN.

Meffieurs les Proteftants ne parlent que du refpect qu'on doit avoir
pour la Sainte Ecriture ; cependant
ils s'écartent de fon fens naturel toutes les fois que cela leur eft commo-
de. Nous n'avons jamais parmi nous
entendu ces paffages, autrement que
les Catholiques.

La BONNE.

Je vais à préfent vous rapporter le
décret du Concile, & je vous prie,

Tom. V. cinquieme Part.   O

Mesdames, d'en peser toutes les syl-
labes.

On explique ainsi le mot, adoration.
Adorer, saluer, sont le même en grec.
Proskunein signifie baiser ou saluer
avec grande affection : car le mot ku-
nein signifie baiser, & la proposition
pros marque le dégré du sentiment qui
accompagne l'action. Nous trouvons la
même expression dans la Sainte Ecriture : il est dit que David se prosterna trois
fois sur le visage, & adora trois fois Jo-
nathas, & le baisa. Saint Paul dit que
Jacob adora le haut du bâton de Joseph. Ainsi Saint Grégoire le Théologien dit : Honorez Bethléhem, & adorez la crêche. Ainsi quand nous saluons
la croix, & que nous chantons. : Nous a-
dorons la croix, Seigneur, nous adorons
la lance qui a percé votre côté ; ce n'est
manifestement qu'un salut, un baiser,
puisque nous les touchons de nos levres.
Que si on trouve souvent dans l'Ecriture & les Peres, le mot d'adoration pour
le culte de Latrie & en esprit, c'est que
ce mot a plusieurs significations : car il
y a une adoration mêlée d'honneur,
d'amour & de crainte, comme quand

nous adorons votre Majesté. Il y en a une de crainte seule, comme quand Jacob adora Esaü. Il y en a une d'actions de grace, comme quand Abraham adora les enfants de Heth à l'occasion de la sépulture de Sara. C'est pourquoi l'Ecriture voulant nous instruire, dit : Tu adoreras le Seigneur ton Dieu, & ne SERVIRAS que lui seul. Elle met le mot d'adoration indéfiniment comme un terme équivoque, qui peut convenir à d'autres ; mais elle restraint à lui seul, le service que nous ne rendons qu'à lui seul.

Miss DOROTHÉE.

Après toutes ces explications, convenez, Mesdames, qu'il y a bien de la mauvaise foi à accuser les Catholiques d'être idolâtres.

La BONNE.

Pour en être encore plus convaincues, écoutez le reste de ce qui fut décidé dans le Concile, qu'on accuse d'avoir enseigné l'idolatrie.

Nous déclarons par notre décret, que comme on expose par-tout la figure de

la croix, on doit aussi exposer dans les
Eglises, sur les vases, sur les ornements
sacrés, sur les murailles, dans les ta-
bleaux, dans les maisons & dans les
rues, les saintes & vénérables images,
soit en peinture, soit à la mosaïque,
ou celles qui sont faites de quelque autre maniere convenable. Nous déclarons
aussi que nous prétendons comprendre
sous ce nom d'images, tant celles de J.
C. notre Seigneur, notre Dieu & notre
Sauveur, que celle de notre Dame, la
Sainte & immaculée Mere de Dieu,
des vénérables Anges & de tous les Sts.
Car plus on les voit souvent dans leurs
images, plus ceux qui les regardent & les
contemplent, sont excités au souvenir des
originaux, & sont touchés d'un plus
ardent desir de s'unir à eux, & de témoigner la vénération qu'ils ont pour
eux, en baisant leurs images, & en
les révérant par une adoration d'honneur & de respect ; en telle sorte néanmoins, qu'on ne leur rende nullement
LE CULTE DE LATRIE que demande notre foi, & qui ne convient qu'à la nature
divine ; mais qu'aussi bien qu'à la figure
de la croix, aux livres sacrés des Saints

*Evangiles, & aux autres saints monu-
ments, on leur puisse offrir de l'encens
& des lumieres pour les honorer selon
L'ANCIENNE & dévote coutume de l'E-
glise : car l'honneur qu'on rend à l'image, passe à l'original, & celui qui l'a-
dore, adore en elle la personne qui est
peinte.*

Le RABBIN.

Voilà un décret bien clair & bien
net, & qui distingue clairement deux
choses importantes: La premiere, que
nulle créature ne peut partager avec
Dieu, l'honneur que nous lui devons,
le culte & l'adoration qu'on appelle
de *Latrie*, pour me servir du mot consacré à cet usage. La seconde, que
l'honneur qu'on rend aux images, est
relatif aux objets qu'elles réprésentent.

Le CALVINISTE.

Je vous ai déjà dit, Mesdames, que
les décrets de ce prétendu Concile,
firent horreur aux Evêques de France
assemblés à Francfort, qui refuserent
absolument d'y souscrire, & que le

Pape Adrien ne leur fit pas un crime de cette réjection. Enfin, Calvin nous a fait voir que les Evêques d'Espagne pensoient à ce sujet comme ceux de France, puisque dans le Concile d'Eliberis, il fut défendu de faire peindre des images sur les murailles des Eglises. Que répondrez-vous à cela, Mademoiselle ?

La B O N N E.

Que le Concile de Nicée, celui de Francfort, celui d'Eliberis, & le Pape Adrien ont été du même sentiment sur les images ; je puis le prouver sans faire de grands efforts. Il n'eut tenu qu'à vous, Mr., de vous procurer les mêmes lumieres ; mais quand on veut rester dans un sentiment devenu cher, on néglige d'approfondir les choses qui pourroient le détruire. Commençons par le Concile de Francfort.

Il faut remarquer auparavant, Mesdames, que les images, en elles-mêmes, ne font ni bonnes ni mauvaises : tout dépend de l'intention de celui qui les regarde, & des dispositions dans lesquelles il se trouve. Un amant qui regarde le portrait de sa maîtresse, le voit avec des transports que n'éprouvent point un indifférent ; il lui parle comme s'il pouvoit l'entendre, il le baise, il voudroit l'avoir toujours présent. Jamais personne ne s'est avisé de penser que ces marques d'affection s'adressent au mélange des couleurs répandues sur la toile : on sait sans qu'on le dise, qu'elles ont pour objet la personne réprésentée. Si par hazard, cette personne étoit, ou mariée, ou consacrée à Dieu ; assûrément l'application à regarder ce portrait, seroit criminelle. Elle seroit une chose, ni bonne ni mauvaise pour un indifférent, une consolation permise pour une épouse, un enfant, qui regarderoient le portrait d'un mari ou d'un pere. J'en dis autant des saintes images ; elles sont utiles pour ceux qui en font un usage légitime ; mais on peut en abuser, comme on abuse aussi de toutes les choses saintes : Venons à ce qui regarde le Concile de Francfort.

Si quelqu'un venoit nous dire qu'on doit rendre aux images le même culte que l'on rend à la Sainte Trinité, nous lui dirions de tout notre cœur, Anathême. Et bien! voilà ce que firent les Peres à Francfort. Cette impiété avoit-elle été dite à Nicée? Non sans doute; mais ceux qui étoient assemblés à Francfort, le crurent; & leur méprise, à cet égard, étoit excusable, parce qu'elle éroit fondée sur celle du copiste des Actes de Nicée.

Les Actes de Nicée étoient écrits en grec, & comme le plus grand nombre des Peres de Francfort n'entendoit pas cette langue, il fallut les traduire: celui auquel on en donna le foin, fit une grande bévue.

Constantin, Evêque de Constance en Chypre, en parlant des lettres de Taraise, aux Patriarches d'Orient, dit: *Je souscris à cette doctrine, & suis du même sentiment, en embrassant avec honneur les saintes & vénérables images. Et je défere l'adoration de Latrie à la seule superfubstantielle & vivifiante Trinité, & j'excommunie ceux qui ont un autre sentiment.*

Voici la tradition de cette signature

telle qu'on la préſenta au Concile de Francfort.

Je reçois & embraſſe avec honneur les ſaintes & vénérables images ſelon le ſervice d'adoration, que je rends à la conſubſtantielle & vivifiante Trinité. Vous ſentez bien, Meſdames, que les Peres de Francfort dûrent avoir ce blaſphême en horreur.

Lady LOUISE.

Mais étoit il juſte qu'ils condamnaſſent tout le Concile, à cauſe qu'un des Membres, qui le compoſoit, étoit dans l'erreur?

La BONNE.

Non, Madame: auſſi ne rejetterent-ils pas ce Concile préciſément à cauſe du ſentiment qu'on prêtoit à l'Evêque de Chypre, mais parce qu'ils ne trouverent point dans les actes, qu'aucun des Peres ſe fuſſent élevés contre cette impiété: d'où ils conclurent que malgré le décret qui y avoit été porté, ces Peres avoient au moins toléré l'idolatrie, puiſqu'on n'avoit rien dit contre le blaſphême prononcé par un de ſes Membres, & en conſéquence, que le St. Eſprit n'avoit point préſidé dans cette aſſemblée. Les Peres de Francfort, en refuſant d'y ſouſcrire, étoient véritablement d'accord avec les Peres de Nicée, puiſqu'ils défendirent de rendre aux images l'honneur qui n'eſt dû qu'à Dieu.

Lady LOUISE.

Je ſuis ſatisfaite ſur cet article ; mais vous avez encore à nous dire, pourquoi on défendit les peintures dans les Egliſes au Concile d'Eliberis.

La BONNE.

Si on vous avoit tout dit, Madame, vous ne me feriez pas cette queſtion. Il éſt vrai qu'on défendit à Eliberis de ne rien peindre ſur lès murailles des Egliſes ; mais ce décret expliquoit les motifs de cette défenſe, & la bonne foi ne permettoit pas de vous les taire.

Nous défendons, dirent les Peres de ce Concile, de ne rien peindre ſur les murailles des Egliſes, parce que l'humidité venant à les gâter, il ſeroit indécent, qu'ainſi défigurées, elles

fuſſent l'objet de la vénération des fideles.

BEL ESPRIT.

Je ne m'attendois pas à celui - là.
Comment donc ? Ce Concile, qu'on
nous cite comme contraire aux images,
nous prouve au contraire que les Eſ-
pagnols, comme tout le reſte de l'E-
gliſe, recevoient ce culte, & décidoient
qu'il falloit honorer ces images, quand
elles étoient entieres.

La BONNE.

Voilà, Monſieur, comme on abuſe
de la crédulité de ceux, qui négligent
de vérifier les accuſations qu'on fait
contre nous. On a fait grand bruit d'un
paſſage de Saint Grégoire, qui, écrivant à un Evêque de Marſeille, dit :
Qu'il ne faut pas briſer les images,
ni les adorer, comme on adore la Ste.
Trinité. Nous en diſons autant ; le
Concile de Francfort en dit autant ;
& il ajoute, qu'on ne contraint perſonne à révérer les images : nous diſons auſſi la même choſe ; nulle variation dans la doctrine de l'Egliſe.

Lady LOUISE.

Sans doute qu'il a été question de l'honneur qu'on rend aux images, dans le Concile de Trente. Comment s'exprime-t-il à cet égard ?

La BONNE.

Le Saint Concile enjoint aux Evêques de veiller à ce que les Paſteurs enſeignent au peuple, qu'on doit retenir les images, & leur rendre l'honneur qui leur appartient: non pas qu'on croie qu'il y ait en elles aucune diviniré, ni aucune vertu, ni qu'on doive leur rien demander, ou mettre en elles ſa confiance: mais parceque l'honneur que nous leur rendons, ſe rapporte aux objets qu'elles répréſentent ; en ſorte, ajoute le Concile, que par les images que nous baiſons, & devant leſquelles nous nous proſternons, nous adorions J. C., & nous révérions les Saints. De plus, il faut que les Evêques prennent grand ſoin d'enſeigner, que par les hiſtoires des ſacrés Myſteres de notre Rédemption, exprimées par dès peintures ou par d'autres images, le peuple eſt inſtruit &

confirmé dans les articles de la foi,
pour les répéter souvent, & pour en
rappeller le souvenir, & qu'on récueille
un grand fruit des saintes images, non
seulement parce que le peuple est averti
par-là des dons de Dieu, & des bienfaits
qu'il a reçus de J C., mais aussi d'autant que les miracles qu'il a plu à Dieu
de faire par les saints & leurs salutaires exemples, sont proposés aux yeux
des fideles, afin qu'ils en rendent graces à Dieu, qu'ils imitent leur vie, &
qu'ils soient animés à aimer & servir
Dieu, à l'adorer, & à pratiquer les
exercices de piété; & si quelqu'un enfeigne ou tient quelque opinion contraire
à ces décrets, qu'il soit Anathême.

Le RABBIN.

Et remarquez, s'il vous plaît, que
cet Anathême tombe sur ceux qui a-
busent des images, comme sur ceux
qui les brisent & les rejettent.

La BONNE.

Voici ce que le Saint Concile ajoute conformément à ce que vous venez
de dire.

Au reste, si quelques abus se glisfoient parmi ces saintes & salutaires observations, le Saint Concile desire extrémement qu'on les abolisse entiérement, de sorte qu'on n'expose aucune image, qui puisse donner aux ignorants quelque occasion d'erreur : que quand pour l'utilité du simple peuple, on peindra les histoires, qui sont racontées dans la Sainte Ecriture, on ne manque pas de lui faire entendre qu'on ne prétend pas pour cela figurer la divinité comme si elle pouvoit être vue des yeux du corps, où qu'on la pût exprimer par des couleurs, ou par des images : D'avantage, que toutes superstitions soient ôtées dans la vénération des Saints, des reliques, & de l'usage des images : que l'on rejette bien loin tout gain déshonnête, sur-tout qu'on évite tout ce qui pourroit être lascif, en sorte qu'on ne peigne point, ou qu'on ne pare point les images d'une maniere déshonnête, en leur donnant une beauté peu modeste : qu'on n'abuse point des solemnités des Saints, ni des visites de leurs reliques, pour-faire des festins ou des débauches ; comme si les Fêtes, en l'honneur des Saints, se célé-

broient par ces sortes de dissolutions. Enfin, que les Evêques veillent là dessus avec tant de soins, qu'on ne voye rien de messéant, de déreglé, de prophane, ou de déshonnête, puisque la sainteté doit être le propre de la maison de Dieu.

Lady VIOLENTE

Avouez, Messieurs, qu'on ne peut pousser plus loin, que ne l'a fait le Concile, les précautions pour empêcher qu'on n'abuse des pratiques qu'il recommande, & qui, dans le fond, peuvent être utiles. Je vous assûre que je ne puis voir un crucifix sans m'attendrir.

La BONNE.

Ce n'est pas tout, Madame. Ecoutez encore les Peres de Trente : *Et afin que toutes ces choses s'observent plus fidelement, le Saint Concile déclare qu'il n'est permis à aucune personne de mettre ou de faire exposer en aucun lieu, ni dans aucune Eglise, quelques exemptes qu'elles puissent être, aucune image nouvelle, qui ne soit approu-*

vée de l'Evêque, ni d'admettre de nouveaux miracles ou recevoir de nouvelles reliques, sans l'approbation de l'Evêque, lequel ayant pris à cet égard l'a-
vis des Théologiens, & d'autres personnes pieuses, fera ce qu'il jugera être
conforme à la vérité, & propre à nourrir la vraie piété des fideles : & quand
il s'agira d'extirper quelques abus, ou
douteux, ou difficiles, ou qu'il faudra
résoudre quelque importante question
sur toutes ces choses, que l'Evêque ne
détermine rien de lui-même, mais qu'il
attende sur ce point la sentence du Mé-
tropolitain, & des Evêques comprovin-
ciaux dans un Synode provincial, en
sorte néanmoins qu'on n'ordonne rien
de nouveau ou d'inusité jusqu'alors dans
l'Eglise, sans avoir consulté le Pape.

Voilà, Mesdames, ce qu'a décidé
le Saint Concile de Trente au sujet
des images : Jugez vous même s'il a,
de quelque maniere que ce soit, enseigné l'idolatrie, ou même s'il l'a
tolérée. J'en appelle à votre raison sur
ce sujet.

Le RABBIN.

J'ai entendu avec un singulier plaisir les pieces justificatives de la doctrine de l'Eglise Romaine au sujet des images ; & de tout ce qui a été dit, Je conclus 1°. que la vénération des images est une tradition apostolique, puisqu'on la trouve établie au tems de Tertullien, c'est-à-dire plus de cent ans avant Constantin, puisque cet Empereur, si docile aux instructions des Evêques, en mit un grand nombre à Constantinople, soit dans les rues, soit dans les Eglises, & que dans celles où se tinrent les premiers Conciles, il y avoit des images ; ce que les Peres n'auroient point souffert, si c'eut été une impiété, ou même une nouveauté. Je trouve aussi que la doctrine de l'Eglise n'a pas varié à ce sujet, & qu'au lieu d'être contredite par les Conciles de Francfort & d'Eliberis, ils l'ont confirmée : le passage de St. Grégoire confirme aussi la pratique de l'Eglise à ce sujet ; enfin l'Eglise Romaine est parfaitement justifiée dans mon esprit, de l'idolatrie qu'on lui attribue, & rien de plus injuſte que de l'accuſer des abus qu'elle déteſte, & contre leſquels elle a pris toutes les précautions que la ſageſſe la plus éclairée peut dicter.

Lady LOUISE.

J'en reviendrai toujours à ce que j'ai dit au commencement. J'accorde que l'honneur que l'on rend aux images dans l'Egliſe Romaine, n'eſt point idolâtre dans ſon inſtitution; que cette Egliſe a pris les précautions les plus ſages pour retenir ce culte dans de juſtes bornes; mais on les a franchies, ces bornes : le peuple, faute de lumieres , a outré l'honneur qu'on leur rend : enfin cela nous ſcandaliſe. Pourquoi ne pas ôter cette pierre de ſcandale ? Le Concile de Francfort n'a-t-il pas décidé qu'on ne doit forcer perſonne à honorer les images ? N'eſt-ce pas convenir que l'honneur, qu'on leur rend, n'eſt pas eſſentiel, & qu'on peut être ſauvé, & être même très bon Catholique, ſans avoir jamais honoré aucune image ?

La Bonne.

J'avoue que l'honneur, qu'on rend aux images n'est point essentiel, & qu'on peut être sauvé sans cela; mais on ne peut être sauvé hors de l'Eglise de Jesus Christ, & il est essentiel de croire que, selon la parole de son divin Chef, elle ne peut tomber dans l'erreur. Or ceux qui refusent d'honorer les images, parce qu'ils regardent, comme idolâtre, l'honneur qu'on leur rend, accusent donc l'Eglise d'enseigner & de permettre une impiété ; ils nient son infaillibilité : donc ils doutent des promesses de Jesus, & on ne peut être sauvé, sans croire que le ciel & la terre passeront, mais que les paroles de ce divin Sauveur ne passeront point. Vous dites que l'Eglise auroit dû d'elle-même abolir des usages, qui ne sont pas essentiels, & qu'il falloit les sacrifier au bien de la paix. Vous ignorez, Madame, qu'elle se fait gloire de ne rien innover, sûre qu'elle a reçu de Dieu même, par la bouche des Apôtres, tout ce qu'elle croit; elle se croiroit coupable de

toucher aux bornes qui ont été po-
sées, parce que ce seroit s'élever contre le Saint Esprit. Mais, dites vous,
on abuse des images. Il faut retrancher les abus, & laisser la chose;
c'est ce que Jesus Christ a recommandé expressément, lorsqu'il dit qu'il
ne faut pas essayer d'arracher l'ivraie,
crainte de nuire au bon grain.

Mr. DE BONNEFOI.

Il y a encore une bonne raison de
ne point s'écarter de cet usage qui
vient des Apôtres, comme on l'a
prouvé.

Le CALVINISTE.

Je vous arrête là, Monsieur. C'est
une supposition gratuite de votre part,
& je la nie.

Mr. DE BONNEFOI.

Fort mal à propos, Monsieur. Tertullien vous a fait voir qu'on mettoit
sur les calices l'image du bon Pasteur
dès le tems de la persécution : c'étoit
le seul lieu où l'on put les mettre alors,
puisque les Chrétiens n'avoient point

de temple ; mais auffitôt qu'ils en eurent, vous y voyez des images, fans
qu'aucun des Peres ayent crié à l'impiété, eux qui étoient fi attentifs à relever les moindres innovations, & qui
auroient eu alors une bonne raifon de
s'élever contre les images, dans un
tems fi voifin de l'idolâtrie, & où les
Païens étoient en danger de fe méprendre fur le culte, qu'on rendoit aux
images. Je reviens à ce que je voulois
dire.

Où en ferions nous, s'il ne tenoit
qu'aux particuliers de s'élever, tantôt
contre un article, & tantôt contre
un autre ? On verroit chez nous ce
que Mélancthon déplore chez les Proteftants, des variations perpétuelles.

La BONNE.

C'eft ce que le Pape difoit aux premiers Iconoclaftes, qui demandoient
un Concile pour finir les troubles qui
s'étoient élevés à cet égard. *Qui caufe
ces troubles? C'eft vous qui avez innové.
L'Eglife étoit en paix depuis fon origine fur cet article : Pourquoi avez-
vous remué les bornes pofées par nos*

Peres ? Demeurez en paix , & le trou-
ble finira.

J'en dis autant à tous les Novateurs : laiſſez au Saint-Eſprit le ſoin
de gouverner l'Egliſe de J. C. Votre lot
eſt de vous ſoumetrre & de croire, d'a-
près les paroles de votre maitre, qu'elle
eſt infaillible. Je le dirois à un Evêque, qui voudroit remuer les anciennes bornes , à plus forte raiſon à des
particuliers ſans miſſion , tels qu'é-
toient Luther, Calvin & les autres Réformateurs. L'Egliſe ſubſiſtoit le mois,
la ſemaine, la journée avant qu'ils
euſſent conçu & publié leurs dogmes;
elle étoit tranquille : ils n'avoient qu'à
ſe taire, tout reſtoit en paix : ils n'a-
voient pas plus de droit de rompre le
ſilence, que ne l'avoient eu avant eux
Arius & tant d'autres.

Le CALVINISTE.

Vous partez toujours d'un principe
que nous nions; qui eſt, qu'il eſt ſûr que
l'Egliſe Romaine eſt celle de J. C.

La BONNE.

Vos Réformateurs ne l'ont pas toujours nié , & à propos de cela , je me souviens de cette confession de foi de Luther que je vous ai promise. Je l'ai retrouvée. Luther, la donna dix-sept ans après le commencement des querelles , & quatre ans après la confession d'Augsbourg : on la trouve dans son *Traité de la Messe privée.* Il dit, en parlant de l'Eglise Romaine , contre laquelle il étoit si outré , qu'il disoit qu'elle étoit le siege de l'Antechrist : *qu'elle étoit la véritable Eglise , le soutien , la colomne de la vérité , & le lieu très saint. En cette Eglise , continue-t-il, Dieu conserve miraculeusement le baptéme , le texte de l'Evangile dans toutes les langues, la rémission des péchés , & l'absolution , tant dans la confession, qu'en public ; le Sacrement de l'Autel vers Pâques, & trois ou quatre fois dans l'année, quoiqu'on en ait arraché une espece au peuple ; la vocation & l'ordination des Pasteurs, la consolation dans l'agonie, l'image du crucifix, & en même tems le ressouvenir de la mort & passion de J. C. Le Pseautier, l'Oraison dominicale, le Symbole des Apôtres, le Décalogue , plusieurs*

cantiques pieux en latin & en allemand.
Et un peu aprés, il dit : *Où l'on trou-*
ve les Reliques des Saints, là sans doute
a été & EST ENCORE *la vraie Eglise*
de Jesus Christ ; là sont demeurés les
Saints : car les institutions & les Sa-
crements de J. C. y sont, excepté une
des especes arrachée par force. C'est
pourquoi il est certain que J. C. y a été
présent, & que le St. Esprit y conserve
la vraie foi & sa vraie connoissance
dans ses élus.

Lady LOUISE.

Pour la seconde fois, ma *Bonne*,
je vous prie de ne pas vous fâcher,
je ne prétends en aucune maniere douter de votre bonne foi ; mais vous
n'entendez pas l'Allemand, & vous
pouvez avoir été trompée par une fauffe traduction. Je conclus hardiment,
ou que Luther n'a point écrit ce que
vous venez de rapporter, ou qu'il ne
doit pas rester un seul Luthérien. Au
reste ce que j'en dis est sans intérêt,
vous le savez. Nous n'avons rien de
commun avec Luther.

La

La BONNE.

J'ai cité l'ouvrage où Luther parle ainsi, Madame; vous pouvez le faire traduire. Monsieur le Luthérien, ai-je cité faux?

Le LUTHÉRIEN

Non, Mademoiselle. *Lady Louise* ne fait pas réflexion aux dernieres paroles. Ce n'est que dans les élus que Dieu conserve la vraie foi. Après tout, quand Luther auroit mal parlé, il n'y auroit rien de surprenant : il étoit homme, & tout homme peut errer.

Lady LOUISE.

Pitoyable réponse, Monsieur ! C'est dans l'Eglise Romaine, que Luther dit positivement que Jesus a été & est encore. Vous dites qu'il étoit sujet à l'erreur : & bien ! nous en convenons, & nous ajoutons que dès là il n'étoit point un homme inspiré de Dieu. Il n'avoit point de mission ; ceux auxquels Dieu en a donné une particuliere, parlent par l'inspiration du St. Esprit. Qui se trompe sur un point si impor-

Tom. V. cinquieme part.   P

tant , peut se tromper dans un autre.

La BONNE

Vous disiez , il n'y a qu'un moment, Madame, que si Luther avoit
prononcé cette confession de foi, il
ne devroit pas y avoir un seul Luthérien. Mais, ma chére, croyez-
vous que les Luthériens ayent plus de
soin de s'instruire que les Anglicans ?
En bonne conscience, connoissiez-
vous votre religion avant nos entretiens ? Savez-vous combien les articles
de votre foi ont varié depuis le commencement de votre réforme ? Monsieur Burnet dans son histoire de la
réformation, gémit de ce que les choses qui concernoient la religion, étoient
abandonnées à des séculiers. Il nous
apprend que les Evêques demandoient,
qu'au moins ils fussent consultés avant
qu'on décidât les articles qu'on devoit
proposer à croire, & à faire croire au
peuple, & qu'ils furent déboutés d'une
demande si juste. Savez - vous qu'Elisabeth ordonna qu'on reglat la foi,
non, selon l'Ecriture, les Peres & les
Conciles, mais de maniere qu'ils fussent

propres à ne point effaroucher les Catholiques , fans mécontenter ceux des autres communions ; & que c'eſt de là que naiſſent les équivoques qu'on y trouve? Savez-vous que pendant bien des années , le Chef de la religion Anglicane n'étoit pas de cette communion , & qu'il étoit Luthérien ? Vous ignorez toutes ces choſes & mille autres : pourquoi voulez - vous que les autres en ſachent plus que vous?

Miſs DOROTHÉE.

Un jour que je citois cette confeſſion de Luther à Madame la Baronne de Munhhauſen , elle m'aſſûra que très certainement il n'avoit point écrit cela, & qu'il n'avoit jamais anathématiſé ceux qui nioient la préſence réelle. Vous le ſavez ; cette Dame eſt allemande , & je crus d'abord qu'elle avoit lu les ouvrages en original, & qu'ils avoient été mal traduits : quelle fut ma ſurpriſe , lorſqu'elle me dit, non ſeulement qu'elle n'avoit pas vu l'original , mais encore qu'elle ne vouloit pas le lire, parce qu'elle ſa-

voit qu'il étoit impossible qu'il eut parlé ainsi !

Le RABBIN.

Véritablement la chose me paroît
incompréhensible. Sans ces mots, par
lesquels il reproche deux fois le retranchement de la coupe, j'aurois cru
qu'un Catholique auroit écrit les paroles citées.

La BONNE.

J'y aurois été trompée comme vous.
Revenons à notre sujet. Tout Catholique dira toujours : Jesus a promis
que son Eglise n'enseigneroit jamais
l'erreur. Elle enseigne qu'on doit honorer les images ; donc le culte des
images est permis.

Mr. DE BONNEFOI.

Parlons maintenant en Protestants,
& demandons-nous à nous-mêmes ,
mais de bonne foi, l'impression que
font sur nous les images. Je vous défie de regarder attentivement un crucifix bien travaillé, sans être attendries
Mesdames. Le dégré de votre atten-

driſſement ſera celui de votre piété.
Quelles ſeront les ſuites de ce mouvement qu'on peut appeller involontaire? Votre cœur s'élevera vers Jeſus
mourant; peut-être ſi votre piété eſt
vive, verſerez-vous des larmes. Or ſi
je vous diſois: pourquoi pleurez-vous
ſur ce bois, ſur ces couleurs? Vous
me répondriez avec indignation: je
penſe bien à ce bois & à ces couleurs;
c'eſt le ſouvenir de ce que Jeſus a
ſouffert pour moi, qui me fait verſer
des larmes. Si je vous ſoutenois que
vous avez fait un acte d'idolatrie en
pleurant; vous ne daigneriez pas même vous juſtifier, tant l'accuſation vous
paroîtroit abſurde après la réponſe
que vous m'auriez faite: mais ſi vous
me voyez baiſer les pieds de ce crucifix, m'agenouiller, vous ſeriez ſcan-
daliſée. N'aurois-je pas droit de me
ſervir de votre réponſe, & de vous
dire: je ne penſe ni à ce bois, ni à
ces couleurs, mais à Jeſus qui eſt mort
pour moi? Et ne m'alléguez pas le
danger de l'abus où cette pratique
expoſe. Demandez au Payſan le plus
ſtupide: mon ami, croyez-vous que

c'eſt ce morceau de bois qui eſt venu au monde & qui eſt mort pour vous? Il n'y en a pas un ſeul qui ſe trompe en répondant.

Lady LOUISE.

Je l'accorde pour les images de Jeſus ; je crois bien que le ſentiment de ſon cœur le porte au Sauveur & non au bois ; mais je crois auſſi pouvoir dire que le ſentiment de ſon cœur ſera le même pour les images de Marie & des Saints, que pour celle de Jeſus ; & vous m'avouerez que ce ſera une vraie idolatrie.

La BONNE.

Sans doute que l'honneur, qu'il rendra à l'image, ſera relatif au ſentiment de ſon cœur, c'eſt-à-dire qu'il ſera proportionné au dégré d'eſtime, d'amour, de reſpect, & de gratitude, qu'il a pour l'original. Remarquez, Madame, que je vous parle du ſentiment du cœur, & non pas de l'expreſſion. Le Payſan ſtupide peut ſe tromper ſur la ſignification des mots, mais non ſur le ſentiment.

Lady LOUISE.

Comment donc voulez - vous qu'il comprenne la différence du culte qu'il doit à Dieu, & de celui qu'il peut rendre à Marie & aux Saints ?

La BONNE.

C'est dans le cœur que se forme l'idolatrie, comme je viens de vous le dire. C'est aussi dans le cœur que se fait l'adoration. Les différentes postures du corps , les diverses paroles, n'ont de valeur réelle, que suivant le sentiment qui les occasionne : il y en a qui sont proprement de stile. Vous dites, & vous écrivez à une Dame ; je suis votre servante. Vous sentez bien, & elle aussi, que ce n'est qu'une formule, qui n'entraine nullement les devoirs de la servitude ; un paysan, quelque grossier qu'on le suppose, ne seroit pas la dupe de cette expression, & vous diroit franchement : je suis votre serviteur, tant que vous ne me commanderez rien qui me gêne. Mais s'il avoit écrit ces paroles à un Prince, il les croiroit strictement obligatoires.

Il croiroit cette obligation moindre pour des personnes d'un rang inférieur, & dont il n'auroit rien à attendre : en un mot, c'est le dégré d'élévation des personnes auxquelles il parle, ou le dégré de sa reconnoissance pour des biens reçus, ou de son espoir pour des biens qu'il espere, qui mettra le taux à ses expressions. N'espérez pas qu'il vous rende raison de ces nuances de sentiment; il n'a qu'une maniere de s'exprimer, & elle est la même pour tout le monde.

Le paysan le plus grossier a entendu dire mille fois en sa vie, que c'est Dieu qui lui a donné la vie, qui la lui conserve, qui peut seul lui accorder tous les biens spirituels & temporels : que Jesus-Christ est mort pour lui, & qu'il a souffert toutes sortes de maux pour le délivrer de l'enfer, qu'il sera son Juge. Cette instruction produira chez lui une somme de sentimens qui seront en raison de sa capacité, & Dieu ne lui en demande pas d'avantage. Les actes de religion qu'il fera à l'extérieur, auront pour ame, les sentimens de son cœur. Or, comme

on ne lui aura rien dit de semblable
par rapport à Marie & aux Saints, il
n'aura pas les mêmes sentimens : plus
il est stupide, moins il pense par lui-
même; plus ses sentimens seront conformes à ce qu'il aura entendu : que
si vous le supposez d'une stupidité si
grande qu'il approche de l'automate,
il n'est non plus susceptible d'un acte
d'adoratiou, que d'un acte d'idolatrie.

Lady MÉRY.

Puisque nous voilà tombés sur l'article des Saints, pourquoi les priez-
vous, ma *Bonne*? Ne vaudroit-il pas
mieux s'adresser directement à J. C.?
N'est-ce pas lui faire injure d'employer les prieres des Saints pour obtenir des graces? J'ai oui-dire que cela étoit ruiner la médiation du Sauveur, que c'étoit nous créer des bienfaiteurs, nous qui en avons un Tout-
puissant.

La BONNE.

Je vais d'abord vous répondre en
Catholique. Je prie Marie & les Saints,

parce que l'Eglife m'enfeigne que c'eft une pratique falutaire, & que cette Eglife, qui ne peut fe tromper, l'a pratiqué ainfi depuis fon établiffement. Après cette réponfe, je vous ferai une queftion. Pourquoi recommandez-vous dans vos chaires, les malades, & les Chrétiens qui font dans quelque peine, aux prieres des fideles ? Pourquoi m'avez-vous dit cent fois, ma *Bonne*, priez Dieu pour moi ? Eft-ce qu'il ne faudroit pas tout d'un coup s'adreffer à Jefus-Chrift feul ? N'eft-ce pas ruiner fa médiation, & lui donner des compagnons ? N'eft-ce pas nous créer des bienfaiteurs auprès de Dieu, pendant que nous en avons un Tout-puiffant ?

Lady MÉRY.

En vérité, ma *Bonne*, me voilà bien attrapée : je n'ai jamais fait cette réflexion, qui, pourtant me paroît naturelle ; car fi nos prieres, qui, dans le fond, ne valent pas grand-chofe, peuvent engager Dieu à accorder quelques graces à nos freres les chrétiens ; à plus forte raifon, les

priéres de la Sainte Vierge & des Sts.
qui valent beaucoup plus que les nôtres, lui seront - elles beaucoup plus
agréables, & auront plus d'efficace.
Jesus ne peut pas être plus offensé de
l'un que de l'autre.

Le CALVINISTE.

Oui, supposé qu'ils les entendent.
Mais sur quoi fonder cette supposition,
puisque l'Ecriture ne le dit en nul endroit?

Lady LOUISE.

Pour moi, je ne crois pas qu'on sache dans le ciel ce qui se passe sur
la terre : la félicité des Saints en seroit troublée. Comment une mere, qui
verroit ses enfants dans le crime, &
le chemin de l'enfer, pourroit - elle
être heureuse?

La BONNE.

Voilà deux objections qu'il faut résoudre. Vous dites, Monsieur, que
nous ne voyons pas par l'Ecriture,
qu'on sache dans le ciel ce qui se passe
sur la terre. Vous avez sans doute

oublié que Jesus - Christ nous affûre qu'il y aura plus de joie dans le ciel pour un pécheur qui fait pénitence , que pour quatre-vingt dix-neuf juftes qui n'en ont pas befoin. On ne fe réjouit point d'une chofe qu'on ignore: donc on connoît dans le ciel la converfion des pécheurs, & la perfévérance des juftes ; cela eft clair. J'avoue que les Saints n'ont pas cette connoiffance par leur nature : ils la tiennent de Dieu, de quelque maniere que ce foit ; mais enfin , ils l'ont, puifqu'ils fe réjouiffent de la converfion du pécheur.

Lady LOUISE.

Je n'en puis douter après les paroles de Jefus, & je ne puis comprendre qu'ils puiffent être heureux avec cette connoiffance.

La BONNE.

C'eft que vous jugez de leurs difpofitions , par celles dans lefquelles vous êtes aujourd'hui. En nous dépouillant de cette robe de chair , nous ferons auffi dépouillés de tous les fentimens, de toutes les liaisons de la chair. Nous aurons pourtant des amis, des parents dans le ciel, & ce seront ceux, qui, comme nous, jouiront de la béatitude. L'ame bienheureuse, dépouillée de tout intérêt propre, ne verra plus rien qu'en Dieu, n'aimera plus rien qu'en lui, n'aura plus d'autre intérêt, d'autres sentimens, que les siens : ses persécuteurs, ses bourreaux même, rentrés dans la grace de Dieu, seront ses freres, ses amis : ceux qui portoient ces qualités sur la terre, s'ils sont dans la disgrace de Dieu, seront dans la sienne : en un mot tout autre intérêt, que celui de la gloire de Dieu, cessera. C'est sur cette Ste. passion, que je crois aux bienheureux pour la gloire du Créateur, que je serois persuadée que les Saints dans le ciel, sont occupés à prier pour nous, quand même l'Eglise ne me me l'auroit pas enseigné.

Lady LOUISE.

Cela me paroît naturel. Quand j'aime parfaitement une personne, je suis plus occupée de ses intérêts que des miens. Tout ce qui peut lui procurer quelque plaisir ou quelque avantage , fait l'objet de mes defirs : en un mot, je m'oublie pour elle.

La BONNE.

Les Saints dans le ciel, aimant Dieu incomparablement plus que vous ne faites vos amis , l'aimant de toute la capacité de leur ame , oublient leur propre exiftence pour ne s'occuper que de l'objet de leur amour : ils le louent fans ceffe , pour les biens qu'ils en ont reçus , & pour tous ceux que fa bonté répand fans ceffe fur les créatures : ils fouhaitent ardemment fa gloire, & participant felon leur capacité à fes divines perfections , ils aiment les hommes , qui font fur la terre , comme Dieu les aime : ils lui demandent , fans interruption , miféricorde pour les pécheurs , & perfévérance pour les juftes. Leurs prieres font infiniment agréables à Dieu, parce qu'ils les offrent au nom de Jefus , parce qu'elles ont la charité pour principe , parce qu'elles font faites par des perfonnes qui lui font infiniment agréables, & ces prieres font d'autant plus précieufes à fes yeux, que le degré de la charité qui les produit, eft plus parfait. Voilà, je le répete, ce que je croirois, quand l'Eglife ne m'auroit rien appris fur cet article, parce que la droite raifon me l'enfeigne.

Mifs DOROTHÉE.

Cela eft fi vrai, que nous nous fentons pouffées machinalement à prier les perfonnes, que nous croyons pieufes, à nous recommander à Dieu, fans nous avifer de craindre qu'il foit offenfé de la confiance que nous avons en elles.

La BONNE.

Il n'y en a aucune de vous, Mefdames, qui n'ait fenti cette confiance aux prieres des bonnes ames. C'eft donc une grande injuftice dans les Proteftants, de nous faire un crime de notre confiance dans la mere de Dieu, & dans les Saints qui font fes amis, pendant qu'ils ont eux-mêmes confiance aux prieres des fideles qui vivent fur la terre, quoique ces prieres foyent faites dans un état d'imperfec- tion, bien éloigné de celui des Saints.

Le CALVINISTE.

Mais nous ne prions pas les fideles de nous accorder les graces dont nous avons befoin. D'ailleurs, j'admire comment il vous plaît de nous don- ner pour réelles, vos imaginations fur ce que les Saints font dans le ciel

Miſs DOROTHÉE.

Vous nous donnez bien les vôtres fur cet article & fur mille autres. Voulez-vous reconnoître un tribunal? Alors on ne raifonnera plus fur les chofes qu'il aura décidées, & on mettra une bride à fon imagination: mais fi vous prétendez qu'il n'y a point d'autorité capable de déterminer le fens de l'Ecriture, vous n'avez pas droit de brider l'imagination d'un au- tre, quelque fingulieres que foient les opinions qu'ils lui plaife d'enfan- ter : efprit propre pour efprit propre, eft ce que celui de ma *Bonne* ne vaut pas bien le votre ? Quelle raifon aurois-je de lui préférer celui de Luther, de Calvin & même de tous les hommes ensemble ? Je me moque de leurs décisions, de leurs interprétations : ils se sont fait Chefs de sectes ; je marcherai sur leurs traces, & je saurai bien leur répondre s'ils le trouvent mauvais.

Le CALVINISTE.

Je n'ai jamais vu un tel orgueil dans une petite fille de cet âge. Quelle présomption !

Miss DOROTHÉE.

Je ne présume point trop de ma capacité. Est-ce donc une chose si difficile de se faire Chef de Secte ? Le premier Ministre de France à Meaux ne fut-il pas un cardeur de laine ? Que faut-il faire pour être en droit de dogmatiser chez vous ? Chercher les matériaux dans la sainte Ecriture, & il y a de l'étoffe. Pourvû que j'appuye mes opinions , quelque extravagantes qu'elles soient , d'une douzaine de passages isolés , séparés de leur tout , tordus , mal entendus , j'aurai des sectateurs.

La B O N N E.

Ce que dit *Miss Dorothée*, Mesdames, vous fait rire, & vous paroît
outré; cependant il n'est malheureufement que trop poffible. N'avons-
nous pas vu, dans ce fiecle, une Madame Guyon réuffir dans le projet ex-
travagant que *Miss* vous propofe? Voilà l'état où les Réformateurs ont mis
la religion, en enlevant les bornes pofées par nos Peres; l'Ecriture eft au
pillage, chacun y voit ce qu'il veut.

B E L E S P R I T.

Il y a plus, & je remarque une
contradiction bien finguliere dans la
conduite de ces Meffieurs. Ils ont
commencé par établir que chaque
homme peut entendre l'Ecriture, &
qu'en voulant en ôter l'interprétation
à chaque individu, le Pape & les
Evêques exercent une tyrannie infupportable qu'ils ont dû anéantir. On
croiroit après cela, que chacun chez
eux pourroit marcher fur les traces
de leurs Réformateurs, croire & enfeigner à fa mode; point du tout : ils

chaſſent & dépouillent ceux qui entendent l'Ecriture autrement qu'eux. C'eſt un deſpotiſme bien plus dur, que celui qu'ils reprochent à l'Egliſe Romaine ; car ils uſent d'un droit qu'ils ſoutiennent ne pouvoir appartenir à perſonne.

La BONNE.

Ce que vous dites, eſt vrai , Monſieur , & je défie qu'on y faſſe une bonne réponſe. J'ai en horreur les impiétés de Jean-Jacques , & de Petit-Pierre ; ils ont attaqué les fondemens de la Religion , & on devoit ſévir contre eux en pays catholiques ; mais dans tous les pays proteſtants , on n'avoit pas droit de les punir. Leur doctrine n'eſt pas plus pernicieuſe que celle de Luther & de Calvin , qui, par leurs dogmes ſur la juſtification, me montrent en Dieu un tyran barbare , qui force les hommes au péché pour acquérir le droit de les punir. Erreur pour erreur, j'aime mieux celle de Petit-Pierre , qui ne peche que parce qu'il outre les idées qu'il a de la bonté de Dieu , ſans réfléchir ſur les idées que le Créateur nous donne lui-même de sa justice. Voilà ce que je répondrai toujours à un Protestant, toutes les fois qu'il trouvera à redire à ce qu'il appellera mes imaginations. Mais s'il falloit rendre raison de ce que j'ai dit sur la félicité des Saints, à un homme qui reconnoit un tribunal, je tiendrois un autre langage, & je lui dirois : toute l'Ecriture est pleine de passages, qui prouvent ce que j'ai avancé ; l'Eglise, qui me l'enseigne, ne peut errer, & j'ai la satisfaction de voir que ce qu'elle a décidé à cet égard, est parfaitement conforme à l'Ecriture & aux idées que ma raison m'avoit données. Cependant je le crois plus sur le témoignage de l'Eglise, que sur celui de ma raison.

Le CALVINISTE.

Voilà une sortie par laquelle vous évitez de répondre à ma question. Vous demandez des graces aux Saints : Dieu seul peut en accorder.

La BONNE.

Que répondre à des calomnies qui

se détruisent par la seule inspection des livres, qui contiennent nos Offices & nos prieres approuvées par l'Eglise? Il y a par tout, en parlant aux Saints, *priez pour nous*. Toutes ces prieres se terminent par ces paroles, *au nom de Jesus, par Jesus*. L'Eglise publie que Dieu seul est le dispensateur des graces, que les mérites de Jesus-Christ sont surabondants pour les mériter, & lorsque nous nous adressons aux Saints, ce n'est que pour les prier d'offrir à Dieu, pour nous, ces divins mérites, afin que le don étant agréable par lui-même, la personne qui l'offre, le soit aussi.

Le RABBIN.

Et il n'y a pas de pratique plus autorisée dans la Sainte Ecriture, comme on l'a prouvé. Combien de fois n'a-t-il pas pardonné à mes peres à la priere de Moïse? Ce Législateur des Juifs, inspiré de Dieu pour leur donner des loix, le prioit jusqu'à l'importunité, ce semble. Avons-nous dans le Nouveau Testament des exemples qui s'accordent à autoriser cette doctrine ?

La BONNE.

Oui, Monsieur. Jesus avança l'heure de son premier miracle, à la priere de Marie, sa Sainte Mere.

Le CALVINISTE.

Voilà qui est singulier. J'allois vous citer cet exemple & quelques autres passages, pour vous prouver la fausseté de votre opinion. Jesus alors parla à Marie d'une maniere extrêmement dure, & qui prouvoit bien qu'il n'approuvoit pas la liberté qu'elle prenoit. *Femme, qu'y a-t-il entre vous & moi, lui dit-il ? Mon heure n'est pas venue.*

La BONNE.

Voilà comment on trouve dans la Sainte Ecriture tout ce qu'on veut y voir. Arrêtons-nous à ce passage.

Lady MÉRY.

Si j'osois, je dirois qu'il me scandalise. Car enfin, Jesus qui étoit Dieu,

étoit aussi homme, & selon mes petites lumieres, qu'il me soit permis
de dire, qu'en cette qualité, il avoit
des devoirs à remplir, des vertus à
pratiquer.

Lady LOUISE.

Vous oubliez qu'il étoit Dieu, ma
chere. Peut-on dire sans impiété que
Dieu avoit des devoirs à remplir ?

Lady MÉRY.

Vous voilà devenue Nestorienne,
ou Eutychienne, & je ne sais lequel;
vous confondez les deux natures en
J. C.; sans doute qu'il avoit des devoirs, comme homme. Il devoit à
Dieu, en cette qualité, l'adoration,
le respect, l'amour. Il devoit aussi,
en qualité d'homme, conserver son
être, & satisfaire aux besoins de la
nature. Il devoit l'obéissance aux Puissances établies, le support aux foibles, l'instruction aux ignorants. Il devoit le sacrifice de sa vie à la justice
de Dieu. Il est vrai que c'étoit volontairement qu'il s'étoit offert pour
être notre victime; mais cette accep-

tation de la mort, il l'avoit faite par obéiſſance, autant que par amour pour nous. *Jeſus*, dit l'Apôtre, *s'eſt rendu obéiſſant juſqu'à la mort, & à la mort de la croix.*

Lady LOUISE.

Cela eſt ſingulier. Rien de plus juſte que ce que vous avez annoncé, ma chere ; cependant du premier coup d'œil, cela me paroiſſoit un blaſphê-me, parce que je conſidérois Jeſus, ſeulement comme Dieu, ſans penſer qu'il étoit homme.

La BONNE.

Voilà une bévue qu'on a ſouvent faite, ma chere *Lady* : elle a fait naître un grand nombre d'héréſies, ſur-tout l'Arianiſme, parce qu'on attribuoit à Jeſus tout entier, des cho-ſes qui ne lui convenoient que ſelon l'humanité. Il faut donc diſtinguer ſoi-gneuſement les opérations des deux natures en J. C., ce qu'il fait, ce qu'il dit comme Dieu, d'avec ce qu'il fait, & ce qu'il dit comme hom-me. C'eſt faute d'avoir fait cette diſ-tinction ,

tinction, que Mr. le *Calviniste* trouve que Jesus désaprouva la priere de Marie. C'est par le même défaut que *Lady Méry* a été tentée d'être scandalisée de cette parole. Mais, ma chere, expliquez nous pourquoi vous en avez été choquée ?

Lady MÉRY.

C'est que je n'aurois pas voulu répondre à ma mere sur ce ton ; c'est qu'il me semble que Jesus, comme homme, étoit comptable à Marie de tous les sentimens que nous devons à nos parents, & même au de là. N'est-il pas vrai que nos devoirs, à l'égard de nos peres & meres, sont de droit divin, c'est-à-dire qu'il n'y a aucune puissance qui puisse nous dispenser de les remplir ? Ce commandement, *honore ton pere & ta mere*, a été donné à tous les hommes sans exception. Jesus-Christ s'est montré rigide observateur des cérémonies légales qu'il venoit abolir : à plus forte raison nous a-t-il donné l'exemple de l'observation des commandemens qu'il venoit confirmer. Il a donc rempli parfaite-

ment les devoirs de fils, & jamais fils
ne dut plus à sa mere, parce qu'il n'y
en eut jamais, qui eut une si grande
dette d'amour à payer. Marie aimoit
parfaitement, uniquement son adorable fils : elle ne partageoit point avec
un pere mortel, l'amour qu'elle lui
devoit. Elle l'aimoit d'un amour naturel, parce qu'elle l'avoit porté dans ses
entrailles, qu'elle l'avoit nourri de son
lait : il étoit sa chair d'une maniere
plus particuliere, que nous ne sommes la chair de nos meres ; car il ti-
roit son humanité d'elle seule. Elle
l'aimoit d'un amour de justice ; car il
étoit le plus beau & le plus parfait
des enfants des hommes, & ces
qualités humaines forcent à l'amour.
En effet, Jesus fut aimé de tous ceux
dans lesquels l'envie ne dénatura point
les sentimens naturels. Elle l'aimoit
d'un amour de reconnoissance ; ce n'é-
toit point un hazard aveugle qui l'avoit
rendue sa mere ; il l'avoit choisie entre toutes les créatures, il l'avoit com-
blée de ses plus rares faveurs. Concevez, si vous le pouvez, l'amour d'une
telle mere pour un tel fils ; elle, dont

les paffions réglées n'occafionnoient aucune diftraction, en forte que toute fa capacité d'aimer étoit employée à aimer fon fils. D'après l'amour de Marie pour Jefus, faites vous une idée du retour de Jefus pour fa mere; lui qui avoit le cœur le plus jufte & le plus tendre, lui qui ne trouva jamais rien dans fa mere qui fut capable d'altérer fa tendreffe. Il l'aimoit donc infiniment comme homme. Je dis plus; en cette qualité il la refpectoit, il l'honoroit, il lui obéiffoit. Cette réponfe, qui, d'abord m'a paru choquante, avoit donc un fens que j'ignore ; car elle ne peut jamais avoir été prononcée dans celui qui m'avoit bleffée.

La BONNE.

Votre conclufion eft très naturelle, ma chere: mais comment donc? Vous avez parlé comme un docteur.

Lady MÉRY.

J'ai dit, ce me femble, ce que la raifon dictera toujours, quand on réfléchira fans préjugé. Je n'en conclus pas pourtant qu'il faille prier Marie;

j'attends de vous des raisons suffisantes, pour me déterminer à cet égard.

La BONNE.

Dites moi, ma chere, croyez vous
qu'une chose, qu'on a faite sous les
yeux de Jesus, & qu'il n'a pas trouvée mauvaise, qu'il n'a pas défendue,
puisse être condamnée & trouvée
mauvaise par les hommes? Croyez-
vous que J. C. ait négligé de nous instruire ?

Lady MÉRY.

Je regarderois cette pensée, comme
injurieuse à Jesus. D'ailleurs , nous
voyons par l'Evangile, qu'il reprenoit
les Apôtres, & même le peuple, toutes les fois qu'ils agissoient mal, comme il les justifioit quand on les accusoit mal à propos.

La BONNE.

Concluez en, ma chere Lady, qu'il
n'y a point d'homme en droit de dire
que c'est un crime de s'adresser à Marie, puisqu'on l'a fait en sa présence
sans qu'il l'ait trouvé mauvais. Les

Proteſtants nous diſent tous les jours : pourquoi vous adreſſez-vous à la Ste. Vierge & aux Saints pour les prier de demander à Jeſus pour vous, des choſes que vous pouvez lui demander à lui-même? Ils ſavent apparemment mieux, que notre divin Légiſlateur, les choſes qui ſont convenables ou non. Jeſus étoit préſent aux noces de Cana, on pouvoit s'adreſſer à lui ; on ne le fait pas, on s'adreſſe à ſa mere. S'il ſe fut trouvé là un Proteſtant, il auroit dit à ceux qui ſe plaignirent de manquer de vin : vous avez tort de vous adreſſer à Marie ; pourquoi n'allez vous pas tout de ſuite à Jeſus? Ce qu'il auroit trouvé mauvais, Jeſus l'approuve.

Le CALVINISTE.

Il l'approuva ſi peu, qu'il fit à Marie la réponſe que *Lady Méry* a trouvée dure.

La BONNE.

Parce que ni vous, ni elle, ne l'avez pas approfondie. Le ſeul moyen de nous inſtruire à cet égard, eut été de refuſer nettement ce que Marie lui demandoit, & il fait tout le contraire, puiſqu'il avance ſon premier miracle en faveur de ſon interceſſion. Cela eſt poſitif. Mon heure n'eſt pas encore venue, lui dit-il, & cependant il fait le miracle.

Lady LOUISE.

Vous me faites faire une réflexion, qui ne m'étoit jamais venue dans l'eſprit. On voit par la conduite de Marie, qu'elle comprit le ſens de la réponſe de Jeſus, & qu'elle connut qu'il avoit exaucé ſa demande.

La BONNE.

Cela eſt clair; elle ne dit point à ceux qui avoient demandé ſon interceſſion, j'ai été refuſée; mais, *faites ce qu'il vous dira.* Pourquoi Jeſus accompagne-t-il la grace qu'il lui accorde, de ces paroles: *Femme, qu'y a-t-il entre vous & moi?* C'étoit pour notre inſtruction, Meſdames. Il vouloit nous faire comprendre, que ce n'étoit point comme homme, qu'il alloit commander à la nature; c'étoit comme s'il

eut dit à Marie : ce n'est pas en qualité de votre fils que je vais changer les
éléments ; si je n'avois que la nature
que j'ai prise dans votre sein, ils ne
m'obéiroient pas : c'est comme Dieu,
par le pouvoir de ma divinité ; & sous
ce point de vue, nous n'avons rien
de commun ensemble. Marie n'ignoroit pas cette importante vérité ; mais
il étoit à propos que nous en fussions
instruits. Voilà pourquoi Jésus employe le nom de femme, & qu'il le
substitue à celui de mere. Or, comme dans cette occasion, il a la bonté de distinguer à nos yeux ce qu'il fait
comme Dieu, de ce qu'il fait comme
homme, il n'eut pas manqué, je le
répete, à nous apprendre qu'il trouvoit mauvais qu'on employat la médiation de sa mere, & nous eut commandé de nous pourvoir immédiatement auprès de lui. Il ne l'a pas fait.
Donc il n'en étoit pas offensé.

Lady MÉRY.

Mais pourquoi cette explication, qui
me paroît si naturelle, ne m'étoit elle
jamais venue dans l'esprit ?

La BONNE.

C'est qu'on y avoit mis autre chose; pleine de la fausse idée qu'il étoit injurieux à Jesus qu'on s'adressat à sa mere, vous cherchiez dans les paroles du Sauveur, une preuve du mécontentement qui ne pouvoit pas y être, puisqu'il exauça sa priere.

Lady LOUISE.

Il y a encore deux autres endroits dans l'Evangile, qui me paroissent durs à l'égard de Marie. Une femme élevant sa voix au milieu du peuple, s'écria : *Heureuses les mamelles qui vous ont alaité!* Il répondit à cette femme. *Dites plutôt : Heureux ceux qui écoutent la parole de Dieu, & qui la pratiquent:* & une autrefois, lorsqu'on lui dit que sa mere & ses freres étoient dehors qui le demandoient, il dit: *Qui sont ma mere, & qui sont mes freres? Et étendant la main sur ses Disciples, il ajouta: Voici ma mere, voici mes freres; car quiconque fait la volonté de mon pere qui est dans le ciel, celui - là est ma mere, mon frere & ma sœur.*   Sans doute qu'il y a un sens caché à ces paroles. Le connoissez-vous?

La BONNE.

Ce sens n'est point caché, Madame; au contraire, il est très clair, lorsqu'on l'examine. La réponse, que Jesus fit à cette femme, est la plus grande louange qu'il put donner à sa mere. Qui a jamais mieux fait la volonté de Dieu, que Marie? Qui a jamais mieux connu & pratiqué ce qui étoit enseigné par la divine parole? Or Marie est plus heureuse d'avoir écouté & pratiqué la parole de Jesus, que d'être sa mere selon la chair. Remarquez, Mesdames, que Jesus aimoit trop sa mere pour lui donner des louanges & des applaudissements: la justice, il est vrai, l'engageoit à la louer; mais il le fait d'une maniere cachée. Il nous apprend par là le prix de l'obéissance aux volontés de son Pere céleste, puisque le mérite de cette obéissance éleve plus Marie, que sa maternité divine.

Mr. de Bonnefoi.

Je crois que la seconde parole ou réponse de Jesus renferme encore une utile leçon aux personnes consacrées au Saint Ministere. Elles ne doivent plus avoir d'autres parents, que les peuples qu'elles sont chargées d'instruire. Le pere, la mere, les freres, les sœurs d'un bon Curé, sont ses Paroissiens. Or s'il faut que l'homme évangélique renonce à sa propre famille, pour laquelle il doit être censé mort, lorsqu'il est question de son ministere, combien est-il contraire à l'esprit de son état de se charger d'une femme & d'une troupe nombreuse d'enfants, dont l'éducation & la fortune prendront le tems consacré à ses devoirs ?

La Bonne.

Nous parlerons de cet article en son lieu, Monsieur. Il faut présentement finir ce que nous avons commencé.

Lady LOUISE.

Je vous prie de me dire, ma *Bonne*, si la dévotion à la Sainte Vierge est bien ancienne dans l'Eglise.

La BONNE.

Je défie à aucun Protestant d'en trouver l'époque. Saint Ambroise parlant d'une martyre, dit : *Cette fille vierge demanda le secours d'une Vierge, pour obtenir la patience dans les tourmens.* Ressouvenez-vous, Mesdames, je le répete pour la vingtieme fois, de ce qui est arrivé toutes les fois qu'on a voulu innover en matiere de religion : il s'est élevé un cri, & on disoit : nos Peres n'ont point cru cela. Si la dévotion à Marie n'avoit pas été établie du tems des Apôtres, on se seroit soulevé contre le premier qui auroit voulu l'introduire, comme on le fit contre celui qui voulut lui disputer le titre de Mere de Dieu. Dès le tems de Constantin, on voit des Eglises consacrées à Dieu, sous l'invocation de la Sainte Vierge.

Q 6

Le RABBIN.

Je suis absolument neuf sur cette matiere ; ainsi je vous prie de m'apprendre quel culte l'Eglise rend à Marie & aux Saints.

L*a* BONNE.

Un culte absolument relatif à la Divinité. Comme Marie a eu les plus grands rapports avec Dieu, qu'une pure créature puisse avoir, les honneurs, qu'elle lui rend, sont de beaucoup supérieurs à ceux qu'elle rend aux autres Saints, qui n'ont pas eu des rapports si immédiats avec la Divinité. L'Eglise honore en elle le temple vivant de la Divinité: pendant neuf mois elle a eu avec Jesus l'union la plus étroite, qu'il soit possible d'imaginer dans la nature. Pleine de grace avant l'incarnation, qui pourroit exprimer l'océan de graces, dont elle a été comme submergée pendant les neuf mois, que son Dieu habitoit en elle? L'Arche d'alliance étoit une chose si Sainte, qu'Oza, pour avoir eu la hardiesse d'y porter la main, mourut sur le champ. Cependant l'Arche n'étoit qu'une figure, & Marie possédoit réellement son Dieu. Tous nos respects & notre vénération pour elle sont fondés sur ces titres; c'est Jesus qui en est le principe. Quand j'honore Marie, la créature disparoît : je ne vois en elle que la fille du Pere par excellence, la mere du Fils, l'épouse du Saint-Esprit, je lui fais gré d'avoir nourri mon Sauveur, de l'avoir élevé avec des soins inexprimables, d'avoir consenti à être sa mere, & enfin de l'avoir immolé, au salut des hommes, sur la croix.

Lady LOUISE.

Ah ! ma *Bonne*, vous en dites trop. Dieu n'a pas demandé le consentement de Marie pour la mort de son adorable Fils; il n'avoit pas besoin de son aveu, & l'Ecriture ne dit rien qui le fasse supposer, comme vous l'assûrez.

La BONNE.

Non, Madame, quand on la lit

sans attention. Il attendit son consentement pour accomplir en elle le grand mystere de l'Incarnation , & lui envoya un Ange pour le lui demander. Ce ne fut qu'au moment où elle donna ce consentement , que le Saint-Esprit descendit en elle , pour y former le corps sacré où la divinité s'unit dès le premier moment de sa formation. *Je suis la servante du Seigneur , qu'il me soit fait selon votre parole ,* dit - elle à l'Ambassadeur céleste.

Lady LOUISE.

Qu'a de commun ce consentement qu'elle donna alors , avec celui que vous supposez ? Ils sont indépendants l'un de l'autre.

Miss DOROTHÉE.

Je pense que Marie avoit lu l'Ecriture , & connoissoit le fort de celui dont elle alloit être mere.

La BONNE.

Et vous pensez juste , ma chere. L'Ange salua Marie pleine de grace.

Où il y a plénitude, il n'y a pas de vuide; elle avoit donc toutes les graces, tous les dons & toutes les faveurs réunies en sa personne, celles des Patriarches & des Prophetes: comment n'auroit-elle pas compris le sens de l'Ecriture? Elle avoit lu dans Isaïe, que l'homme adorable, dont on lui proposoit d'être la mere, devoit être chargé de nos iniquités, qu'il paroîtroit défiguré, semblable à un lépreux sur l'arbre de la croix; c'est de ce Dieu, souffrant & mourant, qu'elle veut bien devenir la mere: son sacrifice commença au moment de l'incarnation; ses bras furent le premier autel, où Jesus nous donna les prémices de son sang adorable dans la circoncision. Elle renouvella ce sacrifice d'une maniere particuliere, le jour de la présentation au temple. Glorieux Siméon, vous transperçates dès lors son tendre cœur du glaive de la douleur la plus amere. Vous lui rendez son fils, mais c'est pour le préparer à la mort: elle ne remporte la victime, que pour la mettre en état d'être sacrifiée. Pleine de la prédiction du St. Vieillard, elle voit les goutes de lait, qu'elle lui fait succer, se changer en autant de goutes de sang, qui couleront un jour à ses yeux sur l'arbre de la croix.... Vous pleurez, *Lady Louise* !

Lady LOUISE.

Une pensée, qui m'a saisie, fait couler mes larmes. Quelle seroit ma désolation, si on m'assûroit que mon fils, que j'aime avec tant de tendresse, périroit un jour sur un échaffaud : on auroit beau me réprésenter la gloire de donner son sang pour le salut de la patrie (car je suppose que tout son crime seroit sa fidélité) je serois inconsolable. Cette pensée empoisonneroit tous les momens de ma vie, & je ne pourrois jetter les yeux sur mon enfant, sans jetter des larmes ameres. Ah ! Que Marie a payé cherement l'honneur inestimable d'être la mere d'un Dieu!

La BONNE.

Mourir sur un échaffaud, est une chose amere à la nature ; mais de combien de terribles circonstances la mort de Jesus a-t-elle été accompagnée ? Marie les prévoyoit bien ces circonstances ; car quand on lui disputeroit la grace des Prophetes, on ne pourroit supposer qu'elle n'eut pas l'intelligence de l'Ecriture, où toutes ces circonstances étoient prédites. En falloit-il tant pour former en elle une source inépuisable des plus vives douleurs ? Ainsi au milieu des graces & des faveurs les plus relevées, la vie de Marie fut une vie de croix & de tourmens ; mais elle fut cette femme forte, que les vents de l'adversité ne pouvoient ébranler. Elle fut présente au sacrifice sanglant que fit Jesus sur l'arbre de la croix. Elle y étoit debout, dit l'Ecriture. Quel courage ! Que faisoit-elle aux pieds de la croix ? N'en doutous point, Mesdames ; elle offroit son fils au Pere éternel, comme une victime parfaite, pour réparer sa gloire, & sauver les pécheurs. Oh ! que les hommes lui devinrent chers, en voyant combien ils l'étoient à son fils, & en comptant, pour ainsi dire, chacune des douleurs qu'il souffroit pour les racheter ! Ce qu'elle fit alors aux pieds de la Croix, elle le fait sans cesse dans le Ciel, elle prie son divin Fils pour le salut de ces hommes qui lui ont tant couté. Croyez qu'elle est souvent exaucée; puisque Dieu nous est réprésenté dans l'Ecriture, comme toujours prêt à se laisser toucher par les prieres & les mérites de ses Serviteurs.

Le CALVINISTE.

Dites par les prieres & non par les mérites ; ce mot choquera toujours ceux qui savent, que quand nous avons fait tout ce qui dépendoit de nous, nous devons nous regarder comme des serviteurs inutiles.

La BONNE.

Je m'en tiens à l'Ecriture Sainte, Monsieur, c'est notre convention. Quand Dieu promit à Abraham la grace des cinq Villes condamnées à périr par le feu, s'il pouvoit y trouver seulement dix Justes ; ce n'étoit pas par les prieres de ces Justes qu'il auroit été fléchi ; puisqu'ils ignoroient le décret porté, & la condition fous laquelle Dieu vouloit bien le revoquer: c'étoit uniquement en confidération de leur juftice, qui auroit mérité la grace des autres. Reprenons notre fujet.

Rien de plus ridicule que d'annoncer que Jefus fe tient offenfé des prieres qu'on fait à Marie, puifqu'on ne l'honore que par rapport à lui : on ne pourroit, fans folie, dire qu'un Roi s'offenfe des honneurs qu'on rend à un Ambaffadeur qui le répréfente ; plus on honore le répréfentant, plus on marque de refpect & d'égards à celui qui eft répréfenté.

Mi*s* DOROTHÉE.

Le plus grand nombre des Seigneurs connoiffent à peine leurs domeftiques, & ne s'en foucient gueres ; cependant fi on ofoit en infulter un, couvert de leurs livrées, ils fe tiendroient offenfés, & tiennent compte des honneurs qu'on leur rend.

Lady LOUISE.

Il y a une comparaifon bien plus

naturelle. Vous m'aimez ; une perfonne que vous ne connoiffez ni d'Eve
ni d'Adam , vient vous rendre vifite,
& s'annonce comme un parent ou un
ami. L'amitié que vous me portez ,
vous engage à le bien recevoir, à le
bien traiter, à lui rendre fervice ; n'aurois-je pas bonne grace à me fâcher de
cette bonne réception, dont je ferois
le motif?

La BONNE.

Il y auroit de l'extravagance à vous
en fâcher. Par la même raifon je fuis
fûre que Dieu ne peut être offenfé
des honneurs que je rends à fa mere,
& aux Saints, puifque je ne les honore qu'à caufe de lui, & que mes
refpects & ma confiance dans leurs
prieres , eft en proportion de l'amour
qu'il leur porte, fans qu'il y ait rien
qui ne lui foit rapporté.

Le RABBIN.

Je fuis perfuadé qu'il n'y a aucun
Proteftant raifonnable, qui ne fut fatif-
fait des explications que vous venez
de donner fur ce point , comme fur

bien des autres : je crois remarquer depuis nos conferences, qu'on ne dispute que faute de s'entendre, & que dans le fond vous êtes d'accord. Les Proteſtants ne crient pas plus haut contre les abus, que l'Egliſe Romaine.

La BONNE.

Cela eſt extremement vrai, Monſieur. Ils ne haïſſent l'Egliſe & ſes membres, qu'à raiſon des ſentimens qu'ils n'eurent jamais.

L'ANGLICAN.

L'expreſſion eſt trop forte, Mademoiſelle. Nous ne haïſſons point les Catholiques, & j'aurois très mauvaiſe opinion d'une Communion, qui voudroit inſpirer de la haine pour quelque homme que ce fut.

La BONNE.

C'eſt des dogmes qu'on nous attribue, Monſieur, & non de nos perſonnes, que vous avez horreur; mais le pas eſt gliſſant, & parmi chez nous, comme chez vous, le peuple & l'ignorant paſſent les juſtes bornes.

La Religion oblige à détester les erreurs, & à aimer les errants : ce font
des freres malades & morts, mais qui
peuvent reffusciter & guérir. Le contraire de ce commandement, fait par
la religion, n'arrive que trop souvent;
la haine contre l'héréfie tombe fur
l'Hérétique.

Le RABBIN.

Et ceux, qui pour nourrir cette
haine dans les peuples, attribuent à
leurs adverfaires des fentimens qu'ils
n'eurent jamais, & qu'ils déteftent,
font refponfables de tous les péchés
que commettent, à cette occafion,
les ignorants & les fimples.

La BONNE.

Les Héréfiarques, dans tous les
tems, ont été dans l'ufage d'empoifon-
ner les pratiques de l'Eglife, pour
juftifier leur défertion & leur fchifme:
ce qu'il y a de plus déplorable, c'eft
que ceux qui les ont fuivis, les en
ont cru aveuglément fur leur parole,
eux qui nous accufent d'une foi aveugle pour nos Pafteurs.

Le CALVINISTE.

Ne nous en faites pas un crime, Mademoiselle. Nous vivons au milieu des Catholiques : qu'avons nous à faire de chercher les dogmes de votre Eglise pendant que vos usages les désignent ? Avouez que la confession, telle qu'elle se pratique communément, enhardit le pécheur à commettre le crime, par la facilité d'en obtenir le pardon.

BELESPRIT.

Qu'appellez-vous facilité, Monsieur ? on voit bien que vous ne vous êtes jamais confessé ; ne diroit-on pas que chez les Protestants, il faut faire les choses les plus pénibles pour espérer le pardon de ses péchés ? On les confesse à Dieu, & on en fait autant chez les Catholiques ; c'est par là qu'il faut commencer : mais après ce commencement, il y a une fin qui n'est point du tout agréable à la nature, c'est qu'il faut les confesser au Prêtre. Cette prétendue facilité disparoît alors : j'en sais quelque chose, moi, qui vous

patie. Je viens de faire une confession
générale, dont j'avois grand besoin ,
& je vous assûre que j'ai sué en plus
d'un endroit. Il est bien pénible d'aller se montrer à nud, d'avouer qu'en
plusieurs occasions où l'on affectoit
d'être homme de bien, où l'on faisoit sonner bien haut les mot d'honneur & de probité , on n'étoit qu'un
franc coquin & un misérable. Il faut
s'être bien confessé, pour savoir si ce
moyen de rentrer en grace avec Dieu
est une source de relachement. Pour
moi , je publierai à la louange de
ce Sacrement, qu'il m'a ôté comme
un poids dont j'étois suffoqué, qu'il
m'a donné la connoissance de moi-
même ; & l'amour propre n'y a rien
gagné ; enfin qu'il m'a donné une facilité de me corriger , que je n'eusse
jamais cru possible : mes mauvaises
habitudes , quelque invétérées qu'elles
fussent, ont cédé presque du premier
coup. Cependant je n'ai point encore
reçu l'absolution : on me la fait attendre , comme cela est juste , & j'en
espere les plus heureux effets. Quand
je pourrois renoncer à croire tout ce
que

que l'Eglise Catholique enseigne , je ne pourrois jamais douter que la pénitence ne soit un Sacrement : la grace que j'ai reçue , est trop sensible.

Le CALVINISTE.

Nous passerions volontiers l'article de la confession , quoiqu'on puisse dire que sur cent hommes , il n'y en a pas deux qui aient l'idée des dispositions dont on a parlé , & qui la rendroient salutaire. Mais combien , se fiant aux Indulgences , croient qu'il suffit de marmotter quelques prieres, pour devenir tout à coup blanc comla neige ? Combien , qui se nourrissent orgueilleusement d'une confiance hardie , & croient que Dieu est obligé de leur donner le ciel à cause de leurs œuvres , tandis que le salut nous est donné gratuitement par l'application , que la foi nous fait , des mérites de Jesus - Christ ? Combien , enfin , parmi les Catholiques , qui adorent Marie & les Saints , comme ils font l'adorable Trinité ? Dites donc que toutes ces gens là ne sont pas Catholiques , ou que les dogmes de l'Eglise.

Tom. V. cinquieme Part.   R

Romaine, s'ils ne font pas erronés, conduifent à l'erreur.

La BONNE.

Non, Monfieur ; je ne dirai pas cela, & je vous répondrai. 1°. Que l'abus d'une bonne chofe ne doit point en faire abolir l'ufage : il faut travailler à détruire les abus, & laiffer la chofe. 2°. Que l'ignorance parmi les Catholiques n'eft pas portée au point que vous vous le perfuadez ; j'en ai fait l'expérience. Il y a un grand nombre de gens qui ne favent pas s'exprimer, quoiqu'ils penfent jufte, & leurs réponfes peuvent avoir donné lieu aux fauffes idées des Proteftants : mais parmi ces perfonnes, il en eft peu dont le fentiment foit d'accord avec l'expreffion fur quantité de fujets.

Adorez-vous la Sainte Vierge, demandois-je, il y a quelque tems, à un animal portant face humaine ? Oui, Madame, me répondit-il, d'un air niais. Cela eft fort bien, lui dis-je, pour ne le pas troubler. Mais qui aimez-vous le mieux, du bon Dieu, ou de la Sainte Vierge ? Oh ! C'eft le bon Dieu, me répondit-il. Et qu'est-ce qui vous a créé, & mis au monde? Le bon Dieu. Puisque c'est le bon Dieu qui vous donne tout, que demandez-vous à la Ste. Vierge? Qu'elle m'obtienne de Dieu, la grace d'être bon, & de gagner ma vie. J'ajoutai : Il ne faut donc pas dire, que vous adorez la Ste. Vierge, mais que vous la priez de prier pour vous, & de vous obtenir de Dieu les graces dont vous avez besoin ; car Marie est la plus sainte des créatures ; mais enfin, c'est une créature comme vous, & il ne faut pas adorer la créature, mais Dieu seul. On entend bien cela, me dit-il : elle n'est pas comme le bon Dieu ; mais je crois qu'il l'aime beaucoup, parce qu'elle est sa mere ; & moi, je l'aime aussi à cause de cela.

Si vous aviez interrogé cet homme le lendemain, il vous eut peut-être répondu encore qu'il adoroit Marie ; il s'étoit habitué à ce mot ; mais il distinguoit très bien, malgré sa grossiéreté, ce qu'il devoit au Créateur, d'avec ce qu'il devoit à la créature. Vous avez vu combien le St. Concile de

Trente recommande aux Evêques de veiller sur l'instruction ; & malgré les préjugés à cet égard, le plus grand nombre des Curés s'acquittent dignement de leur emploi. Cessez donc d'accuser l'Eglise Romaine des abus qui sont inévitables, tant que les choses les plus saintes auront à être pratiquées par des hommes.

Le RABBIN.

Il y avoit des abus dans l'observation de l'ancienne loi, comme il y en a dans celle de la nouvelle. Le Sabbat étoit saint. Cependant on abusoit de la défense d'y faire des œuvres serviles, & on faisoit un crime à Jesus de faire des miracles en ce jour. Dieu avoit certainement prévu qu'on abuseroit du serpent d'airain : cependant, il ordonna à Moïse de l'élever. Les Juifs abusoient du vœu, & du serment, lorsqu'ils s'engagèrent à tuer St. Paul, Jephté à sacrifier sa fille, Hérode à faire couper la tête à St. Jean-Baptiste ; falloit-il pour cela retrancher le vœu & le serment ?

La Bonne.

A ces exemples on peut en ajouter mille autres : mais il eſt tems de
nous ſéparer, Meſdames. Nous parlerons la premiere fois du grand point
qui nous ſépare, je veux dire de la
préſence réelle. Demandons bien d'ici
à ce tems, les lumieres du St. Eſprit,
non ſeulement pour connoître la vérité, mais encore pour avoir le courage de la ſuivre.

Fin du cinquieme Tome.

LES AMERICAINES,

OU

LA PREUVE

DE LA RELIGION

CHRETIENNE

PAR LES LUMIERES NATURELLES.

Par Mde. Le Prince de Beaumont.

TOME VI. SIXIEME PARTIE.

Premiere Edition, faite aux dépens de l'Auteur.

A LYON,

Chez PIERRE BRUYSET PONTHUS,
Acquéreur de l'Edition & popriétaire du
Privilege, *rue S. Dominique, prés des*
RR. PP. Jacobins.

M. DCC LXX.

LES
AMERICAINES
OU
LA PREUVE
DE LA
RELIGION CHRÉTIENNE
Par les lumieres naturelles.

SIXIEME PARTIE.

PREMIERE JOURNÉE.

La BONNE.

Ous devons aujourd'hui, Mesdames, parler des Sacrements, qui sont reconnus comme tels dans l'Eglise Catholique. J'ai à vous prouver qu'elle n'a rien innové à cet égard, & qu'on voit ces

Sacrements reçus & pratiqués dans l'Eglise dès son origine. Rappellez-nous, *Lady Méry*, la signification du mot *Sacrement*..

Lady MÉRY.

C'est, en général, un signe sensible, par lequel une chose invisible est signifiée ; & comme les Sacrements de la loi nouvelle donnent la grace, il faut nécessairement qu'ils ayent été institués par Notre Seigneur Jesus-Christ, qui seul peut la donner.

Le CALVINISTE.

Selon cette définition, qui est très juste, que vont devenir les sept Sacrements de l'Eglise Romaine ? Car il est notoire par l'Evangile, que Jesus n'en a établi que deux, qui sont le Baptême & la Ste. Cene. L'Evangile qui nous marque expressément l'institution de ces deux Sacrements, nous auroit parlé des autres, s'ils eussent existé.

Le RABBIN.

Je ne sais pas s'il est vrai que l'Evangile ne dife rien des cinq autres Sacrements, mais je fais que Saint Jean nous avertit très expreffément, que tout ce que Jefus a dit & a fait, n'a point été écrit. Nous l'avons déjà remarqué, Monfieur; ainfi quand même il feroit vrai que l'Evangile ne dit rien de ces Sacrements, il n'en faudroit pas conclure qu'ils n'euffent pas été inftitués par J. C. Votre Eglife reconnoît que la foi des quatre premiers fiecles a été pure. Tout ce qu'on devoit croire & faire dans ce tems, avoit donc été établi par Jefus-Chrift, & nous avoit été tranfmis par les Apôtres, foit qu'il eut été écrit ou non. Mademoifelle *Bonne* s'eft engagée de vous prouver que l'Eglife n'a jamais varié, & qu'elle croit conftamment ce qu'on croyoit dans ces premiers fiecles ; c'eft là feulement de quoi il eft queftion aujourd'hui : il ne vous refte qu'à nous prouver, ou qu'elle cite les faits d'une maniere infidelle, ou que l'Eglife dans fon origine étoit gâtée, fouillée, corrompue, & que par conféquent les promeffes que Jefus lui avoit faites, étoient fauffes

& illusoires. Dans le premier cas, il faut nécessairement vous faire Catholique. Dans le second, vous devez vous faire Juif & abjurer le Christianisme. Au reste je vous le répete; cette discussion n'est pas pour moi : l'Eglise Catholique m'apprend qu'il y a sept Sacrements, je le crois sans hésiter.

La BONNE.

Je loue la simplicité de votre foi, Monsieur, & par la grace de Dieu, la mienne est aussi aveugle' & aussi forte; mais cela ne m'empéchera pas d'entrer dans la discussion que j'ai promise, parce qu'il faut à ces Dames quelque chose de plus qu'à nous, jusqu'au moment où elles reconnoîtront l'autorité de l'Eglise, comme nous avons le bonheur de le faire.

Miss DOROTHÉE.

Grand merci, ma *Bonne* ! Vous nous prenez donc pour des personnes dépourvues de sens; car la parole de Jesus sur l'infaillibilité de l'Eglise, est formelle.

La BONNE.

Je l'avoue, ma chere; mais comme
ces Dames & ceux, qui par la suite,
liront nos conférences, auront à combattre les préjugés enracinés par l'é-
ducation, la charité chrétienne nous
fait une loi de pousser nos preuves
jusqu'à la démonstration.

BELESPRIT.

Ajoutez qu'il est bien satisfaisant,
après avoir plié son esprit par la foi
à croire des vérités qu'on croyoit seulement sur la parole de Jesus, de trouver que la raison, éclairée par la coñois-
sance de la divinité, nous engageroit
à croire ces vérités, quand nous n'aurions pas le secours de la révélation.
Je rends mal ce que j'ai dans l'esprit;
aidez-moi, Mademoiselle.

La BONNE.

Ce que vous dites, me paroît clair.
Par exemple, dès que je suis une fois
convaincue que Jesus veut sincerement
le salut de tous les hommes, il s'ensuit
deux choses: qu'il a connu les moyens

les plus efficaces de nous aſſûrer les mérites de ſon ſang, de nous aider à lever les obſtacles qui nous empécheroient de profiter de ces moyens. N'eſt - il pas tout naturel à ma raiſon, de penſer qu'aucun des moyens de ſalut ne manque aux hommes ? Ce que ma raiſon me dicte, l'Egliſe me l'enſeigne : elle l'a cru pendant près de dix-huit ſiecles ; elle l'a toujours enſeigné : elle s'eſt élevée avec force contre ceux qui vouloient attaquer ces précieux dogmes , ſources de notre conſolation. Qu'il m'eſt aiſé après cela de me ſoumettre à cette Egliſe , & de croire des vérités ſi ſatisfaiſantes ! Que font les Hérétiques en voulant m'ôter ces moyens de ſalut ? Ils veulent m'appauvrir , me dénuer de mes vraies richeſſes. Quand il n'y auroit que cette raiſon, en faudroit-il d'avantage pour dire qu'ils ſont les ennemis du genre humain ?

Le CALVINISTE.

Oui , ſi on vous ôtoit des biens réels; mais ſi ces Sacrements ſont d'inſtitution humaine , vous avouez qu'ils ne peuvent donner la grace : en vous les ôtant, loin de vous caufer un vrai préjudice, on vous fait un très grand bien, puifque c'eft vous ôter les fondements d'une confiance fauffe & illufoire.

La Bonne.

C'eft ce que l'examen va confirmer ou détruire. Commençons par le Sacrement de la Confirmation.

Il eft notoire par la Sainte Ecriture, que les Apôtres, après avoir baptifé les nouveaux Chrétiens, leur impofoient les mains, & qu'ils recevoient le St. Efprit. Simon le Magicien étoit bien perfuadé de l'exiftence de ce Sacrement, lui qui offrit à St. Pierre une fomme d'argent pour obtenir le pouvoir de donner le St. Efprit par l'impofition des mains. Cette hiftoire feule fuffiroit pour prouver que la Confirmation eft un Sacrement. On y voit une chofe vifible, qui eft l'impofition des mains, & une invifible, qui eft la réception du St. Efprit.

BELESPRIT.

J'y remarque encore une troisieme chose. C'est que toutes sortes de personnes n'avoient pas le pouvoir de donner le St. Esprit par l'imposition des mains ; il falloit pour cela un caractere particulier, & c'étoit ce caractere, que Simon vouloit acquérir avec de l'argent.

La BONNE.

Vous avez raison, Monsieur. Ce caractere ne pouvoit être donné que par les Apôtres ; mais j'ai remis cette remarque au tems où nous parlerons du sixieme des Sacrements, qui est celui de l'ordination des Pasteurs légitimes.

Le CALVINISTE.

Cette imposition des mains, que faisoient les Apôtres, étoit-elle accompagnée du chrême & des ridicules cérémonies dont on se sert dans l'Eglise Romaine ? D'ailleurs, examinez qu'elle étoit la suite de cette imposition des mains : le don des langues, celui de prophétie, celui des miracles. Pouvez-vous dire que la chose soit la même aujourd'hui, puisqu'elle ne produit pas les mêmes effets ?

La BONNE.

Eh ! Qui vous a dit, Monsieur, que les Chrétiens ne recevoient pas alors l'huile sacrée qu'on nomme chrême ? Ne la voyons-nous pas établie dès les premiers siecles de l'Eglise ? Prétendons nous mieux savoir ce que les fideles ont fait, ont reçu, ce que les Apôtres ont donné, que ceux qui étoient, pour ainsi dire, leurs contemporains, & qui avoient vécu avec leurs Disciples. Or ces Evêques de la primitive Eglise se servoient du St. chrême ; c'est un fait reconnu de vos auteurs, comme des nôtres.

Le CALVINISTE.

Vous confondez, Mademoiselle ; j'avoue bien que dès lors on avoit introduit la cérémonie de marquer avec le chrême ceux qu'on baptisoit ; mais c'étoit si peu ce que vous appellez le Sacrement de Confirmation, que les simples Prêtres pouvoient la donner, au lieu que, selon votre Eglise, il n'y a que les seuls Evêques qui puissent donner la Confirmation.

La BONNE.

Je ne saurois croire que ce soit sérieusement que vous fassiez cette objection : lisez, Monsieur, l'histoire Ecclésiastique, celle des Conciles, les Ecrits des Peres considérés seulement comme historiens ; vous y verrez en cent endroits, que les Canons ordonnent que celui, qui a été baptisé, soit présenté à l'Evêque pour recevoir l'onction. Dans la question du Baptême des Hérétiques, il est dit expressément que ceux qui ont été baptisés au nom de la Sainte Trinité, doivent se présenter à l'Evêque, pour recevoir de lui l'onction. L'esprit de l'Eglise dans cette seconde onction, n'étoit pas équivoque, & un des Peres, dont j'ai oublié le nom, attribue la chûte de Tertullien, à ce qu'il ne l'avoit pas reçue ; parce que la grace de ce Sacrement est de nous confirmer dans la foi par la réception du St. Esprit. Quant à votre seconde objection, voici ma réponse. Vous prétendez que la Confirmation n'a aucun rapport avec l'imposition des mains, donnée, ou plutôt faite par les Apôtres, parce qu'elle n'est pas suivie des mêmes effets. Il n'est point prouvé par la Ste. Ecriture, que la réception du St. Esprit fut toujours accompagnée de ces dons extérieurs & miraculeux. Secondement, ces dons n'étoient point pour ceux qui les recevoient, mais pour conduire à Jesus - Christ les peuples auxquels ils devoient annoncer l'Evangile, qui, pour croire, avoient besoin de ces marques frappantes de la Toute-puissance de Dieu. Enfin, je ne doute pas que de nos jours, Dieu ne renouvelle de tems en tems ces merveilles chez ceux, auxquels l'Evangile est annoncé pour la premiere fois.

Le CALVINISTE.

N'allez vous pas nous citer les miracles de vos Missionnaires dans le nouveau monde, & dans les Indes? Mais je vous avertis que nous ténons pour faux tout ce qui nous vient par

12

ce canal. Qui ne connoît les motifs
de ces fortes de gens qui ne vont dans
ces Régions inconnues, que par ambition, & que pour acquérir des ri-
chesses?

Miss DOROTHÉE.

*Ne jugez pas, & vous ne serez pas
jugé.* Voilà bien le cas, Monsieur,
d'appliquer ce précepte de J. C. dont
vous avez eu la bonté de nous faire
souvenir. Les actions de ces gens là,
sont bonnes en elles mêmes ; laissez à
Dieu le jugement de leurs motifs.

La BONNE.

Ne nous écartons point de notre
sujet, je vous prie. Le St. Esprit
n'avoit pas été promis aux seuls fideles de la primitive Eglise, mais à tous
les Chrétiens en général, & nous voyons par la pratique constante de tous
les siecles, que les fideles ont cru depuis les Apôtres, que cette faveur
leur étoit accordée par l'imposition
des mains de l'Evêque, cette imposition étant le signe sensible de ce Sacrement, ces Messieurs n'ont à nous

oppofer que des conjectures dénuées de vraifemblance contre des faits ; & en difpute reglée, même pour les af-faires temporelles, une affirmation l'emporte fur dix négations.

Lady LOUISE.

Je ne comprends pas du tout ce que vous venez de dire, ma *Bonne* ; ayez la bonté de nous l'expliquer.

La BONNE.

Un homme d'honneur & de bon fens vous affûre qu'il vient d'être té-moin d'un événement fingulier. Dix perfonnes qui viennent du même en-droit, vous affûrent qu'elles n'en ont point entendu parler. La chofe pour cela n'en fera pas moins crue de ceux qui connoiffent le premier témoin , parce qu'il eft plus aifé de penfer, que certaines circonftances ont dérobé la connoiffance de ce fait aux perfon-nes qui l'ignorent, que d'imaginer qu'-une perfonne, telle que je l'ai dite, voulut fe déshonorer par un menfon-ge. Les livres facrés m'apprennent que du tems des Apôtres, le Saint

Esprit descendoit sur ceux auxquels on imposoit les mains ; je vois les E-vêques de la primitive Eglise , impo-ser les mains à la même fin : cette prati-que s'est perpétuée jusqu'à nous. Voilà, ce me semble , des affirmations trop positives , pour qu'elles puissent être infirmées par les négations de ces Messieurs.

Miss DOROTHÉE.

Outre que les dons extérieurs, com-me celui des miracles &c...... étoient en quelque sorte nécessaires dans le tems de la primitive Eglise , je crois voir encore une autre cause de la ces-sation de ces effets miraculeux, qui sui-voient la réception du St. Esprit dans la Confirmation. Les premiers Chré-tiens le recevoient au sortir des eaux du Baptême : leur innocence & leur ferveur n'opposoient aucun obstacle aux dons du St. Esprit , qu'ils reçe-voient avec plénitude. Les dispositions avec lesquelles on le reçoit aujourd'hui, étant de beaucoup inférieures à celles qu'on y apportoit alors , il ne faut pas s'étonner si les effets en sont différents.

L'Anglican.

On ne vous nie pas l'ancienneté de cette pratique ; elle est salutaire, c'est le renouvellement des promesses du Baptême : aussi nous l'avons conservée ; mais nous n'accordons point qu'elle soit un Sacrement.

La Bonne.

Comme le refus que vous faites de la recevoir pour telle, n'est point fondé, que je vous défie de me prouver que la promesse de recevoir le St. Esprit ait été bornée aux premiers fideles, je suis autorisée à rejetter votre négation.

Le Rabbin.

Et la raison vous en fait une loi indépendamment de l'autorité de l'Eglise. Je vois une pratique qui vient des Apôtres, & conséquemment de Jesus: j'y trouve, comme dans le Baptême, un signe sensible, une grace invisible; je suis donc autorisé à la regarder comme un Sacrement, puisqu'elle a

les caracteres qui le conftituent : cela
eft clair.

La BONNE.

Je ne vous parlerai point du Sacrement de Pénitence, dont nous avons
traité amplement ; voyons celui de
l'Extrême-Onction.

Le CALVINISTE.

N'allez-vous pas nous rappeller à
l'Epitre de St. Jacques, que nous ne
recevons pas , comme ayant été écrite
par lui ?

La BONNE.

Nous avons déjà prouvé bien de
fois, Monfieur, qu'il y a beaucoup
de chofes que vous ne recevez pas ,
& qui n'en font pas moins recevables.
Saint Auguftin , dans fon *Traité de la
foi & des œuvres* , reconnoit cette Epitre. Le Pape St. Innocent, Rufin, So-
zomene , Auteurs très contemporains,
par comparaifon à Luther & à Calvin , nous affûrent que cette Epitre
étoit regardée , long-tems avant eux,
comme venant de St. Jacques : leur

témoignage vaut bien le vôtre. *L'esprit,
disent vos Synodes, nous a fait distinguer que cet ouvrage & plusieurs autres
ne sont pas écrits par inspiration, qu'ils
ne sont pas écrits par ceux auxquels on
les attribue.* Mais le même esprit a
décidé à Dordrect, que les plus grands
crimes ne pouvoient faire perdre la
grace aux prédestinés, & qu'il leur
en ôtoit seulement le sentiment. Or
je vous le demande, étoit-ce le St.
Esprit qui a porté cette belle décision?

Le RABBIN.

Je suis de bonne composition. Supposons, pour un moment, que cette
Epitre n'a pas été écrite par Saint
Jacques, toujours faudroit-il dire qu'-
elle seroit d'un Auteur contemporain
des Apôtres, puisqu'on la lui a attribuée, que l'usage de l'Extrême-Onction a été établi en conséquence de
cet écrit. Voilà la supposition la plus
favorable à votre sentiment.

Le CALVINISTE.

Il n'y auroit plus de dispute, si

l'Eglife Romaine le donnoit comme tel, fans en faire un Sacrement.

Le RABBIN.

Cette pratique, Monfieur, felon l'expreffion de l'Epitre, donne la grace. Or tout ce qui donne la grace eft d'inftitution divine, Jefus feul pouvant la donner. Cette grace eft donnée par un figne extérieur & fenfible ; elle eft donc un Sacrement felon la défi-nition de vos catéchifmes. Or feroit-il poffible qu'aucun des Apôtres, qu'-aucun des Peres, qu'aucun des Con-ciles, ne fe fut infcrit contre une céré-monie qu'on préfentoit comme Sacre-ment, quoiqu'elle ne fut que d'infti-tution humaine? Voyez avec quel foin les Apôtres, les Peres & les Con-ciles s'élevoient contre toutes les nou-veautés dans des chofes bien moins importantes que celle - là. Ont - ils laiffé établir & pratiquer cette céré-monie, fans défabufer les fideles ; ils ont trahi leur miniftere, & l'Eglife des premiers tems n'a point été pure, c'eft-à-dire, pour parler comme il faut & conféquemment, qu'il n'y a jamais eu d'Eglife.

Lady LOUISE.

Pour couronner ces preuves hiſtoriques par une, qui ſoit plus encore à notre uſage, expliquez-nous, ma *Bonne*, quelle eſt la fin de l'ExtrêmeOnction, & des autres choſes que vous nommez Sacrements ? Si cette fin eſt digne de Dieu, c'eſt un grand préjugé pour ces cérémonies.

La BONNE.

Rien de plus digne de la bonté infinie de Dieu, & de ſon amour pour l'Eglife, que l'inſtitution des ſept Sacrements : vous en allez juger vousmême. Le Baptême ſanctifie notre entrée dans la vie chrétienne en nous faiſant enfants de Dieu, & en nous enrichiſſant des dons ſpirituels. La Confirmation nous revêt des armes du ſalut pour combattre nos ennemis inviſibles. La Sainte Euchariſtie nous apporte le germe de l'immortalité, nourrit notre ame tout le tems de notre vie, & nous offre un moyen

admirable de commencer à jouir de
Dieu dans le tems, comme nous es-
pérons de le faire dans l'éternité bienheureuse. Le Mariage sanctifie l'état
le plus commun dans le christianisme,
il nous fournit les graces nécessaires
pour adoucir la pesanteur des chaines
de cet état, pour élever chrétiennement des enfants à l'Eglise, & des
citoyens au ciel. L'Ordre nous donne
des Pasteurs pour nous conduire dans
les pâturages, qui seuls donnent la
vie éternelle, & nous indiquer le lieu
où nous devons chercher le dépôt de
la foi, que Jesus a mis en sûreté entre
leurs mains : c'est à la succession légitime de ces Pasteurs, que nous reconnoissons ceux qui le sont légitimement ; c'est elle qui nous apprend à
les distinguer d'avec les mercenaires.
Le seul moment de la mort, moment le plus important, puisqu'il décide de notre éternité, n'auroit-il pas
des secours particuliers, & qui lui
fussent propres ? La sagesse & la bonté infinie, la richesse sans bornes, se
devoient le plan le plus grand & le
plus magnifique dans l'établissement

de son Eglise; or ce dernier des Sacrements devoit entrer dans ce plan. L'onction, qui s'applique sur nos sens, est le signe extérieur & sensible du sang de Jesus-Christ, qui nous est donné pour achever de purifier notre ame des souillures qu'elle a contractées par les sens dans le cours de son pélérinage. Quoi de plus digne de la bonté de Dieu, que cette fin? Quoi de plus propre à exciter en nous la douleur de nos péchés, notre réconnoissance envers ce Dieu libéral & miséricordieux? Cette cérémonie ne paroît lugubre qu'à ceux dont la foi n'est pas bien vive, & rien ne peut être plus consolant pour les vrais chrétiens. Un pauvre malade voit, pour ainsi dire, les cataractes de la miséricorde de Dieu s'ouvrir en sa faveur: si l'enfer conjuré n'oublie rien en ce moment pour le perdre, les secours se multiplient en sa faveur, & lui fournissent par l'application des mérites & du sang de Jesus-Christ, une force suffisante pour sortir victorieux de ce combat. Ah! ce Sacrement est digne de Dieu, & dès là, lorsque l'Eglise me

le préfente, comme lui ayant été donné par Jefus, mon efprit fe plie fans
peine à croire qu'il l'a inftitué.

Le CALVINISTE.

Comme s'il avoit befoin de cette
momerie & cette onction faite avec
de l'huille, pour nous appliquer les
mérites du fang de J. C.!

La BONNE.

Comme s'il avoit befoin d'eau dans
le Baptême, de pain & de vin dans
l'Euchariftie, pour réalifer les graces
qu'il vouloit nous faire! Les hommes
ne fe déshabitueront-ils point de vouloir controller les œuvres de Dieu,
& de fixer la maniere dont il nous
diftribue fes graces, felon leur imagination petite & étroite ?

Lady LOUISE.

Si la Religion catholique n'eft pas
la meilleure, avouez du moins, Monfieur, qu'elle eft la plus confolante.
Que d'abondants fecours, ceux de
cette communion n'ont-ils pas, qui
nous manquent! Ajoutez à tous ceux,

dont ma *Bonne* vient de nous faire le détail ; ceux que nous procure le Sacrement de Pénitence qu'elle a oublié, & qui me paroît le plus consolant de tous. Qui peut se flatter d'avoir la contrition parfaite, c'est-à-dire cette horreur du péché, qui n'a que l'amour divin pour principe ? Un Catholique qui fait tout ce qui est en son pouvoir , pour s'exciter à la douleur , est obligé de croire que la grace du Sacrement supplée à ce qui lui manque ; que cela est satisfaisant ! Mais que dire de ceux qui sont persuadés qu'ils reçoivent réellement J. C. dans l'Eucharistie, qui croient que sans cesse sur nos autels il s'offre à son pere , & qu'ils peuvent à chaque instant se prosterner à ses pieds, comme la Magdeleine ? Il faut le répéter , la réforme nous a bien appauvries.

Miss DOROTHÉE.

Ecoutez, ma chere. Tous ces Messieurs conviennent qu'un Catholique peut se sauver ; quand ils pousseroient la mauvaise humeur jusqu'à le nier, comme ils le devroient raisoñablement

tant qu'ils accuſeront l'Egliſe Romaine d'avoir altéré la doctrine de J. C.
comme elle a , diſent-ils, corrompu ſa
morale; quand , dis-je, ils le nieroient,
ils n'ont rien avancé juſqu'à ce moment qui puiſſe jetter le moindre nua-
ge ſur la juſtification, que ma *Bonne* a
faite de la doctrine de ſon Egliſe. Ainſi nous ne riſquons rien à prendre le
parti d'entrer dans une communion
où l'on trouve le ſalut & des ſecours
ſi abondants.

Le RABBIN.

Ajoutez un autre motif à celui-là.
C'eſt que vous rentrerez dans une
communion qui a été celle de vos
ayeuls ; dans une communion, où Jeſus lui-même s'eſt rendu reſponſable
de votre foi, & dans laquelle vous
entrerez ſur ſa parole. Continuez ,
Mademoiſelle, à nous faire voir que
l'Egliſe Romaine ne croit aujourd'hui
ſur les Sacrements , que ce qu'elle a
cru depuis les Apôtres. Il doit être
ſur-tout queſtion du point le plus conteſté, c'eſt-à-dire, de la préſence réelle
dans la Sainte Euchariſtie.

La

La BONNE.

Avant d'entrer en matiere, voyons ce qu'on pense à cet égard chez les autres. Les Luthériens croyent que le corps & le sang de Notre Seigneur Jesus-Christ sont véritablement dans l'Euchariftie avec l'espece du pain & du vin. Les Calviniftes difent qu'il n'y est que spirituellement & en figure ; & les Catholiques, que le pain & le vin disparoissant au moment de la confécration, il n'en reste plus que les apparences sous lesquelles le vrai corps & le vrai sang de Jesus sont cachés. Ils le croyent d'abord, parce que l'Eglise qui leur commande de le croire, ne peut enseigner l'erreur. Ils ont cette foi en second lieu, parce que la Ste. Ecriture s'explique clairement sur cet article. Ils le croyent enfin, parce que ce myftere est tellement digne de Dieu, qu'ils auroient peine à concevoir qu'il n'eut pas opéré ces prodiges en faveur de son Eglise ; & si leur raison ne peut leur servir pour comprendre la maniere ineffable dont Jesus se rend présent dans l'Euchariftie,

Tom. VI. fixieme Part.   B

les motifs de cette préfence leur paroiffent très raifonnables.

BELESPRIT.

Vous n'y penfez pas, Mademoifelle:
que l'on croye la préfence réelle par
la foi, à la bonne heure; mais que la
raifon puiffe parvenir à nous adoucir
ce que cette foi a de pénible, cela
eft impoffible; la raifon humaine ne
pourroit qu'affoiblir cette foi.

La BONNE.

Si vous m'aviez bien entendu, vous
ne feriez pas cette objection. Il faut,
Monfieur, diftinguer deux chofes dans
le Myftere de l'Euchariftie. La maniere dont il exifte, les caufes pour
lefquelles il exifte. Je viens de vous
dire que la maniere, dont Jefus fe rend
préfent dans l'Euchariftie, paffe ma
raifon, eft contredite par mes fens,
& eft contraire à toutes les idées reçues par les favants, lorfqu'il eft queftion des fciences. Il faudroit renverfer
toutes mes idées, & renoncer à toutes mes notions pour croire cette préfence réelle, me difoit un Miniftre,

qui n'a d'autre défaut que son erreur:
Non, il ne faut pas renoncer à nos
lumieres pour croire que Dieu est
Tout-puissant. N'a-t-il pas dit que la
lumiere soit faite, & elle fut faite? Sa
parole est acte, il peut faire ce qu'il
veut. Il n'est pas question d'examiner
s'il a pu faire tous les miracles qui
s'operent sur nos autels; mais s'il l'a
voulu.

Le CALVINISTE.

A quoi vous amusez-vous, Mademoiselle? Tout le monde ici confesse
la Toute-puissance de Dieu; il n'est
question que de savoir s'il a voulu renverser toutes les loix de la nature,
pour instituer le Sacrement de la Cene,
comme les Catholiques le croyent.

La BONNE.

J'allois dire, lorsque vous m'avez
interrompu, que la seule chose que
nous ayons à approfondir, est de savoir ce qu'il a voulu nous donner en
instituant l'Eucharistie. Nous cherchons à connoître ce qu'il a voulu faire
alors, par les décisions de l'Eglise;

vous rejettez cette autorité pour vous
en tenir à l'Ecriture Sainte : je n'ai
garde de rejetter cette preuve, elle
m'est trop avantageuse. J'y ajoute encore la foi de tous les Peres, & de
tous les Chrétiens, depuis les Apôtres
jusqu'à nous ; le plus grand nombre
a toujours cru, comme l'Eglise Romaine, la présence réelle dans l'Eucharistie. Commençons à la prouver
par l'Ecriture Sainte.

Le CALVINISTE.

J'y consens, mais que ce soit par
l'Ecriture Sainte toute entiere, c'est-à-
dire qu'en réunissant plusieurs passages, ils ayent le même sens ; car un
passage isolé peut aisément être mal
entendu, comme ce dont il s'agit, en
fait preuve.

La BONNE.

Les paroles ont un sens fixe, Monsieur, qu'on ne peut chercher à dé-
tourner sans témérité. Si celui qui
me parle, a dans son esprit un sens
contraire à celui que m'offre son expression ; il faut, ou qu'il ne connoisse

pas le sens des mots dont il se sert, ou qu'il ait un dessein formel de me tromper. On ne peut rien supposer de pareil dans notre divin Sauveur. Donc les paroles, dont il s'est servi dans l'institution de la Sainte Euchariftie, doivent être entendues, comme il les a dites, dans leur sens naturel. Jesus a dit : *Prenez & mangez*, CECI *est mon corps.* Il n'y a pas l'ombre d'équivoque dans ces paroles. Le mot *ceci* est un pronom démonstratif, qui signifie la chose qu'on offre, qu'on donne. Si je vous donne un papier plié, en vous disant : ceci est un billet de cent louis, que je vous ai fait ; vous auriez droit de m'accuser de mauvaise foi, si ce papier ne contenoit pas effectivement ce billet. Jesus dit : *ceci*, ce que je vous présente, *est mon corps.* Ou il parloit contre la vérité, ou c'étoit véritablement son corps. Il ne lui eut pas été plus difficile de dire: Cela est la figure de mon corps, si effectivement il n'y eut eu que cela.

Le CALVINISTE.

Que n'achevez vous tout le passa-

ge , Mademoiſelle ? Jeſus n'ajouta-t-
il pas : *Toutes les fois que vous ferez
ces choſes , faites les en mémoire de
moi?* Ces dernieres paroles expriment
clairement que la communion n'eſt
que le ſouvenir de la mort & paſſion
de Jeſus.

Le R A B B I N.

J'ai beau tourner & retourner ces
paroles ; il ne m'eſt pas poſſible de
comprendre comment elles peuvent
autoriſer les Proteſtants à nier la préſence réelle ; car elles ne peuvent l'in-
firmer ni de près ni de loin. Rendons
ce que je dis ſenſible par un exemple.

Je ſuis prêt à partir pour un grand
voyage ; j'aſſemble mes amis , & je
leur donne un ſouper. A la fin du repas je mets une bourſe pleine d'or
ſur la table , & je les prie de s'aſſembler une fois chaque ſemaine pour
faire un pareil ſouper , dont je veux
que les frais ſoient payés avec l'or
qui eſt dans cette bourſe. Croyez-vous
que ma volonté fut bien expliquée ?

Lady VIOLÉNTE.

Je ne crois pas qu'elle put l'être plus formellement & plus clairement.

Le RABBIN.

Mais si j'ajoutois : toutes les fois que vous ferez cela, souvenez-vous de moi ; croyez-vous que ces dernieres paroles pussent changer le sens des premieres, que mes amis en pussent conclure que je n'ai donné cette somme que pour qu'ils se rassemblassent, afin de penser au dernier souper que nous aurions fait ensemble, sans en faire un réel.

Lady VIOLENTE.

Cela seroit ridicule : vous les avez priés de faire un souper tel que celui que vous leur avez donné. Qu'ils pensent à vous en le prenant, ou qu'ils n'y pensent pas, le souper n'en sera pas moins réel ; seulement ils seront des ingrats s'ils vous oublient.

Miss DOROTHÉE.

L'existence d'une action ne dépend

pas de ce qu'on pense en la faisant. *Lady Louise*, vous me donnates, il y a trois ans, un joli bonnet, & je me rappelle très bien que vous partiez pour un voyage qui devoit durer un an. Vous me dites en me le donnant: toutes les fois que vous le mettrez, cela vous fera souvenir de moi. Ces dernieres paroles signifioient-elles, que vous n'aviez pas dessein que je ne misse pas ce même bonnet, & que vous entendiez que je le fisse dessiner pour me coëffer avec sa figure?

Lady LOUISE.

J'aurois été ridicule. Je me rappelle que vous le mites sur le champ, & que je vous dis: toutes les fois que vous vous coëfferez avec ce bonnet, vous penserez à moi.

Miss DOROTHÉE.

Je conçois que vous vouliez deux choses. La premiere étoit l'action de mettre ce bonnet. La seconde, que je me souvinsse de vous en le mettant. J'ai pu faire, & j'ai fait effectivement ces deux actes indépendamment l'un

de l'autre ; car je dois vous confesser
que je me suis plusieurs fois parée de
votre présent sans penser à vous, sans
que le défaut de ma mémoire ait
anéanti l'acte que je faisois en me coëf-
fant. Je ne me coëffois pas moins réellement quand je pensois à vous.

Lady LOUISE.

Cet exemple trivial me fait comprendre qu'il n'y a pas de sens commun à entendre par ces paroles, *en
mémoire de moi*, que l'action com-
mandée ne fut qu'une réprésentation,
une figure. Jésus faisoit une action.
C'étoit de donner à ses disciples une
chose qu'il appelloit son corps. Donc
c'étoit son corps ; car le mensonge n'a
jamais souillé sa bouche. Il ajouta :
Faites ceci, l'action que je fais. Si on
lui eut demandé, quelle action ? Il ne
pouvoit répondre, qu'en mettant le
nom à la place du pronom ; mais
quelque simples que fussent les Apôtres, ils ne firent pas une question si
extravagante ; l'esprit le plus borné
pouvoit entendre cela du prémier
coup.

B 5

Le CALVINISTE.

Jésus a dit : je suis la porte, je suis le chemin, je suis la vigne. Faut - il prendre ces paroles à la lettre, ou au sens figuré ? Si ce sont des façons de parler qui étoient alors d'usage, pourquoi Jésus n'auroit-il pas employé la figure dans l'institution de la Sainte Euchariftie, & donné au signe le nom de la chose, comme il l'a fait en d'autres occasions ?

La BONNE.

Cette objection est au moins plus plausible que la premiere ; cependant il est aisé de la résoudre. Saint Jean nous dit positivement, qu'avant le souper dans lequel il institua la Ste. Euchariftie, il dit à ses Disciples : *Jusqu'à présent je vous ai parlé en parabole ; mais maintenant je vais vous parler clairement, & sans parabole.* Remarquez qu'il étoit question alors d'un Sacrement, & que les figures n'euffent pas été convenables alors. Jésus eût expliqué ses propres paroles, si elles euffent été figurées, comme il le fit à Nicodeme, qui avoit pris à la lettre ces mots: qu'il falloit renaître une seconde fois, pour entrer dans le Royaume de Dieu. *Est - ce que je pourrois rentrer dans le sein de ma mere*, dit-il? Jesus ajouta tout de suite pour le tirer de peine: *Quiconque ne renaît pas de l'eau, & du Saint-Esprit, ne peut entrer dans le Royaume de Dieu*; & par là, lui fait entendre qu'il avoit parlé d'une maniere allégorique.

Lady LOUISE.

Cela étoit bien digne de Jesus. Il eut pitié de Nicodeme: il l'instruisit. Il me semble que la même bonté l'eut engagé à expliquer à ses Apôtres le sens des paroles citées, s'il eut voulu parler en figure.

Le CALVINISTE.

C'est que vous supposez que les Apôtres prirent ces paroles à la lettre, au lieu qu'ils connurent très bien que c'étoit une allégorie, sans quoi ils n'eussent pas manqué de faire leurs objections, & de dire comme Nicodeme:

Comment cela se fera-t-il ? Ils ne le firent pas, comme cela étoit naturel. Pourquoi ? C'est qu'ils ne trouverent dans ces paroles, que le sens que nous avons saisi, & qui n'avoit rien qui dut les surprendre. S'il les avoient comprises dans le sens que les Catholiques les entendent, ils n'auroient pas manqué de faire des objections, que Jesus auroit eu la charité de résoudre, comme *Lady Louise* l'a fort bien remarqué.

Miss DOROTHÉE.

En ce cas les Apôtres auront enseigné la Sainte Eucharistie à la Calviniste ; ainsi il ne sera pas possible à ma *Bonne*, de trouver dans les premiers siecles de l'Eglise, aucuns vestiges de la présence réelle.

Lady VIOLENTE.

Monsieur le *Calviniste*, voilà ce que j'ai entendu dire de plus satisfaisant jusqu'à présent, contre la présence réelle dans le Sacrement : en effet, puisque les Apôtres ne se récrierent pas contre l'étonnante proposition de man-

ger le corps de leur maître, il eſt hors
de doute qu'ils comprirent parfaitement que ce n'étoit qu'une figure ;
ſans quoi leur eſprit ſe ſeroit révolté,
& ils auroient accablé Jeſus d'un
grand nombre d'objeƈtions, eux, qui
lui en faiſoient ſur les choſes les plus
ſimples & les plus claires.

Lady LOUISE.

Ah! Ma *Bonne*, comment vous ti-
rerez - vous de ce mauvais pas ? J'ai
peine à comprendre que vous puiſſiez
le faire à votre avantage. Il eſt certain
qu'il n'y a rien de plus révoltant que
de penſer qu'en prenant un morceau
de pain, on mange le corps d'une
perſonne vivante. Je l'ai entendu dire pluſieurs fois, ſans que mes oreilles puſſent s'y accoutumer, & cela eſt
toujours nouveau pour moi, cela révolte mes ſens & ma raiſon. Je ſuis
de l'avis de *Lady Violente* : les Apôtres ne prirent point à la lettre les paroles de Jeſus, & puiſqu'ils les écou-
terent tranquillement, ils ſentirent l'allégorie.

Le R A B B I N.

Oh! pour cette fois, Mefdames, vous ceffez d'être Logiciennes. Vous dites que la préfence réelle fouleve les fens & la raifon : je conviens du premier, & je nie le fecond. Mes fens me difent bien qu'il n'y a que du pain dans l'Euchariftie ; mais ma raifon me dit qu'il feroit ridicule de m'en rapporter à leur témoignage, lorfque Jefus a parlé : elle ajoute ce que Mademoifelle *Bonne* difoit, il n'y a qu'un moment : qu'il ne faut jamais s'arrêter à la difficulté d'une chofe, quand il s'agit des œuvres du Tout-puiffant. N'eft-il pas vrai que nos corps, détruits par la mort, ne font pas anéantis, & qu'ils ne font que changer de forme, de mode, c'eft-à-dire, de maniere d'exifter. Quelle métamorphofe n'a pas fubie le corps d'Adam depuis fa mort? Sa cendre diffoute, au plus tard au tems du déluge, aura peut-être produit depuis ce tems, des corps dans les trois familles ; elles auront été pouffiere, pierre, fel, herbe, beftiaux, minéraux. Une petite partie de cette fubftance, aura paffé fucceffivement dans des corps d'hommes, qui, détruits à leur tour, auront produit d'autres corps. L'efprit fe perd en penfant à l'infinité de ces métamorphofes ; cependant nous croyons tous qu'à un feul acte de la volonté de Dieu, ces parties ainfi divifées fe raffembleront pour former le corps d'Adam une feconde fois, & que ce corps fera auffi parfait, auffi integre, qu'il étoit au fortir des mains du Créateur. Les fens fe révoltent contre cette foi, que la raifon admet au moment où elle s'eft convaincue de la Toute-puiffance de Dieu. C'eft en conféquence de cette conviction, que je n'examine point le *comment* de la Ste. Euchariftie, de l'Incarnation, de la Rédemption, & des autres Myfteres. Lorfque Dieu parle, ma raifon fe tait, ou plutôt elle me dit qu'il eft raifonnable d'en croire à la parole de celui qui ne peut ni fe tromper, ni me tromper, & qui eft, qui a été, & qui fera toujours en état de faire ce qu'il promet, fans qu'il lui en coûte autre chofe que de le vouloir. Il n'y

a, j'espere, aucune personne ici qui
ne convienne de ce que je viens de
dire. Il ne peut donc être question entre nous, que de bien entendre les
paroles de Jesus, & d'expliquer ce
qu'il a voulu dire. Je bénis Dieu, de
ce que ma soumission à l'Eglise, me
dispense de cet examen; mais ceux
qui n'ont pas le bonheur de la reconnoître pour infaillible, peuvent examiner, pourvû que ce ne soit que sur
l'intention de Jesus, & non sur la pos-
sibilité de la chose; car il seroit ridicule que cet examen eut pour but,
de savoir, si la chose, à raison de sa
difficulté, est possible à Dieu.

Le CALVINISTE.

Mademoiselle *Bonne* a bien de l'o-
bligation à Monsieur le *Rabbin*. Tout
ce beau raisonnement ramene à la
foi aveugle des Papistes, & la dispense de répondre à l'objection que
je lui ai faite, & à laquelle je lui défie de répondre rien de satisfaisant.
Est-il possible qu'un homme d'esprit
comme vous, Monsieur, puissiez croire

l'infaillibilité d'une Eglife, qui fe trompe dans un tel point ?

Le RABBIN.

Ce n'eft pas mon affaire, Monfieur. J'ofe dire que c'eft celle de Jefus, & permettez - moi cette expreffion, je lui défie de me condamner pour lui avoir obéi.

La BONNE.

Monfieur le *Calvinifte*, vous vous trompez dans les deux points que vous venez d'avancer. Il n'eft pas vrai que je cherche à éluder la réponfe à votre objection. Il n'eft pas vrai que cette réponfe foit impoffible : j'ajoute, il n'eft pas vrai même qu'elle foit difficile. Mettons votre objection dans toute fa force.

La propofition de manger un corps humain, quand on ne voit qu'un morceau de pain, eft fi révoltante, que les Apôtres ont du fe récrier, quand ils l'ont entendue : ils ne l'ont pas fait dans la Cene ; vous en concluez qu'ils n'ont pas cru recevoir réellement le corps de leur maître, mais feulement la figure de ce corps. Je vais vous prouver qu'ils ne durent point être furpris le foir de la Cene, parce que Jefus n'avoit pas attendu jufqu'alors pour leur apprendre, qu'il leur donneroit cette preuve de l'excès de fon amour. La premiere fois qu'ils entendirent parler de l'Euchariftie, ils imiterent Nicodeme, & dirent : *Comment nous donnera-t-il fa chair à manger?* Il faut vous rapporter cet Evangile : examinez, Monfieur, fi je le fais bien.

Jefus dit : je fuis le pain vivant qui fuis defcendu du ciel : fi quelqu'un mange de ce pain, il vivra éternellement, & le pain que je donnerai eft ma chair pour la vie du monde.

Les Juifs donc difputoient entre eux en difant : comment celui-ci peut-il nous donner fa chair à manger ?

Lady VIOLENTE.

J'avoue bonnement mon défaut de mémoire, ou plutôt d'attention. J'ai lu deux cent fois cet endroit de l'Evangile fans y avoir réfléchi. C'eft dans ce tems, que les Apôtres, ainfi que les Juifs, entendirent parler pour la premiere fois de ce Myſtere, qu'ils profererent ces paroles qui marquoient leur ſurpriſe, & leur incrédulité. Ils en furent même ſi ſcandaliſés, autant que je me le rappelle, que pluſieurs des Diſciples abandonnerent Jeſus à cette occaſion.

La BONNE.

Vous ne vous trompez pas, Madame; ſur quoi je vous prie de faire quelques réflexions. Rien n'étoit caché à Jeſus: il connut que ces paroles dégoûteroient pluſieurs de ſes Diſciples, & cependant il les dit. N'étoit-il pas venu ſur la terre pour ſauver les hommes ? A-t-il rien épargné pour les attirer à lui ? Nicodeme, comme nous le diſions tout-à-l'heure, ne put comprendre les paroles de Jeſus, & en fut ſcandaliſé. Voilà préciſément le cas des Diſciples dans cette occaſion; ils diſent *le comment* de Nicodeme. N'eſt-il pas naturel de penſer que notre divin Sauveur aura la même condeſcendance pour eux, qu'il eut pour ce Sénateur ? Ils en étoient plus dignes, ce ſemble; car ils avoient le courage de suivre publiquement Jesus, au lieu que Nicodeme rougissoit de lui, & n'étoit son Disciple qu'en secret. Ne devoit-il pas leur dire : ce n'est pas ma chair réelle que je vous donnerai, mais la figure de ma chair ? Ce seul mot les auroit fixés dans leur vocation, & auroit empéché leur perte. Qu'en pensez-vous, *Lady Louise ?*

Lady LOUISE.

Je n'ai pas cet endroit de l'Evangile présent à ma mémoire ; mais si j'écoute l'idée que j'ai conçue de la charité du Sauveur, je ne doute nullement qu'il ne se soit expliqué en cette occasion, de la maniere la plus claire & la plus précise, puisqu'il étoit question du salut de ces pauvres gens. Ils n'étoient pas coupables de se révolter contre une réalité qui ne devoit pas exister. Ainsi, ma *Bonne*, ce sera sur la conduite que Jesus tint avec eux, que je vais régler ma foi par rapport à l'Eucharistie.

La BONNE.

Vous demandez la réponse de Jesus dans cette occasion, Madame. Elle ne peut être plus précise & plus forte.

En vérité, en vérité je vous le dis: Si vous ne mangez la chair du fils de l'homme, & si vous ne buvez son sang, vous n'aurez point la vie en vous. Voyez s'il y a là un seul mot qui sente la figure.

Miss DOROTHÉE.

Comment donc, ma *Bonne !* Jesus atteste sa présence réelle par deux sermens. Je n'avois jamais pesé ces paroles.

La BONNE.

Et pour lever toute tentation de doute, il s'explique de six manieres différentes, plus fortes les unes que les autres. Ecoutez-le parler, Mesdames : *Celui qui mange ma chair & boit mon sang, a la vie éternelle, & je le ressusciterai au dernier jour. Ma chair est* VERITABLEMENT *viande, &*

mon sang est *VERITABLEMENT* breuvage.

Lady VIOLENTE.

Je me rends, ma *Bonne*. *Vérita-*
blement est le contraire du mot *figu-*
re : l'un fait disparoître l'autre, &
Monsieur le *Rabbin* a bien eu raison
de dire, que si la présence réelle é-
toit une erreur, Jesus ne pourroit la
lui imputer, puisqu'elle seroit une
suite nécessaire de ces paroles *vérita-*
blement. Elles excluent absolument
le sens figuré.

La BONNE.

Quelque fortes que soient ces paroles, il semble que Jesus n'en soit
pas content; tant il a soin d'ôter tout
sujet de les interpréter mal : c'est pourquoi il ajoute : *Celui qui mange ma*
chair, & boit mon sang, demeure en
moi, & je demeure en lui.

Lady LOUISE.

Je le dis, comme *Miss Dorothée*, je
n'ai jamais pesé sur la force de ces
paroles ; elles écrasent l'incrédulité.

La BONNE.

Ce n'eſt pas tout, Madame. Jeſus ajoute : *Comme mon pere, qui eſt vivant, m'a envoyé, & que je vis par mon pere, de même celui qui me mange, vivra auſſi par moi.*

Lady LOUISE.

Ainſi il ne faut non plus douter de la préſence réelle, que de la miſſion de Jeſus. Pouvoit - il s'exprimer d'une maniere plus forte ? Ah ! Sans doute il avoit en vue ceux qui de nos jours ont nié ſa préſence : c'étoit pour nous, Meſdames , qu'il a déclaré ce grand myſtere d'une maniere ſi expreſſe ; quel excès de bonté !

Le CALVINISTE.

Ne voyez-vous pas que Jeſus parle en parabole en cette occaſion. Par ſa chair , il entend la participation de ſes mérites.

La BONNE.

Mais auroit-il été beſoin de tant d'ateſtations pour nous dire qu'il nous

appliqueroit dans l'Euchariſtie les mérites de ſa mort & paſſion. Cela ne
ſouffroit aucune difficulté ; l'eſprit n'auroit pas de peine à le croire, les ſens
n'en ſont pas révoltés ; nous croyons
bien que dans le Baptême, les mérites de J. C. nous ſont donnés.

Mr. DE BONNEFOI.

Calvin a ſi bien ſenti qu'il y a dans
l'Euchariſtie quelque choſe de plus que
dans le Baptême & les autres moyens,
dont Dieu ſe ſert pour nous appliquer
les mérites de Jeſus-Chriſt, qu'il ſe
récrie ſans ceſſe ſur le don ineffable
que Dieu nous a fait en nous donnant ce Sacrement. C'eſt, ſelon lui,
un miracle, un don ineſtimable : il
ne ſait quels termes employer pour
nous faire ſentir cette grande libéralité, cette magnificence de Dieu.

La BONNE.

Les Suiſſes, avec leur bon ſens,
n'ont pu digérer ce qu'il dit à cette
occaſion, & ne veulent pas admettre
l'ombre d'un miracle dans l'Euchariſtie : on nous donne du pain, diſoient-
ils,

ils, nous recevons du pain, il n'y a rien là que de naturel. Il eſt vrai que dans le moment où nous recevons ce pain, Jeſus nous rend participans de ſon divin corps d'une maniere ſpirituelle; mais il en fait autant dans le Baptême, dans la priere ; & tout ce qu'ils ont accordé, c'eſt que l'Euchariſtie eſt le ſouvenir de la paſſion de Jeſus-Chriſt. Cela ne renferme aucun miracle.

Miſs DOROTHÉE.

L'Evangile que vous nous avez cité, n'eſt pas fini, autant qu'il peut m'en ſouvenir.

La BONNE

Non, ma chere ; & je vais continuer à vous rapporter les paroles de Jeſus.

Le pain, que je vous donnerai, eſt ma chair qui eſt immolée pour vous. Le vin, que vous boirez, eſt mon ſang qui eſt répandu pour vous. Remarquez, Monſieur, que je rapporte ces paſſages mot pour mot, comme ils ſont dans vos traductions : dans les nôtres, il y a, *qui sera immolé, répandu pour nous.* Mais cemme cela revient au même, j'ai voulu suivre votre traduction pour éviter toute dispute.

Miss DOROTHÉE.

Pourquoi, ma *Bonne*, a-t-on mis au présent, un événement qui n'étoit pas encore arrivé?

La BONNE.

Devant Dieu, Mesdames, tout est présent, & il n'y a pas de succession de tems. C'est pour s'accommoder à nos idées, que le St. Esprit marque quelquefois les tems; cela même n'est pas toujours, comme nous pouvons le voir en plusieurs endroits. Saint Jean, en parlant de Jesus, le nomme l'agneau qui a été immolé dès le commencement du monde.

Miss DOROTHÉE.

Les paroles que vous avez citées, m'ont fait naître une pensée assez bizarre. On dit qu'il y a des Hérétiques qui ont soutenu, que Jesus n'avoit pas été réellement crucifié, & que les Juifs

avoient exercé leur fureur fur un corps
phantatifque : je trouvois leur idée extravagante , actuellement je change
d'avis , & je dis: ils ont raifon. Jefus
n'a pas été vraiment crucifié.

Lady LOUISE.

Eh ! D'où vous vient, je vous prie,
une idée auffi extravagante ?

Miſs DOROTHÉE.

Faut - il le demander , Madame ?
Sur la Sainte Ecriture d'une part, &
fur la foi de votre Eglife de l'autre.
Jefus n'a-t-il pas dit : *Le pain que je
vous donnerai, eft mon corps, ma
chair, qui fera crucifiée pour vous. Le
vin que vous boirez, eft mon fang, qui
eft, ou qui fera répandu ?* Si l'un &
l'autre ne font dans l'Euchariftie qu'en
figure , il eft clair que fon corps n'a
été crucifié, & fon fang répandu qu'-
en figure ; car Jefus nous affûre bien
pofitivement, que nous ne recevrons
que ce qui a été crucifié, & que ce
qui fera crucifié, fera reçu. Avez-vous
quelque chofe à répondre à cela, Madame ?

C 2

BELESPRIT.

A ce que je vois, les Protestants
sont d'une date beaucoup plus ancienne que je ne me l'étois imaginé ; car
je lisois hier dans les Epitres de Saint
Ignace, qu'il précautionnoit les fideles contre les Hérétiques, qui disoient,
que J. C. n'avoit été crucifié qu'en
figure. Or Saint Ignace fut martyrisé
dans le second siecle de l'Eglise ; & à
propos de St. Ignace, qui avoit vécu
avec St. Polycarpe, disciple de Saint
Jean, j'ai écrit plusieurs endroits de
ses Epitres, propres à nous instruire de
ce qu'on pensoit alors sur l'Eucharistie, la tradition, & plusieurs autres
points contestés aujourd'hui.

La BONNE.

Vous nous les lirez quand nous aurons fini l'article où nous en sommes.
La présence réelle qui scandalise les
Protestants, scandalisa aussi les disciples du Seigneur. Plusieurs l'abandon-
nèrent à cette occasion, & Jesus,
loin de leur donner alors les explications que Calvin a fait paroître de nos

jours, les laiſſa s'éloigner de lui, &
ſe perdre.

Le CALVINISTE.

Ce fut leur faute aſſûrément ; il
n'y avoit pas lieu de ſe méprendre
au ſens des paroles de Jeſus, puiſqu'il
les expliqua auſſitôt, en diſant : *La
chair ne ſert de rien, c'eſt l'eſprit qui
vivifie. Les paroles que je vous ai dites,
ſont ſpirituelles, & donnent la vie.* Il
eſt clair que ces paroles donnent la
vie à ceux qui les entendent d'une maniere ſpirituelle, & dans un ſens figuré ; elles ne ſont dures que pour
les Papiſtes, qui n'ont garde de peſer
ſur ces dernieres paroles, que la plupart même ne ſavent pas non plus
que vous, Meſdames.

Miſs DOROTHÉE.

Et comment voudriez-vous que les
Papiſtes & les autres les euſſent de-
vinées, puiſqu'aſſûrément elles ne ſont
pas dans l'Evangile, comme vous les
avez citées. Il n'y eut jamais : *Ces
paroles ſont ſpirituelles* ; mais, *ces pa*

roles *font efprit & vie* ; cela change abfolument le fens.

Le CALVINISTE.

C'eft ce que je nie. Et que dire du commencement de ce paffage ? *La chair ne fert de rien, c'eft l'efprit qui vivifie.*

Miff DOROTHÉE.

Que la chair y eft, puifqu'elle ne fert de rien fans l'efprit, cela eft clair. Je vous fait préfent d'un inftrument, dont vous avez entendu jouer avec plaifir, & comme je fais que vous ne connoiffez pas cet inftrument, qui eft un violon, fi vous voulez, & que celui que je vous donne, n'eft pas monté, je vous avertis, qu'en l'érat où il eft, il ne peut produire ces fons enchanteurs qui vous ont ravi, & je vous dis : ce violon ne vous fervira de rien en cet érat. Il faut des cordes, un archet, & une main habile pour le toucher. Seroit-on bien venu à dire, que ces paroles fignifieroient, que je ne donne pas le violon ?

Lady VIOLENTE.

Non sans doute. Une preuve que vous le donnez réellement, c'est que vous avertissez qu'il ne servira de rien si on n'y ajoute autre chose. Il seroit ridicule de dire : ce violon ne vous servira de rien, si je ne vous le donne pas. Ainsi ces paroles de Jesus, loin de présenter à mon esprit un sens figuré, y porte la plus forte idée de la réalité, & pour me servir aussi d'un exemple. Je vous donne une bourse, pleine de billets de banque, pour acheter une maison ; comme la bourse est belle, & que vous la regardez uniquement sans penser à ce qu'elle contient, je vous dis : prenez y garde, cette bourse ne vous servira de rien pour votre achat, ce sont les choses qu'elle contient. Quelque tems après, vous voudriez nier en justice d'avoir reçu cette bourse, & pour appuyer votre négation, vous allégueriez les paroles que je vous ai dites en vous la donnant, & vous diriez aux Juges : elle ne m'a pas donné la bourse ; car elle m'a dit, en me la présentant :

cette bourſe ne vous ſervira de rien. Les Juges admettroient-ils cette belle preuve ?

Le CALVINISTE.

Les comparaiſons ſont rarement bonnes, & les vôtres, Meſdames, ſont injurieuſes à Jeſus-Chriſt. Oſeriez-vous dire que ſa chair adorable ne ſerviroit de rien, ſi elle étoit réellement dans l'Euchariſtie ?

Lady LOUISE.

Eh ! Pourquoi pas, Monſieur ? Saint Paul nous le dit bien, puiſqu'il aſſûre que ceux qui la reçoivent indignement, boivent & mangent leur jugement & leur condamnation ; c'eſt bien pis que de dire les paroles citées. Sans doute, la Sainte Euchariſtie ne donne pas la vie à ceux qui la reçoivent comme un pain ordinaire, à ceux qui ne s'arrêtant qu'au témoignage de leurs ſens n'y veulent voir que ce qu'ils apperçoivent. Pour que la Sainte Euchariſtie donne la vie, il faut la recevoir avec l'eſprit, en même tems qu'on la reçoit, qu'on la

touche par les sens. C'est dans l'esprit que se forme la foi de la présence réelle, & il faut l'avoir pour
être vivifié ; voilà, ce me semble,
le seul sens naturel qu'on puisse donner aux paroles de Jesus.

L'ANGLICAN.

S'il étoit vrai que ce sens fut le naturel, vous l'auriez apperçu d'abord,
Madame, au lieu que jusqu'à ce jour,
vous n'y aviez vu que la figure.

Lady LOUISE.

C'est que jusqu'à ce jour, je n'a-
vois vu que par les yeux d'autrui, &
que j'avois formé ma Foi sur ce qu'on
me disoit, & non sur ce qui étoit
écrit.

La BONNE.

Pour achever de vous convaincre,
Mesdames, nous allons finir le discours
de Jesus dans cette occasion : examinez en soigneusement toutes les circonstances. Nous avons vu que les
Juifs disoient avec étonnement ; comment nous donnera-t-il sa chair à

manger ! A cette queſtion Jeſus, dont la miſſion étoit d'enſeigner les Juifs, confirme la vérité qui les étonne, de la maniere la plus affirmative ; il l'appuye par deux ſermens conſécutifs ; il choiſit les termes les plus forts & les moins ſuſceptibles d'équivoques. *Ma chair eſt véritablement viande.* Ce mot *véritablement* exclut abſolument la figure, & il faut renverſer toutes les idées qui ſont attachées à ce mot *véritablement*, pour y ſoupçonner *figurément.* Ces deux mots ſont auſſi contraires l'un à l'autre, que le *oui* & le *non*, *blanc & noir.* Les Diſciples le comprirent bien, puiſqu'ils répondirent : *Ces paroles ſont dures, & qui pourra les écouter.* S'il eut été queſtion d'une union ſpirituelle, en figure, leur réponſe eut été ridicule : cette ſorte d'union ne ſouffroit aucune difficulté. Quand Jeſus avoit dit : je ſuis la vigne, la porte, le chemin : les diſciples n'avoient pas répondu, *ces paroles ſont dures.* Pourquoi ? C'eſt qu'ils comprenoient fort bien que les unes étoient une figure, & les autres une réalité qui avoit beſoin des plus grands miracles pour être opérée.   C'eft de la poffibilité de ces miracles qu'ils doutoient.

Le CALVINISTE.

Voilà encore une de vos imaginations, & fur quoi la fondez - vous, s'il vous plaît ?

La BONNE.

Sur la réponfe de Jefus, Monfieur, elle eft pofitive. *Cela vous fcandalife : que fera-ce fi vous voyez le fils de l'homme monter au ciel, où il étoit auparavant.*

Lady LOUISE.

Vous aviez bien raifon de dire que les paroles de Jefus étoient décifives pour la préfence réelle. C'étoit un miracle que Jefus promettoit, & pour en montrer la poffibilité, il allegue un autre miracle , & prédit fon afcenfion. Tournez ces paroles comme vous le voudrez , je vous défie d'y trouver un autre fens raifonnable que celui-ci. Il vous paroit contre l'ordre de la nature qu'un corps puiffe être multiplié, refferré, mangé. Eft-il moins furprenant de voir un corps, qui de fa nature eft pefant, s'élever en l'air par lui-même. Toutes les regles de la pefanteur ne feront-elles pas violées en cette occafion ? Vous verrez l'un, croyez l'autre. Il eut été ridicule d'alléguer un miracle pour prouver la poffibilité d'une union fpirituelle & en figure ; dans cette feconde union, il n'y avoit rien d'incroyable.

BELESPRIT.

Vous faites, ce me femble, trop d'honneur aux Difciples, d'attribuer leur incrédulité fur l'Euchariftie, à un raifonnement produit par la connoiffance des loix naturelles : en avoient-ils la plus petite idée ? Pauvres ignorants, ils n'étoient choqués que de l'idée de manger un corps humain.

Mifs DOROTHÉE.

Comme fi les loix de la nature n'étoient pas connues des ignorants comme des favants ! Le plus ftupide payfan conçoit fort bien qu'il faut un miracle auffi grand, pour qu'une pierre se soutienne toute seule en l'air , que pour qu'une personne soit en même tems dans deux endroits différents. On n'a pas besoin d'avoir étudié pour cela.

Le CALVINISTE.

Supposons pour un moment qu'un paysan grossier puisse comprendre qu'une pierre ne peut se tenir en l'air toute seule , vous avouerez que les paroles de Jesus étoient bien moins claires. Si je n'y apperçois pas le sens que Mademoiselle y veut trouver, ils devoient l'y voir moins que moi : ils étoient moins instruits , & si j'ose le dire d'après le témoignage qu'ils se font rendu eux-mêmes , ils étoient trop idiots , trop stupides.

Le RABBIN.

D'où je conclus que Jesus leur auroit expliqué très clairement, qu'il ne feroit mangé qu'en figure, s'il avoit eu dessein de ne se donner qu'ainsi , puisque les paroles que vous citez , n'étoient pas , selon vous , capables d'effacer les idées de réalité , que le difcours précédent avoit fait naître chez eux ; car affûrément ils prirent les paroles de Jefus à la lettre. *Comment nous donnera-t- il fa chair à manger ?* En voici une autre preuve. Les Apôtres n'entendoient pas Jefus plus que le peuple , lorfqu'il leur dit certaines paraboles ; mais ils avoient grand foin de lui en demander la fignification en particulier. Pourquoi donc ne lui dirent - ils pas? Maitre, que veut dire cette parabole , que vous nous donnerez votre chair à manger ? La raifon en eft claire , c'eft qu'ils comprirent très bien , que ce n'étoit ni une parabole, ni une figure; mais une réalité.

Le CALVINISTE.

Voyons-nous dans l'Evangile, qu'ils ayent demandé à Jefus , ce que fignifioient ces mots : je fuis la porte, je fuis la vigne. Non fans doute ; quelque ftupides qu'ils fuffent , ils fentoient la figure.

Le RABBIN.

Je le crois comme vous, Monfieur,

mais ici ils ne la fentoient pas ; leurs paroles en font foi, & encore plus la défertion de plufieurs d'entre eux. Ceux qui refterent difoient comme les autres : *Ces paroles font dures.* Donc, encore une fois, ils fentoient la réalité.

Mr. DE BONNEFOI.

Il eft certain qu'ils eurent alors cette idée dans l'efprit ; fi elle eut été fauffe, il étoit naturel que Jefus eut rectifié cette idée au moment de l'inftitution du Sacrement, par quelques paroles bien pofitives. Ce qu'il dit en leur donnant le Sacrement, eft tel, qu'il faut abfolument qu'il en réfulte de trois chofes l'une : ou que Jefus cherchoit à les tromper : ou qu'il vouloit ménager aux hommes le moyen d'anéantir l'Evangile, en tournant en allégorie fes paroles les plus pofitives : ou enfin, qu'il eut intention de leur donner fon corps & fon fang véritablement, réellement, & pourtant d'une maniere miraculeufement accomodée à leur foibleffe. Dites - moi, Mr. le *Calvinifte*, difputez-vous a Jefus fa toute - puiffance, & fuppofezvous au moins que s'il eut voulu ſe donner à nous corporellement dans la Sainte Euchariſtie, il l'ait pu? Oſeriez vous dire que cela lui étoit impoſſible?

Le CALVINISTE.

Je dirois preſque oui, Monſieur, puiſque l'abſurde, le contradictoire ne peuvent jamais arriver à l'exiſtence. Dieu étant la ſouveraine raiſon, ne peut vouloir en même tems deux contraires. Or il eſt abſurde qu'un même corps ſoit multiplié à l'infini, qu'il ſoit mangé vivant ſans être briſé, que les loix de la nature ſoient violées en cent manieres différentes, comme il faut ſuppoſer qu'elles le ſont en croyant la réalité. D'ailleurs, de quelle utilité ſeroient de pareils miracles? La mort & paſſion de J. C. a ſatisfait pleinement pour toutes nos fautes, & nous a mérité tous les ſecours poſſibles pour le ſalut. Ce ſeroit donc à crédit, & inutilement qu'il renverſeroit toute la nature.

La BONNE.

Vous taillez en un moment tant de besogne, qu'il faut la diviser pour ne l'a pas embrouiller. Que pensez-vous de ces objections, Messieurs ?

BELESPRIT.

D'abord, Monsieur, vous prenez pour regle du possible ou de l'absurde vos propres lumieres, sans réfléchir aux bornes étroites que Dieu leur a données. Tout, ou presque tout, est énigme dans l'univers: les génies les plus transcendants passent leur vie à bâtir des systemes, pour expliquer les causes des effets qu'ils voient, qu'ils touchent; & le fruit le plus réel de leurs études, est l'aveu, ou plutôt la preuve de leur ignorance. Certainement nous sommes formés : & nous prenons notre accroissement dans le sein de nos meres ; saurions - nous sans la foi, le pourquoi de notre existence ? En pouvons - nous dire le comment? Les disputes des savants font foi de l'incertitude de leurs connoissances à cet égard. Pourrions-

nous affigner fûrement les caufes de
l'électricité, dont nous favons les ef-
fects qui font miraculeux en apparence : après tous les examens pof-
fibles, ne faut il pas en revenir à dire:
c'eft peut - être ceci, c'eft peut- être
cela. Comment l'aimant attire-t-il le
fer? Depuis tant de fiecles que nous
connoiffons fes effets, avons-nous pu
concevoir, comment un corps très
pefant de fa nature, déroge aux loix
communes, pour s'élever en l'air ?
Si l'on eut fuppofé la veille de la dé-
couverte de l'aimant, qu'une telle
chofe fut poffible, vous vous feriez
écrié à l'abfurde. Après ces preuves
de notre ignorance, oferions - nous
décider de ce qui eft véritablement
abfurde, ou de ce qui ne l'eft que
par rapport à nous ? Cela feroit bien
téméraire.

Le R A B B I N.

Je dirois volontiers à ceux qui veulent ainfi mefurer la puiffance de Dieu.
Apprends-moi, pauvre petit grain de
pouffiere, où tu étois quand il t'a tiré du néant, ainfi que ce vafte univers?

Créer de rien , eſt le prodige le plus incompréhenſible. Voulez-vous nier la Sainte Euchariſtie ? Niez auſſi le Myſtere de la Sainte Trinité , & tous les autres : ils ſont auſſi incompréhenſibles que celui - là.

Miſs DOROTHÉE.

Ma *Bonne*, cela me fait ſouvenir de ce qui vous arriva dans un carroſſe public ; racontez le à ces Dames.

La BONNE.

Je fus fort ſurpriſe de trouver dans cette voiture, une Demoiſelle qui me ſalua en françois par mon nom , & qui me dit, qu'elle étoit charmée de faire le voyage avec moi, qu'elle m'eſtimoit depuis long-tems ; mais, qu'elle étoit ſurpriſe, qu'une perſonne d'eſprit comme moi, put être Papiſte. J'ouvrois la bouche pour lui répondre , lorſque je fus prévénue par un homme de fort bonne mine, qui lui dit : Eh ! Croyez-vous, Mademoiſelle, que les Chryſoſtomes, les Auguſtins, les Ambroiſes , & pour parler des tems moins éloignés , les Gerfons, les Thomas Morus & tant d'autres, ayent été des ftupides & des ignorants ? Je laiffai cette fille aux prifes avec cet homme, dont je n'ai jamais fu le nom, & je n'eus pas un mot à ajouter à tout ce qu'il lui dit, en faveur de la religion catholique. Vous croyez fans doute, qu'il étoit dans notre communion, comme j'en fus perfuadée alors. Point du tout. Je ne fais, par quel hazard, je lui fis une queftion conféquente à l'opinion que j'avois de lui; quelle fut ma fur-prife, lorfqu'il me répondit ! Je fuis *chercheur*, Madame : c'eft-à-dire que je n'ai point encore fixé mon choix en matiere de religion, quoique je les aye affez examinées pour les con-noître à fond. Mon choix feroit bien-tôt fait, fi mon cœur ne contrarioit point mon efprit; car les Catholiques me paroiffent les feuls raifonnables. Luther & Calvin devoient faire main baffe fur tous les Myfteres, ou les ad-mettre tous. Y a-t-il rien de plus ri-dicule, que de vouloir m'obliger à croire le Myftere de la Trinité, celui de l'Incarnation, & les autres, pendant qu'on en nie un, qui n'a rien de plus incompréhenfible, fous prétexte qu'on ne peut le comprendre?

Lady VIOLENTE.

Je ne fais pourquoi mon efprit a plus de peine à fe plier à croire le myftere de l'Euchariftie, que tous les autres qui font pourtant tout auffi contraires à mes notions ; Un Dieu en trois perfonnes parfaitement égales & diftinctes, qui ne font pourtant qu'un feul Dieu ; Un Dieu, que le ciel & la terre ne peuvent contenir, & qui, au moment de l'incarnation fe renferme dans un corps ; Un Dieu fouffrant, mourant ; tout cela eft auffi incompréhenfible qu'un Dieu caché fous l'apparence du pain ; cependant ce dernier myftere ne me trouve pas une foi aveugle, comme les autres.

La BONNE.

En voulez-vous favoir la raifon, Madame ? C'eft que vous avez cru long-tems les autres par préjugé, & parce que perfonne ne vous en difputoit la réalité. Si votre foi avoit eu pour fondement l'autorité de la parole de Dieu, vous croiriez l'Euchariſtie auſſi facilement que les autres myſteres ; car dans le fond, il n'eſt pas plus incompréhenſible.

Miſs DOROTHÉE.

Nous n'avons raiſonnablement qu'un ſeul parti à prendre, accablées, comme nous le ſommes, ſous le poids des prodiges de la toute-puiſſance de Dieu : c'eſt de nous proſterner dans la pouſſiere de notre ignorance, pour faire hommage à ſa ſageſſe & à ſon ſouverain pouvoir. Ne levons point un œil prophane juſqu'à ſon ſanctuaire, pour examiner ce qu'il nous aſſûre ; car nous en ſerions aveuglés, beaucoup plus qu'en voulant fixer le ſoleil.

Le CALVINISTE.

Eh bien ! Meſdames, je vous accorde qu'il a pu inſtituer l'Euchariſtie, comme l'entendent les Papiſtes. Qu'en conclurez-vous ?

La BONNE.

Je vous demanderai dans cette sup-
polition , de quels termes il fe feroit
fervi pour nous annoncer le prodige
d'amour qu'il eut voulu opérer en
notre faveur ? En auroit-il pu trouver
de plus forts ?

Le CALVINISTE.

Il nous eut avertis politivement, que
ce qu'il alloit dire n'étoit point en parabole , en figure ; il l'eut dit de la
maniere la plus forte , & n'eut point
ajouté : *faites ceci en mémoire de moi.*
Ces paroles marquent clairement que
l'Euchariftie n'eft que l'application des
mérites de Jefus-Chrift , qui nous eft
faite par le fouvenir & la mémoire
que nous en faifons.

La BONNE.

Jefus a pris les deux premieres précautions que vous exigez pour prendre ces paroles au fens literal. Il a-
vertit fes Apôtres avant la Cene, que
déformais il va leur parler clairement
& fans parabole. Secondement il em-

ploie le mot *véritablement*, lorfqu'il parle de l'Euchariftie; & au moment de l'inftitution, il fe fert des paroles les plus fimples & les moins fujettes à explication. *Prenez & mangez, ceci eft mon corps. Puis prenant le calice, & rendant graces, il le leur donna, & ils en burent tous, & il leur dit: Ceci eft mon fang, le fang de la nouvelle alliance, qui eft répandu pour plufieurs pour la rémiffion des péchés.*

BELESPRIT.

En vérité ces paroles me frappent, comme fi je ne les avois jamais entendues, & il n'y a pas moyen d'y réfifter. Qui eft ce fang que les Apôtres burent, quel eft ce corps qu'ils mangerent ? Celui qui devoit être immolé, répandu pour nous. *Mifs Dorothée* a raifon, fi ce corps & ce fang n'ont été donnés qu'en figure, le corps de Jefus n'a été immolé, & fon fang répandu qu'en figure & non point réellement. L'objection que vous tirez de ces paroles, *faites ceci en mémoire de moi*, eft pitoyable. Qui a jamais penfé que le fouvenir d'une

perfonne

personne en faisant une action, pût anéantir l'existence de cette action. Elle se peut faire avec ce souvenir, elle peut se faire sans ce souvenir. Il est vrai qu'alors elle se feroit mal; mais elle n'en feroit pas moins faite.

La BONNE.

Il seroit impossible de trouver des paroles plus claires. Aussi les Chrétiens des premiers siecles les ont-ils entendues comme nous les entendons. Aussi les Grecs, malgré leur héréfie & leur schisme, n'ont point varié sur la foi de la présence réelle. Ils n'ont jamais cru recevoir la figure du corps & du sang de J. C.; mais son vrai corps & son vrai sang, comme je vous le prouverai par les écrits des Peres qui vivoient dans les premiers siecles de l'Eglise. A leur témoignage, je joindrai celui d'un homme qui ne peut être suspect, & qui vivoit dans le seixieme siecle. C'est celui de Luther.

Lady VIOLENTE

Le témoignage de Luther n'est bon

que pour des Luthériennes ; vous savez, ma *Bonne*, que nous ne le sommes pas.

La BONNE.

Luther a toujours été regardé par
Calvin, comme un homme inspiré de
Dieu, & suscité pour rétablir l'Eglise:
vous ne pouvez nier qu'il n'ait été ennemi de la nôtre, & en conséquence
il n'a pas cherché à nous flatter. Le
témoignage avantageux d'un ennemi
est d'un grand poids, Madame, &
celui de Luther a d'autant plus de
force, qu'il avoue lui-même qu'il eut
été ravi qu'on lui eut fourni le moyen
de nier la réalité ; mais il ajoute qu'il
est écrasé sous le poids de ces paroles,
ceci est mon corps ; & quelque examen qu'il en ait pu faire, il n'a jamais compris qu'on put les interpréter d'une maniere figurative. Son témoignage sera la preuve de la présence réelle de Jesus-Christ dans l'Eucharistie, jusqu'à la consommation des
siecles.

Lady LOUISE.

Je vous demande pardon, ma *Bonne* ; mais j'ai oublié la différence qu'il y a entre le Catholique & le Luthérien sur cet article.

La BONNE.

Luther a enseigné qu'après la consécration, le corps & le sang de J. C. sont réellement avec le pain dans l'Euchariftie, pour être la nourriture de nos ames ; mais par une inconséquence, que les Calviniftes lui ont reprochée, il a aboli la Meffe, en conséquence d'une conférence qu'il eut avec le Diable, dans laquelle cet Efprit de ténébres lui fournit les motifs qui devoient l'exciter à ce retranchement.

Lady LOUISE.

Quelle extravagance ! Voilà une de ces chofes que je ne puis fouffrir : les Catholiques ont tant de chofes qu'ils peuvent raifonnablement reprocher à Luther ; pourquoi adopter une fable auffi depourvue de vraifemblance ?

La B O N N E.

Que ce ſoit une fable ou une réalité, je m'en lave les mains, Madame.
C'eſt Luther, lui-même qui nous aſſûre de ce fait, dans un de ces ouvrages ; s'il ment, ce n'eſt pas à moi qu'il
faut vous en prendre.

Miſs D O R O T H É E.

Puiſque nous parlons de la Meſſe,
apprenez - moi, je vous prie, ce que
c'eſt. C'eſt l'horreur de tous les Proteſtants ; ſur quoi eſt-elle fondée?

La B O N N E.

Je n'ai jamais rien lu à ce ſujet,
ma chére ; mais nous avons dans nos
livres des communes prieres, toutes
celles qui ſe font à la Meſſe ; ainſi je
vous expliquerai tout uniment ce que
le Prêtre fait à l'Autel, & l'intention
de l'Egliſe dans ce ſacrifice.

Le C A L V I N I S T E.

Vous entendez donc le latin, Mademoiſelle *Bonne* ; car les prieres de
votre Meſſe, & toutes les autres ſe

font en latin. Dans votre Eglise on a la manie de prier Dieu dans une langue que le plus grand nombre des Chrétiens n'entend pas.

Le RABBIN.

Vous oubliez, Monsieur, que Mademoiselle vous a déjà dit, que tous les livres de prieres, se trouvent expliqués, traduits en françois pour ceux qui n'entendent pas le latin. Mais telle est la force de la prévention : vous revenez toujours sur ce qui a été dit contre les Catholiques, malgré les preuves qu'on vous a données du contraire.

La BONNE.

Rappellez - vous, Mesdames, les sacrifices que Dieu avoit ordonnés aux Juifs dans la loi ancienne. Ils se rapportoient tous à ces quatre fins : adorer Dieu, lui demander pardon des péchés, le remercier des graces reçues, & lui demander celles, dont on avoit besoin. Ces quatre sacrifices se nommoient ; le premier, holocauste ; le second, propitiatoire ; le troisieme , eucharistique ; & le quatrième, impétratoire. Dieu avoit promis par ses Prophêtes, un nouveau Sabbat, de nouvelles Fêtes, de nouveaux Sacrifices : celui qui s'offre chaque jour sur nos autels, les comprend tous. Ce sacrifice non sanglant est le même que celui que Jésus a offert une fois sur l'arbre de la croix, & ce divin Sauveur y est en même tems le Prêtre & la victime. Il vient s'acquitter pour nous de tous les devoirs que nous devons à Dieu, & que nous ne pourrions lui rendre sans lui, que d'une maniere très imparfaite.

D'abord le Prêtre invoque la Ste. Trinité à laquelle ce sacrifice va être offert, puis il répete un Pseaume avec son Répondant. Ensuite il se confesse à Dieu, aux habitants du ciel & de la terre, & en s'avouant pécheur, il les conjure de s'unir à lui pour obtenir pour lui la miséricorde du Seigneur. Le Prêtre étant monté à l'Autel, demande à Dieu, qu'il ait pitié de nous, & il répete six fois la même priere. Puis il récite le Cantique des Anges, *Gloire soit à Dieu dans le ciel, &c....*

fait plusieurs prieres pour demander le secours de Dieu, le remercier des graces qu'il a faites à ses serviteurs, & toutes ces prieres finissent toujours par ces paroles : *par les mérites de Jesus-Christ.* Ensuite on lit une leçon tirée de l'ancien Testament, ou des Epitres des Apôtres. Puis le Prêtre avant de lire l'Evangile, prie le Seigneur de purifier son cœur & ses levres, comme il fit celle du Prophete Isaïe avec un charbon de feu. Après l'Evangile, on lit le Symbole de Nicée, puis le Prêtre offre le pain, & prie Dieu de bénir ces dons, qui lui sont offerts en témoignage de notre servitude & de notre dépendance, pour être changés au corps & au sang de J. C. En mêlant l'eau avec le vin dans le calice, il prie Dieu que par le Mystere de ce vin, & de cette eau, nous obtenions la grace d'avoir part un jour à la divinité de Jesus-Christ, qui a daigné se faire participant de notre humanité. Il invoque le St. Esprit pour qu'il bénisse ce sacrifice préparé pour la gloire de la divinité. Il lave ses doigts en récitant un Pseaume, fait une nouvelle offrande à la Sainte Trinité, & invite le peuple à s'unir à lui pour offrir à Dieu ce facrifice pour fa gloire, l'utilité des affiftants, & le bien de toute l'Eglife.

Après cela il invite les fideles à élever leurs cœurs à Dieu, à lui rendre grace, & à s'anéantir devant Dieu, comme les Efprits céleftes qui chantent: *Saint, Saint, Saint, eft le Dieu des armées.* Jufqu'à la confécration, il dit plufieurs prieres pour recommander à Dieu les befoins des fideles, le remercier des graces qu'il a faites aux Saints, unir leurs mérites à ceux de Jefus par lefquels ils ont triomphé. Après avoir prononcé les paroles de l'inftitution de l'Eucharistie, il éleve le corps & le fang de Jefus pour le faire adorer au peuple, s'avoue pécheur, & demande mféricorde; puis il répete à haute voix la priere du Seigneur, dit trois fois: *Agneau de Dieu, qui efface les péchés du monde, ayez pitié de nous.* Après quelques prieres, pour fe préparer à la communion, il répete trois fois les paroles du Centenier, & prie Dieu que le corps & le fang de Jefus gardent fon ame pour la vie éternelle. Le reste de la Messe est employé en actions de graces, & elle finit par le commencement du St. Evangile de St. Jean. Examinez présentement, Mesdames, s'il y a là quelque chose qui ne soit pas propre à élever à Dieu.

Lady LOUISE.

Au contraire, ma *Bonne*; il me semble que tout cela porte à Dieu. Que trouvez vous donc à redire à la Messe, Messieurs?

Le CALVINISTE.

C'est qu'elle est une invention de l'Eglise Romaine, directement opposée à l'Ecriture Sainte. St. Paul nous avertit que Jesus en s'immolant, a abrogé tous les autres sacrifices, parce que le sien a parfaitement rempli toutes les fins pour lesquelles le sacrifice a été établi. Prétendre avoir besoin aujourd'hui d'un nouveau sacrifice, c'est accuser d'insuffisance celui que Jesus a offert sur la croix.

La BONNE.

A Dieu ne plaise, Monsieur, que nous croyons avoir besoin d'un nouveau sacrifice. Celui qui s'offre sur nos autels, est le même que celui de la croix. Même Prêtre, même victime, même fins ; il n'y a de différence entre eux, si non qu'il a commencé à être offert d'une maniere sanglante, & qu'il se perpétue d'une maniere non sanglāte. Notre Pontife est éternellement Prêtre selon l'ordre de Melchisedech, dit l'Ecriture ; il ne cessera jamais d'offrir à Dieu ce que nous lui devons, & ce que nous sommes incapables de lui rendre comme il faut, s'il n'étoit notre Prêtre, & notre offrande.

Le RABBIN.

J'ai lu cette Epitre de Saint Paul, dont Monsieur parle, & il faut considérer qu'elle est adressée à nos peres, qui étoient extrêmement attachés aux sacrifices de la loi ancienne, & qui avoient peine à comprendre que l'immolation de Jesus-Christ put les suppléer.

La BONNE.

Ce que nous pensons à cet égard, a toujours été cru dans la primitive Eglise, & bientôt je vous ferai voir que l'Eglise n'a rien innové à cet égard. Les anciens peres se servoient, comme nous, du mot *sacrifice*, & l'offroient pour les vivants & pour les morts.

Le RABBIN.

J'eus hier une conversation avec le Bibliothécaire des Freres Moraviens, qui est bon Luthérien, & qui pourtant ne peut souscrire au retranchement que Luther a fait de la Messe. Une religion sans sacrifice, disoit-il, est un corps sans ame. Les Chrétiens manqueroient de ce qu'ont eu les Patriarches dans la loi de nature, & les Juifs dans la loi écrite; c'est-à-dire, de rendre à Dieu tous les jours, le culte qu'ils lui doivent journellement.

La BONNE.

Je le répete, Monsieur; la grande preuve de l'esprit dans lequel Saint

Paul a dit les paroles que vous avez alléguées, c'est la pratique constante de l'Eglise. Or il ne tombe pas sous les sens, que des hommes venus dans le seizieme siecle, ayent mieux su ce qui se pratiquoit du tems des Apôtres, que ceux qui avoient vécu avec leurs disciples. Les Apôtres ont fondé le Christianisme dans tout le monde, ou par eux mêmes, ou par leurs disciples, qu'ils y ont envoyés; & quoique l'Eglise ait droit de changer ce qui n'est que de pure discipline, elle ne le fait que par des raisons extrêmement importantes, en sorte que nous voyons les mêmes pratiques observées religieusement de l'un à l'autre hémisphere. Quant aux choses qui regardent la foi, on apperçoit une unité de sentimens, d'autant plus frappante, que les différents peuples avoient des mœurs tout à fait opposés. Dans toutes les Eglises, en quelque endroit qu'elles fussent, nous trouvons que les fideles s'assembloient pour recevoir le corps & le sang de Jesus-Christ; que cette communion étoit précédée, comme celle que nous faisons aujourd'hui, de l'offrande des dons qui devoient être changés. Nous trouvons les mêmes prieres quant au sens, que celles qui se faisoient, il y a quatorze cents ans. Les Peres appelloient cette offrande, ces prieres & cette communion, Sacrifice. Comment des nouveaux venus, des gens sans mission & sans titre, viendront ils nous disputer des biens que nous possédons depuis tant de siecles ?

TOLÉRANT.

Il y auroit un moyen d'abréger ces disputes, qui, dans le fond, sont ennuyeuses, si Mademoiselle vouloit parler sincèrement, là comme si elle étoit prête à mourir, & à paroître devant Dieu : je crois bien qu'elle est de bonne foi, qu'elle s'efforce de croire ; mais croit elle, dans le fond, la présence réelle ? Non, je ne puis me le persuader : les sens, & encore plus la raison s'opposent à cette foi, quoiqu'en dise Mr. le *Rabbin.* Combien de Catholiques sont dans le même cas ?

LA BONNE.

Vous m'interrogez de la maniere

la plus propre à me forcer à dire la vérité, quand même j'aurois quelque intérêt à vous la déguiser, ce qui n'est pas. Ma fortune eut été rapide, si j'eusse pu me résoudre à trahir mes lumieres : je vais donc vous déclarer mes vrais sentimens. J'en atteste ce Dieu vengeur du parjure. Après cela, si vous refusez de me croire, je n'ai rien à ajouter.

Je me suis, dès mon enfance, accoutumée à cultiver ma raison, c'est-à-dire que j'ai été Philosophe, avant de connoître la signification de ce mot. Dans les choses les moins importantes, il falloit me convaincre pour me déterminer : inaccessible à la crainte, on n'eut pas tiré de moi l'aveu d'une chose, que je ne croyois pas, quand on eut dû me mettre en pieces. J'ai compté pour rien tout ce qu'on m'a dit de la religion jusqu'à ce que je l'eusse examinée : tout ce que je vous ai dit depuis le commencement de nos conversations, est le fruit de mon examen ; notez que je l'avois fait avant quatorze ans, & qu'il avoit été tel, que j'aurois douté

de mon exiſtence plutôt que de la vérité
de la religion chrétienne & catholique.
Mais de toutes les vérités qu'elle
m'offre à croire, il n'y en a point eu
dont j'aie été plus intimément convaincue, que de celle de la préſence
réelle : elle étoit ſi vive en moi, que
je différai ma premiere communion
long tems au delà de celui qui eſt
fixé. Je n'avois acquis cette conviction que dans l'Evangile, & ce n'eſt
que depuis que nous nous aſſemblons,
que j'ai cherché dans l'hiſtoire les
preuves de la foi des premiers chrétiens ſur l'Euchariſtie ; c'étoit uniquement par rapport à vous, Meſdames : ma foi n'avoit pas beſoin de
cette confirmation. Elle eſt telle que
je pourrois imiter Saint Louis. Oui,
Meſſieurs, ſi on me diſoit que Jeſus
paroît viſiblement ſur nos Autels,
je vous inviterois à courir admirer ce
prodige ſans être tentée de vous ſuivre.
Le miracle n'ajouteroit rien à ma
foi.

BELESPRIT.

Il me ſemble pourtant qu'elle devroit acquérir un nouveau dégré de vivacité par le témoignage des sens.

La BONNE.

Tenez, Monsieur, votre proposition me paroît égale à celle d'un homme, qui me proposeroit d'allumer une chandelle pour aider à la lumière du soleil. Mes sens m'ont si souvent trompée, que je n'ai pas la sottise de les mettre en parallelle avec la parole de Dieu, qui m'est préfentée par l'Eglise qu'il en a faite dépositaire.

Lady LOUISE.

Vous êtes bien heureuse d'avoir cette foi ! Que ne puis-je devenir affez Philofophe pour l'acquérir !

La BONNE.

Doucement, s'il vous plaît, Madame. Je n'ai pas dit que je devois ma foi à la philofophie : Dieu me garde de proférer un tel blafphême. La foi est un don de Dieu, & je reconnois que je lui dois la mienne;

toutes mes études & celles de tous les hommes ensemble ne pourroient conduire jusques là. Voici ce que fait la Philosophie : elle écarte les obstacles de la foi, qui sont la sottise, le préjugé, une crédulité sans motifs, une obstination d'esprit & de cœur, qui fait qu'on refuse de s'instruire crainte d'être éclairé. L'ame purgée, guérie de ces maladies en devient plus propre à faire profiter le bienfait de la foi infuse que nous avons reçue dans le Baptême, & à l'augmenter avec le secours des graces journalieres, que Dieu nous donne à cet effet.

BELESPRIT.

Savez-vous, Mademoiselle, qu'il me faudroit une foi bien vive, pour croire à ces heureux effets de la philosophie? Ce n'est pas celle de nos jours au moins, qui les produit; le plus grand nombre des Philosophes ont peu de religion : j'ai été assez initié parmi eux pour en parler avec certitude. Sous le beau prétexte de s'en tenir à la religion naturelle, ils anéantissent toute religion.

La B o n n e.

Je ne pourrois vous répondre fur cela, fans fortir de notre fujet; nous en raifonnerons quelque jour. Tout ce que je puis vous dire à préfent, c'eft qu'on avilit le nom de philofophe, en le donnant à des perfonnes, qui affurément en mériteroient un autre. Le premier effet de la bonne philofophie eft de nous faire connoître, combien il eft raifonnable de foumettre nos ténebres aux clartés de la révélation. La mienne m'a enfeignée qu'on ne peut fans folie fe refufer aux preuves de la Divinité de cette révélation, & c'eft d'elle que me vient la fermeté de ma foi fur tous les myfteres, mais fur-tout fur celui de l'Euchariftie.

Lady L o u i s e.

Avez-vous des raifons particulieres de croire ce myftere, plus fermement que les autres ?

La B o n n e.

C'eft que j'en connois clairement les raifons. Rappellez-vous, Mefdames, tout ce que nous avons dit en parlant du Myſtere de l'Incarnation : nous ſommes convenues qu'il étoit ſi digne de Dieu, ſi propre à remplir les fins que le Créateur a eues en tirant l'Univers du néant, que nous avons oſé en conclure, que Jeſus-Chriſt ſe ſeroit incarné indépendamment du péché d'Adam, ſeulement pour ſanctifier les hommages des hommes, & rendre à Dieu un culte digne de lui. Tout ce que nous avons dit à l'égard de ce myſtere, peut s'appliquer à celui de l'Euchariſtie. La terre eut été bien dénuée, ſi elle eut été privée de ce moyen d'adorer, d'aimer, de remercier parfaitement ſon Auteur. Quoi de plus digne du zele que Jeſus a pour la gloire de ſon pere, que l'inſtitution de ce ſacrifice perpétuel ! Quoi de plus digne de l'amour qu'il porte aux hommes ! Il leur offre à chaque inſtant un moyen facile de s'appliquer les mérites de ſon ſacrifice ſur la croix, en offrant à ſon pere ce ſacrifice non ſanglant. Il n'eſt point de moment, ni le jour, ni la nuit, où Jeſus ne ſoit offert à ſon pere pour ſolliciter fa miféricorde, & appaifer fa juftice.

Le RABBIN.

J'ai pris la hardieffe d'entrer dans une chapelle catholique, & d'y affifter à la Meffe. Au moment où le Prêtre leva l'hoftie pour l'offrir à nos adorations, je fus faifi d'un fentiment qui me remplit de confolation. Je voyois, par les yeux de ma foi, notre médiateur fufpendu entre le ciel & la terre, pour arrêter la foudre prête à tomber fur nos têtes criminelles. Ah! fans lui, nos crimes avanceroient le moment de la deftruction de cet Univers.

Mr. DE BONNEFOI.

Que cette idée eft belle, quelle eft confolante, & que nous fommes heureux qu'elle foit confirmée par la foi! L'oferoit-on dire! Il manqueroit quelque chofe à l'œuvre magnifique de Dieu, par rapport aux hommes, fi fon amour ne lui avoit pas fait opérer ce dernier prodige. Que je plains ceux qui refufent de croire une vérité fi confolante.

La Bonne.

Ajoutez, Monſieur, & qui refuſent de participer aux tréſors ineſtimables qui nous ſont communiqués dans la Ste. Euchariſtie. Il y a deux choſes dans la Religion Catholique, que je crois comme St. Thomas crut la réſurrection du Sauveur : il n'eut pu en douter quand il l'eut voulu, puiſqu'il avoit touché ſon divin corps. Ces deux choſes ſont : que le ſang de Jeſus-Chriſt nous eſt appliqué au moment de l'abſolution du Prêtre, & que la grace du Sacrement de Pénitence aide au ferme propos. La ſeconde eſt la préſence réelle de Jeſus, & l'abondance des graces qu'il communique dans la Ste. Communion. L'effet de ces deux Sacrements eſt plus ſenſible ſur mon ame, qu'un bon repas ne l'eſt ſur mon corps, quand j'ai bien faim. J'avoue, Meſdames, que cette derniere preuve n'eſt que pour moi : je ne la mets ſous vos yeux que comme un aiguillon pour exciter votre curioſité. Eſſayez de faire une bonne communion, précédée d'une bonne confeſſion, pour voir ſi je ſous trompe.

Lady LOUISE.

Je le voudrois de tout mon cœur, & je demande tous les jours à Dieu avec larmes de me donner ſon Saint-Eſprit pour faire un bon choix. Nous verrons ce qu'il m'inſpirera à la fin de nos conférences. En attendant je vous prie de me dire, ma *Bonne*, ſi le Prêtre & les Aſſiſtants communient à toutes les Meſſes & tous les jours, & ſi vous gardez le pain conſacré.

La BONNE.

Les Chrétiens de la primitive Egliſe communioient chaque fois qu'ils aſſiſtoient à la meſſe, & il ſeroit à ſouhaiter que nos mœurs fuſſent aſſez pures pour les imiter ; mais il y a bien peu de perſonnes qui le faſſent ſi ſouvent. Nous ne gardons point le pain conſacré ; car il n'y a plus de pain après la conſécration ; mais nous gardons le ſacré corps ſous les apparences du pain. Voilà une différence qui se trouve entre les Luthériens & nous. Ils ne croyent la présence réelle qu'au moment de la communion, sans pouvoir nous donner une raison satisfaisante de cette façon de penser. Nous ne conservons l'Eucharistie que sous l'espece du pain.

Le CALVINISTE.

Et on ne vous la donne non plus que sous cette seule espece, contre le précepte formel de Jesus Christ, & la pratique de tous les tems ; comme s'il étoit permis, sous quelque prétexte que ce soit, de changer quelque chose dans ce qui est d'institution Divine

La BONNE.

La synagogue avoit bien changé quelque chose dans la maniere de manger l'Agneau Paschal ; quoique Dieu eût ordonné lui même par la bouche de Moïse qu'on devoit prendre ce repas mystérieux debout, un bâton à la main, nous voyons que les Juifs le mangeoient assis, & même cou-

couchés fur des lits, à la maniere des Afiatiques.

Lady VIOLENTE.

En vérité, ma *Bonne*, je penfe que les Juifs faifoient en cela une grande faute, puifqu'ils défobéiffoient à Dieu.

La BONNE.

Non, Madame : on ne pourroit le dire fans blafphême, puifqu'il eft certain que Jefus le mangea ainfi, fans quoi Saint Jean n'auroit pu repofer fur fon fein.

Lady LOUISE.

Je n'avois jamais fait cette remarque, non plus que *Lady Violente*. Ah ! Ça, ma *Bonne*, nous voilà fuffifamment inftruites des fentiments de l'Eglife Romaine par rapport à l'Euchariftie : il faut nous prouver à préfent qu'on croyoit ce qu'elle croit dans les premiers fiecles.

Mifs DOROTHÉE.

Je puis commencer cette preuve à

à ma maniere. J'ai lu dans l'histoire des perſécutions, qu'on accuſoit les premiers chrétiens d'un crime étrange. On diſoit donc que dans leurs aſſemblées ils prenoient un petit enfant qu'ils couvroient de farine & qu'enſuite ils le coupoient par morceaux pour le manger. Quelle pouvoit être l'origine d'une telle accuſation, ſinon la Sainte Euchariſtie dont apparemment les Païens avoient entendu parler ?

La BONNE.

L'Egliſe dans les premiers ſiecles, gardoit un profond ſecret ſur l'Euchariſtie, pour des raiſons qui ne ſont pas venues à ma connoiſſance. Les Catéchumenes ſortoient du lieu où l'on célébroit avant qu'on eut commencé les Saints Myſteres, & ce n'étoit qu'au ſortir des eaux du Baptême qu'ils aſſiſtoient à la Meſſe, où ils recevoient la Ste. Communion pour la premiere fois.

TOLÉRANT.

Ce que vous dites, eſt-il bien prouvé, Mademoiselle ? Voilà la premiere fois de ma vie que j'en entends parler.

La BONNE.

Cela est bien naturel, Monsieur. Quand on est persuadé qu'on peut être sauvé indépendamment de ce qu'on croit, ce n'est gueres la peine de s'instruire. Je vous donnerai des témoins des premiers siecles; d'ailleurs, ces Messieurs savent que je dis vrai.

Quelque grand que fut le secret qu'on gardoit sur la Ste. Eucharistie, il y a lieu de présumer que les fideles se permettoient d'en parler entre eux, sans prendre les précautions suffisantes pour empêcher leurs esclaves Païens d'entendre leurs conversations. Ces esclaves étoient donc autorisés dans l'accusation qu'ils portoient contre leurs maîtres, & c'est une preuve certaine de la foi qu'avoit alors l'Eglise par rapport à la Sainte Eucharistie.

Lady MÉRY.

Mais, pourquoi continuoit - on à faire un mystere d'une chose qui scan-

dalifoit les Païens , & autorifoit la perfécution ?

Le RABBIN.

On ne le garda pas long-tems , Madame ; St. Juftin Philofophe & Martyr, dès l'an 150, compofa une apologie des Chrétiens, qui fut préfentée
aux Empereurs , & dans laquelle il
parle clairement des Sacrements. Rien
de plus notoire & de plus public qu'-
un difcours de cette nature. Voici
comment il s'explique.

« Nous expliquerons maintenant
» de quelle maniere nous fommes con-
» facrés à Dieu, & renouvellés en
» J. C., de peur que l'on ne croye
» que nous le diffimulons par malice.
» Ceux qui font perfuadés de la vé-
» rité de notre doctrine , & qui pro-
» mettent de mener une vie qui y
» foit conforme, nous les obligeons
» à jeûner, à prier, à demander à
» Dieu la rémiffion de leurs péchés
» paffés, & nous prions & jeûnons
» avec eux. Enfuite nous les amenons
» au lieu où eft l'eau , & ils font ré-
» générés en la maniere que nous

» l'avons été : car ils sont lavés dans
» l'eau au nom du Seigneur Dieu,
» Pere de toutes choses, & de N. S.
» J. C. crucifié sous Ponce-Pilate, &
» du St. Esprit qui a prédit par les
» Prophetes tout ce qui regardoit
» J. C. Nous appellons cette ablution,
» *illumination*, parce que les ames y
» sont éclairées. «

Lady LOUISE.

Il me semble qu'en ce tems, on plongeoit celui qui devoit être baptisé, trois fois dans l'eau. Mr. l'*Anglican*, pourquoi avons-nous quitté cet usage qui étoit établi par Jesus-Christ même, & par les Apôtres?

L'ANGLICAN.

L'essence du Baptême est que celui qui est baptisé, soit touché avec l'eau dans le tems qu'on prononce les paroles, & il est indifférent qu'il soit plongé ou aspergé.

Lady LOUISE.

Ainsi vous reconnoissez, Monsieur, que l'Eglise a l'autorité de changer les uſages les plus anciens, quand ils ne ſont pas de l'eſſence de la choſe. Ma *Bonne* nous l'avoit dit ; mais j'ai été bien aiſe de l'entendre de votre bouche. Continuez, s'il vous plaît, ma *Bonne*, le diſcours de ce Saint Philoſophe.

La BONNE.

« Après cette ablution, nous ame-
» nons le nouveau fidele, & admis,
» comme nous diſons, au nombre
» des freres, nous l'amenons, dis-je,
» au lieu où ils ſont aſſemblés pour
» prier en commun, & avec atten-
» tion, tant pour eux, que pour l'il-
» luminé, & pour les autres, quel-
» que part qu'ils ſoient : afin qu'ayant
» connu la vérité, nous puiſſions par
» les ŒUVRES, & par l'obſervation
» des Commandemens, arriver au
» ſalut éternel. «

BELESPRIT.

Sur mon honneur, Meſſieurs, vous devriez récuſer ce témoin. Ce Saint Juſtin, malgré ſa Philoſophie, étoit un franc Papiſte. Il ignoroit abſolu-

ment les dogmes de Calvin par rapport à la régénération du Baptême ;
car il ne dit point qu'il étoit le signe
de la régénération, mais qu'il la pro-
duisoit. Vous voyez auſſi combien les
Chrétiens de ſon tems avoient la manie de jeûner, manie que je croyois
une nouveauté ſcandaleuſe, quand
j'ai vu avec quel ſoin les Réformés
l'ont exclue ; mais ce qu'on ne peut
lui paſſer, c'eſt ſon ſentiment ſur les
œuvres. Comment donc ! il leur attribue le ſalut. Je le répete, cet homme
étoit Papiſte.

Le RABBIN.

Je vois avec une ſatisfaction incroyable, que dès l'an 150, l'Egliſe
croyoit ſur le Baptême, la foi & les
œuvres, ce qu'elle croit encore aujour-
d'hui. Continuez, s'il vous plaît, à
la juſtifier contre les calomnies, dont
on l'accable en l'accuſant d'enſeigner une doctrine nouvelle. Des nouveautés, qui ont plus de ſeize ſiecles
de notoriété, ne peuvent venir que
des Apôtres, puiſque ceux qui les publioient, avoient vécu avec les diſci-

ples des Apôtres, & que la doctrine,
exposée dans cette apologie, ne fut
pas contredite.

La BONNE.

« Les prieres finies, nous nous sa-
» luons par le St. baiser.) Remarquez,
» Mesdames, que les hommes étoient
» à l'Eglise dans des lieux séparés)
» puis on présente à celui qui préside
» aux freres, du pain, & une coupe
» de vin & d'eau. Les ayant pris, il
» donne louange & gloire au Pere par
» le nom du Fils & du St. Esprit, &
» lui fait une longue action de graces
» pour ces dons dont il nous a grati-
» fiés. Après qu'il a achevé les prieres
» & l'action de graces, tout le peu-
» ple assistant, dit, *Amen*, c'est-à-
» dire en Hébreu, *Ainsi soit-il.* «

Mr. DE BONNEFOI.

Vous ignorez sans doute, Mesdames, combien Luther étoit cabré contre cette partie de la Messe, qu'on
appelle *Offertoire*, dans laquelle on
offre à Dieu avec action de graces,
les dons qui vont être consacrés. Qu'il

s'en prenne à l'Eglise des premiers siecles, où cette pratique étoit établie.
La Messe est de la plus haute antiquité ; car on ne peut la méconnoître
dans l'apologie de St. Justin.

Le CALVINISTE.

Quelle imagination ! Cela ressemble-t-il à cet amas de ridicules cérémonies, dont les Papistes ont chargé
leur Messe ?

Mr. DE BONNEFOI.

Quand l'Eglise Romaine auroit
changé quelques unes des cérémonies
qui étoient en usage de ce tems là ,
ne m'avez-vous pas dit qu'elle avoit
le droit de le faire, quand elles n'é-
toient pas essentielles ? Ne l'imitez-
vous pas dans les changemens qu'elle
a faits à la maniere d'administrer le
Baptême ? Donc vous ne croyez pas
ce changement criminel. Je vois dans
la description de St. Justin, l'offrande des dons qui doivent être consacrés, de longues prieres qui accompagnent cette offrande , le concours du
Prêtre, & du peuple dans cette action,

le baiser de paix : & je retrouve toutes ces choses dans la Messe que l'on
dit aujourd'hui.

Le RABBIN.

Je vais vous communiquer une réflexion qui vous échappe. St. Justin
parle à un Païen, & ne cherche ni
à lui prouver la vérité des choses
dont il parle, ni à lui en faire connoître tout le détail. Il ne cherche
qu'à lui prouver, que les assemblées
des Chrétiens n'ont rien de criminel ;
& pour cela, il lui expose de gros en
gros, pour ainsi dire, ce qui s'y passe ;
c'est tout ce qui convenoit à son dessein.

La BONNE.

Votre réflexion en produit une autre.
Dans les témoignages que je vais vous
donner de la perpétuité de la foi sur
la présence réelle, vous ne trouverez
pas un seul mot de controverse, comme sur la divinité de J. C., sur la
maternité divine, ou sur les autres
points disputés par les Hérétiques. Ce
n'est que par occasion, & en instrui-

fant les fideles que les Peres en parlent.

Miss DOROTHÉE.

Et j'en conclus que ce point n'avoit point encore été contesté. On ne s'efforce point de prouver une chose, dont tout le monde est d'accord, une chose claire ; mais on éclaircit celle qui est douteuse, & on donne des raisons pour affirmer celle qui est contestée.

Lady LOUISE.

Cette raison est très bonne, ma chere ; nous ne disputons point avec les Catholiques sur la vérité de l'Incarnation ; on ne trouveroit dans nos Auteurs aucune controverse sur ce point: pourquoi? C'est qu'on en est d'accord dans toutes les communions. Le silence sur un article de foi est donc une preuve qu'il est généralement reçu, & quand on en parle, ce n'est que pour exciter la piété des fideles, & nullement pour faire naître une foi qu'ils ont déjà. Continuez, s'il vous plaît, ma *Bonne.*

La BONNE.

« Ensuite ceux que nous appellons
» *Diacres*, distribuent à chacun des
» assistants, le pain & le vin &
» l'eau consacrés par l'action de gra-
» ces, & ils en portent aux absents. «

Le CALVINISTE.

Peut-on dire plus positivement, que
le pain & le vin étoient après la consécration ce qu'ils étoient auparavant?

La BONNE.

Doucement, Monsieur. St. Justin
n'a pas fini. Votre remarque prouve
seulement combien il est aisé d'en imposer aux ignorants, en ne citant que
quelques lambeaux des passages des
Anciens. Ces Dames en conviendront
après avoir entendu le discours entier.

« Nous appellons cette nourriture,
» *Eucharistie*, & il n'est permis à
» personne d'y participer, s'il ne
» croit la vérité de notre doctrine,
» s'il n'a été lavé par la rémission des
» péchés, & la nouvelle vie, & s'il

» ne vit conformément aux préceptes
» de Jesus-Christ. Car nous ne les
» prenons pas comme un pain com-
» mun, & comme un breuvage or-
» dinaire. Mais comme par la paro-
» le de Dieu Jesus-Christ s'est fait
» chair, & a pris la chair & le sang
» pour notre salut; ainsi la nourritu-
» re sanctifiée par la priere de son
» Verbe, devient la chair & le sang
» du même Jesus-Christ incarné; elle
» qui deviendroit notre chair & notre
» sang par le changement qui arrive
» à la nourriture. Ensuite, nous nous
» rappellons ces choses en mémoire
» les uns aux autres. «

Le RABBIN.

Si vous n'êtes pas satisfait de ce
témoignage, je ne sais ce qu'on pourroit dire de plus fort & de plus positif. Saint Justin, pour préparer les
esprits au miracle de l'Eucharistie, cite
celui de l'Incarnation; il nous assûre
que de même que le Verbe s'est fait
chair par la parole de Dieu, de même aussi le pain & le vin consacrés
deviennent la chair & le sang de J.

C. On ne peut donc nier la réalité dans l'Euchariftie, fans nier auffi l'union du Verbe avec la nature humaine.

Le LUTHÉRIEN.

Et comme le Verbe, en s'uniffant à la chair, n'a pas détruit la chair, de même Jefus en s'uniffant au pain, le laiffe fubfifter.

La BONNE.

Saint Juftin femble avoir prévu l'abus que vous faites de ces paroles, & pour le prévenir il ajoute, en parlant des chofes confacrées : Elles qui *deviendroient* notre chair & notre fang, par le changement qui arrive à la nourriture. Perfonne n'ignore la fignification du futur conditionnel *deviendroit*: le futur pofitif eft *deviendra*. Vous mangez un morceau de pain ; je dis pofitivement : ce pain deviendra votre nourriture. Vous n'avez pas de pain, ou vous ne voulez pas en manger ; je ne puis plus employer le futur abfolu, & dire : le pain que vous n'avez pas, *deviendra* votre nourriture ; il faudroit dire : le pain, si vous en aviez, *deviendroit* votre nourriture. Ce mot, *deviendroit*, marque l'absence du pain.

Miſs DOROTHÉE.

Et comme ſi Saint Juſtin avoit voulu répondre à toutes les objections des Hérétiques de notre tems, il ajoute : *nous nous rappellons ces choſes en mémoire les uns aux autres.* Voilà deux actions bien diſtinctes. La réception du corps & du ſang de Jeſus-Chriſt, & *enſuite*, peſez ce mot, *enſuite*, le ſouvenir que le Sauveur a exigé des fideles en communiant.

BELESPRIT.

Je vous ai promis de vous communiquer ce que j'ai traduit des lettres de ſaint Ignace, qui fut martyriſé l'an de Jeſus 107. Ces Epitres ont été reconnues de toute l'Egliſe en tous les tems, & vous les regardez comme réelles auſſi bien que nous. Voici comment il s'exprime dans la lettre qu'il écrivit aux Philadelphiens , peu de tems avant son martyre.

« Ne vous trompez pas, mes freres:
» si quelqu'un suit l'auteur d'un schif-
» me , il n'aura point de part au
» Royaume de Dieu : si quelqu'un
» suit une doctrine étrangere, il ne
» s'accorde pas avec la passion de
» Jesus-Christ. Prenez donc garde
» d'user d'une seule Euchariftie ;
» car, il n'y a qu'une seule chair
» de Jesus-Christ. « Lorsqu'il est
question de ce Sacrement, vous voyez
que le mot de *chair* de Jesus revient
tout naturellement, sans qu'il arrive
jamais qu'on employe celui de figure.

La BONNE.

On trouve dans ces Epitres la confirmation de presque tous les points de
doctrine que nous croyons aujour-
d'hui, mais il ne faut pas nous écarter
du point sur lequel nous sommes.
Saint Irénée , qui vivoit dans le second
siecle, avoit dans sa jeunesse été instruit
par Saint Polycarpe, disciple de Saint
Jean. Il fit un ouvrage contre les hé-

réfies à l'occafion des hérétiques de
fon tems , il y fait une mention particuliere de leurs erreurs.　Si la foi de
la préfence réelle avoit été attaquée
alors , il n'auroit pas manqué de nommer par qui elle l'eut été.　Si , au contraire, cette doctrine n'eut pas été
univerfellement reçue , il eut compté
Saint Juftin parmi ceux qui vouloient
introduire une opinion nouvelle.　Ce
n'eft donc que par occafion que Saint
Irénée parle de l'Euchariftie , & voici ce qu'il en dit en parlant des Hérétiques

　　« Comment pourront-ils être af-
» fûrés que le pain de l'Eucharif-
» tie eft le corps de leur Seigneur,
» & le calice fon fang , s'ils ne le
» connoiffent pas pour le fils du Créa-
« teur ? Et comment difent ils que
» la chair, qui eft nourrie du corps &
» du fang du Seigneur , eft fujette à
» la corruption & ne reçoit pas la
» vie? « Il dit encore : « Comme
» le pain qui vient de terre, recevant
» l'invocation divine , n'eft plus un
» pain commun, mais l'Euchariftie
» compofée de deux chofes, l'une

» terreftre & l'autre célefte ; de mê-
» me nos corps, en recevant l'Eucha-
» riftie, ne font plus corruptibles :
» mais ont l'efpérance de l'immor-
» talité. «

Le LUTHÉRIEN.

Vous l'entendez de vos oreilles. Il
y a deux chofes dans l'Euchariftie,
l'une terreftre, qui eft le pain ; l'autre
célefte, qui eft le corps de Jefus-
Chrift : Luther en le difant n'avoit fait
qu'adopter le fentiment de St. Irénée,
ou plûtôt de l'Eglife.

La BONNE.

Il falloit donc dire que l'Euchariftie contenoit trois chofes, dont deux
étoient terreftres, & l'autre célefte ;
car le corps de J. C., quoiqu'il fut
le corps d'un Dieu, n'étoit pas moins
une chofe terreftre, une chofe qui venoit de la terre. Ceux qui veulent qu'a-
vec le corps de J. C. & fa divinité, le
pain refte encore, doivent y ajouter
cette troifieme chofe, dont St. Irénée
ne parle pas.

Miſs D O R O T H É E.

Monſieur le *Luthérien*, je ne ſuis pas une ſavante, au contraire on peut, ſans me faire tort, dire que je ne ſuis qu'un enfant, mais malgré ma jeuneſſe & mon ignorance j'ai une ame à ſauver comme les vieillards & les ſavants. Je trouve dans l'Evangile que celui qui n'aura pas la foi, ne ſera pas ſauvé ; donc pour ſauver mon ame je dois avoir la foi. Si j'en crois chaque homme en particulier, il me dira que la foi eſt dans la religion qu'il profeſſe : or ma petite raiſon me dit que ſi un de ces hommes dit vrai, les autres mentent. Que voulez-vous qu'une fille de mon âge faſſe en pareil cas ?

Le L U T H É R I E N.

Qu'elle liſe l'Ecriture ſans s'embarraſſer de ce que diſent les hommes, & qu'elle forme ſa foi ſur les paroles de Jeſus.

Miſs D O R O T H É E.

Vous êtes un homme de bon confeil, Mr., & je veux le fuivre ; c'étoit pour avoir l'occafion de le prendre, que j'ai fait cet écart. Je m'en tiens donc à l'Evangile, & comme Jefus ne dit pas, ce pain eft la figure de mon corps, ou ce pain eft mon corps; je ne crois, non plus le pain dans l'Euchariftie après la confécration que la figure. Je croirois cette vérité quand tous les autres hommes la nieroient, & quand on ne trouveroit pas un feul paffage chez les anciens pour l'appuyer, parce que le témoignage de Jefus me fuffit : jugez avec quel plaifir je vois mon fentiment appuyé par l'autorité de l'Eglife qui l'a toujours cru ainfi. Elle canonife mes fentiments qui font ceux de tous les Peres, à ce que ma *Bonne* a promis de nous prouver ; & elle nous a déjà tenu fa parole : car rien de plus pofitif que les paffages allégués.

Le CALVINISTE.

Comme fi Saint Juftin & les autres étoient infaillibles ! d'ailleurs, c'eft une vifion que de croire trouver la Messe dans les paroles de ce Martyr.

Lady LOUISE.

Ne confondons rien, s'il vous plait, Monsieur. Mademoiselle ne vous a pas promis de vous prouver l'infaillibilité des Peres des premiers siecles ; mais bien de vous faire voir par leur témoignage que l'Eglise dans tous les tems a cru sur la réalité ce qu'elle croit aujourd'hui. D'ailleurs, si j'en crois les idées que ma *Bonne* m'a données de la Messe, son essence consiste dans l'offrande des dons qui doivent être consacrés, dans cette consécration, & dans la consommation de la victime offerte. Or je trouve ces trois choses dans le discours de Saint Justin ; donc j'y trouve la Messe.

Lady VIOLENTE.

Et ce qui rend le témoignage de ce Martyr beaucoup plus fort, c'est la circonstance dans laquelle il le rend. N'est-il pas vrai qu'il cherche à prouver à l'Empereur que les Chrétiens font innocents des crimes dont on les accuse & qu'ils ne méritent pas les supplices qu'on leur faisoit souffrir ? Un des crimes, dont on accusoit les Chrétiens, étoit de se nourrir de chair humaine : si Saint Justin n'eut écouté que la fausse prudence du siecle , il eut caché avec soin la foi de l'Eglise par rapport à la Sainte Euchariftie ; car cette foi rappelloit l'idée des repas odieux dont on les accusoit; à plus forte raison se feroit-il donné de garde d'attribuer à l'Eglise des sentiments qu'elle n'auroit pas eus, & qui pouvoient lui porter un grand préjudice.

La Bonne.

Le même Saint Justin fit une seconde apologie dont j'avois oublié de vous parler, & où il dit que la Sainte Euchariftie est ce sacrifice pur, qui devoit être offert à Dieu du levant au couchant parmi les Gentils, suivant la prédiction de Malachie.

Saint Irénée rapporte aussi cette prédiction de Malachie. Voici ses paroles,

« Jesus-Christ conseilla à ses Apôtres
» d'offrir à Dieu les prémices de ses
» créatures, non comme s'il en a-
» voit besoin, mais afin qu'ils eus-
» sent l'avantage de la reconnoissan-
» ce. Il prit du pain qui est l'ouvra-
» ge du Créateur, & rendant gra-
» ces, il dit : *ceci est mon corps* ;
» & de même, prenant le calice,
» qui est selon nous l'ouvrage du
» Créateur, il déclara que c'étoit son
» sang, & enseigna la *nouvelle* obla-
» tion du nouveau Testament , &
» que l'Eglise, ayant reçu des Apô-
» tres, offre à Dieu par tout le mon-
» de, suivant ce qui est dit dans Mala-
» chie. *Du levant au couchant mon*
» *nom est glorifié entre les nations*
» *& en tous les lieux où l'on offre*
» *en mon nom la victime & le sacri-*
» *fice pur.*

Le R A B B I N.

L'esprit de l'Eglise est parfaitement
connu & exposé dans ce passage.
C'est une oblation *nouvelle.* Elle est
donc autre que celle qui fut offerte
par Melchisedech: celle-là étoit de

pain & de vin ; si celle de l'Eglise
étoit la même, on ne l'appelleroit
pas nouvelle. Saint Irénée remarque
que le Prophete parle de *victime*,
de sacrifice pur. Or ce mot de *victime* ne pourroit s'appliquer au pain
& au vin, sans renverser les idées
attachées aux mots. Par victime,
chez toutes les nations, on a toujours entendu le sacrifice d'une créature vivante, qui dans l'holocauste
étoit entiéremenr détruite, & dans
les autres sacrifices servoit à la nourriture du Prêtre & des Assistants.

Le CALVINISTE.

Et que deviennent les paroles de
Saint Paul qui assûre que Jesus-
Christ ne s'est immolé qu'une fois?

Le RABBIN.

Et que deviendroient les paroles de
Malachie, s'il falloit entendre, comme vous le faites, celles de Saint Paul?
Pouvez vous dire que vous êtes ce
peuple qui offre ce sacrifice perpétuel du levant au couchant? Votre
nom étoit à peine connu lorsque des

milliers de Prêtres accomplissoient au Japon la prédiction de Malachie. Vous offrez le pain & le vin une fois chaque mois ; cela ressemble-t-il à un sacrifice perpétuel ? Rappellez-vous ce que je vous ai dit sur les paroles de Saint Paul : elles doivent être expliquées à ceux auxquels il les addressoit , & qui vouloient associer les sacrifices de l'ancienne loi avec l'unique sacrifice de la nouvelle.

Miss DOROTHÉE.

Pourquoi Saint Irénée, en parlant du Calice, dit-il qu'il est *selon nous* l'ouvrage du Seigneur ?

La BONNE.

A cause des Hérétiques Manichéens ou de ceux dont ces Hérétiques ont tiré leur origine : car je ne me souviens pas si on les nommoit ainsi en ce tems. Ces gens-là admettoient deux principes dans le monde. Ils tenoient l'un pour l'auteur & le créateur du bien, & l'autre du mal ; & ils disoient que le vin étoit l'ouvrage du mauvais principe.

Miss

Miss DOROTHÉE.

Je remarque avec quelle exactitude St. Irénée releve cette erreur, & j'en conclus qu'il n'auroit pas oublié celle de la préfence réelle, fi c'en eut été une ; mais je crois qu'on a déjà fait cette remarque, auffi bien que la fuivante, que je vais expofer dans un nouveau jour. On étoit fi éloigné dans la primitive Eglife de multiplier les objets de la foi, qu'on étoit obligé d'en voiler une partie pour ne pas rebuter les Païens. Les Cathécumenes même n'étoient admis à la parfaite connoiffance de l'Euchariftie qu'après leur baptême, & on employoit un tems confidérable à les convaincre de la toute-puiffance de Dieu, & de l'infaillibilité des promeffes de J. C. avant de leur découvrir ce prodige de fon amour pour les hommes. Si l'Euchariftie n'avoit été qu'une figure, à quoi bon ce myftere, toutes ces précautions ?

Lady LOUISE.

Ne pourroit-on pas dire que les

Auteurs, que vous avez cités, n'ont point été contredits, parce qu'il y avoit alors peu d'écrivains, & que ce peu étoit aſſez occupé à combattre les hérétiques. . . . mais non. La préſence réelle, ſi elle eut été une erreur, eut attiré leur attention, tout comme les autres. Hélas ! ma *Bonne*, me voici réduite à chercher des objections.

La BONNE.

Et quand on en eſt là, Madame, c'eſt qu'il n'y en a point de réelles. L'Egliſe avoit alors de grands hommes, Pantenus, qui étoit à la tête de l'école d'Alexandrie, St. Clément, à qui l'on a donné le ſurnom d'*Alexandrin*, & qui ſuccéda à Pantenus, dont il avoit été le diſciple. A Rome, Rodon écrivit pluſieurs livres contre l'hérétique Marcion, Candede, Apion, Héraclite, Maxime & Tertullien. Nous allons parler des Auteurs du troiſieme ſiecle.

Nous trouvons d'abord Origene qui nous apprend que la prédication étoit ſuivie de la célébration de l'Euchariſtie. Voici ſes paroles. « Perſon-

» ne ne doit ouir la parole de Dieu,
» qu'il ne foit fanctifié de corps &
» d'efprit ; car il doit entrer peu
» aprés au festin nuptial, il doit man-
» ger la chair de l'Agneau , & boire
» la coupe de fon fang. » Il dit
ailleurs.

« Vous qui avez accoutumé d'af-
» fifter aux Saints Myfteres , vous fa-
» vez avec quelles précautions &
» quel refpect vous recevez le corps
» du Seigneur, de peur qu'il n'en
» tombe la moindre partie : car vous
» vous croiriez coupable, & avec
» raifon , fi par votre négligence il
» s'en perdoit quelque chofe. «

Lady LOUISE.

A peine ai-je formé une objection,
qu'elle eft détruite de la maniere la
plus victorieufe : ce paffage me paroît
décifif en faveur de la préfence réelle.
Si on ne recevoit Jefus que fpirituel-
lement, à quoi bon tant de précautions pour empêcher qu'il ne fe perde
quelque partie du pain ? Car enfin,
ce pain, pour être le Symbole du
corps de Jefus-Chrift, n'en feroit pas

moins un pain ordinaire. Est-on coupable pour laisser tomber à terre quelques miettes de pain ? Il me semble même que ces paroles font entendre que le corps de Jesus est non seulement sous le pain en entier, mais dans la plus petite parcelle. Le croyoit-on ainsi alors ? Le croit-on encore aujourd'hui ?

La BONNE.

Oui, Madame. Mais nous ne croyons pas que Jesus soit sous le pain. Il a disparu, il n'en reste que les apparences.

Lady LOUISE.

Je l'entends ainsi, ma *Bonne* ; mais l'habitude du langage & des sens entraine dans le discours, & fait qu'on employe des expressions qui ne répondent pas exactement à la pensée ; ce qui ne peut tirer à conséquence, quand on est convenu des choses dont on parle. Je suis persuadée que c'est la terre qui tourne & non pas le soleil ; cependant il m'arrive tous les jours de dire, le soleil marche bien

vite, & choses semblables. On dit
le terme qui correspond à ce qui paroît aux yeux, & non à ce qu'on a
dans l'esprit.

Miss DOROTHÉE.

Il paroîtroit naturel qu'Origene &
les autres eussent employé cette expression *avec le pain*, qui vous vient
si naturellement. Il falloit que la foi
de la présence réelle fut bien fortement établie & bien vive, puisqu'en
dépît du témoignage de leurs sens, ils
ne faisoient pas la même méprise que
Lady Louise. Ce n'est pas que la chose eut nui à la cause que ma *Bonne*
défend ; car comme *Lady* le remarque fort bien, quand la chose a été
bien exprimée la première fois, on
peut employer le signe sans que cela
tire à conséquence.

Lady VIOLENTE.

Je vous demande pardon, ma chere ; j'étois à moitié distraite, & n'ai
pas trop bien compris ce que vous venez de dire.

Miss DOROTHÉE.

Je dis que quand une fois on est convenu que c'est la terre qui tourne & non pas le soleil, on peut, sans nuire à la vérité qu'on a établie, dire, que le soleil s'arrêta à la parole de Josué. Voici un autre exemple. Jesus dit positivement aux Apôtres, en leur présentant le Calice : *Prenez & buvez, ceci est mon sang.* Il ne doit rester aucun doute après l'attestation de Jesus, & s'il dit ensuite : *Je ne boirai plus avec vous ce fruit de la vigne :* on sent bien qu'il employe le nom du signe de son sang.

La BONNE.

C'est pourtant sur ces paroles que les Calvinistes s'appuyent pour nier la présence réelle, & les Luthériens pour nier la transubstantiation. C'est bien dommage qu'ils soient venus si tard, ils auroient éclairé les Peres des quatre premiers siecles, & tous ceux qui les ont suivis. Ils savoient ce passage aussi bien que ces Chefs de Sectes, & ne se sont pourtant point avi-

fés de douter des vérités que ces derniers venus combattent. Je vais continuer mes preuves ; c'eſt encore Origene qui va parler.

« Quand vous participez au feſtin
» incorruptible ; quand vous mangez
» & buvez le corps & le ſang du
» Seigneur ; alors le Seigneur entre
» ſous votre toit. Vous donc, vous
» humiliant, imitez le Centenier. «

Le RABBIN.

Je ne crois pas qu'il y ait aucune vérité
mieux atteſtée dans toute la religion
chrétienne : eſt-ce donc là un de ces
dogmes nouveaux, qu'on accuſe l'E-
gliſe Romaine d'avoir établis ? En vérité ceux qui l'ont dit, ont bien compté ſur l'ignorance de ceux auxquels
ils parloient : cependant on les croit
ſur leurs paroles, ſans recourir aux
ſources : continuez, s'il vous plaît, à
nous les découvrir.

La BONNE.

St. Cyprien parle peu de la Sainte
Euchariſtie, la préſence réelle n'é-
tant alors combatue par perſonne :

cependant, il releve un abus, qui
s'étoit introduit de son tems, par
quelques Prêtres, qui, craignants
qu'on ne les reconnut pour Chrétiens à l'odeur du vin, ne mettoient
que de l'eau dans le Calice. Il dit
à cette occasion. « Comme le vin re-
» lâche l'esprit & le délivre de la trif-
» tesse, ainsi en buvant le sang du
» Seigneur, nous perdons la mémoi-
» re du vieil homme. «

Voici de nouvelles preuves de la
foi de la présence réelle, dans l'hiftoire de St. Athanase. Il étoit accusé,
comme vous le savez, d'avoir fait briser un Calice par un de ses Prêtres :
voici ce qui fut dit par les Evêques
Egyptiens, qui le justifioient.

« Puisqu'il n'y avoit point d'Eglise
» dans le lieu où l'on dit que cet ex-
» cès s'est commis, ni de Prêtre pour
» sacrifier, que le jour ne le deman-
» doit pas, n'étant pas un Dimanche;
» comment donc y auroit-on brisé
» une coupe mystique? Elle ne se
» trouve que chez les Prêtres légiti-
» mes; ils ont droit de la présenter
» aux peuples, eux qui l'ont reçue se-

» lon la regle de l'Eglise. Que si
» celui qui brise un Calice, est un im-
» pie, celui-là l'est bien d'avantage,
» qui prophane le corps de J. C. «

Mr. DE BONNEFOI.

Toujours le corps, & jamais la figure; jamais cette expression ne s'é-
chappe des levres des Peres, parce
que jamais l'idée de la figure ne leur
étoit venue dans l'esprit, & qu'au contraire celle de la réalité y avoit faite
de profondes traces.

Le RABBIN.

Et le moyen que cela fut autrement,
après la maniere dont la Ste. Ecriture s'exprime à cet égard. Je lis actuellement les Epitres de St. Paul, & cette lecture auroit suffi pour me convaincre de la réalité, quand même je
n'aurois jamais lu que cela. Dites-
moi, Monsieur le *Calviniste* : Que reçoit-on dans l'Eucharistie suivant votre
opinion ? Comment le reçoit-on ?

Le CALVINISTE.

On reçoit spirituellement le corps

& le sang de Jesus-Christ ; cette union spirituelle produit tous les effets que produiroit une réception corporelle, elle nous fait participer d'une maniere ineffable aux mérites de la mort & passion de Notre Seigneur, qui nous sont appliqués dans l'Eucharistie, & cette réception spirituelle, cette application se fait par la foi.

Le RABBIN.

Ainsi ceux qui n'ont pas cette foi qui produit cette réception spirituelle, cette application, ne reçoivent rien du tout.

Le CALVINISTE.

Ils reçoivent leur jugement, ils boivent & mangent leur condamnation, selon l'Apôtre St. Paul.

Le RABBIN.

Je comprends très bien les paroles de St. Paul dans le sens des Catholiques, & dans ce sens, les paroles de Jesus, quand il dit : *La chair ne sert de rien, c'est l'esprit qui vivifie.* Mais il m'est impossible d'y rien entendre dans le sens que vous y donnez, Monsieur. Si la foi rend présent les dons absents, ceux qui manquent de la foi, ne reçoivent rien, n'abusent de rien, puisqu'il n'y a rien en effet. Comprenez-vous cela, Mesdames?

Lady LOUISE.

Assûrément, Monsieur; est-ce que les Catholiques croyent que Jesus est réellement reçu par les indignes, par ceux qui n'ont pas la foi?

La BONNE.

Non seulement les Catholiques le croyent, mais les Protestants le croyent aussi, c'est à dire qu'ils unissent deux choses contradictoires, l'abus des graces du Sacrement, de la réception spirituelle, & la non réception de ces graces. Or comme Monsieur vous l'a fait remarquer, il n'y a rien de réel selon eux dans le Sacrement; la foi seule y rend comme présentes les choses absentes; or sans la foi, il n'y a rien de présent, qu'un morceau de pain; on n'abuse donc que d'un morceau de pain : or cet abus mérite-t-il les terribles paroles de St. Paul, qui non seulement disent, que ceux qui mangent le corps du Seigneur sans s'être éprouvés eux-mêmes, boivent & mangent leur condamnation ; mais qui attribuent à ce sacrilege les maladies & les morts subites ? Encore une fois dans l'opinion proteſtante, ils ne peuvent ſe rendre coupables du corps du Seigneur, qui n'y eſt pas.

Lady VIOLENTE.

Cela eſt clair ; mais ſi Jeſus eſt réellement ſous les eſpeces & apparences du pain & du vin, ceux qui le reçoivent indignement, méritent tous les Anathêmes prononcés par Saint Paul. D'ailleurs, Monſieur le *Calviniſte*, permettez-moi de vous faire une réflexion. Ne pouvons-nous pas participer aux mérites de la mort & paſſion de Jeſus par la foi dans tous les tems ? A quoi ſert donc le Saint Sacrement de l'Euchariſtie, s'il ne nous donne rien de plus particulier ? Je ne conçois pas ſon utilité.

Mr. DE BONNEFOI.

Votre bon sens vous a fait une objection, que nous faisons tous les jours aux Protestants. Lisez les écrits des Peres. Vous y verrez qu'ils ne parlent jamais de la Sainte Euchariftie qu'avec des transports d'étonnement, d'admiration, de reconnoissance & d'amour : c'est, selon eux, le miracle des miracles, la plus grande preuve que Dieu put nous donner de son amour. Calvin les a copiés dans leurs expressions, comme on vous l'a déjà dit. Or tous ces sentiments ne peuvent s'expliquer naturellement que par la présence réelle. Dans le reste il n'y a point de miracle ; il n'y a rien que Dieu ne nous ait donné en plusieurs autres manieres différentes.

Le RABBIN.

Que de raisons pour appuyer la foi de la réalité, dont les preuves, depuis Saint Paul, se sont perpétuées par la foi de l'Eglise jusqu'à nous ! Tertullien écrivant contre les Hérétiques, qui nioient que Jésus en s'incarnant eut pris une chair réelle, en donne pour preuve ces paroles. *Le pain que je vous donnerai, est ma chair* : il n'avoit garde d'entendre la figure de la chair, ç'auroit été donner gain de cause aux Hérétiques qu'il attaquoit, dont l'hérésie consistoit à dire que Jesus n'avoit pris que la figure de la chair.

Mr DE BONNEFOI.

Dans son traité de la chair contre les Valentiniens, il releve la dignité de la chair par les Sacrements & dit.

« On lave la chair pour purifier
» l'ame ; on oint la chair pour con-
» sacrer l'ame ; on fait sur la chair
» le signe de la croix pour fortifier
» l'ame : on met la chair à l'ombre
» par l'imposition des mains, afin
» que l'ame soit éclairée par l'esprit.
» La chair mange le corps & le sang
» de Jesus-Christ, afin que l'a-
» me soit engraissée de Dieu mê-
» me. «

Le RABBIN.

Voilà donc comme l'on penſoit l'an 203., ſur les trois Sacrements de Baptême, de Confirmation & d'Euchariſtie! car on ne peut méconnoître la Confirmation dans cette expreſſion. *On met la chair à l'ombre par l'impoſition des mains;* Voilà le ſigne ſenſible. *Afin que l'ame ſoit éclairée par l'eſprit.* Cette illumination eſt la grace inviſible.

L'ANGLICAN.

Permettez-moi, Monſieur le *Calviniſte*, de vous faire remarquer en paſſant, combien vous avez tort de nous faire un crime de l'uſage du ſigne de la croix dans le Baptême: vous voyez qu'il étoit en uſage dès le tems de Tertullien, & c'eſt une injuſtice d'autant plus grande de nous le reprocher, que nous l'avons purgé de toutes les ſuperſtitions du Papiſme.

Mr. DE BONNEFÔI.

Qu'appellez-vous les ſuperſtitions

du Papisme? Savez-vous bien que les premiers chrétiens employoient ce signe plus souvent que les Catholiques d'aujourd'hui & dans les mêmes intentions. Ils faisoient le signe de la croix sur leur nourriture & sur eux-mêmes avant de prendre leur repas, comme nous le faisons aujourd'hui; ils le faisoient dans les tentations, persuadés que ce signe de notre salut étoit tout propre à faire fuir le Diable, que Jesus avoit terrassé par sa croix, ils s'en servoient pour opérer des miracles. De quel droit, s'il vous plaît, Messieurs, cherchez-vous à anéantir des pratiques aussi anciennes que l'Eglise? Les Calvinistes le rejettent absolument, les Anglicans l'ont relégué dans l'administration du Baptême. Il faudra donc abolir ou conserver les pratiques anciennes selon votre gré.

Lady LOUISE.

Eh! De quelles superstitions peut-on accompagner une pratique aussi simple? Dans quel esprit faites-vous le signe de la croix, ma *Bonne*?

La Bonne.

Monsieur vous l'a dit. Nous faisons par cette action une profession publique & solemnelle d'être les disciples d'un Dieu crucifié. Nous accompagnons ce signe de ces paroles: *Au nom du pere, du Fils & du Saint-Esprit.* En un mot nous tenons cette pratique des premiers chrétiens. Julien l'Apostat ayant usé d'artifice pour joindre quelques cérémonies payennes à une libéralité qu'il faisoit aux soldats, les plus éclairés la refuserent: d'autres la reçurent sans y faire attention. L'heure du diner étant venue, ces derniers, selon la coutume, firent le signe de la croix. Vous n'avez plus droit de faire ce signe, leur dirent ceux qui avoient refusé la gratification, vous n'êtes plus chrétiens, vous avez renoncé a Jésus Christ. Ces pauvres gens qui n'avoient pas eu cette intention, rapporterent l'argent au Prince avec une grande abondance de larmes, & en demandant la mort qu'il leur refusa.

Je pourrois à cet exemple en joindre cent autres ; mais nous devons continuer à parcourir les premiers siecles de l'Eglise pour vous prouver qu'elle ne s'est jamais écartée de la foi qu'elle professoit en ce tems-là.

Et puisque nous en sommes à Tertullien, je vous ferai remarquer, qu'étant devenu Montaniste, il écrivit un traité sur le jeûne pour justifier les jeûnes excessifs que pratiquoient ceux de cette secte, & reproche aux Catholiques qu'ils ne reconnoissent d'autres jeûnes d'obligation, que ceux qui précédoient la Pâques, & que l'on a depuis appellé, Carême. Ce jeûne duroit jusqu'au soir & on ne mangeoit qu'après le coucher du soleil ; au lieu que dans les jeûnes de dévotion on mangeoit un peu plutôt. Il remarque qu'il y en avoit, qui pendant ce jeûne s'abstenoient non seulement de la chair & du vin, mais des fruits vineux & succulents, d'autres qui jeûnoient au pain & à l'eau, quoique ces deux dérnieres abstinences ne fussent pas de précepte. Voilà ce que Tertullien appelle le relâchement des chrétiens & auquel il vouloit ajouter. Jugez de ce qu'il auroit pensé, s'il eut vu les réformateurs s'élever contre le jeûne & l'abstinence, comme si cette pratique eut été ignorée dans les premiers siecles de l'Eglise.

Lady LOUISE.

Je ne reviens point de voir un homme, tel que Tertullien, abandonner une foi qu'il avoit soutenue avec tant de force.

La BONNE.

Il tomba dans un écueil opposé à celui des réformateurs de notre tems : ceux-ci ont retranché de la religion tout ce qui étoit pénible à la nature, le jeûne, le célibat des Prêtres, les vœux de religion, en un mot toutes les pratiques génantes. Celui-là faisoit du joug de l'Evangile, un esclavage insupportable, &, comme je vous l'ai dit, croyoit qu'il y avoit des péchés irrémissibles après le Baptême, contre la parole expresse de Jesus-Christ.

Lady L O U I S E.

C'étoit fans doute des péchés énormes dont il entendoit parler.

La B O N N E.

Non, ma chere. Il comprenoit
jufqu'aux impatiences journalieres.
Malgré l'héréfie de Tertullien, l'E-
glife conferve fes ouvrages où il rend
compte de ce qui étoit généralement
reçu de fon tems.

Lady L O U I S E.

Permettez-moi une objection. Tertullien s'eft affûrément trompé lorfqu'il a cru qu'il y avoit dans cette
vie des péchés irrémiffibles ; ne pourroit-on pas dire qu'il s'eft également
trompé dans tout le refte ? Peut-on
compter fur le témoignage d'un tel
homme?

La B O N N E.

Beaucoup plus que fur celui d'un
autre, Madame, puifqu'il ne peut
être accufé de vouloir flatter l'E-
glife, dont il abandonnoit la doctrine.

sur la rémission des péchés : d'ailleurs, de quoi est-il question dans tous les passages que je vous ai cités ? Est-ce des sentiments des Peres dont je parle ? Nullement ; ce font des témoignages historiques que je tire de leurs écrits pour vous prouver quelle étoit alors la doctrine de l'Eglise.

Mr. DE BONNEFOI.

Voici un autre passage de Tertullien, où il nous donne son propre sentiment : mais ce sentiment étoit fondé sur des faits connus & reçus comme vrais. Les soldats qui recevoient des couronnes de laurier pour aller prendre des gratifications les mettoient sur leur tête ; un d'eux la tint à sa main : & comme le Prefet lui en demanda la raison , il dit qu'en qualité de chrétien il ne pouvoit la porter. Ainsi il fut mis en prison après avoir été dégradé. Quelques-uns le blâmoient de s'être découvert & exposé sans raison , & disoient que ces couronnes étoient indifférentes par elles-mêmes, & que c'étoit exciter la persécution à propos de rien.

Lady LOUISE.

Je serois volontiers du sentiment de
ceux là. Quel mal y avoit-il à porter
cette couronne ? Cela ne signifioit
rien.

Mr. DE BONNEFOI.

Eh! Que signifioit de jetter quelques grains d'encens dans le feu ?
Quoiqu'il en soit du cas de ce soldat,
Tertullien approuva son action, &
comme on lui demandoit, en quelque
endroit de l'Ecriture ces couronnes
étoient défendues, il prouve que la
tradition suffit, & rapporte les exemples d'un grand nombre de pratiques
fondées sur la tradition. Voici ses paroles.

La BONNE.

Un moment, s il vous plaît, Monsieur. Si Tertullien nous donnoit son
sentiment isolé, il seroit dans le rang
des Auteurs de système, qu'on examine, & qu'on condamne selon qu'-
on le trouve à propos. Mais quand
il appuye son sentiment des pratiques

de l'Eglife, alors il n'eft plus à lui, il appartient à l'Eglife, & dès là il mérite ma foi. Continuez, s'il vous plaît, Monfieur, à nous dire les paroles de Tertullien.

Mr. DE BONNEFOI.

« Pour commencer par le Bap-
» tême, là même, & encore quel-
» que tems auparavant, dans l'Egli-
» fe, & fous la main du Prélat, nous
» proteftons que nous renonçons au
» Démon, à fes pompes, & à fes
» œuvres. Enfuite nous fommes plon-
» gés trois fois, répondant quelque
» chofe au de-là de ce que le Sei-
» gneur a déterminé dans l'Evangile.
» Etant levés des fonds, nous goû-
» tons du lait & du miel; & depuis
» ce jour, nous nous abftenons du
» bain ordinaire pendant toute la fe-
» maine. Le Sacrement de l'Eucha-
» riftie, que le Seigneur a ordonné
» à tous, & dans le tems du repas;
» nous le prenons même aux affem-
» blées d'avant le jour, & ne le re-
» cevons que de la main de celui
» qui y préfide. Nous faifons tous les

» ans des oblations pour les Défunts,
» & pour les Fêtes des Martyrs.
» Nous ne nous croyons pas permis
» de jeûner le Dimanche, ni de prier
» à genoux. Nous jouiſſons du mê-
» me privilege depuis Pâques juſqu'à
» la Pentecôte. Nous ſouffrons avec
» peine, que l'on faſſe tomber à terre
» quelque choſe de notre pain ou de
» notre coupe. «

« A toutes nos démarches, nos mou-
» vements, nos entrées, nos ſorties,
» en nous chauffant, nous baignant,
» nous mettant à table ou au lit,
» prenant un cierge, allumant une
» lampe, & faiſant telle autre action
» que ce ſoit, nous marquons notre
» front du ſigne de la croix. Si vous
» demandez une loi de l'Ecriture pour
» ces pratiques, & autres ſembla-
» bles, vous n'en trouverez point : on
» vous dira que la tradition les a au-
» toriſées, la coutume les a confir-
» mées, la foi les obſerve. «

La BONNE.

Origene rapporte en même tems
ces mêmes pratiques, diſant que tous
les

les obſervent, quoique tous n'en ſachent pas la raiſon. Elles étoient donc générales dans toute l'Egliſe, dans ces premiers tems; car ces deux hommes vivoient en des lieux bien éloignés l'un de l'autre.

Lady LOUISE.

Je vous ai entendu dire, Monſieur l'*Anglican*, que la pratique d'offrir pour les Défunts, étoit une invention de l'Egliſe moderne; & elle paroît ancienne dès l'an 202. Dans ce tems, l'autorité de la tradition étoit ſi bien établie, que perſonne ne la conteſtoit. De combien de fables & de calomnies nous a-t-on bercées? Oh! mon Dieu. Continuez, s'il vous plaît, ma *Bonne.*

La BONNE.

La perſécution s'étant allumée en Afrique, Saint Cyprien craignant de laiſſer ſon troupeau ſans ſecours dans ces tems de tentation, ſuſpendit le deſir qu'il avoit du Martyre, & d'une retraite, qu'il s'étoit choiſie, veilloit continuellement aux beſoins des ſideles : voici ce qu'on trouve dans une de ses lettres, & qui revient à notre sujet. « Que les Prêtres qui offrent le sacri- » fice dans les prisons, y aillent tour » à tour avec un Diacre, parce que » le changement des personnes les » rendra moins odieuses. « Dans une autre lettre, St. Cyprien dit encore : « Notre frere Tertullus, suivant son » zele ordinaire, m'écrit les jours aux- » quels nos freres prisonniers passent » à l'immortalité, & nous célébrons » ici pour leur mémoire, des sacrifi- » ces que nous offrirons bientôt avec » vous. « Vous voyez qu'en tout tems, & en toute occasion, on em- ployoit le mot de *Sacrifice* dans la primitive Eglise. Elle connoissoit sans doute l'Epitre aux Hébreux, aussi bien que les Réformateurs ; mais elle l'en- tendoit alors, comme elle l'entend aujourd'hui.

Lady MÉRY.

Il y a une chose qui me passe. C'est qu'il y ait eu des hommes assez osés, pour traiter toutes ces pratiques de nouveautés criminelles, pendant qu'ils accordent que l'Eglise des quatre premiers siecles étoit pure. Ne savoientils pas qu'on pouvoit leur en donner un démenti formel, en leur citant tous ces passages ? Ces oúvrages sont sans doute communs.

La BONNE.

On les trouve dans toutes les bonnes bibliotheques, Mesdames ; mais je le répete, ceux qui nous calomnient, savent bien, que peu de personnes les lisent : quand nos conversations seront publiques, peut-être m'accusera-t-on d'avoir mal traduit, & à peine l'aurat-on dit quatre à cinq fois d'un ton décisif, qu'on aimera mieux le croire que d'y aller voir.

Lady MÉRY.

Vous nous citez souvent St. Cyprien, ma *Bonne* ; vous nous aviez promis de nous dire sa querelle avec le Pape. Monsieur le *Calviniste* vous a reproché que vous l'honoriez comme un Saint, quoiqu'il soit mort rébelle à l'Eglise.

La BONNE.

La seconde de ces deux chofes, eft fauffe, ma chere. Pour être rébelle à l'Eglife, il faut fe révolter contre fes décifions; & la queftion du Baptême des Hérétiques ne fut décidée qu'après la mort de St. Cyprien. Cette difpute étoit d'abord fondée en quelque raifon. Il eft certain que toutes les fois qu'on baptifera une perfonne, *au nom du Pere, du Fils, & du St. Efprit*, elle fera bien & duement baptifée ; mais il y avoit des Hérétiques, fur tout dans la Paleftine, qui dénaturoient la forme du Baptême, & qui ne l'adminiftroient pas au nom des trois Perfonnes de la Sainte Trinité ; il eft clair que ce Baptême étoit nul, & qu'il falloit rebaptifer ceux qui l'avoient reçu : auffi le faifoit-on dans les lieux où il y avoit lieu de craindre qu'il n'eut été donné par ces Hérétiques. L'ancienneté de cette coutume trompa St. Cyprien, & l'horreur qu'il avoit pour l'Héréfie, lui perfuada qu'il ne pouvoit rien fortir de bon de fon fein ; il fe trompoit à eet égard. L'indignité du Miniſtre d'un Sacrement, n'en anéantit point l'effet, pourvû qu'il ait le caractere réquis : or tout le monde, en cas de beſoin, peut adminiſtrer le Baptême, & il ſeroit bon, quand même il ſeroit donné par un infidele, pourvû qu'il voulut le donner, & qu'il lui donnat la même forme que l'on donne dans l'Egliſe. Je ſuis perſuadée que St. Cyprien ſe ſeroit ſoumis, ſi cette queſtion avoit été décidée de ſon vivant, comme elle le fut après ſa mort.

Le RABBIN.

Vous me rappellez un trait que j'ai lu dans une lettre de St. Denis d'Alexandrie; car depuis un mois je lis les ouvrages des Peres avec une grande attention, & je fais des notes ſur les endroits qui me frappent. Voici donc ce qu'il écrivoit au Pape.

« J'ai beſoin de conſeil, & je de-
» mande votre avis ſur une affaire
» qui m'eſt arrivée, craignant de me
» tromper. Un de nos freres, ancien
» fidele, s'étant trouvé préſent depuis
» peu à quelques Baptêmes, eſt venu

» me trouver, fondant en larmes, &
» se jettant à mes pieds, il m'a juré
» qu'ayant oui les interrogations &
» les réponses, il connoît que le Bap-
» tême qu'il a reçu chez les Héréti-
» ques, n'est point tel, & n'a rien
» de commun avec celui-ci, & qu'il
» est plein d'impiétés & de blasphê-
» mes. Il sentoit, disoit - il, en son
» ame, de grands remords, & n'o-
» soit lever les yeux à Dieu; tant il
» étoit frappé de l'impiété de ces ac-
» tions, & de ces paroles : c'est pour-
» quoi il me prioit qu'il put recevoir
» cette ablution pure, & être admis
» à l'Eglise, & à la grace. Je n'ai
» pas osé le faire, disant que le long
» tems qu'il a passé dans la commu-
» nion de l'Eglise, doit lui suffire.
» Car après qu'il a oui la consécra-
» tion de l'Eucharistie, & a répondu
» *Amen* avec les autres, après qu'il
» s'est présenté debout à la table,
» qu'il a étendu les mains pour re-
» cevoir la sainte nourriture, & qu'il
» a participé au corps & au sang de
» Notre Seigneur Jesus-Christ, je n'o-
» serois recommencer à l'initier tout

» de nouveau. „ Cette lettre de St.
Denis, est un témoignage de la foi
de la présence réelle, & nous donne
la clef de la dispute de St. Cyprien
avec Saint Etienne. Il ne falloit que
quelques faits, semblables à celui que
je viens de citer, pour avoir prévenu
l'Evêque de Carthage contre le Baptême donné par les Hérétiques, en
général, & il autorisa son sentiment
de l'exemple des Anciens, qui pourtant n'avoient jamais cru que le Baptême, administré comme il faut, fut
nul; mais qui le donnoient de nouveau
à ceux qui venoient de chez les Hérétiques, qui, ne croyant point à la
Ste. Trinité, ne baptisoient point au
nom des trois Personnes. Continuez
à parcourir l'histoire, pour y trouver
les preuves de la foi de l'Eglise sur la
Ste. Eucharistie.

La BONNE.

Le dixhuitieme Canon du Concile
de Nicée, regarde l'abus qui regnoit
en quelques lieux, où les Diacres donnoient l'Eucharistie aux Prêtres. Voici
comme les Peres du Concile s'expri-

merent : *Les Canons ne permettent non plus que la coutume, que ceux qui n'ont pas le pouvoir d'offrir, donnent le corps de Jesus - Christ à ceux qui l'offrent.*

Lady MÉRY.

Nous recevons le Concile de Nicée, Messieurs ; par conséquent nous devons croire qu'en communiant, nous recevons le corps de Jesus-Christ : l'Eglise l'a décidé ainsi dans l'assemblée la plus solemnelle, & les Peres n'auroient pas laissé passer cette expression, si elle n'eut pas été exacte.

La BONNE.

L'Historien Eusebe décrivant les cérémonies de la Dédicace d'une Eglise, à Jérusalem, (c'étoit celle du St. Sépulchre,) dit ces paroles : « Pendant la Fête, les Evêques » occupoient le peuple de divers exer- » cices de piété. Les uns offroient » des sacrifices non sanglants, & des » prieres, &c..... « On tenoit donc alors la Messe pour un sacrifice ; ainsi l'an 335, on n'entendoit pas bien, selon vous, les paroles de Saint Paul. Dans les reproches qu'on fait à ceux qui avoient informé contre St. Athanase à l'occasion du calice brisé, le Pape Jule écrivit : « on a fait ces in- » formations devant un Juge séculier, » des Catéchumenes présents, & ce » qui est pire, des Païens, & des » Juifs ennemis du Christianisme ; on » a informé touchant *le corps & le* » *sang de Jesus-Christ.* «

Mr. DE BONNEFOI.

La foi de la présence réelle étoit tellement établie dans ce siecle, que les Hérétiques même n'en doutoient pas. L'an 380, il s'éléva en Espagne une nouvelle Secte, qu'on nomma des *Priscillianistes* : le fond de leur doctrine étoit tiré de celle des Manichéens, & de plusieurs autres : or les Manichéens s'abstenoient de manger de la chair, parce qu'ils la regardoient comme impure, & ils ne croyoient pas qu'elle fut l'ouvrage de Dieu, mais du mauvais principe : En conséquence de cette erreur, ils recevoient dans l'Eglise la Ste Eucharistie, comme les

G 5

autres, qui la prenoient dans la main,
mais ils ne la mangeoient pas enfuite.

La B O N N E.

Voici comme parle St. Ambroife,
qui vivoit dans le même tems, à l'occafion de la communion qu'on donnoit aux nouveaux baptifés. « Vous
» diréz peut-être: je vois autre chofe;
» comment m'affûrerez - vous que je
» reçois le corps de Jefus - Chrift?
» Prouvons que ce n'eft pas ce que
» la nature a formé, mais ce que
» la bénédiction a confacré, & que
» la bénédiction a plus de force que
» la nature, puifqu'elle change la na-
» ture elle même. « Il ajoute l'exemple de la verge de Moïfe, changée
en ferpent, & de plufieurs autres miracles, & dit enfuite :
« Si la bénédiction des hommes a
» eu le pouvoir de changer la nature,
» que dirons-nous de la confécration
» divine, où les paroles même du Sau-
» veur operent? La parole de J. C.
» qui a pu faire de rien ce qui n'étoit
» pas, ne peut-elle pas changer ce qui
» eft, en ce qu'il n'étoit point ?

Souvenez - vous, Mesdames, que ce Saint vivoit dans un tems où les Protestants conviennent que l'Eglise étoit sans tache.

Le CALVINISTE.

St. Ambroise dormoit quelquefois: dans le fond, c'étoit un pauvre homme, témoin son respect pour certaines reliques, qu'il crut avoir découvertes. Il étoit d'une crédulité puérile par rapport aux miracles, aussi bien que St. Augustin son disciple.

Mr. DE BONNEFOI.

Savez vous bien, Mesdames, quel étoit celui dont Mr. parle avec si peu de respect ?

Lady LOUISE.

J'ai toujours ouï prononcer son nom avec éloge ; mais je ne le connois pas, non plus que St. Augustin, excepté que ce dernier n'a pas toujours été Saint. Ma *Bonne* voudra bien nous faire un extrait de leur vie.

La B O N N E.

Volontiers, Mefdames, & nous terminerons par là notre converfation.

Saint Ambroife fortoit d'une famile diftinguée, fon pere ayant été Préfet du prétoire des Gaules : il fut élevé à Rome : fon éloquence & fa capacité le firent paroître avec éclat dans l'audience de Probus Préfet d'Italie, qui le mit au rang de fes Confeillers, & l'envoya enfuite au Gouvernement de Milan, en lui difant : *allez, agiffez non en Juge mais en Evêque.* Les Milanois s'étant divifés au fujet de l'élection d'un Evêque, car les Catholiques & les Ariens en vouloient chacun un de leur communion, Ambroife vint promptement à l'Eglife pour empêcher la fédition, & fit un long difcours pour porter le peuple à la paix. Alors tout le peuple élevant fa voix, le demanda lui-même pour Evêque ; & ce qu'il y eut de merveilleux, c'eft que les deux partis s'accorderent pour faire ce choix, quoiqu'il ne fut encore que catéchumene.

Ambroife furpris fe fauva de l'E-

glife, & étant monté fur fon tribunal, fit donner, contre fa coutume,
la queftion à quelques criminels, pour
dégouter le peuple par cet acte de févérité : il fit venir enfuite chez lui des
femmes débauchées, pour donner
mauvaife opinion de fes mœurs ; mais
voyant que le peuple n'étoit point la
dupe de fon artifice, il s'enfuit. Ayant
été ramené, on l'envoya à l'Empereur qui confirma le choix du peuple.
Ambroife s'enfuit une feconde fois,
fe réfugia chez un de fes amis, qui
le dénonça enfuite, enforte qu'il crai-
gnit de réfifter à Dieu, s'il refufoit
plus long-tems une charge dont il ne
fe trouvoit pas digne. Il fut donc baptifé, & ordonné peu après.

Le CALVINISTE.

Enforte qu'il entra dans l'Epifcopat
en violant une des regles de l'Apôtre,
qui défend d'ordonner un Néophite.

La BONNE.

Achevez ce que dit l'Apôtre, Monfieur : *De peur qu'il ne s'enfle d'orgueil ;*
mais on n'avoit pas cela à craindre

d'un homme qui fuyoit une grande
Prélature avec plus de soin que les
autres ne la poursuivent. Aussi son élévation fut-elle généralement approuvée de tous les Evêques d'Orient &
d'Occident. Il avoit alors trente-quatre
ans.

Sa premiere action fut de se dépouiller de son mobilier en faveur des
pauvres; il donna ses biens-fonds à
l'Eglise, en réservant l'usufruit à une
de ses sœurs, qui avoit renoncé au
mariage; & pour ne se plus mêler des
affaires temporelles, il chargea son
frere du gouvernement de sa maison.
Il s'appliqua ensuite tout entier à l'é-
tude, & y passoit une partie des nuits,
pour ne rien dérober de son tems à
son troupeau. Ses progrès dans la science, furent tels, que trois ans après
son ordination, il étoit regardé comme un des plus savants Evêques, &
cela dans un tems où il y avoit de
Grands Hommes. Il écrivit sur la divinité de Jesus-Christ, à la priere de
l'Empereur Gratien, & traita de plusieurs vertus chrétiennes, sur tout des
devoirs des vierges & des veuves.

Mais de toutes les vertus de Saint Ambroise, il n'y en a pas qui paruffent avec plus d'éclat, que fa charité & fa fermeté. La premiere l'engagea à vendre jufqu'aux vafes qui étoient deftinés à l'Autel, & à diftribuer aux pauvres toute la fucceffion de fon frere, qui, en mourant, le fit fon héritier. La feconde parut avec éclat, dans la conduite qu'il tint avec l'Empereur Théodofe.

Ce Prince auquel on donna avec juftice le furnom de Grand, avoit ordonné dans fa colere, le maffacre des Habitants de Theffalonique, qui l'avoient offenfé; St. Ambroife, qui l'aimoit autant qu'il le refpectoit, eut le courage de lui refufer l'entrée de l'Eglife jufqu'à ce qu'il eut réparé fa faute. L'Empereur non feulement fe foumit à la pénitence publique, mais connoiffant combien cet acte de févérité, avoit coûté à St. Ambroife, il l'en eftima & l'en aima d'avantage.

Voilà, Mefdames, quel étoit celui dont on s'efforce de donner une petite idée, comme d'un efprit borné. Il faudroit un volume pour vous ra-

conter les grandes actions qu'il fit pendant un long Episcopat: ce que je vous
en ai dit, doit suffire. Quand nous
parlerons de l'honneur que l'Eglise
rend aux reliques des Saints, je vous
ferai voir qu'Ambroise n'innova rien,
& s'en tint à ce qui avoit été pratiqué depuis les Apôtres, sans aucune
interruption.

SECONDE JOURNÉE.

La BONNE.

NOus allons continuer, Mesdames, à vous prouver que la foi
de la présence réelle n'a jamais varié dans l'Eglise depuis son établissement. Saint Cyrille, si célèbre pour
s'être élevé contre Nestorius, s'étoit
expliqué à ce sujet avec autant de force, que Saint Ambroise. Voici ses paroles.

» Lui-même (Jesus-Christ) donc
» ayant dit: *Ceci est mon corps*: qui
» osera en douter? Lui même ayant
» dit: *Ceci est mon sang*: qui pourra

» jamais dire que ce n'est pas son
» sang? Il changea autrefois l'eau
» en vin, aux noces de Cana, en
» Galilée, par sa seule volonté, &
» on refusera de croire qu'il a changé
» le vin en son sang? Recevons le donc
» avec une entiere certitude, comme
» le corps & le sang de J. C. Car sous
» la figure du pain, le corps vous est
» donné, & le sang sous la figu-
» re du vin, afin que, participant au
» corps & au sang de J. C., vous
» deveniez un même corps, & un
» même sang avec lui. « Il dit ensuite:
« Ne t'arrête pas au sens. N'en juge
» pas par le goût, mais par la foi, &
» sois indubitablement persuadé que
» tu as l'honneur de recevoir le corps
» & le sang de J. C. Sois persuadé
» que ce qui paroît du pain, n'est
» pas du pain, quoiqu'il semble au
» goût; mais le corps de J. C., &
» que ce qui paroît du vin, n'est pas
» du vin, quoique le goût le veuille
» ainsi, mais le sang de J. C. «
Voilà, Mesdames, comme on croyoit l'an 387. Jugez à présent de la
bonne foi de ceux qui vous disent que

le dogme de la tranſubſtantiation eſt
une opinion monſtrueuſe, une abomination inventée dans les derniers tems
par l'Egliſe Romaine.

Lady MÉRY.

Peut-être ai-je été diſtraite ; mais
je n'ai compris qu'une choſe dans ce
diſcours : ſavoir, que le corps & le
ſang de Jeſus - Chriſt étoient réellement dans l'Euchariſtie. Je ne vois
pas comment cela prouve ce que vous
appellez la *tranſubſtantiation*.

La BONNE.

C'eſt que vous n'avez pas remarqué
les paroles de St. Cyrille : *Sois perſuadé que ce qui paroît du pain, n'eſt
pas du pain, mais la figure du pain.*
Il y a donc eu un changement entier ; la ſubſtance du corps de J. C.
a pris la place de la ſubſtance du pain,
il ne reſte plus que la figure, les apparences du pain : voilà ce que nous
appellons la *tranſubſtantiation*. Ce
mot, comme celui de *conſubſtantiel*,
explique parfaitement le changement
de ſubſtance, comme celui de *con-*

substantiel levoit tout équivoque par rapport à la divinité. Les Protestants nous reprochent que ce mot est nouveau, & disent que la foi qu'il exprime, est de même datte, ou du moins, qu'elle n'a pas son origine dans la foi des Apôtres. J'ai démontré la fausseté de cette allégation par les témoignages des Peres des premiers siecles; c'est à vous de juger entre nous : & remarquez que ce n'est pas dans un discours oratoire, que Saint Cyrille parle ainsi, mais dans un catéchisme, une instruction aux nouveaux fideles, où tout devoit être exact.

Lady VIOLENTE.

J'allois vous dire que Saint Cyrille parloit à des gens qui ne paroissoient pas persuadés de la présence réelle; mais je vois qu'il parloit à de nouveaux Chrétiens, qui entendoient parler de ce Myftere pour la premiere fois.

Le RABBIN.

Rappellez-vous combien Saint Cyrille essuya de contradictions, lorsqu'il écrivit contre Nestorius ; s'il n'eut pas expliqué exactement la doctrine de l'Eglise, au sujet de la présence réelle, croyez-vous qu'on n'eût pas rélevé ce qu'il auroit avancé de nouveau? Le silence qu'on garda à cet égard, prouve qu'il étoit orthodoxe, & qu'il n'y avoit encore aucun Hérétique qui disputat cette vérité.

Le CALVINISTE.

Monsieur le Luthérien pourroit vous objecter, que du tems de Saint Cyrille même, il y avoit un grand nombre de Solitaires qui ne croyoient pas la réalité comme les Papistes ; donc cette foi n'étoit pas sans contradicteurs, comme vous le dites.

La BONNE.

Ces Moines, comme parle Saint Cyrille, étoient en petit nombre. Ils croyoient que Dieu étoit corporel & borné, parce que selon l'Ecriture, l'homme est fait à l'image de Dieu. Jugez du poids qu'il faut donner au témoignage de gens qui expliquoient

fi bien l'Ecriture : voici ce qu'en dit
Saint Cyrille. « J'apprends qu'ils
» difent que l'Eulogie miftyque, c'eft-
» à-dire, l'Euchariftie, ne fert de
» rien pour la juftification, quand on
» la garde du jour au lendemain :
» mais c'eft une extravagance ; Jefus-
» Chrift n'eft pas altéré, ni fon faint
» corps changé. « Voilà la réponfe
à votre objeſtion, Monfieur.

Lady LOUISE.

Il eft temps de me décider. Je vous
déclare donc, Meſſieurs & Meſdames, que je crois la préfence réelle,
comme on l'a crue de tout tems dans
l'Eglife, & felon l'expofition de cette
foi, que Saint Cyrille faifoit aux nouveaux baptifés. Je n'ai pas befoin d'un
plus grand nombre de témoignages.
On m'avoit donné les Indulgences,
la Pénitence, la primauté du Pape,
la vifibilité de l'Eglife, la Tranfubftantiation, comme des opinions nouvelles ; on m'avoit trompée : Jefus-
Chrift ne m'imputera point cette erreur, j'y ai renoncé auffitôt que je l'ai
connue. Continuez, s'il vous plait, à

nous prouver l'ancienneté de la foi sur les autres points contestés.

La BONNE.

Nous commencerons par le Sacrement de la Confirmation, & puisque nous en sommes à St. Cyrille, je vous rapporterai ses paroles, tirées de la même instruction qu'il donnoit aux nouveaux baptisés.

Le RABBIN.

Permettez-moi de joindre un passage du même Saint à ceux que nous avons cités. Dans l'homélie de la Cene mystique, il parle ainsi contre les Nestoriens. « Qu'ils nous disent quel
» corps est la pâture des troupeaux
» de l'Eglise ; & quel breuvage les
» rafraichit ? Si c'est le corps d'un
» Dieu ; Jesus - Christ est donc vrai
» Dieu, & non pas un pur homme.
» Si c'est le sang d'un Dieu, le Fils
» de Dieu n'est donc pas seulement
» Dieu, mais Verbe incarné. Que si
» c'est la chair de J. C. qui est nourri-
» ture, & son sang breuvage, c'est-à-
» dire selon eux, un homme pur ;

» comment enseigne-t-on qu'il sert à
» la vie éternelle ? Comment est-il
» distribué ici & par tout, sans être
» diminué ? Un simple corps n'est
» point source de vie à ceux qui le
» prennent. « Et dans le commentai-
re sur St. Jean, il dit : « Par la ré-
» ception de la Sainte Euchariftie,
» notre chair est unie à celle de Je-
» fus-Chrift, comme deux morceaux
» de cire fondus ensemble, afin que
» cette union nous uniffe à la person-
» ne divine, qui a pris chair, & que
» la personne du Verbe nous uniffe
» au Pere, auquel il est consubstan-
» tiel, &c. «

Lady LOUISE.

Pourquoi nous taisiez vous ce paffage, qui est si beau & si sublime ?

La BONNE.

Saint Cyrille prononça cette homélie dans le cinquieme fiecle, Madame, tems dans lequel les Proteftants disent que l'Eglise Romaine commença d'altérer la doctrine ; ainsi je
ne vous rapporte que ce qui a été dit

avant ce tems. Ils n'ont pu nier que
St. Léon, qui occupôit le siege de
Rome dans ce siecle, n'ait été digne
du titre de Saint qu'on lui donne, &
par une contrarieté étonnante, ils disent qu'il étoit un Ante - Christ commencé. Accordez ces deux titres ensemble, si vous le pouvez ?

Lady LOUISE.

Ne soyez pas si scrupuleuse, ma
Bonne, & quand il y aura quelque
passage instructif & édifiant, avancé
dans ce cinquieme siecle, si nous y
trouvons une doctrine nouvelle, nous
lui trouverons sans doute des contradicteurs. Mais dites-moi, je vous prie,
qu'est-ce qui a mis les Protestants de
si mauvaise humeur contre St. Léon?

La BONNE.

Comme il se trouva dans ce siecle
des hommes ambitieux, qui attaque-
rent les prérogatives de son siege, il
crut pouvoir les défendre, quoiqu'on
ne puisse lui disputer d'avoir été très
humble quand il se regardoit comme
homme privé. Reprenons ce que St.
Cyrille

Cyrille a dit sur la Confirmation :
« Jesus-Christ ayant sanctifié les eaux
» du Jourdain par son Baptême, en
» sortit, & le St. Esprit reposa sur lui
» sensiblement : ainsi étant sortis du
» bain sacré, vous avez reçu l'onc-
» tion, image de celle de J. C. « St.
Ambroise avoit aussi fait mention de
ce Sacrement, & remarque qu'au sortir des fonds, on faisoit aux baptisés
l'onction sur la tête, puis on leur la-
voit les pieds, & on les revêtoit d'habits blancs. Voilà les cérémonies du
Baptême, consommées, comme vous
le voyez. Voici celles de la Confirmation, comme ce Saint nous les
rapporte. « Ensuite ils recevoient
» le sceau du St. Esprit avec l'ex-
» pression des sept dons. «

Le CALVINISTE.

Ces témoignages sont d'un tems
bien avancé. On ne connoissoit pas
cette onction auparavant.

La BONNE.

Pouvez-vous le dire, Monsieur, a-
près ce que je vous ai déjà fait remar-

quer à ce sujet ? Ne croyez pas que je parlé ainsi par disette de preuves plus anciennes : je vais vous en donner d'un tems beaucoup plus reculé. Voici un des Canons du Concile d'Elvire, tenu environ l'an 303. » En voyage, sur » mer, ou si l'Eglise n'est pas proche, » un Chrétien qui a conservé l'inté- » grité de son Baptême, & qui n'est » point bigame, pourra baptiser un » Cathécumene en nécessité de mala- » die ; à la charge s'il survit, de le » mener à l'Evêque, pour le perfec- » tionner par l'imposition des mains.

Dans le Concile général qui fut te- nu à Constantinople l'an 381, on re- gla les différentes manieres de rece- voir les Hérétiques ; & voici ce qui fut résolu par rapport à ceux dont le Baptême étoit valide. « On leur don- » ne premierement, le sceau ou l'onc- » tion, & en faisant cette onction, » on dit le sceau du St. Esprit. « On trouve encore chez les Grecs, les mêmes onctions, & les mêmes paro- les pour le Sacrement de la Confir- mation.

Nous avons un décret du Pape

Libere de l'an 385, où il dit, en parlant des Ariens: « Ils feront reçus,
» comme les autres Hérétiques, par
» la feule invocation du St. Efprit,
» & l'impofition des mains de l'E-
» vêque. «

Vous voyez clairement par tous ces
paffages, que le Sacrement de Confirmation eft auffi ancien que l'Eglife, & qu'en l'adminiftrant aujourd'hui,
elle ne fait que ce que fon divin Chef
lui a ordonné par fes Apôtres.

Lady VIOLENTE.

Avant de parler des autres Sacrements, permettez-moi de vous rappeller une des plus fortes objections
que nous ayons à faire contre vous,
& à laquelle il me femble que vous
n'avez pas affez répondu, en parlant
de l'Euchariftie.

N'eft-il pas vrai que Jefus-Chrift a
ordonné ce Sacrement fous les deux
efpeces? N'eft-il pas vrai que la pratique conftante de la primitive Eglife,
étoit de donner la coupe aux fideles?
Elle la croyoit donc néceffaire. De
quel droit l'Eglife Romaine a-t-elle

retranché cette coupe? Se croit-elle plus sage que Jesus-Christ & que les Apôtres? A-t-elle le pouvoir de changer ce qui fait l'essence des Sacrements?

La BONNE.

Non assurément, Madame; aussi ne l'a-t-elle pas fait. La question est d'examiner, si la réception de la coupe est nécessaire à l'intégrité du Sacrement. Secondement, s'il est vrai que dans la primitive Eglise, on ne communiât jamais que sous les deux especes: enfin, si l'Eglise a le pouvoir de changer les cérémonies qui ne sont pas essentielles aux Sacrements. Je ne doute pas que de Grands Hommes, de Célébres Théologiens n'ayent répondu à ces objections; je ne les ai jamais lues, & ce sera par mes seules lumieres que je vais vous répondre. Si ce que j'aurai l'honneur de vous dire, ne vous satisfait pas, j'aurai recours aux sources.

Le CALVINISTE.

Vous convenez que l'Eglise Romai-

ne emploie un fatras de cérémonies
qui ne sont pas essentielles aux Sacrements : pourquoi les a - t - elles insti-
tuées ? Si elles ont été bonnes dans un
tems , pourquoi les changer dans un
autre ? N'avouerez-vous pas , que parmi ces cérémonies , il y en a plusieurs
qui viennent des Juifs , & même des
Païens , comme la fête des lumieres ,
l'eau lustrale que vous avez remplacée
par votre eau bénite , & mille autres ?

La BONNE.

Vous me demandez à quoi servent
les cérémonies ? A occuper l'esprit des
créatures qui ont une ame , & des
sens. C'est par les sens que nous viennent toutes les distractions dans la
priere , & il n'y a que les ames privi-
légiées , celles qui ont fait les plus
grands progrès dans la vertu , qui
soyent assez dégagées des objets extérieurs , pour se livrer à la contempla-
tion d'un être , sur lequel les sens n'ont
aucune prise. Les cérémonies visibles
fixent les sens , les remplissent des effets du mystère , qu'elles rendent en

quelque façon sensibles : en un mot,
elles sont des livres pour les ignorants.

Mr. DE BONNEFOI.

L'Eglise en instituant les cérémonies
qui accompagnent les Sacrements,
ne fait qu'entrer dans l'esprit de son
divin Chef. Il pouvoit se communiquer à nous sans signe sensible ; cependant vous voyez que ses Sacrements en sont accompagnés.

Le RABBIN.

Dieu étoit descendu lui-même dans
le détail le plus minutieux par rapport aux cérémonies : sa loi en étoit
chargée ; & plus un peuple est grossier, ignorant, & conduit par les sens,
plus les cérémonies deviennent nécessaires.

La BONNE.

Aussi l'Eglise a-t-elle multiplié ces
secours à mesure que les Chrétiens se
sont plus éloignés de la premiere ferveur. Les premiers Chrétiens renon-
çoient au plus grand nombre des emplois publics, ou pour ne s'occuper

que de la feule chofe néceffaire ,
comme Magdelaine , ou par la crainte de fe fouiller par des cérémonies
païennes.   Une partie vendoit fon
bien pour imiter la pauvreté de Jefus-
Chrift , & tous étoient dans la difpofition de donner leur fang pour la foi
qu'ils embraffoient. Vous avoüerez
que de pareils Chrétiens devoient vivre dans une grande union avec Dieu,
& étoient bien plus en état que nous
de fe paffer des cérémonies ; cependant nous les trouvons établies &
pratiquées comme anciennes dans le
troifième fiecle ; n'eft-il pas vrai qu'il
eft tout naturel de penfer qu'elles venoient des Apôtres , qui , attentifs à
tout ce qui pouvoit fervir à nourrir
la piété des fideles, n'avoient eu garde d'oublier ce moyen efficace de
l'augmenter ?

Le CALVINISTE.

Non, Mdlle., les cérémonies ne nour-
riffent point la piété , au contraire on
ne s'occupe que des chofes qui frappent les fens, fans remonter à celles
qu'elles fignifient , & cela ruine le

culte en esprit & en vérité , qui est
le seul digne de Dieu.

Lady LOUISE.

Oh ! Pour cela, Monsieur, je ne
puis être de votre avis, je suis de ces
chrétiennes imparfaites dont la piété
a besoin d'être excitée. Je me suis
trouvée une fois à un baptême chez
les Catholiques ; le Prêtre m'avoit
donné un livre où toutes les prieres
qu'il faisoit étoient traduites en françois, & où toutes les cérémonies qu'il
fit étoient expliquées ; savez-vous bien
que je fus remuée jusqu'au fond de
l'ame ? Mes larmes couloient malgré moi, & l'impression de piété, que
cette vue produisit sur moi, dura plusieurs jours. Je n'ai jamais éprouvé
rien de semblable lorsque j'ai vu administrer le baptême parmi nous.

Le CALVINISTE.

Pourquoi changer des cérémonies,
qui une fois ont été utiles? Pourquoi
en adopter de païennes?

La Bon.

Je vous l'ai déjà dis, Monsieur,
la plupart de nos cérémonies sur-tout
dans l'administration des Sacrements,
font aussi anciennes que l'Eglise : par
rapport à celles dans lesquelles on a
fait quelque changement, c'est que
les mœurs ont changé, c'est que
les raisons qu'on a eues d'établir certaines cérémonies, ont cessé. Au commencement de la tranquillité que la
conversion de Constantin apporta dans
l'Eglise, on détruisoit les Temples
des faux Dieux jusques aux fondemens : Il eut été dangereux de laisser
subsister alors ces objets de l'ancien
Culte des Païens, c'étoit une tentation qu'il falloit leur ôter. Lorsque
la foi fut bien établie, & que le paganisme fut relégué, pour ainsi dire,
dans les confins de l'Empire, on changea de conduite ; au lieu de détruire les Temples, on se contenta de
les purifier. Ainsi le Panthéon à Rome qui étoit consacré à tous les Dieux,
fut consacré à Dieu sous le nom &
l'invocation de Marie & de tous les

Saints, & comme sa figure étoit ron-
de, on l'appella Notre Dame de la
Rotonde. On peut donc peser les
circonstances du tems pour changer
les usages.

Mr. DE BONNEFOI.

Dans le tems de la primitive Eglise,
où le nombre des fideles n'étoit pas
grand, où l'on avoit besoin de faire
passer les Cathécumenes par de longues épreuves, où ils devoient recevoir des instructions qui demandoient
un tems considérable, il étoit sage
que l'Evêque se réserva la fonction du
Baptême, & qu'il fut administré à
un tems fixé. Les raisons de cet
usage ayant cessé lorsque le christianisme fut bien établi, on cessa aussi
de l'observer & on baptisa en tout
tems.

La BONNE.

Vous demandez, Monsieur, pourquoi nous avons reçu dans l'Eglise
des cérémonies imitées de celles des
Païens & des Juifs. C'étoit pour imiter l'exemple de l'Apôtre qui disoit

de lui-même : *Je me suis fait tout à tous, pour les gagner à Jesus-Christ.* Il n'ignoroit pas que les cérémonies Judaïques avoient été abrogées, & ne laissa pas de faire circoncire un de ses disciples. Je crois que c'est Timothée ; pour ne pas éloigner & scandaliser les Juifs, il observa les cérémonies Judaïques dans un vœu qu'il avoit fait. Parmi les nouveaux Chrétiens, il y en avoit de foibles qui regrettoient certaines fêtes indifférentes par elles mêmes & qui n'avoient d'autre venin que l'intention dans laquelle on les faisoit ; il arriva même lorsque la ferveur qu'on avoit eue pendant la persécution fut ralentie, que plusieurs Chrétiens se laissoient entraîner à ces fêtes païennes, entre autre, à celle qu'on appelloit la fête des lumieres : l'Eglise, pour empêcher ce mal usa d'une sage condescendance, & occupa ses enfants d'une fête spirituelle dans laquelle tout étoit illuminé. Après avoir sanctifié les Temples des Païens, on pouvoit bien sanctifier leurs usages.

Miss DOROTHÉE.

Puisque vous condamnez tout changement dans la discipline, pourquoi mangez-vous des bêtes avec leur sang, & que ne vous servez-vous à la boucherie de la synagogue? Car l'ordonnance en avoit été portée dans un Concile tenu par les Apôtres mêmes. Pourquoi baptisez-vous les enfants en tout tems ? Pourquoi ne passez-vous pas les veilles des grandes fêtes dans les Eglises, comme on le faisoit alors? Pourquoi vous donnez-vous réciproquement des étrennes au premier jour de l'an ? Pourquoi ne jeûnez-vous pas le carême, à la manière des premiers Chrétiens , qui ne mangeoient qu'après le coucher du soleil?

Le CALVINISTE.

J'avoue qu'il y a des usages & des cérémonies qui n'ont rien d'essentiel , & qu'on peut changer ; mais il n'en est pas ainsi de celles qui sont d'institution divine , auxquelles on ne peut toucher sans crime. Tel est le retranchement de la coupe, on n'a pu l'ôter aux fideles, sans aller contre l'ordre exprès de Jésus-Christ. *Buvez en tous.* C'est attaquer l'intégrité du Sacrement de n'en donner qu'une partie, aussi voyons-nous l'usage de la coupe généralement établi dans la primitive Eglise, vous ne pouvez le nier.

La BONNE.

Pas si généralement que vous le croyez, Mr. Les fideles dans le tems de la persécution, emportoient chez eux la Sainte Eucharistie ; les solitaires en Egypte en faisoient autant. C'étoit la coutume de la porter pendue à son col dans les voyages, comme nous le voyons dans la vie de St. Satire, frere de St. Ambroise. Or il n'est pas à présumer qu'on emportat la Sainte Eucharistie sous l'espece du vin; cela auroit été sujet à trop d'inconvénients ; & d'ailleurs le Sacrement est tout entier sous chaque espece.

Lady LOUISE.

Comment peut on prouver, je vous prie, que J. C. est tout entier sous chacune des deux especes ?

La BONNE.

Il ne faut pour cela, Madame, que se rappeller le moment de l'inſtitution de l'Euchariſtie. *Prenez & mangez*, dit Jeſus-Chriſt : *Ceci eſt mon corps*, un corps vivant, tel que je l'ai actuellement. Ce fut un corps vivant que Jeſus donna à ſes Apôtres : or un corps vivant n'eſt point ſéparé de ſon ſang, non plus que le ſang n'eſt point ſéparé du corps.

Le RABBIN.

Je ne puis m'empêcher de penſer que nous prenons ici une peine inutile. *Lady Louiſe*, permettez moi de vous faire une queſtion : après toutes les preuves qui ont été alléguées, n'êtes-vous pas convaincue que J. C. a promis d'être toujours avec ſon Egliſe, de préſider à ſes déciſions & de ne pas permettre que les portes de l'Enfer prévaluſſent jamais contre elle?

Lady LOUISE.

Je fais plus, Monſieur, c'eſt que je ſuis convaincue que l'Egliſe Catholique est celle à laquelle Jesus-Christ a fait des promesses ; ce n'est point en doutant que je fais des questions ; mais pour m'édifier : souffrez donc que je les continue.

La BONNE.

Je me souviens d'avoir lu dans l'histoire Ecclésiastique, qu'on rendit aux fideles, la communion sous les deux especes à l'occasion des Manichéens : vous vous souvenez qu'ils avoient horreur du vin : or un de leurs principes étoit, qu'on pouvoit se parjurer quand il étoit question de rendre raison de sa foi. On ne pouvoit donc les distinguer des Catholiques qu'à la réception de la coupe, & on employa ce moyen pour les connoître. Donc la coupe avoit été retranchée aux fideles, & on la retrancha de nouveau, lorsque la raison pour laquelle on la leur avoit rendue, ne subsista plus, c'est-à-dire, lorsque la Secte des Manichéens fut anéantie.

Miss DOROTHÉE.

Chez les Protestants, où l'on croit

qu'en prenant la coupe, on ne reçoit que du vin, il n'y a pas d'inconvénient que cette coupe soit renverfée, qu'il en tombe quelque goûte ; mais chez les Catholiques, où l'on eft perfuadé qu'il n'y a plus de vin, mais qu'il a été transmué, changé au précieux fang de J. C. Il y auroit un grand inconvénient d'en laiffer perdre une feule goûte ; ce qui eft prefque inévitable, quand le nombre des Communians eft confidérable.

Le CALVINISTE.

Le même inconvénient devoit arriver au tems de la primitive Eglife, où les Chrétiens s'affembloient en un feul lieu.

La BONNE.

Le nombre n'en étoit pas confidérable, Monfieur. Vous voyez par les paffages que nous avons allégués, qu'on confervoit une partie de la Ste. Euchariftie pour les abfents ; ainfi tous n'y affiftoient pas. Il eft tel jour où l'on communie des milliers de perfonnes : quel vafe pourroit contenir une

affez grande quantité de vin pour tant
de perfonnes ? Au refte je vous ai déjà dit que je n'ai jamais rien lu fur
cet article ; ainfi je ne puis vous dire
en quel tems, ni à quelle occafion,
s'eft fait le retranchement de la coupe;
mais comme la foi de tous les tems
m'apprend que Jefus eft tout entier,
non feulement fous chacune des deux
efpeces, mais encore dans chaque partie du pain & du vin confacré ; cela
me fuffit pour être tranquille fur ma
communion, quand même je ne re-
cevrois qu'une petite partie de l'hoftie.

Le RABBIN.

On vous a fait remarquer que la
Synagogue avoit eu le droit de changer l'ordonnance d'un facrifice ordonné par Dieu même; que ce changement avoit été approuvé de J. C. puifqu'il s'y étoit conformé. L'effence du
Sacrement de nos peres, étoit de manger l'agneau : cette chofe effentielle,
Jefus l'obferve fans blâmer les Juifs
qui s'étoient éloignés de l'ordonnance
primitive, pour des raifons dont l'Ecriture n'a pas jugé à propos de nous

rendre compte ; mais qui fans doute, étoient bonnes, puifque Jefus les a approuvées. L'effence du Sacrement de l'Euchariftie, eft, que le pain & le vin foit changé au corps & au fang de Jefus - Chrift pour devenir la nourriture des fideles. Cette fin de l'inftitution du Sacrement, fe trouve également remplie, foit que l'on communie fous une feule ou fous deux efpeces ; l'Eglife, pour des raifons qui ne font pas venues à ma connoiffance, ne donne ce Sacrement aux fideles, que fous l'efpece du pain ; mais Jefus-Chrift y eft contenu tout entier, puifqu'un corps vivant n'eft point fans fon fang comme on vient de vous le dire : elle n'a pas touché à l'effence du Sacrement, & peut, comme la fynagogue, regler la maniere de faire ce banquet facré, dont l'agneau pafchal étoit la figure.

Le Luthérien.

Voilà ce qu'on ne me perfuadera jamais. Nulle créature n'a droit de changer ce que Jefus a ordonné.

Miss DOROTHÉE.

Rappellez-vous, Monsieur, les paroles de Luther qu'on vous a citées. Il croyoit si peu que la communion sous les deux especes, fut une chose essentielle, qu'il protestoit que si l'Eglise Romaine l'eut adoptée, il l'auroit rejettée pour s'en tenir à une seule espece. Vous me direz que Luther ne savoit ce qu'il disoit, quand il parloit ainsi ; mais comme vous n'êtes pas plus infaillible que votre maître, il y en aura qui prendront par rapport à vous, la liberté que vous prenez par rapport à lui, c'est-à-dire, qui penseront que vous ne pensez pas juste, lorsque vous soutenez la nécessité de la communion sous les deux especes.

La BONNE.

Je n'ai qu'un mot à vous dire, Mesdames, par rapport au Sacrement de l'Extrême-Onction : on la trouve expressément marquée dans l'Epître de St Jacques ; mais l'*Esprit* a dit à ces Messieurs, que cette Epître est apocryphe : c'est la décision de Dordrect :

que si vous me demandez ce que c'est
que cet *Esprit* qui a si bien instruit ces
Messieurs, je vous répondrai, que
c'est le même qui a dicté que les fideles prédestinés ne pouvoient perdre la
grace, quelque grands que fussent les
péchés qu'ils commissent; mais que
ces crimes ne leur en ôteroient que le
sentiment. Jugez par cette décision,
de la foi qu'il faut avoir pour la premiere.

Lady Louise.

Ne trouve-t-on dans l'antiquité aucun vestige de ce Sacrement, outre
l'Epître de St. Jacques? Vous rappellez-vous ce que dit cet Apôtre?

La Bonne.

Voici comment il s'explique. « Quel-
» qu'un est-il malade? Qu'il appelle
» les Prêtres de l'Eglise, & qu'ils
» prient sur lui, en l'oignant d'huile,
» au nom du Seigneur, & la priere
» de la foi sauvera le malade; le Sei-
» gneur le soulagera, & s'il a com-
» mis des péchés, ils lui seront par-
» donnés. « Je ne trouve rien dans

les quatre premiers siecles au sujet de
ce Sacrement qui n'avoit jamais été
attaqué ; mais voici ce que dit le Pape
Saint Innocent dans une décretale qu'il
envoya à un Evêque. Je la rapporterai presque toute entiere, parce qu'-
elle éclaircit bien des points contestés.

Il se plaint d'abord du mépris des
traditions que l'Eglise a reçues de l'A-
pôtre Saint Pierre. « Vû principale-
» ment, (dit-il), qu'il est *manifeste*
» que personne n'a institué des Egli-
» ses dans l'Italie, les Gaules, les
» Espagnes, l'Afrique, la Sicile, &
» les Isles adjacentes, si non ceux que
» l'Apôtre Saint Pierre ou ses Succes-
» seurs ont établis Evêques. « Et in-
terpellant celui auquel il adresse sa
lettre, il lui dit :

» Vous êtes sans doute souvent ve-
» nus à Rome ; vous avez assisté aux
» assemblées de notre Eglise ; vous
» avez vu quel usage elle observe,
» soit dans la consécration des Mys-
» teres, soit dans les autres actions
» secretes : ce qui suffiroit pour votre
» instruction.

Le CALVINISTE.

Vous nous alléguéz là une belle autorité avec votre décretale; ignorez-
vous que ces sortes de pieces sont absolument décriées, même parmi les
Catholiques éclairés? c'est le principal
canal dont les Papes se sont servis
pour répandre les traditions humaines
qu'ils ont substituées petit à petit à
l'Ecriture sainte.

La BONNE.

Je nie d'abord que les décretales
soient décriées parmi les Catholiques;
car je n'appelle pas de ce nom, tous
ceux qui restent extérieurement dans
l'Eglise. Je nie en second lieu, que les
traditions reçues dans l'Eglise, soient
contradictoires avec aucun des passages de l'Ecriture, & je vous défie de
m'en faire voir un seul qui en soit attaqué; mais ce n'est pas là de quoi
il est question.

Le RABBIN.

En effet, Monsieur; ne considérons
point cette décretale comme ayant été

écrite par le Pape : voyons la comme l'ouvrage d'un historien de l'an 416, tems assez voisin des Apôtres. Le Pape n'y ordonne rien. Il ne dit point, je trouve à propos que l'on change tel ou tel usage ; mais je me plains qu'on n'observe pas ceux qui viennent de l'Apôtre St. Pierre. Il se sert même de paroles remarquables. *Il est manifeste*, dit-il ; c'est-à-dire, c'est une chose publique, connue. Il ne vient point annoncer des traditions obscures, & dont personne n'avoit entendu parler: nommez-nous des Evêques qui ayent contredit à ce qu'il avance dans cette décretale ?

Le CALVINISTE.

Oh! Dès ce tems là, on avoit contredit plusieurs des dogmes crus dans l'Eglise Romaine, & ce sont les mêmes que nous rejettons aujourd'hui.

Mr. DE BONNEFOI.

Voulez-vous adopter pour vos peres & vos Apôtres, ceux qui publioient une doctrine contraire aux dogmes reçus alors dans l'Eglise ? Direz-vous

avec Pelage, qu'il n'y a point de péché originel ; avec les Manichéens,
qu'il y a deux principes. Car tous ceux
qui ont nié la prière pour les morts,
l'invocation des Saints, &c. attaquoient
outre cela quelques uns des dogmes
fondamentaux. C'est précisément parce que de pareilles gens ont attaqué
les dogmes que vous rejettez aujour-
d'hui, que nous connoissons qu'ils venoient du tems des Apôtres. On n'at-
taque point ce qui ne subsiste pas.
Comme ces Hérétiques rejettoient des
dogmes que vous croyez aussi bien que
les Catholiques ; vous ne pouvez croire qu'ils ayent été animés du Saint
Esprit, car ceux qu'il éclaire d'une
manière spéciale, ne peuvent chercher à ruiner la religion chrétienne,
comme ont fait ceux-là. La résistance qu'ils ont trouvée dans l'Eglise, tant
sur les uns que sur les autres points,
vous est une assurance de l'infaillibilité des promesses de Jesus à son égard.
Continuez, je vous prie, Mademoiselle, à nous répéter ce qui vient à
notre sujet, dans la décrétale du Pape
Saint Innocent.

La

La BONNE.

Après avoir récapitulé plusieurs points de discipline sur le jeûne, la célébration du sacrifice des Autels, &c. il dit : « Il n'y a que l'Evêque
» qui puisse donner aux enfans le sa-
» cré sceau ; nous l'apprenons non
» seulement par la coutume des E-
» glises, mais encore par l'Ecriture
» Sainte dans les Actes, en la per-
» sonne de St. Pierre & de St. Jean.
» Les Prêtres peuvent bien faire aux
» baptisés l'onction du chrême, pour-
» vû qu'il soit consacré par l'Evêque :
» mais ils n'en peuvent marquer le
» front ; cela n'est permis qu'aux Evê-
» ques, quand ils donnent le St. Esprit.
» L'onction des malades peut être
» faite par les Prêtres suivant l'Epitre
» de l'Apôtre St. Jacques, & la raison
» en est, que les autres occupations
» des Evêques ne leur permettent
» pas d'aller à tous les malades : mais
» l'huile de cette onction doit être
» consacrée par eux. On ne la don-
» ne point aux pénitens, parce que
» c'est un Sacrement. Quand vous

» viendrez ici, je vous dirai le reste,
» qu'il n'est pas permis d'écrire. Je
» ne puis dire les paroles, de peur
» que je ne semble plutôt trahir les
» Mysteres, que répondre à une con-
» sultation.

Lady LOUISE.

Il y a bien des choses remarquables dans cette lettre écrite l'an 416. D'abord, on croyoit dans ce tems, que l'Epitre, que ma *Bonne* a citée, étoit de l'Apôtre St. Jacques. Ensuite le Pape parle de ces deux Sacremens, comme de choses reçues, non seulement d'après la Sainte Ecriture, mais encore d'après une ancienne coutume. Or le mot d'*ancienne*, en 416, ne peut s'entendre que du tems des Apôtres.

Le RABBIN.

Je fais une réflexion qui me paroît fort importante. Ces lettres des Papes, & même celles que les Evêques s'écrivoient reciproquement, lorsqu'il étoit question de doctrine, se lisoient publiquement à tous les fideles.

Le LUTHÉRIEN.

C'eſt de quoi nous n'avons nulle preuve ; elles ne ſe liſoient qu'au Clergé.

Miſs DOROTHÉE.

Vous n'avez donc pas écouté la lecture que ma *Bonne* vient de nous faire. Ceux qui étoient Prêtres, ſavoient aſſûrément les paroles de la conſécration & les autres, qu'on employoit dans l'adminiſtration des Sacremens : ſi le Pape n'eût eu qu'eux en vue, il n'auroit pas dit qu'il ne lui étoit pas permis de trahir les Myſteres ; cette lettre étoit donc pour tout le peuple qui les ignoroit.

Le RABBIN.

Vous avouez, Monſieur, que l'Egliſe des premiers ſiecles étoit pure; qu'elle étoit l'organe du Saint-Eſprit : par conſéquent tout ce qu'elle faiſoit, étoit louable, juſte & bon. Or ce ſecret qu'on gardoit ſur les Sts. Myſteres, nous en ignorons les raiſons. Vous n'êtes pas aſſez téméraire, je penſe, pour condamner cette conduite de l'Eglife, quoique vous en ignoriez les motifs ; ayez la même réferve par rapport à ce qu'elle a fait à l'égard de plufieurs points de difcipline, quoique vous ne connoiffiez pas la raifon de fa conduite.

Miſs Dorothée.

Je crois qu'il eft permis de deviner, ma *Bonne* ; & voici quelles font mes conjectures à cet égard. La charité chrétienne obligeoit les Apôtres à ufer de ménagemens envers les Païens ; & la prudence leur impofoit la loi de ne point leur parler des prodiges d'amour, que Jefus opere continuellement en faveur des hommes, par le moyen des Sacremens, avant qu'ils fuffent bien convaincus de la divinité de celui qui opéroit ces prodiges. Ce n'étoit qu'au fortir des eaux du Baptême qu'on les en inftruifoit, parce que dans ce Sacrement ils avoient reçu la foi infufe qui les faifoit croire.

Le Calviniste.

Mauvais raifonnement. Le fecret fe

gardoit même envers les Chrétiens ,
comme vous venez de le dire vous-
même ; mais il faut que *Miss Dorothée* parle , & raisonne de tout , à
propos ou hors de propos.

Miss DOROTHÉE.

Passons sur l'apostrophe que je ne
releverai pas. Ayez la bonté , Monsieur , de distinguer deux choses, ou
deux sortes de secrets. Les Païens
mêmes Cathécumênes n'avoient aucune connoissance de nos Mysteres , qu'-
ils apprenoient au moment de la régénération. L'instruction qu'on leur
faisoit au sortir des fonds baptismaux,
étoit proprement un catéchisme, comme nous l'avons remarqué. Ils apprenoient alors ce qui regardoit les deux
Sacremens qu'ils alloient recevoir ; car
ils avoient été instruits long-tems sur
le Baptême, & sur la Morale. Je ne
sais si ma mémoire me trompe ; mais
je crois avoir lu que St. Paul dans
une de ses Epitres dit aux fideles
auxquels il écrivoit, qu'il les avoit d'a-
bord traités comme des enfans, en
ne leur donnant que du lait ; mais

qu'étant devenus des hommes faits, il
leur donnoit une nourriture plus solide, des instructions plus relevées.

Lady LOUISB.

Mais, ma chere, que servent toutes ces remarques à la doctrine dont
il est question entre nous?

Miss DOROTHÉE.

Elles n'y sont point étrangeres,
Madame, comme vous l'allez voir.
Outre ce premier secret qui étoit
pour les Païens, il y en avoit un autre
qui étoit pour les Chrétiens mêmes,
& c'étoit les paroles dont on se servoit pour les Sacremens, & qui en
faisoient la forme. Il n'étoit point rare
de voir des infideles retourner à leur
vomissement, c'est-à-dire, au culte des
Idoles. Porphire, un des plus grands
ennemis de la religion chrétienne, a-
voit été lui même Chrétien; or il étoit
à craindre que ces mauvais Chrétiens,
retournés au paganisme, ne propha-
nassent les saints Mysteres, & les paroles par lesquelles ils étoient opérés.
Voilà pourquoi on les leur cachoit.

Lady LOUISE.

Cette raison me paroît fort bonne, & je ne sais comment elle ne m'est pas venue dans l'esprit.

Miss DOROTHÉE.

C'est l'histoire de St. Genès, qui me l'a fait trouver. J'ai appris en la lisant, que les Païens prenoient souvent les Chrétiens pour sujet de leur comédie, & qu'ils y tournoient en ridicule ce qu'ils savoient de nos Mystères. Un jour donc que Saint Genès qui étoit comédien, devoit jouer un pareil rôle, il cria qu'il étoit bien malade, & qu'il demandoit le Baptême; un autre comédien le lui administra, & ensuite on le pressa de renoncer à la foi qu'il avoit embrassée, copiant en tout la conduite des Magistrats, quand ils interrogeoient les Chrétiens. Saint Genès qui parloit d'après nature, fut trouvé un acteur merveilleux, tant qu'il se défendit d'apostasier; mais étant venu à cet endroit de son rôle, où il devoit céder aux Magistrats, il déclara qu'il étoit sincèrement Chré-

rien, & qu'un moment avant qu'on
l'eut arrosé de l'eau, une lumiere sur-
naturelle l'ayant éclairé, il avoit sou-
haité d'être réellement régénéré ; que
Dieu ayant exaucé sa priere, il étoit
prêt à donner sa vie pour la foi qu'il
avoit reçue effectivement après avoir
renouvellé cette protestation en présence même de l'Empereur, il reçut
la couronne du Martyre.

BELESPRIT.

Je regarde cette conjecture comme
très vraisemblable, & rien n'étoir plus
sage que la réserve de l'Eglise dans
ces tems de persécution. Voilà sans
doute une des raisons pour lesquelles
les Peres écrivirent si peu sur ces matieres, en sorte qu'on n'a aucun traité
complet sur les Sacremens ; tout ce
que vous nous en avez dit, n'a été
écrit que par occasion.

Le RABBIN.

Et dans toutes ces occasions, les
Peres en ont toujours parlé comme
de dogmes anciens, & reçus sans
contradiction parmi les fideles. A pré-

sent, Mademoiselle, il ne vous reste plus qu'à nous parler des Sacremens de l'Ordre & du Mariage.

La BONNE.

Par rapport au Sacrement de l'Or-dre, il faudroit un volume pour vous rapporter tout ce qu'ont dit les Peres par rapport à ce Sacrement.

Le CALVINISTE.

Je vous défie de me montrer en au-cun endroit qu'on se soit servi du mot *Sacrement*, en parlant de l'ordination des Pasteurs.

Miss DOROTHÉE.

Et qu'y fait le mot, Monsieur, quand la chose est claire? Le Baptê-me en est-il moins un Sacrement, parce que Jesus-Christ n'employa pas ce mot en disant à ces Apôtres: *Allez & baptisez?* Il suffit d'y remarquer les trois choses qui constituent le Sacre-ment. L'institution de Jesus-Christ, un signe visible qui signifie une grace invisible: Or ces trois choses se trou-vent dans l'Ordre. Jesus-Christ l'inftitua le jour de la Cene, en donnant à fes Apôtres le pouvoir de changer le pain & le vin en fon corps & en fon fang. Les Apôtres par fon ordre confacrerent des Evêques à qui appartenoit l'adminiftration de l'Ordre & de la Confirmation. Donnez-moi pour de l'argent, difoit Simon le Magicien, le pouvoir d'impofer les mains, afin que le St. Efprit foit donné à ceux auxquels je les impoferai. Il falloit donc un pouvoir pour impofer les mains : voilà le Sacrement de l'Ordre. Ceux qui avoient ce pouvoir, donnoient le St. Efprit : voilà le Sacrement de Confirmation. Il ne faut être, ni Théologien ni Docteur pour appercevoir ces deux Sacremens ; il ne faut que favoir lire, il n'y a rien de fi clair.

La Bonne.

Par rapport aux degrés de la Hiérarchie, fans parler de ce qui en eft dit dans la Sainte Ecriture ; il n'y a rien de plus marqué dans l'antiquité la plus reculée. Saint Ignace, Evêque d'Antioche, fut martyrifé l'an 106,

sept ans après la mort de Saint Jean
l'Evangéliste ; on le conduisit à Rome pour y être dévoré par les bêtes,
& sur sa route il écrivit plusieurs Epitres ou Lettres qui sont parvenues jusqu'à nous, & dont on n'a jamais révoqué l'authenticité. Voici comment
il s'explique sur la Hiérarchie.

« Vous devez concourir à la volonté
» de l'Evêque ; car vos dignes Prêtres
» sont d'accord avec l'Evêque, comme
» les cordes d'une lire ; « dans l'Epitre
aux Magnésiens il dit : « Puis donc
» que j'ai eu l'avantage de vous voir
» par Damas, votre Evêque digne
» de Dieu, & les dignes Prêtres Bas-
» sus & Appollonius, & mon Con-
» frere le Diacre Sotion. Puissé - je
» jouir de lui ; car il est soumis aux
» Evêques comme à la grace de Dieu,
» & aux Prêtres, comme à la loi de
» Jesus-Christ. « Vous voyez par ces
paroles trois degrés dans la Hiérarchie.

Le CALVINISTE.

Ce mot d'*Evêque* n'avoit pas alors
la même signification qu'aujourd'hui,

I 6

on le donnoit aux plus anciens, comme une marque d'honneur, & en ce sens nous avons retenu les Evêques ; ce sont les anciens qui reglent bien des choses chez nous.

La BONNE.

La suite fait voir que ce n'étoit point un titre d'honneur accordé à l'âge : car Saint Ignace nous avertit qu'il étoit jeune. Saint Timothée l'étoit aussi , puisque St. Paul lui dit ; *Prenez garde que personne ne vous méprise à cause de votre jeunesse,*

L'ANGLICAN.

Nous pensons à cet égard comme les Catholiques , il y a dans la même Epitre un passage aussi fort que celui que vous venez de citer. « Je vous » exhorte de faire tout en la con- » cordance divine , l'Evêque prési- » dant en la place de Dieu , & les » Prêtres en la place du Sénat des » Apôtres , & les Diacres qui me » sont si chers , comme ceux à qui » est confié le Mystere de J. C. «

Lady LOUISE.

Ah! Monsieur, faites bien attention à ces dernieres paroles. On dit que c'étoit les Diacres qui distribuoient la Sainte Euchariftie : or Saint Ignace l'appelle *un Myftere*. Là! je vous le demande en conscience, la Sainte Euchariftie peut-elle être appellée *un Myftere*, de la maniere dont nous l'entendons ? Au refte je fuis confolée de voir que nous fommes moins éloignées de la Catholicité que les Calviniftes, puifqu'au moins nous avons confervé la hiérarchie, telle que les Apôtres l'ont établie.

La BONNE.

Plut-à-Dieu, Madame ; mais vos Evêques ne reffemblent en rien à ceux que les Apôtres ont établis (je ne dis pas quant aux mœurs ; car il y a de trés honnêtes gens parmi eux) , mais quant à l'autorité fpirituelle. Je vous renvoie à Monfieur Burnet, pour favoir à quoi l'Epifcopat eft réduit en Angleterre : fes plaintes à ce fujet ne finiffent point.

Mr. DE BONNEFOI.

Et il y auroit beaucoup à dire sur la légitimité de leur Ordination ; peut-être Mademoiselle n'a point entendu parler de cette matiere.

La BONNE.

Je n'ignore point la dispute qui s'est élevée à ce sujet, & peut-être en avons nous dit quelque chose dans nos premiers entretiens sans que je me le rappelle ; mais en supposant que je ne l'aie pas fait, je n'en dirai rien ; je ne cherche pas à blesser, je veux guérir, & à qui est persuadé de tout ce dont nous sommes convenues jusqu'à présent, une dissertation à cet égard seroit inutile. En accordant au Pere Corayer, que l'origine de l'Ordination Angloise est légitime, cela n'avanceroit rien, puisqu'ils enseignent dehors, & que ce sont des pierres détachées du bâtiment.

Par rapport au Sacrement de Mariage, voici ce qu'en dit Saint Paul. *Ce Sacrement est grand en Jesus-Christ.* Il est vrai que les Protestants donnent

un autre sens à ce passage, que celui que nous y attachons, & j'avoue
que l'on pourroit dire avec quelque
apparence que St. Paul parle d'une
maniere allégorique; mais la maniere
dont on l'entendoit dans la primitive
Eglise, suffiroit pour me ramener au
sens littéral, quand même l'Eglise ne
m'ordonneroit pas de regarder le Mariage comme un Sacrement; car les
Chrétiens du second & troisieme siecle, étant près de la source, doivent y
avoir puisé le vrai sens dans lequel on
avoit entendu les écrits dictés par le
Saint-Esprit aux Apôtres. Tertullien,
au chap. 40. des *Préscriptions*, prouve
que le Démon a tâché d'imiter nos
Sacremens dans les mysteres de l'idolâtrie; & ailleurs, il met le Mariage
au nombre des Sacremens, preuve
certaine qu'il étoit dès lors regardé
comme tel. « Les Nations, dit St.
» Augustin, font consister tout le bien
» du Mariage dans la fécondité; mais
» les Chrétiens la font consister dans
» la sainteté du Sacrement. « D'ailleurs
il me paroit raisonnable de croire que
Jesus n'a pas laissé sans secours l'état

le plus commun, & celui dans lequel on a le plus besoin de graces particulieres. Une tradition, dont je défie ces Messieurs de me montrer le commencement, m'apprend que ce secours n'a pas manqué aux Chrétiens, & cela me suffit.

Le CALVINISTE.

N'étions - nous pas convenus qu'il ne seroit jamais parlé de la tradition? Vous savez que nous la rejettons absolument.

La BONNE.

Non, Monsieur, nous n'avons point fait cette convention ; je n'ai garde d'être plus délicate que les Peres des premiers siecles, qui l'ont reçue ; & quand l'Eglise ne me commanderoit pas de la croire, je trouverois qu'il est contre la raison de la nier, pour les raisons que nous avons déjà dites. Je vais ajouter quelques passages à ceux que j'ai déjà cités.

Saint Paul écrivant aux Thessaloniciens, leur dit : *Tenez les traditions que vous avez apprises, soit de vive voix, soit par ma lettre. Il reprend* les fideles de Corinthe de quelques abus, & ajoute : *Je réglerai le reste quand je serai venu.*

Le RABBIN.

Ces choses, que l'Apôtre a réglées de vive voix, ne sont point écrites dans les saintes Ecritures ; oserions - nous dire qu'il ne faut pas les observer ? Comment les observerions - nous, si nous les ignorions ? Et avons - nous d'autres moyens que la tradition, pour en être instruits ?

La BONNE.

Saint Jean dans l'Epître qui s'adresse à Electre, & dans celle qu'il écrivit à Caïus, dit expressément : *J'aurois bien des choses à vous écrire ; mais je n'ai pas voulu les écrire avec la plume & l'encre ; j'espere vous voir bientôt & nous nous en entretiendrons de vive voix.* Après ces témoignages, il seroit inutile de vous prouver qu'on ne peut rejetter la tradition, sans une témérité insupportable, & que l'Eglise Romaine est autorisée à conserver celle qu'elle a reçue de siecle en siecle, depuis les Apôtres jusqu'à nous, comme je vous l'ai prouvé à l'égard de tous les articles contestés, dont nous avons parlé.

Le CALVINISTE.

Et avec cette tradition ancienne, l'Eglise Romaine nous fera passer tout ce qu'elle jugera à propos. Le Célibat des Prêtres, par exemple, direz-vous qu'il est de tradition apostolique, que son usage même soit bien ancien? Je pourrois vous prouver moi, que Saint Paul n'a jamais prétendu y assujettir les Ecclésiastiques, lui qui recommande que les Evêques n'ayent qu'une femme, & vivent chastement avec elle.

La BONNE.

Comme si les autres Chrétiens avoient permission d'avoir deux femmes, & qu'ils fussent dispensés de vivre chastement. Au reste je ne prétends point vous dire que le célibat des Prêtres soit de droit divin, l'Eglise pourroit les en dispenser ; mais j'admire sa sagesse dans le refus constant qu'elle a fait de rompre une pratique si ancienne & si salutaire.

Lady LOUISE.

Vous êtes bien méchante & bien sévere, ma *Bonne* ; ne vaudroit-il pas mieux permettre aux Prêtres d'avoir une femme, que de les mettre en danger de vivre dans le libertinage ? On a peut être exagéré les désordres du Clergé Romain, mais du moins est il vrai qu'il leur faudroit une vertu bien supérieure pour résister aux occasions du péché dans un certain âge : d'ailleurs c'est une chose terrible qu'un engagement, quel qu'il soit. Tel homme auroit vécu sans penser s'il y a des femmes au monde, qui aussitôt qu'il s'est ôté la liberté d'en prendre une, se trouve malheureux. C'est la loi qui produit le péché, dit St. Paul.

BELESPRIT.

Nous en savons un peu plus long que vous, *Lady Louise* ; croyez-moi, parmi ceux qui ont tant de peine à se passer des femmes, il y en a plusieurs qui trouvent bien dur de s'en tenir à celles qu'ils ont épousées : je pourrois en citer plus d'une anecdote ; mais déjà Mademoiselle *Bonne* roule ses yeux de maniere à m'imposer silence. Si pourtant....

La BONNE.

Point de si, point de pourtant, Monsieur. Si parmi douze Apôtres il y avoit un Judas, nous ne devons pas être surpris que parmi le grand nombre de ceux qui annoncent l'Evangile, il ne se trouve des gens qui deshonorent leur ministere. Croyez-moi, *Lady Louise*, s'il falloit compter de chaque côté les hommes scandaleux, proportion gardée, on n'auroit rien à se reprocher.

Lady MÉRY.

Pour moi, je ne vois pas quel seroit l'inconvénient de donner aux Prêtre la permission de se marier ?

BELESPRIT.

Il y en a mille contre un, Madame, sur-tout parmi les Catholiques. Vous devez considérer que les Prêtres dans l'Eglise Romaine sont pour ainsi dire surchargés d'ouvrages, quoi qu'ils soient en plus grand nombre que parmi vous. Ils ont un Office très long, qu'ils doivent réciter chaque jour : ils doivent dire leur Messe ; il faut confesser, prêcher, catéchiser, visiter les malades. Un Ecclésiastique, qui veut faire son devoir, a peine à trouver une heure pour donner à une récréation honnête ; où prendroit-il le tems nécessaire pour vaquer aux affaires qui suivent de l'obligation d'élever & d'établir des enfans ?

Lady MÉRY.

Ce seroit une récréation honnête, & qui les tireroit du monde. Saint Paul recommande à l'Evêque d'avoir soin de sa famille & de ses enfans ; preuve certaine qu'il ne regardoit pas ce soin comme une distraction. . . . . . Vous riez, Mr. Belesprit.

BELESPRIT.

Pardon, Madame ; mais je n'ai pa

m'en empêcher en voyant votre bon-
hommie. Vous êtes très charitable de
fuppofer que Mrs. les Miniftres prendront l'éducation de leurs enfants,
comme une récréation ; affûrément
ils la regardent comme un travail ;
car pour s'en délaffer, on les voit
dans les affemblées, les jeux, les di-
vertiffemens. Un jeune Miniftre, qui
penfe à fe marier doit fréquenter les
compagnies, faire fa cour aux Dames,
fupplanter fes rivaux : Eft-il marié ?
La complaifance pour une jeune femme l'engage à ne rien changer à fa
maniere de vivre. Dans un âge plus
avancé, une troupe d'enfans, qu'il faut
établir, l'oblige de cultiver des amis,
des bienfaiteurs ; il faudroit être un
Ange, pour que ces foins ne priffent
pas fur les devoirs de fon état.

Mr. DE BONNEFOI.

Lady Méry ne fait point attention
que dans la primitive Eglife il falloit
néceffairement prendre les Evêques
& les Prêtres parmi les perfonnes ma-
riées : à mefure que le nombre des
Chrétiens augmenta, à mérite égal,

on préféroit celui qui n'avoit point été marié, pour l'élever aux Ordres sacrés, & on exigeoit de ceux qui l'étoient, de garder la continence. Cette pratique, à la vérité, n'étoit pas générale. Dès l'an trois cent quatorze, nous trouvons un Canon sur cette matiere parmi ceux qui furent faits au Concile d'Ancyre. Le voici :

Les Diacres, qui à leur Ordination ont protesté qu'ils prétendoient se marier, s'ils l'ont fait ensuite, demeureront dans le Ministere, puisque l'Evêque le leur a permis. S'ils n'ont rien dit dans leur Ordination, & se marient ensuite, ils seront privés du Ministere. Le Concile de Néocésarée qui fut tenu dans le même tems, fit aussi un Canon qui paroit encore plus strict. Le voici : *Si un Prêtre se marie, il sera déposé.* Celui-ci ne fait mention d'aucune restriction préliminaire aux Ordres.

Le CALVINISTE.

Le Concile de Nicée n'approuva point du tout ces Canons, & un vieillard nommé Paphnuce, qui n'avoit jamais été marié lui-même, s'oppofa au defir, qu'avoient quelques uns, d'obliger les Prêtres au célibat.

La BONNE.

Ne vous ai - je pas dit, Monfieur, que le célibat des Prêtres étoit une affaire de difcipline, qui pouvoit changer ? Plufieurs Evêques, même parmi ceux qui avoient vieilli dans un célibat fans reproche, opinerent comme St. Paphnuce dans le Concile de Trente ; mais le plus grand nombre fans comparaifon, fur-tout des jeunes, demeurerent conftamment attachés à l'ancienne difcipline, les inconvéniens du mariage des Prêtres l'emportant de beaucoup fur ceux du célibat.

Lady LOUISE.

S'il n'y a d'autres inconvéniens que ceux que nous a fait remarquer Mr. *Belefprit*, je ne les trouve pas confidérables.

La BONNE.

Il y en a un, Madame, qui faute aux yeux en Angleterre, où les rues font

font pavées, pour ainsi dire, de filles de Ministres, qui ne savent où donner de la tête. Remontez à l'intention de ceux qui ont fondé les bénéfices, Madame. Ils ont mis en dépôt entre les mains des personnes consacrées à Dieu, les aumônes qu'ils destinoient aux pauvres ; ils n'en sont pas les propriétaires, mais des œconomes, qui ont droit de prendre sur ces bénéfices un nécessaire honnête, le superflu est le patrimoine du pauvre, de l'orphelin, de la veuve, & on ne peut l'employer à d'autres usages sans faire un vol sacrilège.

Le CALVINISTE.

A ce compte, Mademoiselle, vos Evêques, & vos Bénéficiers sont de grands voleurs ; trouvez en un qui fasse un tel usage de ses biens.

La BONNE.

Il ne me seroit pas difficile d'en trouver plusieurs milliers ; mais en supposant qu'il y en eut moins, il seroit toujours vrai que ce seroit un désordre qui ne pourroit annuller l'intention des

Fondateurs. Dans notre communion,
tout Bénéficier qui n'entre point dans
leurs vues, est inexcusable; l'Eglise
lui fournit tous les moyens de remplir
ses devoirs à cet égard, en le déchar-
geant du soin de fournir aux besoins,
& au luxe d'une femme, & d'un grand
nombre d'enfans; car ce n'est point
pour cela que les bénéfices ont été
fondés, & que les personnes charita-
bles ont enrichi les Eglises. On ne pourroit permettre le mariage aux Prêtres,
sans anéantir l'intention des Fondateurs. Mais, direz-vous, un grand nombre de Bénéficiers l'anéantissent par le
mauvais usage qu'ils font de leurs revenus. L'Eglise n'est point responsable
d'un abus qu'elle réprime de toutes ses
forces, & elle le seroit, si elle consen-
toit à voir passer ces revenus entre les
mains de la famille du Bénéficier. Vous
le savez, Mesdames; quand on donne
une fille à un Evêque, le bénéfice entre en ligne de compte de ses biens;
on en suppute les revenus, & un Evêque, qui prétendroit les employer pour
le soulagement des pauvres, seroit sif-

ne, on lui diroit qu'il doit épargner pour marier ses enfans.

Le RABBIN.

Et parmi les Curés de Campagne, où le revenu suffit à peine pour l'entretien de la famille, qui ordinairement est nombreuse. Ses filles sont les Demoiselles du Village, & comme tout le revenu meurt avec le Pere, elles sont réduites alors à la plus affreuse indigence ; heureuses celles qui ont le courage de se mettre en service, & qui ne cherchent pas l'aisance au prix de leurs mœurs !

La BONNE.

Ces désordres sont grands, & sont pourtant peu de chose, en comparaison de l'obstacle qu'ils apportent à la propagation de la foi. Un Prêtre est, ou doit être un homme apostolique, toujours prêt à imiter les Apôtres, qui abandonnoient tout pour remplir les devoirs de leur ministere. Croyez-vous que les Apôtres qui étoient mariés, trainerent leurs femmes avec eux, dans les différentes Contrées où ils

furent prêcher l'Evangile ? Jesus nous
dit qu'il y en a qui se font Eunuques
pour gagner le Royaume des Cieux :
la continence est donc une vertu; quand
bien même St. Paul ne l'auroit pas dit,
elle a été justifiée, canonisée de la
bouche même de Jesus-Christ. On ne
peut nier que l'état le plus parfait ne
soit celui du sacré ministere : la continence convient donc à cet état plus
qu'à tout autre.

Mr. DE BONNEFOI.

Je vais vous faire part d'une chose
que j'ai apprise d'une Dame qui demeure dans le Comté de Neuchâtel.
Dans mon dernier voyage de France,
je me trouvai à diner avec cette Dame
dans une Ville, dont le Clergé est nom-
breux, & très édifiant. Elle m'apprit
que dans une assemblée de Ministres
de son Pays, on avoit fort agité de
rétablir la confession : Monsieur d'Os-
terwald qui vivoit encore, arrêta la dé-
libération « Rien ne seroit plus utile
» que la Confession, « leur dit-il :
« mais vous auriez la honte de l'avoir
» ordonnée à crédit : les peuples ne

» s'y refoudront jamais, pour des rai-
» fons à moi connues. « Effectivement, difoit cette Dame, la liaifon
entre un mari & une femme, eft trop
intime, pour vouloir impofer à l'un
d'eux un fecret qui ne feroit pas commun à l'autre. Samfon, tout fort qu'il
étoit, ne put refifter aux inftances de
Dalila. Or le moyen d'efpérer plus de
courage d'un grand nombre d'hommes, qui, dépofitaires du fecret de la
confcience d'un grand nombre de perfonnes, auroient fans ceffe à lutter contre la curiofité de leurs époufes. Cette
Dame ajouta : je n'aurois aucune répugnance à me confeffer ici ; mais
je vous avoue que tout homme à femme, ne faura jamais mon fecret.

Lady LOUISE.

A quel âge les Prêtres s'engagent-ils dans les ordres facrés parmi les Catholiques ?

La BONNE.

A vingt-deux ou vingt-trois ans, je
ne fais lequel, & ils font obligés avant d'être reçus, de paffer un tems

raisonnable dans un Séminaire, où l'on n'épargne rien pour leur ouvrir les yeux sur les devoirs de l'état dans lequel ils veulent entrer.

Lady LOUISE.

Après tout, on doit savoir à cet âge de quoi l'on est capable; ceux qui s'engagent dans ces ordres, n'y sont point forcés, c'est à eux à savoir s'ils sont en état de tenir ce qu'ils promettent. On nous donne la disposition de notre bien, & de nos personnes dans un âge moins avancé.

Le CALVINISTE.

Que direz-vous des Moines & des Religieuses à qui l'on permet de s'engager irrévocablement à seize ans ? D'ailleurs, à quoi bon tant de Religieux & de Religieuses ? Quels services rendent-ils à l'état ? Quels, à la religion qu'ils déshonnorent ?

La BONNE.

Je vais répéter ici ce que j'ai déjà dit en plus d'un endroit. Vous me demandez, quels services les Religieux

& les Religieuses rendent à l'Etat ?
Le même que Moïse rendit au Peuple Juif pendant que Josué combattoit
dans la plaine. Le progrès des armes
du second dépendoit de la priere du
premier. Je releverai les objections
d'un grand homme, qui prétend que
les Religieux sont absolument inutiles,
& que les Prêtres, dont il n'y a déjà
que trop (c'est lui qui parle) peuvent
faire tout ce que font les Religieux. Il
est vrai que si l'univers étoit peuplé
d'hommes qui ressemblassent à celui
dont je parle, il y auroit trop de Prêtres, & qu'on pourroit dire qu'il y en
auroit encore trop, quand on n'en laif-
feroit que la dix-millieme partie : mais
pour nous autres qui avons le bonheur
de n'avoir pas tant de science & d'esprit, nous ne trouverions pas trop de
Moines ni de prêtres, s'ils vivoient
dans la sainteté primitive de leur état :
tout bon Chrétien doit souhaiter leur
réformation, & non leur destruction.

BELESPRIT.

Dussé-je encourir l'indignation de
mes Confreres de jadis, je ne puis me

refuſer à une réflexion. L'auteur dont
vous parlez, releve ſans ceſſe le bonheur du ſiecle dans lequel nous vivons,
qui eſt, dit-il, éclairé des lumieres de
la philoſophie. J'avoue que ſi tous les
Philoſophes lui reſſembloient, ce beau
nom ne ſeroit pas tombé en décri ; car
s'il n'eſt pas ſtrictement Chrétien, la
pureté de ſes mœurs, la bonté de ſon
cœur, & mille qualités eſtimables nous
donnent l'eſpoir de lui voir un jour cette ſeule qualité qui lui manque, pour
être parfait. Mais dira-t-il que l'auteur des *Mœurs*, par exemple, a rendu ſervice à la ſociété, lorſqu'il dit,
que nous ne devons rien à nos parens
pour la ſeule naiſſance? Quand cela ſeroit vrai, ſeroit-il utile de fournir des
prétextes aux méchants enfans, pour
juſtifier leur ingratitude ? Cet honnête
homme, cet Apôtre des mœurs, permet les diſcours ſales, équivoques,
pourvû qu'ils ſoient bien gaſés. Ne lui
avons-nous pas une vraie obligation ?
Les peres de famille n'ont-ils pas bien
à profiter, en voyant celui qu'on leur
donne pour modele, maudire ſon fils
parce qu'il cede à une paſſion qui le

maitrife, & fouhaiter de faire un mariage dont lui-même lui a donné l'exemple ? Ne devons-nous pas de grandes actions de graces à un autre auteur, pour la peine qu'il a prife pour nous perfuader que nous ne différions des animaux que par notre organifation extérieure ; à cet autre qui nous trouve encore trop bien partagés, & qui veut que nous ne foyons que des machines ? Sans doute notre fiecle eft bien éclairé par le Contrat Social, l'Héloïfe, l'Emile, la Pucelle, le Philofophe fans fouci, & mille autres productions pareilles.

Le CALVINISTE.

Voilà, Monfieur, une fortie auffi hors d'œuvre, qu'il eft poffible de l'imaginer. Qu'ont de commun les Philofophes & les Moines ? Pourquoi relever ce qu'ont écrit quelques auteurs, qui, fans doute, ont femé des maximes pernicieufes, pendant que vous taifez tant d'ouvrages utiles à la fociété, que nous devons à la philofophie; quelques membres gâtés ne doivent pas faire noter un corps d'hommes respectables.

B E L E S P R I T.

Vous en dites plus que moi, Monsieur. Parmi les Auteurs que je viens de citer , il y en a plusieurs dont les intentions sont droites , & qui ne pechent que par un défaut qu'il seroit facile de corriger. Or ça , Monsieur, parce qu'on abuse de la Philosophie , faudroit il dire : l'étude est si dangereuse , qu'il faut la défendre , & ne permettre à personne de devenir Philosophe? Ne vaudroit il pas mieux dire, il faut obliger les Philosophes à remplir les vues de la philosophie, en fournissant aux hommes les moyens de devenir meilleurs? Ce que vous diriez par rapport aux Philosophes , dites-le , je vous prie , par rapport aux Religieux. Ne les détruisons pas , réformons les. Ils ont eu parmi eux des hommes célebres , & peuvent en avoir encore. Il sort de leurs plumes des Ouvrages de piété propres à nous édifier , nous qui sommes assez bornés pour regarder ce qui peut échauffer le cœur , comme préférable à ce qui ne peut qu'orner l'esprit. On leur abandonne cette branche de la litterature, elle nous paroit précieuse, qu'on ne nous en prive pas, nous, encore une fois, qui estimons plus utile d'apprendre le chemin du ciel, que la route des astres.

Mr. DE BONNEFOI.

Ajoutez, qu'en réformant les Maisons religieuses, le nombre en diminuera considérablement, parce que l'oisiveté, l'amour du bien-être n'y conduira plus personne, & que ceux que l'esprit de Dieu y attirera, seront utiles à la société, ou par leurs prieres, ou par le travail des mains que leur regle primitive ordonne, ou par des ouvrages de piété, utiles aux simples. Que si on nous allegue l'intérêt de la population, nous demanderons pourquoi on ne remet pas en vigueur les Loix romaines contre les Célibataires ?

BELESPRIT.

En effet, le libertinage, l'amour de l'indépendance, le manque de fortune, & mille autres prétextes feront trouvés plaufibles pour difpenfer un quart des hommes de donner des Citoyens à l'Etat ; & le defir de choifir la meilleure part, comme Magdeleine, ne pourra pas juftifier ceux qui fe fépareront du monde, & ne fe marieront pas pour fe donner uniquement à Dieu ! & cet aveuglement, ce fera dans le chriftianifme qu'on le trouvera ! Comptez, Meffieurs, le nombre des Moines qu'il y a en France, & comptez le nombre des Célibataires en Angleterre, & vous trouverez un plus grand nombre de ces derniers que des autres ; la France eft-elle donc moins peuplée que nos Ifles ?

Lady L O U I S E.

Malgré les préjugés de l'éducation, je n'ai pu m'empêcher d'être fouvent fcandalifée de l'odieux qu'on attache à la profeffion des Célibataires Chrétiens ; c'eft aller directement contre ce que dit St. Paul, qui donne la préférence à cet état, fur celui du mariage.

Le CALVINISTE.

Je ne difpute pas pour difputer, Madame ; que les Moines vivent felon le premier efprit de leur Inftitut, je les plaindrai comme des Fanatiques de bonne foi, qui fe font fouffrir mille maux, comme fi toutes ces chofes pouvoient plaire à Dieu ; mais je ne les méprifer ai pas.

La BONNE.

Méprifez tant que voudrez, ceux qui ne vivent pas felon la fainteté de leur état, je n'y prends aucun intérêt, & je vous les abandonne de bon cœur; je vous en donnerai même l'exemple; mais gardez vous de plaindre les vrais Religieux qui, fuivant l'exemple de S. Paul, mortifient leur chair de peur de devenir des Réprouvés. Apparemment l'Apôtre favoit ce qui étoit agréable à Dieu ou non : il ne dit pas qu'il mortifie fa chair pour réparer fes péchés paffés : c'eft parce qu'il connoiffoit que le corps avoit befoin d'être matté par la pénitence, qu'il humilioit le fien par les jeûnes & les pénitences extérieures.

Ne blâmez pas ceux qui imitent ce grand Apôtre , & qui trouvent dans l'exercice de la mortification , des douceurs que les hommes de chair & de sang ne peuvent imaginer.

Vous vous plaignez du célibat des Prêtres ; mais nous n'avons aucune loi qui contraigne personne à entrer dans le Sacerdoce ; on n'y admet les hommes que dans un âge où il leur est aisé de savoir les obligations de l'état dans lequel ils s'engagent ; & ceux qui manquent à remplir ces devoirs , n'auroient pas trouvé dans l'état du mariage un remede contre leur penchant au libertinage.

B E L E S P R I T.

Et la preuve est , que cette foule de Moines qui viennent en Angleterre , y vivent d'une façon très peu reguliere , que le mariage n'est pas plus respecté par eux , que leurs vœux ne l'ont été , & qu'on est encore à trouver parmi eux un homme sans reproche ; en sorte qu'il est passé en proverbe parmi les François Réformés , qu'il faut regarder dans la main de ces Apostats pour voir s'il y croît des cheveux, parce qu'on connoîtra à cette marque, s'il y en a un qui ait de la probité. Je crois que Mademoiselle *Bonne* a pleinement justifié son Eglise de la calomnie qui lui attribue des dogmes nouveaux. Que tardons-nous, Messieurs, & Mesdames, à nous déterminer pleinement ?

Lady LOUISE.

Il reste encore un article qui fait beaucoup de peine aux Protestants, c'est celui du Purgatoire, & de la Priere pour les morts.

La BONNE.

Je laisse à *Miss Dorothée* à débattre cet article, par les seules lumieres naturelles. Elle a reçu d'excellentes leçons à cet égard, d'une Dame du premier mérite, qui, protestante en tout le reste, est Catholique lorsqu'il est question du Purgatoire.

Miss DOROTHÉE.

C'est Mde. Montagu, à qui son bon

fens a dicté que la juftice de Dieu devoit
mettre une différence entre une ame
pure & innocente, & celle qui, chargée de mille crimes qu'elle n'a pas eu
le tems d'expier, a le bonheur de fe
convertir à la mort.

Le CALVINISTE.

Notre Seigneur n'a-t-il pas dit au
bon Larron : *Aujourd'hui vous ferez
avec moi dans le Paradis* ? N'a-t il pas
recompenfé ceux qui n'ont travaillé
qu'à la derniere heure, comme ceux
qui ont fupporté tout le poids de la
chaleur du jour ?

BELESPRIT.

Allons, Mademoifelle *Bonne*, un
peu de complaifance ; accordez cet
article à ces Meffieurs, qui vous ci-
tent de bons paffages de l'Ecriture ;
cette doctrine eft fi douce & fi confolante pour un vaurien, comme moi :
s'il y a un Purgatoire, j'y ferai jufqu'au
jour du jugement.

Mifs DOROTHÉE.

Plut-à-Dieu que nous y fuffions l'un

& l'autre ; on est du moins sûr de son salut dans le Purgatoire, & je crains d'aller en enfer.

La BONNE.

Il y a un bon moyen d'éviter l'un & l'autre, ma chere, & cela sera le mieux. Il n'y a qu'à s'accoutumer à aimer tellement Dieu par rapport à lui, que le dernier soupir soit un acte de pur amour, de contrition parfaite. Cet amour là mene tout droit au ciel, il consume, comme un feu dévorant, toutes les souillures de l'ame, & il est nécessaire qu'elle soit parfaitement pure pour entrer dans le ciel; J. C. l'a dit.

Lady VIOLENTE.

C'est-à-dire que vous êtes persuadée que le bon larron conçut en un moment cet amour parfait.

La BONNE.

Assûrément, Madame, & ceux qui ne commencerent à travailler qu'à la derniere heure, le firent avec tant de courage, qu'ils firent autant de travail, que ceux qui avoient commencé à la première heure du jour.

Lady MÉRY.

Dites-moi, ma *Bonne*, ce que les Catholiques entendent par le purgatoire ? Que font-ils obligés de croire à cet égard ?

La BONNE.

Je crois l'avoir déjà dit, Madame ; mais comme je n'en fuis pas fûre, je le répéterai volontiers. L'Eglife m'ordonne de croire que les ames qui meurent dans la grace de Dieu, mais fans avoir fatisfait à fa juflice divine, achevent cette purification avant d'entrer dans le ciel. En quel lieu ? Comment ? C'eft ce qu'elle n'a point décidé. C'eft cette fatisfaction qu'on nomme purgatoire. L'Eglife toujours guidée par les lumieres de l'Efprit St., m'ordonne de croire que les Fideles qui font dans cet état de peine, quel qu'il foit, peuvent être foulagés par les prieres des Fideles, fur-tout par le Saint Sacrifice de la Meffe, & par toutes sortes d'aumônes & de bonnes œuvres.

Lady LOUISE.

Ainsi l'ame d'un riche pour lequel on fait dire un grand nombre de Messes, l'ame de celui qui a beaucoup de parents & d'amis qui prient & satisfont pour lui, ne restera gueres de tems en purgatoire, pendant que celui qui est mort pauvre & isolé, y sera des siecles entiers, faute de secours! Savez-vous bien, ma *Bonne*, que je ne trouve pas cela fort juste.

La BONNE.

Plusieurs Théologiens pensent que toutes les prieres qu'on fait pour certaines gens, ne leur sont pas appliquées; Dieu en est lui-même le distributeur. Mais c'est le sentiment de quelques particuliers, & rien ne devient article de foi, que ce qu'il l'a été de tout tems. Au reste, Madame, l'Eglise est une bonne mere qui ne fait acception de personne, & qui tient lieu de parents à ceux qui n'en ont point: elle n'offre jamais le Saint Sacrifice de la

Messe sans présenter à Dieu les mérites infinis du sang de Jesus-Christ,
pour tous ses enfans, tant ceux qui
vivent encore, que ceux qui sont morts
dans la paix du Seigneur sans être entiérement purifiés.

Le CALVINISTE.

Direz-vous que cette pratique su-
perstitieuse a son fondement dans l'E-
criture ? Direz-vous qu'elle soit aussi
ancienne que l'Eglise ?

La BONNE.

Assurément, Monsieur, je le dirai ;
je ferai plus encore, je vous en donnerai la preuve. Nos Réformateurs,
Mesdames, ressemblent à Alexandre :
quand ils trouvent un nœud qu'ils ne
peuvent démêler, ils le coupent : dé-
terminés à rejetter la priere pour les
morts, ils ont rejetté le Livre des Machabées, qui la recommande ; ils le
tiennent pour apocryphe, l'esprit le
leur dit ainsi.

BELESPRIT.

Avouez, qu'il y a bien de la malice

dans votre fait : vous rappellez sans
cesse ce beau motif qu'on a eu à Dordrect, de rejetter ceux des livres sacrés, qui prouvent contre la réforme :
c'est honnêtement tourner en ridicule
ceux qui ont parlé ainsi.

La BONNE.

Je n'y ôte, ni je n'y mets, Monsieur. Est-ce ma faute à moi si l'on a
donné dans le travers à Dordrect ?
Mon intention me justifie, je suis bien
éloignée de vouloir offenser personne,
& si je blesse, c'est pour guérir. Pour
vous prouver que je suis déterminée à
pousser la condescendance aussi loin
qu'elle peut aller, je consens pour un
moment à ne regarder ce livre des
Machabées, que comme l'ouvrage
d'un particulier contemporain des
grands hommes, dont il écrivit les
hauts faits : toujours faudroit-il dire
que la priere pour les Morts est une
opinion qui, dès ce tems, étoit parfaitement établie.

Le RABBIN.

Et cette opinion n'a jamais varié

parmi nous ; actuellement encore, nous croyons soulager les peines de ceux qui sont morts sans avoir entiérement satisfait à la justice de Dieu, par nos prieres & nos bonnes œuvres.

Lady LOUISE.

J'ai beaucoup entendu parler de ce livre des Machabées ; mais je ne connois point du tout le passage dont il est question.

La BONNE.

Je vais vous en rapporter le sens ; ces Messieurs verront si je le dis mot pour mot ; car je ne l'ai point lu depuis ma premiere jeunesse. Un des freres Machabées, je ne sais lequel, ayant donné une grande bataille remporta la victoire, & perdit selon la coutume, un grand nombre de soldats. Après la bataille, il fit une quête qui produisit une somme considérable, & l'envoya à Jerusalem, avec ordre de l'employer à offrir à Dieu des sacrifices pour le repos de l'ame de ceux qui avoient péri dans le combats *car il favoit* , dit l'Historien , *que c'est une chose utile & falutaire de prier pour les morts.* Il me femble qu'un tel témoignage , quand il ne feroit qu'hif-torique , doit être d'un grand poids.

Lady LOUISE.

Pouvez-vous nous faire voir que la pratique de la primitive Eglife étoit conforme à celle de la Synagogue dans la priere pour les morts ?

La BONNE.

Il en eft de cette vérité , comme de toutes celles qui n'étoient point attaquées par les Hérétiques ; on ne trouve rien d'écrit clairement fur ce fujet ; car dans l'Evangile on ne cher-che point à prouver ce qui n'eft point contefté : ce n'eft donc que la prati-que de la priere pour les morts qu'on trouve établie. Saint Ephrem qui mou-rut l'an 379 , recommande très ex-preffément qu'on l'enfeveliffe fans au-cune pompe , & il prie avec grand foin que l'on faffe pour lui des aumô-nes , des prieres & des oblations.

L'an 406 un nommé Vigilance

attaqua plusieurs des points que les
Hérétiques d'aujourd'hui nous contes-
tent, comme la continence, le respect
que l'on rendoit aux reliques des Martyrs ; il traitoit d'Idolâtres ceux qui
les honoroient. Il disoit aussi que c'é-
toit une superstition païenne d'allumer des cierges en plein jour en leur
honneur. Il soutenoit qu'après la mort
on ne pouvoit plus prier les uns pour
les autres , & il attaquoit en même
tems plusieurs usages de l'Eglise,

Lady LOUISE.

Convenez , Mr. l'*Anglican* , puisqu'on attaquoit ces usages , qu'ils é-
toient reçus avant l'an 405 : cela
nous rejette dans ce quatrieme siecle
où vous reconnoissez que l'Eglise s'é-
toit conservée pure & exempte d'erreurs. Les Catholiques qui ont conservé ces usages , peuvent donc vous
dire : C'est vous qui avez innové , en
voulant désaprouver des pratiques qui
viennent d'un tems que vous regardez comme non suspect; il faut vous
regarder comme des disciples de Vigilance.

Mais, ma *Bonne*, quel étoit cet Hérétique ?

La BONNE.

C'étoit un Gaulois, qui paſſa en Eſpagne, où il ſe fit marchand de vin ; il connut St. Paulin en Eſpagne, & comme apparamment il s'étoit dégoûté de ſon commerce, il ſe mit à voyager, & fit connoiſſance avec St. Jérome, qui connut d'abord que c'étoit un eſprit leger, inconſtant, & porté pour les nouveautés. Lorſque St. Jérome eut vérifié les ſoupçons, il écrivit contre lui des livres que nous avons encore, & dans leſquels il lui prouve que les uſages qu'il attaquoit, avoient été pratiqués de tems immémorial dans l'Egliſe.

Lady LOUISE.

Je vous prie de me dire, ſi les ſentimens de Vigilance eurent quelques ſuites, & s'ils furent adoptés par les Grands Hommes ſes contemporains ?

La BONNE.

Non, Madame, & dès le commen-

content du cinquieme siecle, nous
voyons les plus grands hommes pratiquer tous les usages contre lesquels
cet avanturier s'étoit élevé; & quoiqu'il eut séduit quelques Evêques, lui,
ses partisans, & sa doctrine tomberent bientôt dans l'oubli, comme une
infinité d'autres héréfies qui n'ont point
fait trace.

LE CALVINISTE.

Admirez, Mesdames, un des plus
grands artifices des Papistes. Est-il
question de ceux qui se sont élevés
contre leurs erreurs, ils affectent d'en
parler dans les termes les plus mépri-
sans; ce sont des hommes obscurs,
des avanturiers. Parlent-ils au contraire, de ceux qui ont soutenu ces erreurs, ils sont toujours de grands hommes, & l'on évite avec soin de parler de leurs écarts. Qui ne sait que
Jérome étoit un rêveur, dont les jeûnes avoient altéré le cerveau? Et Augustin, n'a-t-il pas fait un gros livre de
ses rétractations? Il en eût fait plusieurs autres, s'il avoit rétracté tout ce

qu'il a écrit de répréhenſible : auſſi en
avoit-il l'intention.

Miſs DOROTHÉE.

Voyez un peu la grande injure que
ma Bonne a dite à Vigilance, en l'ap-
pellant un avanturier ! Un homme qui
court de Contrées en Contrées, &
qui d'un marchand de vin, fait un
Théologien taillé à la hâte. Aſſuré-
ment elle devoit du reſpect à un tel
homme.

Le CALVINISTE.

Et qu'importent les qualités perſon-
nelles d'un homme, quand il s'agit de
la vérité ? Ceſſe-t-elle d'être ce qu'-
elle étoit, en paſſant par une bouche mépriſable ? Dieu ſe ſert des petites choſes pour opérer les grandes.
Ne fit-il pas ſortir la vérité de la bouche de l'aneſſe de Balaam ?

Miſs DOROTHÉE.

Ah ! vraiment, Monſieur, j'avois
oublié ce trait : vous avez bien raiſon,
& je m'étonne comment les Iſraélites
ne quitterent point le tabernacle où

ils alloient apprendre ce qu'ils devoient faire, pour venir consulter cet
oracle de nouvelle date. Voyez-vous,
je ne puis souffrir les mauvaises défai-
tes; est - ce que vous regardez ce
Cabaretier comme un de vos Patriarches?

Le CALVINISTE.

Apprenez, petite langue de vipere,
que sa profession n'a point empéché,
que de siecles en siecles, ses sentimens
ne se soient perpétués dans un certain
nombre d'ames choisies, qui, pour
me servir des termes de l'Ecriture,
ne fléchissoient point les genoux devant l'Idole, jusqu'au moment que Dieu
avoit décreté de faire éclater la vérité
par le ministere, de nos Réformateurs.
Un marchand de vin valoit bien un
berger, & Moïse ne mérite pas moins
de croyance à cause de la vile profession dont Dieu l'avoit tiré.

Le RABBIN.

Treve de comparaison, Monsieur,
quand vous en voudrez faire de si mal
sonnantes. Si votre marchand de vin

eut arrêté le cours des rivieres, ouvert & suspendu les eaux de la mer,
fait sortir du rocher une eau vive ; on
pourroit le comparer à Moïse. Vous
voilà revenu à votre Eglise invisible
& dans le petit nombre ; mais en vérité nous ne vous suivrons pas dans
cet écart trop injurieux à l'œuvre de
Jesus-Christ, qui auroit tenu pendant
une longue suite de siecles, son Eglise dans une obscurité qui auroit démenti ses promesses.

BELESPRIT.

Monsieur reproche à St. Jérome ses
jeûnes & ses veilles ; il n'est pas le premier qui lui a dit les injures que vous
venez d'entendre : ce stile est celui de
Luther & de Calvin, qui assûrément
avoient droit de lui faire ces reproches ; car on ne pouvoit les accuser
d'être jeûneurs. Quant au crime qu'il
fait à St. Augustin, du livre de ses rétractations, c'est, selon moi, le plus
bel endroit de sa vie. Il suffit d'être
homme pour se tromper ; mais il faut
être un grand homme pour avouer ses
erreurs. St. Augustin passoit pour sa-

vant, même entre les Païens, il occupoit des chaires publiques, & nous
avons de lui des ouvrages qui prouvent
qu'il méritoit sa réputation: lisez sa
Cité de Dieu, si un Protestant l'avoit
écrite, on le feroit sonner bien haut.
Dites-moi, je vous prie, ce qu'il pensoit de la prière pour les morts?

LA BONNE.

L'hérésie de Vigilance avoit fait si peu
de progrès, que ce St. Evêque n'écrivit
rien pour prouver que l'usage de prier
pour les morts étoit aussi ancien que
l'Eglise; mais nous avons sa pratique &
celle de St. Ambroise à cet égard, &
il est aisé de remarquer à la manière
dont ils s'énoncent, qu'ils parloient
d'un usage universellement reçu.

L'Empereur Valentinien ayant été
assassiné dans le tems que St. Ambroise étoit en chemin pour lui administrer le Baptême; St. Ambroise persuadé qu'il avoit reçu le Baptême de
désir, le fit mettre dans le tombeau
de son frère, & prononça son oraison funèbre. Voici les paroles:
« Dites-moi, quelle autre chose

» dépend de nous, que de vouloir
» & de demander. Il y avoit long-
» tems qu'il souhaitoit d'être baptisé,
» & c'est la principale raison pour la-
» quelle il m'avoit demandé. Accor-
» dez donc, Seigneur, à votre servi-
» teur Valentinien la grace qu'il a
» demandée & desirée en pleine san-
» té; s'il avoit différé, étant attaqué
» de maladie, il ne seroit pas entié-
» rement exclus de votre miséricorde,
» parce qu'il auroit plutôt manqué
» de tems que de bonne volonté.
Ensuite il ajoute : « Donnez-moi les
» Saints Mysteres, demandons son
» repos avec une tendre affection,
» faisons nos oblations pour cette
» chere ame. « St. Ambroise finit
cette oraison funebre, en promettant
d'offrir toute sa vie le Saint Sacrifice
pour les deux freres, Gratien & Valentinien. Ceci se passa l'an 392.

Voilà la Messe pour les défunts
énoncée sous le nom d'oblation, de
sacrifice; énoncée non comme une
coutume nouvelle, mais comme une

pratique ancienne. Remarquez que St. Ambroise eut été forcé de faire un préliminaire en faveur de cette coutume, s'il n'eut voulu que l'introduire, & qu'il eut cherché à la justifier à son peuple, s'il n'avoit pas été accoutumé à voir offrir le St. Sacrifice pour les Morts: & souvenez-vous que St. Ambroise parle dans le quatrieme siecle, qui, selon ces Messieurs, étoit encore pur.

La Bonne.

Voyons maintenant quelle étoit la pratique suivie, du tems de St. Augustin, l'an 387.

Il perdit sa mere peu de tems après sa conversion, & comme son frere s'affligeoit de ce qu'elle ne mouroit pas dans son Pays, Ste. Monique se moqua de lui, & dit à Augustin : « Voyez » un peu ce qu'il dit. « Puis s'adressant à tous deux : « Mettez ce corps, » dit-elle, où il vous plaira, & ne » vous en inquiétez point; je vous » prie seulement de vous souvenir de » moi à l'Autel du Seigneur, quel- » que part que vous soyez. « Voici comme St. Augustin rapporte ce qui se passa après sa mort, dans le livre de ses confessions.

« Evodius prit le Pseautier, & com-
» mença à chanter le Pseaume cen-
» tieme, toute la maison répondoit;
» & aussitôt il s'y assembla un grand
» nombre de personnes pieuses de
» l'un & de l'autre sexe. On porta
» le corps, on offrit pour la défun-
» te le Sacrifice de notre rédemp-
» tion: on fit encore des prieres au-
» près du sépulchre selon la coutume,
» en présence du corps avant que de
» l'enterrer. « Voilà ce que dit St. Augustin, & il prie le lecteur de se souvenir au St. Autel, de Monique sa mere, & de son pere Patrice.

Le RABBIN.

Je vous avoue qu'il ne peut m'entrer dans l'esprit qu'on puisse dire, que la priere pour les Morts est une opinion nouvelle.

Le CALVINISTE.

C'est que vous ignorez, Monsieur, combien on abuse de cette idée du

Purgatoire : sous prétexte de soulager les morts, on dépouille les vivants.

Le RABBIN.

Et bien, Monsieur, il faut crier contre les abus, & respecter la chose ; on vous a déja dit plusieurs fois qu'il ne faut pas arracher l'ivraie du champ de l'Eglise, de crainte de nuire au bon grain : Jesus nous en a fait une loi.

La BONNE.

J'ai cité une fois ce passage de St. Augustin à une Dame de beaucoup d'esprit ; elle le trouva si décisif, que ne pouvant y répondre, elle soutint qu'il avoit été ajouté après coup aux confessions du St. Docteur ; car on se garde bien de parler de ces grands hommes devant le peuple, comme on le fait ici ; cela scandaliseroit. Il est plus court de dire que tout ce qui se trouve de favorable à la foi des Catholiques dans les ouvrages des Pères, y a été ajouté dans les derniers tems.

Lady LOUISE.

Me voilà convaincue de l'ancienneté de l'usage de prier pour les morts, & nous sommes convenues que tout ce qui étoit cru dans l'Eglise au quatrieme siecle, étoit pur. Passons, si vous le voulez bien, au respect que vous rendez aux reliques des Saints.

LA BONNE.

En vérité, Madame, c'est presque perdre le tems, de s'amuser à prouver une chose d'une si grande notoriété, qu'on en trouve des exemples à chaque page de l'histoire de l'Eglise. Les persécuteurs étoient si persuadés qu'on rendoit beaucoup d'honneur aux reliques des Martyrs, qu'ils faisoient garder leur corps avec le plus grand soin ; on les brûloit, on jettoit leurs cendres dans la mer. Les Païens même se persuaderent qu'un des motifs, qui engageoient les Martyrs à s'exposer aux tourmens, étoit l'espoir d'être adorés après leur mort ; car ils ne distinguoient point le culte qu'on rendoit à Dieu, d'avec celui qu'on accordoit aux reliques des Saints à cause de lui. Julien l'Apostat le reproche aux Chrétiens, non qu'il les accusât d'adorer les reliques ; car ayant été long-tems Chrétien, il connoissoit la nature de l'honneur qu'on rendoit à leur dépouille mortelle ; mais il s'en moquoit comme d'une folie & d'une extravagance.

Miss DOROTHÉE.

Permettez - moi d'égayer la leçon par une petite histoire que j'ai lue dans l'Histoire Ecclésiastique ; mais faites-moi grace de l'année.

Il y avoit à Rome une Dame, nommée Aglaé, qui étoit extrêmement riche, & d'une grande naissance, elle la déshonoroit par ses mœurs ; car elle étoit dans l'habitude d'un commerce scandaleux avec son Intendant, nommé Boniface, quoiqu'ils fussent Chrétiens tous les deux. A la fin, Dieu toucha le cœur d'Aglaé, elle rompit ses engagemens, & resolu de faire pénitence. La persécution étoit allumée dans une Ville dont j'ai aussi oublié le nom, mais qui étoit assez éloi-

gnée. Aglaé dit à Boniface, il faut
aller dans cette ville, & obtenir à prix
d'argent le corps d'un Martyr, afin
d'obtenir par son intercession, le pardon de nos péchés. Boniface qui étoit
un homme de bonne humeur, lui dit:
Madame, si j'allois être martyrisé, &
qu'on vous apportât mon corps, le
regarderiez-vous comme une relique?
Ce n'est pas de misérables pécheurs
comme nous à qui la couronne du
Martyre est destinée, lui répondit A-
glaé: allez & tâchez de vous rendre
digne d'apporter le corps d'un Martyr,
en faisant de dignes fruits de pénitence. Boniface fut frappé des paroles de
sa maîtresse; il étoit yvrogne de son
métier, & aimoit la bonne chere; il
s'appliqua pendant le voyage, à mor-
tifier ces deux penchans, & il passa
dans le recueillement & la priere.
Arrivé au terme de son voyage, il ordonna aux domestiques qui l'accom-
pagnoient, d'aller l'attendre à l'au-
berge, & sans se donner le tems de
changer d'habit, il courut à la place
publique où on lui dit qu'on tourmen-
toit quelques chrétiens. Il s'approcha

de l'un d'eux, qui étoit fur le chevalet:
là, fans confidérer le péril auquel il
s'expofoit, il l'encourageoit par figne
à demeurer ferme. Il en fit tant, qu'il
fut apperçu: le Juge lui ayant demandé s'il étoit chrétien, il répondit
avec courage, & fur le refus qu'il fit
d'adorer les Idoles, il fut tourmenté
fur le champ, & enfuite conduit en
prifon avec les autres Confeffeurs; le
lendemain on les ramena dans la même place, où on leur coupa la tête.

Cependant ceux qui avoient accom-
pagné St. Boniface, le cherchoient
par tous les cabarets, & difoient en-
tr'eux, que fans doute il s'y amufoit
à faire la débauche; comme ils le dé-
peignoient en demandant de fes nouvelles, ils rencontrerent le fils du Geo-
lier qui leur dit, qu'affûrément l'homme qu'ils cherchoient, avoit été arrêté la veille, & qu'on venoit de lui
couper la tête. Ils avoient fi mauvaife
opinion de Boniface, qu'ils ne dai-
gnoient pas même fuivre le jeune homme, qui les invitoit à l'accompagner
dans le lieu où étoient les corps des
Martyrs. Quelle fut leur furprife, lorf-

qu'ils reconnurent le Saint Martyr !
Après lui avoir demandé pardon du
mauvais jugement qu'ils avoient porté
de lui, ils envelopperent son corps,
qu'ils payerent bien cher, dans les ri-
ches étoffes qu'ils avoient apportées,
& reprirent le chemin de Rome.
Lorsqu'ils en approchoient, Aglaé qui
étoit en priere, entendit une voix qui
lui dit : celui qui étoit votre domestique sur la terre, est à présent conci-
toyen du Ciel, il approche, recevez-
le avec honneur. L'arrivée du corps
du Martyr lui donna l'explication des
paroles qu'elle avoit entendues : elle
fit bâtir un Oratoire où elle le dépo-
sa, & consacra le reste de ses jours
à la piété ; elle y fit même de si grands
progrès, que Dieu daigna la manifes-
ter en lui accordant le don des miracles.

Le CALVINISTE.

Voilà, Mesdames, comme l'on ber-
ce les Papistes avec des contes de
bonnes femmes, des voix, des miracles, & le tout pour leur faire croire
des Romans sans notoriété. N'est-il

pas sûr que le don des miracles n'a pas continué après les Apôtres?

La BONNE.

Non, Monsieur, cela n'est pas sûr; il est de la derniere certitude que les miracles ont continué jusqu'au tems où le Christianisme a été protégé par les Puissances. Tertullien dans son apologie pour les Chrétiens, présentée aux Empereurs, se fait gloire de la continuation des miracles. Croyez-vous que St. Ambroise, St. Augustin, & plusieurs grands hommes qui rapportent ceux dont ils ont été témoins eux mêmes, ayent été gens à se repaître de contes de bonnes femmes, ou à nous donner comme vrais, des Romans?

Miss DOROTHÉE.

Les Historiens qui nous ont transmis les Actes des Martyrs, méritent bien autant de foi que ceux qui ont écrit l'histoire prophane.

La BONNE.

Aussi Messieurs les beaux esprits qui

ont leurs raisons pour établir un pyrrhonisme universel, n'ajoutent pas plus
de foi au récit des derniers, qu'à ceux
des Auteurs Ecclésiastiques ; selon eux,
il n'y aura de sûr que ce qu'ils auront
écrit. Si on les en croit, il n'y a eu
qu'un très petit nombre de Martyrs.

Lady LOUISE.

Je les ai entendus raisonner, ou plutôt, déraisonner sur cet articles. Pas-
sionnés pour les Empereurs Païens
qui ont paru Philosophes, ils ne peuvent digérer qu'ils ayent été des persécuteurs. Selon eux, l'établissement
de la religion chrétienne est une affaire toute naturelle. La loi de l'Evangile est spécieuse, utile au bon ordre
de la société en plusieurs points, quoiqu'outrée en d'autres. Quelques fanatiques enthousiastes donnerent leur vie
pour cette loi ; la multitude échauf-
fée par ces exemples les suivit. D'a-
bord on méprisa les Chrétiens qu'on
confondit avec les Juifs, puis on en fit
mourir quelques uns, mais en p t t
nombre, & non comme chrétiens],
mais en leur imputant des crimes.

Enfin Conſtantin qui étoit un habile homme, voulant s'aſſûrer l'Empire qui lui étoit diſputé par des Concurrents, feignit de vouloir être chrétien, pour attirer dans ſon parti ceux qui profeſſoient le chriſtianiſme.

Le CALVINISTE.

Je confeſſe avec douleur que ce que vous venez de dire, n'eſt que trop vrai. On a voulu exiger trop de foi ; elle a péri chez tous les gens qui n'étoient pas d'humeur à adopter les fables des Papiſtes : ils ont confondu des vérités reſpectables avec ces fictions pieuſes.

La BONNE.

Ce n'eſt pas de notre ſein, Monſieur, que ſont ſortis les Philoſophes incrédules ; il eſt aiſé d'être chrétien quand on eſt Catholique ; mais il eſt impoſſible qu'un Proteſtant, qui a de l'eſprit & qui combine, le ſoit véritablement. En diſant : il eſt impoſſible que Jeſus ſoit renfermé ſous l'hoſtie, multiplié : vous avez appris aux Philoſophes à dire : il eſt impoſſible qu'un Dieu ſe ſoit incarné, qu'il ait pris notre nature. On peut soumettre l'esprit, d'une soumission sans bornes, à tout ce que Dieu a révélé; mais il est impossible de mitiger la foi à certains articles, elle disparoît au moment où elle cesse d'être universelle. Aussi le Protestantisme a t-il amené le Déisme (contre son intention à la vérité) mais l'effet, pour être involontaire, n'est pas moins réel.

BEL ESPRIT.

J'en ai été un triste exemple. Elevé chrétiennement, je n'aurois jamais été Déiste, Matérialiste, si on n'eut attaqué ma foi par les fondements. La constance des Martys, pendant une si longue suite d'années, les grands miracles que Dieu a faits pour les soutenir dans les tourmens, sont une preuve frappante de la divinité du Christianisme: ajoutez y les lumieres & la sainte vie de ceux qui l'ont enseignée, prêchée après les Apôtres. On me nia les miracles & la constance des Martyrs; il falloit pour cela ranger tous les Peres parmi les imposteurs du premier ordre: l'édifice de ma foi n'étant appuyé sur rien, croula de lui-même.

La BONNE.

Je suis bien éloignée, Monsieur, de croire que tous les Protestants connoissent les conséquences nécessaires du système de religion qu'ils ont établi; je le répete ici, je connois parmi eux un grand nombre de gens affectionnés au Christianisme; ils gémissent avec nous sur les progrès de l'irréligion sans en démêler la cause; mais elle est telle que je l'ai dite.

Le RABBIN.

J'ai touché au moment de devenir pis que Mr. *Belesprit*, & il n'y avoit point d'alternatives pour moi, entre être Athée ou Catholique. Je défie tout homme de bon sens de se tenir entre ces deux extrémités. Aussi mon parti est-il pris depuis long-tems, & demain j'aurai le bonheur de recevoir le Baptême à la tête de toute ma famille. En me faisant chrétien, je suis Catholique. Je ne crains ni la haine de ceux de ma nation, ni les Brocards des Proteſtants. Que pourroient - ils dire de moi, qu'ils n'ayent dit des plus grands hommes? Il eſt doux d'être baffoué en ſi bonne compagnie. Et vous, Meſdames, quel parti prenez-vous?

Lady Louise.

J'ai recueilli dans mon eſprit quelques difficultés ſur tout ce qui a été dit, & j'ai beſoin d'éclairciſſement. Suppoſez que les morts pour leſquels on prie, ſoient en enfer ou dans le ciel, à quoi ſervent les prieres qu'on fait pour eux ?

La Bonne.

St. Auguſtin fut conſulté ſur le même ſujet, Madame, & voici ce qu'il répondit, l'an 420.

Quand on offre le Sacrifice de l'Autel, ou qu'on fait des aumônes pour les défunts baptiſés; ce ſont des actions de graces pour ceux qui ſont très bons; ils ſervent de propitiation pour ceux qui ne ſont pas très méchants; & quoiqu'ils ne ſervent de rien à ceux qui ont été très méchants, ils donnent quelque con-

folation aux vivants. Dans un autre
écrit du même tems, adreſſé à Saint
Paulin Evêque de Nole, il dit que
tout ce qu'on fait pour les morts, ne
leur ſert que ſelon qu'ils ont vécu,
puis il ajoute: *Nous liſons dans les*
livres des Machabées, que l'on a offert
des ſacrifices pour les morts; & quand
nous ne le lirions en aucun endroit des
anciennes écritures, ce n'eſt pas une pe-
tite autorité que celle de toute l'Egliſe
qui paroît en cette méthode; car la re-
commandation des ames a lieu, même
dans les prieres que le Prêtre fait à
Dieu devant l'Autel: Et dans le mê-
me écrit, il dit que le lieu de la ſé-
pulture, qui eſt en ſoi indifférent, ſert
par occaſion. Si une mere fidelle de-
ſirant que ſon fils ſoit enterré dans la
Baſilique d'un martyr, croit que ſon
ame eſt aidée par les mérites du Saint,
car cette foi eſt une eſpece de priere,
& ſert au mort, s'il eſt en état qu'elle
puiſſe lui ſervir; & quand la mere y
vient enſuite, le lieu même excite à
prier avec plus d'affection.

Lady LOUISE.

Je suis satisfaite sur cet article: la foi de l'Eglise Romaine sur la priere pour les morts, & sur la foi aux mérites des Saints, est celle des premiers siecles: Saint Augustin dit que c'est une *coutume* : or ce mot signifie une chose qu'on fait depuis long-tems.

La BONNE.

Je n'ai pas fini, Madame. Voici comme ce grand Saint continue. *Cela étant, ne croyez pas que rien profite aux morts dont nous prenons soin, si ce n'est les sacrifices solemnels que nous faisons pour eux, soit à l'Autel, soit par nos prieres & nos aumônes : quoiqu'ils ne servent pas à tous ceux pour lesquels on les fait ; mais seulement à ceux, qui, pendant leur vie, se mettent en état d'en profiter. Mais parce que nous ne les discernons pas, il faut les faire pour tous les Régénerés ; car il vaut mieux que ces secours soient superflus à ceux auxquels ils ne peuvent ni servir ni nuire, que s'ils manquoient*

à ceux auxquels ils servent, & chacun
le fait plus soigneusement pour les siens,
afin qu'on en use de même à son égard.

Mr. DE BONNEFOI.

Permettez-moi de vous citer encore
St. Augustin sur un autre point contesté, quoiqu'on en ait parlé amplement.
Voici ce qu'il dit pour réfuter l'erreur
de certaines gens, qui croyoient qu'on
pouvoit être sauvé par la seule foi,
sans les œuvres. Les baptisés n'arriveront point à la vie éternelle par la seule
foi, s'ils ne se convertissent effectivement, & ne font de bonnes œuvres ;
& sur le culte de Latrie il dit :

Le culte de Latrie & le Sacrifice ne
sont dûs qu'à Dieu seul. Le vrai Sacrifice est celui du cœur, par lequel nous
nous offrons en union au Sacrifice de
Jesus-Christ, ce que l'Eglise célébre aussi
par le Sacrement de l'Autel, connu par
les fidèles. Il dit ensuite que quand on
offre le sacrifice pour les Saints, ce
n'est pas à eux qu'on l'offre, mais à
Dieu, qui les a faits Saints & Martyrs,
& qui les a honorés dans le ciel, de
la société des Anges ; pour lui rendre
graces

« graces de leurs victoires, & nous exciter à les imiter par son secours.

La BONNE.

Si ma mémoire eut été assez bonne,
j'aurois rapporté un grand nombre de
passages aussi positifs sur les points contestés ; mais ils m'ont échappé, & ce
que j'en ai dit, est suffisant pour marquer ce qu'on croyoit dans la primitive Eglise. Par exemple, en voici un
qui me revient. St. Augustin écrivit à
la priere de St. Simplicien Evêque de
Milan, & dans cet ouvrage il marque les motifs qui le retenoient dans
l'Eglise Catholique, & ce sont ceux
qui suivent.

*Le consentement de la plus grande
partie des peuples ; l'autorité commencée par la foi des miracles, nourrie par
l'espérance, augmentée par la charité,
affermie par l'antiquité ; la succession
dans le Saint Siege de Saint Pierre ; le
nom de Catholique tellement établi, que
si un Etranger demande où est l'Eglise
Catholique, aucun Hérétique n'ose lui
montrer ni son Eglise, ni sa maison.*

Tom. VI. sixieme Part. M

Mr. DE BONNEFOI.

Voici un autre passage sur l'Eucharistie. Il est de Saint Gaudence, dans un sermon qu'il prononça aux nouveaux baptisés pendant la semaine de Pâques, l'an 395. *Dans l'ombre de la Pâques légale on immoloit plusieurs agneaux, un dans chaque maison, car un seul ne pouvoit suffire à tous. Mais dans la vérité où nous sommes, un seul est mort pour tous, & c'est le même qui, en chaque maison de l'Eglise, dans le Sacrement du pain & du vin, nourrit, étant immolé, vivifie ceux qui le croyent, & sanctifie ceux qui le consacrent. C'est la chair de l'agneau. C'est son sang. Le même Créateur & Seigneur de la nature, qui tire le pain & le vin de la terre, fait encore du pain, son propre corps, parce qu'il le peut, & qu'il l'a promis ; & celui qui de l'eau, a fait du vin, fait du vin, son sang.*

La BONNE.

En voici assez & plus qu'il ne faut, pour ceux qui ne fermeront pas volontairement les yeux à la lumiere.

J'ai rempli la promesse que je vous avois faite, Mesdames, en vous prouvant que l'Eglise n'a rien innové, & qu'elle ne fait que conserver la foi qu'elle a reçue des Apôtres, & qui s'est perpétuée de siecles en siecles. Réfléchissez mûrement sur ce que vous avez entendu, & souvenez - vous que ces conférences seront les pieces de votre procès, quand vous paroîtrez devant votre redoutable Juge. S'il vous survient quelques difficultés que je n'ai pu prévoir, vous me trouverez toujours prête à vous répondre : la bonté de la cause que j'ai défendue, & que je défendrai jusqu'au dernier soupir de ma vie, suppléera à la médiocrité de mes talens.

Fin du sixieme Tome & derniere
Partie.

PREMIERE DÉCLARATION.
DE L'AUTEUR.

JE réitere ici la protestation que j'ai faite en plusieurs endroits de cet Ouvrage, de le soumettre ainsi que tout ce que j'ai écrit, & que je pourrai écrire, au jugement de la Ste. Eglise Catholique, Apostolique & Romaine dans laquelle je veux vivre & mourir, étant prête de rétracter & condamner tout ce qui pourroit m'être échappé de contraire aux dogmes qu'elle enseigne.

SECONDE DÉCLARATION
DE L'AUTEUR
Adressée aux Protestants.

CET Ouvrage devroit avoir été dicté par le seul desir de plaire à Dieu, & de procurer sa gloire; j'avoue qu'outre ce motif que j'ai tâché d'avoir, il y en a eu un autre un

peu plus naturel. J'ai long-tems vécu a-
vec les Protestans de diverses communions ; j'ai reçu d'eux des services essentiels, je leur dois le nécessaire phi-
losophique dont je jouis aujourd'hui ;
je ne suis pas née ingrate : le zele que
tout chrétien doit avoir pour le salut
de ses freres, a donc dû recevoir un
nouveau degré de vivacité, des sentimens de gratitude que leurs bienfaits
doivent avoir fait naître dans mon cœur.

Parmi les Protestans que j'ai connu
d'une maniere particuliere, j'ai admi-
ré les plus heureuses dispositions naturelles : de l'humanité, de la charité
pour le prochain, une grande horreur
du mal : j'ai gémi bien sincérement,
de voir tant de biens en pure perte :
Dieu sait que le sacrifice de ma vie,
ne m'auroit rien coûté, si j'eusse pu à
ce prix leur procurer le précieux don
de la foi. Cette disposition, que j'ose
dire habituelle, m'a fait examiner a-
vec soin, quels étoient les obstacles à
leur retour à l'Eglise. J'ai découvert
avec ravissement qu'ils étoient bien di-
minués depuis un demi siecle. Le bon
sens a déja ramené les Protestants à

la foi des dogmes qui firent autrefois les principaux motifs de leur séparation. Je puis assurer qu'en vingt ans de séjour & de familiarité avec nos freres errans, je n'ai trouvé qu'un seul Calviniste : les autres détestent cordialement les dogmes des Réformateurs sur la grace, la prédestination, le mérite des œuvres. Je n'en donnerai qu'un seul exemple, sans pouvoir me rappeller si je ne l'ai déjà point cité quelque part. En le supposant, qu'on me pardonne la répétition en faveur de ceux qui liront ceci, & qui ne connoissent pas mes autres ouvrages.

Mylady Hilsboroough, mere de celle qui paroît dans mes Ouvrages sous le nom de *Lady Méry*, étoit une Dame qu'on pouvoit présumer avoir conservé l'innocence du Baptême, tant ses mœurs étoient pures. Elle n'avoit pas fini son sixieme lustre, lorsqu'une mort prématurée l'a ravie à sa famille, & déjà elle étoit revenue de tout ce qu'on appelle goûts de jeune femme. J'ai eu l'honneur de l'enseigner pendant cinq ans, & dans nos longues conversations, elle préféroit toujours les sujets graves , & qui pouvoient servir à lui donner les lumieres nécessaires pour bien élever les enfans. Un jour *Lady Méry* qui n'avoit que cinq ans, m'ayant entendu dire qu'une pauvre femme que je connoissois, iroit se coucher sans souper, faute d'avoir un morceau de pain, me donna une piece de six sols qui composoit tout son trésor, en me disant qu'elle l'avoit destinée à acheter un ruban, mais qu'elle pouvoit mieux s'en passer que la pauvre femme de pain. Comme cette femme n'existoit pas, je portai ces six sols à *Mylady*, qui, le lendemain demanda à la petite si elle avoit beaucoup d'argent. L'enfant lui ayant répondu qu'elle ne possédoit pas un liard , sa maman lui donna une piece de douze sols. *Lady Mery* fit une exclamation, en disant : Madame de *Beaumont* ne m'a pas trompée , en me disant que Dieu rendoit le double de ce qu'on donnoit aux pauvres; j'ai donné six sols hier au soir, il m'en envoie douze aujourd'hui. Ce n'est pas le tout, mon enfant, lui dit *Mylady*. Outre cette récompense temporelle ,

Dieu vous en garde une autre qui est
bien meilleure ; car pour ces six sols
que vous avez donnés aux pauvres, il
vous accordera le Ciel : je ne pus
m'empêcher de sourire & de dire, je
prie *Mylady* de me donner un écrit
signé de sa main, par lequel elle at-
testera que ce n'est pas moi qui apprend ce Catéchisme à sa jeune Dame ; & pourquoi cette précautio me
demanda *Mylady*, toute étonnée ?
C'est lui répondis-je qu'on m'accuse-
roit d'en vouloir faire une Papiste ; car
nous croyons que les bonnes œuvres
unies à celle de Jesus, méritent &
acquierent la vie éternelle. Eh qui
sont les Chrétiens qui ne croyent pas
cela, répondit *Mylady*? Tout ceux
des Eglises Protestantes & les Anglicans, dis-je. Oh cela ne peut pas
être ! Y auroit-il un seul Chrétien assez
osé pour donner un démenti à Jesus-
Christ ? N'a-t-il pas dit expressément,
*qu'un verre d'eau froide donnée à son
nom, auroit le centuple en cette vie,
& la gloire éternelle en l'autre.* Quand
tous les hommes assemblés nieroient

cette vérité, j'aimerois mieux en croire Jesus-Christ qu'eux.

Je pourrois ajouter mille exemples
à celui-là , pour prouver que les Protestants d'aujourd'hui sont revenus à
plusieurs des dogmes de l'Eglise Romaine. Qui les empêche de se réunir
entiérement ?

1°. L'indifférence du culte. On leur
a persuadé que Dieu ne nous jugeroit pas sur ce que nous avons cru,
mais sur ce que nous avons fait , &
tel Ministre, qui ne cesse de prêcher
cette tolérance universelle , diroit à
un Protestant qui voudroit se faire
Catholique , qu'il va commettre le péché contre le Saint Esprit ; je ne l'in-
vente pas. Cette sentence a été prononcée à Geneve , à une personne que
je connois.

2°. La cause de la perpétuité du
schisme est l'ignorance. Les Protestants, sur-tout en Angleterre , ne connoissent pas les dogmes de leur communion, & parmi ceux qui les savent,
nul ne les croit ; je ne suis pas orthodoxe, me disoit la fille d'un Ambassadeur, mais ce n'est pas ma faute,

je ne pourrois le devenir sans être
Athée tout de suite.

Il y a bien des erreurs dans notre
communion , me disoit en 1767 un
honnete Suisse , sur-tout par rapport à
la prédestination ; je déteste cette façon de penser. Avouez aussi de bonne
fois , qu'il y a bien des erreurs dans
votre Eglise, je lui niai le fait ; car
une Eglise où il y auroit des erreurs ,
ne seroit pas celle de J. C. , il ne
sentoit pas cette conséquence. Le troi-
sième obstacle à la réunion , est donc
l'ignorance des dogmes des Catholiques. L'honnête homme qui me tenoit ce discours, ignoroit que le fondement de la foi des Catholiques , est
la promesse solemnelle de Jésus , qui
a promis de rester avec son Eglise
jusqu'à la consommation des siecles.
Or Jésus ne peut compatir avec l'erreur.

Enfin le dernier obstacle à la réunion , est la prévention. On croit a-
veuglément toutes les calomnies qu'on
débite contre l'Eglise Romaine , pour
parler à la Protestante , & le ton dé

cifif avec lequel elles font prononcées,
ne permet pas de les examiner.

Réunir tous les Chrétiens dans une
même communion, c'eft le vœu de
tous les honnêtes gens dans toutes
les Communions ; mais on eft bien
éloigné d'être d'accord fur les moyens
de faire réuffir ce projet. Il faut, me
difoit un Miniftre, que chacun cede
quelque chofe de fon côté. Mais fi
la promeffe de J. C. eft accomplie,
l'Eglife dans laquelle il a toujours été,
ne peut rien ceder qu'aux dépens de la
vérité. Je crois avoir trouvé un moyen
plus efficace.

Il faudroit d'abord examiner, fi
l'indifférence du culte & la tolérance
univerfelle font fondées, fur la parole
de Dieu, fur l'Ecriture.

Il faudroit 2º. fe bien inftruire de
fa propre Religion, & voir ce qu'on
a cru, & ce qu'on croit à préfent
dans la réforme.

3º. Il feroit néceffaire de favoir
auffi ce que croyent les Catholiques ;
mais la juftice demande qu'on ne s'en
rapporte pas à cet égard aux témoignages des Miniftres. C'eft dans la dé-

cifion desConciles , c'eft dans nos catéchifmes qu'il faut chercher notre foi.

Enfin , il faudroit examiner fi les
objets de notre foi font nouveaux ,
& s'ils ont été crus dans les quatre
premiers fiecles de l'Eglife , tems dans
lefquels les Proteftants ont reconnu
que la foi étoit pure.

De toutes les perfonnes qui pouvoient fe charger de propofer l'examen de ces quatre articles , j'ofe dire
que perfonne ne pouvoit le faire auffi bien que moi. Premierement parce que je ne fuis ni favante , ni théo-
logienne. Secondement , parce qu'
ayant vécu long tems avec les Proteftants , je fuis au fait de la feule con-
troverfe dont on puiffe fe fervir aujourd'hui. Troifiemement , c'eft qu'ils
font faits à mon ftile , à mon langage.

Ce n'eft pas , comme le lecteur ju-
dicieux peut en juger , l'orgueil qui
m'a perfuadé que j'étois plus propre
à traiter cette matiere qu'une autre
perfonne , puifque la premiere raifon
qui me le fait croire , c'eft que je fuis
ignorante. Un Docteur auroit beau
vouloir fe rapetiffer à la taille de fes

lectrices, il lui échapperoit malgré lui du grand, du beau, du savant ; & ce seroit du grec pour les trois quarts des personnes pour lesquelles j'écris. Je n'ai nul effort à faire pour me mettre à leur portée, c'est mon état naturel ; je ne pense rien, je n'écris rien qu'une personne de bon sens, sans étude, ne puisse écrire & penser: je ne sais que mon catéchisme, mais je le sais bien ; je sais tout aussi bien celui des Protestants, (je les rapproche tous de l'Evangile, & c'est lui qui décide). Mon stile est celui d'une femme qui s'exprime dans une conversation familiere avec des amis faits à l'entendre de longue main ; mes Ouvrages précédents y ont accoutumé un grand nombre de personnes. Enfin je n'ai point de fiel contre ceux à qui je parle, excepté deux sortes de gens ; je n'ai jamais senti l'aigreur. Les uns, ou plutôt l'un (car, je le répete, je n'en ai jamais trouvé qu'un seul) c'est un vrai Calviniste, celui-là anéantit la Divinité à mes yeux, & j'ai peine à me contenir avec lui. Les seconds ..... Oh! les seconds n'ont

rien à faire ici, ils trouveront aifément leur remede avec celui des autres.

Me lira-t-on ? ce fera le plus petit
nombre: il fera plus court de dire que
l'ouvrage eft mauvais, pernicieux, que
de me réfuter. C'eft à vous que je
m'adreffe, Meffieurs les Miniftres, fi
j'ai avancé quelque chofe de faux, dé-
mafquez-moi, la charité l'exige ; peut-
être quelques unes des ames confiées
à vos foins, feroient elles en danger,
fi vous ne le faifiez pas, & quand il
n'y en auroit qu'une, la chofe en vaudroit bien la peine. Si j'ai tronqué,
mal traduit les paffages des Peres,
couvrez-moi de la confufion que je
mérite ; mais fi je n'ai rien ajouté à
ce qu'ils ont dit, avouez que la foi de
l'Eglife Romaine, eft telle aujour-
d'hui qu'elle l'étoit dans les premiers
tems, & qu'on ne peut fans calomnie, l'accufer d'avoir innové.

Et vous qui fûtes & qui ferez toujours les premiers objets de mon zele,
vous que j'ai inftruites avec tant de
peine dans la morale du chriftianifme, regardez cet ouvrage comme la
plus grande marque d'attachement

que je puisse vous donner. Que pense-
riez-vous de moi, si, par des vues
d'intérêt, de réputation ou autres, je
ne m'efforçois pas de vous désabuser
des erreurs que je crois incompati-
bles avec votre salut éternel? Quand
mes idées à cet égard seroient fausses,
il suffit que je les aie pour justifier
mon entreprise. Que risquez-vous en
me lisant? Si je ne prouve point, si
je prouve mal, je vous aurai procuré
l'avantage d'être affermies dans la foi
de la Communion dans laquelle vous
êtes nées, & vous serez ce que vous
êtes en conséquence de cause; mais
souvenez vous en me lisant, que la
foi est un don de Dieu, comme je
l'ai dit dans le cours de cet Ouvrage, & qu'ordinairement il en fait la
récompense des mœurs pures.

APPROBATION.

J'AI lu par ordre de Monseigneur le Vice-Chancelier un Manuscrit intitulé *Les Américaines, ou la Preuve de la Religion Chrétienne par les lumieres naturelles*, par Madame LE PRINCE DE BEAUMONT. On trouve dans cet Ouvrage des connoissances très étendues sur l'Histoire Sacrée & Profane, une critique très lumineuse, & une sagacité de jugement qui feroit honneur à l'esprit le plus juste. Tout y respire la sainteté des mœurs, la pureté de la doctrine, & la Divinité de la Religion Chrétienne.

A Paris ce 18. du Mois de Novembre 1766. *GENET Docteur de la Maison & Société de Sorbonne.*

V. JOUDON Chanoine de la Cathédrale de Geneve, Professeur de Théologie & Censeur Royal.

EST permise l'Impression du présent Ouvrage. Annecy ce 17. Mars 1769. J. B. GARNIER.

NOMS

De Messieurs les Souscripteurs.

Monseigneur l'Archevêque de Lyon.

Monseigneur l'Archevêque de Tarentaise.

Monseigneur l'Archevêque de Paris.

Monseigneur l'Evêque de Geneve pr. 2. exemplaires.

Monseigneur l'Evêque du Puy.

Monseigneur l'Evêque de Bellai p. 12.

Monseigneur l'Evêque de Toul.

Monseigneur l'Evêque de Castres.

Monseigneur l'Evêque de St. Jean de Maurienne.

Monseigneur l'Evêque de Conserans pr. 5.

Monsieur le Comte *De Pingon*, Comte de Lyon.

S. E. Mr. le Marquis *De Sales*, Général de Cavalerie dans les Troupes de S. M. le Roi de Sardaigne, & Chevalier Grand-croix de l'Ordre de l'Annonciade.

Monsieur le Marquis *De Treson*.

Madame *De Malivert*, Chanoinesse.

Mademoiselle *De Pingon.*

Messieurs *Boucheron* , ainé & cadet.

Madame la Princesse *De Crouï.*

Madame la Duchesse *d'Avrai.*

Monsieur le prince *De Crouï.*

Mr. Le Comte *De Lanoy.*

S. E. Mad. la Comtesse de *Torré-Palma.*

S. E. Mad. la Comtesse *De Viry.*

Mr. le Comte de *Montemar.*

Mad. la Comtesse *De St. Sulpice.*

Mr. le Comte *D'Aviernoz.*

Mad. *De Souvigny,* Intendante de Paris pr. 3.

Mad. *Berthier,* Intendante de Paris.

Mad. la Comtesse *De Polignac.*

Mr. l'Abbé *D'Attagnan.*

Mr. *De la Touche,* Chanoine de St. Honoré pr. 6.

Mr. *De la Flechere.*

Mad. la Comtesse *De Duing.*

Mr. le Comte *De Lagnace.*

Mad. la Comtesse *De Choiseuil Meuse.*

Mad. la Marquise *De Choiseuil.*

S. E. Mad. la Comtesse *De Choiseuil.*

S. A. Sérénissime le Prince *Louis-Eugene Duc de Wirtemberg* pr. 3.

Mad. la Comtesse *De Ste. Hélene.*

les Souscripteurs.

Mad. *De Marcelaz.*

Mr. *Rey*, Officier.

Mr. le Marquis *De Ballon.*

Mrs. *Greffoz* & *Chappaz*, Aumoniers de Monseigr. l'Evêque de Geneve.

Mr *Viviant*, Grand Vicaire
Mr. *Puthod*, Promoteur
Mr *Conseil*, Grand Vicaire
Mr. *Riondel*, Official
} du Diocese de Geneve.

Mr. *Bollard*, Aumonier de la Visitation.

Mr. le Comte *De Roussillon.*

Mr. le Baron *De Montailleur.*

Mr. *De la Flechere*, Capitaine dans les Troupes de S. M. le Roi de Sardaigne.

Mr. le Marquis *De Cluse.*

Mr. *Benné.*

Mr. *Brenier*, Avocat au Parl. de Paris.

Mr. *Reeville*, Aumonier de Mr. le Résident à Geneve pr. 5.

Mad. la Comtesse *De Gazola.*

Mad. la Comtesse *De Cevelon.*

Mad. la Duchesse *D'Hésar.*

Mad. la Comtesse *De Montizo.*

Mad. la Comtesse *De Toulousan.*

Mr. *Joudon*, Chanoine de l'Eglise de Geneve, Professeur de Théologie & Censeur Royal.

Noms de Messieurs

Mr. *De Baudry*
Mr. *Galley*
Mr. *Marchant*
Mr. *De Roget* } Chanoines de l'Eglise de Genève.

Mad. *De Chateau - blanc* Abbesse de Bonlieu.

Mad. la Comtesse *De Carpené* née *St. George.*

Mad. la Comtesse *De Solard* née *De Villeneuve.*

Mr. *Dussolier.*

Mr. *Thevenet.*

Mad. *De Solar* née *De-la-trinité.*

Mad. la Comtesse *De-la-Blache.*

Mad. la Marquise *De Murinai.*

Mr. le Marquis *De-la-Porte.*

Mr. *Brenier,* Avocat au Parlement de Grenoble.

Mr. *Durod.*

Mr. *Jacquemod.*

Mr. *Dechosal.*

Mad. l'Abbesse du Beton.

Mlle. *De Barral* pr. 8.

Mad. *De Chatillon* née *De Thones.*

Mad. *Morand* née *Dunoyer.*

Mr. l'Abbé de la Ste. Maison de Thonon.

Mad. la Générale *De St. Pierre.*

Mr. *Gabert.*

Mr. *Rouge.*

Mr. le Comte de *Diesbach* pr. 20.

Mr. le Doyen de Sallanches.

Mr. *Vibert,* Chanoine de la Ste. Maison de Thonon.

Mr. *Gavard.*

Mr. *Chevillon.*

Mr. *Ribitel,* Avocat au Sénat de Savoie.

Mr. *Vincent.*

Mad. la Marquise *De la Cheyc.*

Mad. la Marquise *Allemand.*

Mad. *Bonac.*

Mad. *Valous.*

Mad. *De Maisonfort.*

Mr. l'Abbé *Fevrari.*

Mad. la Marquise *De Maclas.*

Mr. le Baillif de Ste Jai , Ordre de Malthe.

Mr. *Pernetty,* Abbé de Barry.

Mr. *Donderire,* Dignitaire de l'Eglise de Lyon.

Mr. le Baron *Foncet.*

Mrs. *Germain , Pevuier , Boisson , Carret , Mercier , Dufaux ,* Curés du Diocèse de Geneve.

Mrs. *Duchesne , Roch , Forest , Pissard,* Vicaires du Diocèse de Geneve.

Mr. *Charles ,* Curé en Bourgogne pr. 50.

Mr. *Guigue*, Régent à St. Gervais.

Mr. le Curé de Lan-le-Bourg.

Mr. le Chanoine *Cunibert*.

Mr. le Chanoine *De Variglié*.

Mr. *Lambuis*.

Mr. *Blanc*.

Mr. *Chardonnet*, Professeur de Théologie.

Dom *Pell* Religieux Bernardin.

Mr. *De Montreuil de l'Isle*.

Mr. *Montréal*, Curé du Diocese de Genéve.

Mr. le Marquis *De Lastic*, Lieutenant Général.

Mad. la Comtesse *Deyri*.

Mr. le Comte *De Sadage* pr. 15

Mr. le Comte *De Pestel*, Chanoine de St. Claude pr. 4.

Mr. *De Tornery*, Curé de Monthey.

Mr. *Dunant*, Avocat au Sénat de Savoie.

Mr. *Derierat*.

Mr. *Cuidart*, Lieutenant Colonel en Pologne.

Mr. *Bastian*, Avocat au Sénat de Savoie.

Mr. *Favre*, l'un des Nobles Syndics de la Ville d'Annecy.

Les Souscripteurs.

Mad. la Duchesse De Mortmart.

Mr. le Général De Lachenal.

Mr.   Vicaire de Thorens.

Mr. *Fleury*, Tréforier Chanoine de la Collégiale d'Aix en Savoie.

Mr. *Balleidier*, Notaire.

Mr. *Nouvellet*, Avocat au Sénat de Savoie.

Mr. *Sinton*, Chanoine de l'Eglife de Geneve.

Mr. *Garnier*, Sénateur & Juge-Maje de la Province de Genevois.

Mr. *Depaſſier*, Intendant de la Province de Genevois.

Mr. *David*, Gendre & Succeſſeur de
MM. *Le Cat.*
    ad. *De Villerai.*

Mad. *De Bois-Guilbert.*

Mr. *Bonardet*

Mr. *Burdet*, Fils ainé Imprimeur.

Mr. *Perriſſin.*

L'Auteur avertit qu'Elle a mis les Souſcrivants du tems où ils ont soufcrit, ſans avoir égard à leurs Grades, pour éviter de manquer à perſonne.